UM BANQUETE PARA HITLER

A MORTE ESTÁ SERVIDA

V. S. ALEXANDER

UM BANQUETE PARA HITLER
A MORTE ESTÁ SERVIDA

ROMANCE

3ª REIMPRESSÃO

TRADUÇÃO: Cristina Antunes

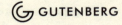

Copyright © 2018 V.S. Alexander

Os direitos morais do autor foram declarados.

Título original: *The Taster*

Tradução publicada mediante acordo com a Bookcase Literary Agency e Kensington Publishing.

Todos os direitos reservados pela Editora Gutenberg. Nenhuma parte desta publicação poderá ser reproduzida, seja por meios mecânicos, eletrônicos, seja via cópia xerográfica, sem a autorização prévia da Editora.

EDITORA RESPONSÁVEL
Silvia Tocci Masini

EDITORAS ASSISTENTES
Carol Christo
Nilce Xavier

ASSISTENTE EDITORIAL
Andresa Vidal Vilchenski

PREPARAÇÃO DE TEXTO
Pedro Pinheiro

REVISÃO
Silvia Tocci Masini

REVISÃO FINAL
Renata Silveira

CAPA
Tom Hallman

ADAPTAÇÃO DE CAPA
Diogo Droschi

DIAGRAMAÇÃO
Guilherme Fagundes

Dados Internacionais de Catalogação na Publicação (CIP)
Câmara Brasileira do Livro, SP, Brasil

Alexander, V. S.
  Um banquete para Hitler : a morte está servida / V. S. Alexander ; tradução Cristina Antunes. -- 1. ed. ; 3. reimp. -- Belo Horizonte : Gutenberg, 2020.

  Título original: The Taster
  ISBN 978-85-8235-520-6

  1. Ficção norte-americana 2. Hitler, Adolf, 1889-1945 - Ficção I. Antunes, Cristina. II. Título.

18-15101   CDD-813

Índices para catálogo sistemático:
1. Ficção : Literatura norte-americana 813

Iolanda Rodrigues Biode - Bibliotecária - CRB-8/10014

A **GUTENBERG** É UMA EDITORA DO **GRUPO AUTÊNTICA**

São Paulo
Av. Paulista, 2.073,
Conjunto Nacional, Horsa I
23º andar . Conj. 2310-2312.
Cerqueira César . 01311-940
São Paulo . SP
Tel.: (55 11) 3034 4468

Belo Horizonte
Rua Carlos Turner, 420
Silveira . 31140-520
Belo Horizonte . MG
Tel.: (55 31) 3465 4500

www.editoragutenberg.com.br

Para James E. Gunn,
que acendeu a chama.

PRÓLOGO

Berlim, 2013

QUEM MATOU ADOLF HITLER? A resposta se encontra nestas páginas. As circunstâncias que cercam sua morte têm sido debatidas desde 1945, mas eu sei a verdade. Eu estava lá.

Agora sou uma velha viúva sem filhos que mora sozinha em uma casa repleta de memórias amargas como cinzas. As tílias na primavera, os lagos azuis no verão, nada disso me traz alegria.

Eu, Magda Ritter, fui uma das quinze mulheres que provavam a comida de Hitler. Ele se preocupava obsessivamente com o risco de ser envenenado pelos Aliados ou por traidores.

Depois da guerra, ninguém, exceto meu marido, soube o que fiz. Não falei sobre isso. Não conseguia falar sobre isso. Mas os segredos que guardei por tantos anos precisam ser libertados de sua prisão interior. Não tenho mais muito tempo de vida.

Conheci Hitler. Eu o assisti caminhar pelos salões de seu retiro na montanha, a Berghof, e o segui pelo labirinto da Toca do Lobo, seu quartel-general na Prússia Oriental. Estava perto dele em seu último dia nas profundezas do *bunker* de Berlim. Muitas vezes, ele estava cercado por uma comitiva de admiradores, e sua cabeça balançava como uma boia no mar enquanto ele olhava de um para o outro.

Por que ninguém matou Hitler antes de ele morrer no *bunker*? Uma trapaça do destino? Sua estranha habilidade para evitar a morte? Planos de assassinato foram traçados e, entre eles, muitos foram abortados. Apenas um conseguiu ferir o Führer. Aquela tentativa só reforçou sua crença na divina providência – seu direito sagrado de governar como achava oportuno.

Minha primeira lembrança dele é de uma reunião do Partido em Berlim, em 1932. Eu tinha 15 anos na época. Ele estava em uma plataforma de madeira e falava para uma pequena multidão que crescia cada vez mais à medida que a notícia de sua aparição na Potsdamer Platz se espalhava. A chuva caía de nuvens cinzentas naquele dia de novembro, mas cada palavra que ele pronunciava explodia no ar até que a multidão ardesse intensamente de calor e fúria contra os inimigos do povo alemão. A cada vez que ele batia com o punho no peito, o céu estremecia. Ele usava um uniforme marrom com um cinto de couro preto cruzando o peito. O bordado vermelho, branco e preto da suástica estava exposto em destaque no braço esquerdo. Uma pistola pendia ao lado do corpo. Hitler não era particularmente bonito, mas seu olhar poderoso captava seu interlocutor. Corriam rumores de que ele queria ser um arquiteto ou artista, mas eu sempre imaginei que ele teria sido um ótimo contador de histórias; se ao menos ele tivesse dado asas à imaginação em palavras, não em crueldade.

Ele hipnotizou uma nação, induzindo tumultos eufóricos entre aqueles que acreditavam na nova e brilhante ordem do Nacional-Socialismo. Mas nem todos nós o venerávamos como o salvador da Alemanha. Certamente, nem todos os "bons alemães". Minha nação teve culpa por ajudar o mais famoso ditador que o mundo já conheceu?

Um culto se formou em torno de Hitler, tão grande após sua morte como quando ele estava vivo. Seus membros são fascinados pelo horror e pela destruição que ele lançou sobre o mundo como o Diabo. Ou eles são adoradores fanáticos do Führer, ou estudantes de psicologia humana que perguntam: "Como um homem pode ser tão mau?". De qualquer maneira, esses seguidores ajudaram Hitler a ter sucesso em sua missão de viver para sempre.

Lutei para lidar com as terríveis ações perpetradas pelo Terceiro Reich e meu espaço singular na história. Minha história precisa ser contada. Às vezes, a verdade me oprime e me apavora, como se eu estivesse caindo em um poço escuro sem fim. Mas, no processo, descobri muito sobre mim e sobre a humanidade. Também descobri a crueldade dos homens que fazem leis que servem apenas aos seus próprios interesses.

A vida me castigou e os pesadelos rondam meu sono. Não há escapatória dos horrores do passado. Talvez aqueles que leiam minha história não me julguem com tanta dureza como julguei a mim mesma.

A CASA DE CHÁ

A BERGHOF

Capítulo 1

UM ESTRANHO MEDO se apoderou de Berlim no início de 1943.

No ano anterior, eu havia olhado para o céu quando soaram as sirenes de ataque aéreo. Não vi nada, exceto nuvens altas se movendo rapidamente como rabos de cavalos brancos sobre minha cabeça. As bombas dos Aliados causaram poucos danos, e nós, alemães, achamos que estávamos seguros. No final de janeiro de 1943, meu pai suspeitava de que o prelúdio de uma chuva de fogo e destruição havia começado.

"Magda, você deve sair de Berlim", disse ele quando os bombardeios tiveram início. "É muito perigoso aqui. Você pode ir para a casa do tio Willy em Berchtesgaden. Ficará a salvo lá." Minha mãe concordou.

Eu não queria seguir o plano deles porque só havia encontrado minha tia e meu tio uma vez, quando era criança. A Alemanha do Sul parecia estar a uns mil quilômetros de distância. Eu amava Berlim e queria permanecer no pequeno prédio onde morávamos em Horst-Wessel-Stadt. Nossa vida e tudo o que eu já conhecia estavam contidos em um andar. Eu queria ser normal; afinal, a guerra estava indo bem. Era isso que o Reich tinha dito.

Todos na cidade acreditavam que o bairro seria bombardeado. Muitas indústrias ficavam próximas, incluindo a fábrica de freios onde meu pai trabalhava. Uma bomba Aliada caiu em 30 de janeiro, às onze horas da manhã, quando Hermann Göring, o marechal do Reich, discursava no rádio. A segunda nos atingiu mais tarde, quando o ministro da propaganda, Joseph Goebbels, fazia um pronunciamento. Os Aliados tinham planejado bem os seus ataques. Ambos os discursos foram interrompidos pelas incursões repentinas.

Meu pai estava no trabalho durante o primeiro ataque, mas em casa no segundo. Já tínhamos decidido nos reunir no porão durante ataques aéreos, junto com a senhora Horst, que morava no andar de cima do nosso prédio. Naqueles primeiros dias, não sabíamos o tamanho da destruição que os bombardeiros Aliados poderiam causar, as terríveis devastações que poderiam cair do céu em sibilantes nuvens negras de bombas. Hitler disse que o povo alemão seria protegido de tais terrores e nós acreditamos nele. Mesmo os rapazes que eu conhecia que lutavam na Wehrmacht, as forças armadas, mantinham esse pensamento em mente. A certeza de que tudo acabaria bem nos impulsionava adiante.

"Temos que ir para o porão agora", eu disse à minha mãe quando o segundo ataque começou. Gritei as mesmas palavras em direção ao andar de cima para alertar a senhora Horst, mas acrescentei: "Rápido! Rápido!".

A velha colocou a cabeça para fora do apartamento.

"Você precisa me ajudar. Não consigo me apressar. Não sou tão jovem quanto costumava ser." Subi as escadas e a encontrei segurando um maço de cigarros e uma garrafa de conhaque. Eu os tirei das mãos dela e seguimos para o andar de baixo antes que as bombas nos atingissem. Estávamos acostumados com apagões. Nenhum bombardeiro Aliado conseguia ver luz alguma vindo dos nossos porões sem janelas. A primeira explosão parecia distante e eu estava despreocupada.

A senhora Horst acendeu um cigarro e ofereceu conhaque ao meu pai. Aparentemente, cigarros e bebida alcoólica eram os dois bens que ela arrastaria para o túmulo. Um pouco de poeira caiu a nossa volta. A velha senhora apontou para as vigas de madeira acima de nós e disse:

"Malditos sejam."

Meu pai concordou com um movimento de cabeça. O antigo aquecedor a carvão engasgou no canto, mas não conseguiu dissipar as gélidas correntes de ar que abriam caminho através da sala. Nossa respiração gelada brilhava sob a luz da lâmpada nua.

Uma explosão mais próxima chacoalhou nossos tímpanos e a eletricidade piscou. Uma luz laranja brilhou acima de nós, tão perto que podíamos ver seu rastro flamejante através das fendas que cercavam a porta do porão. Um redemoinho de poeira desceu pelas escadas. Vidros se quebraram em algum lugar da casa. Meu pai agarrou minha mãe e a mim pelos ombros, nos puxou para a frente e cobriu nossas cabeças com seu tronco arqueado.

"Essa foi perto demais", eu disse, tremendo contra o corpo de meu pai. A senhora Horst soluçou no canto.

O bombardeio terminou quase tão rápido quanto começou, e nós subimos as escadas escuras de volta para o nosso apartamento. A senhora

Horst se despediu e nos deixou. Minha mãe abriu nossa porta e procurou por uma vela na cozinha. Através da janela, vimos uma fumaça negra crescendo e subindo de um prédio situado a vários quarteirões de distância. Minha mãe encontrou um fósforo e o riscou.

Ela prendeu a respiração. O armário de louças tinha aberto com o impacto, jogando no chão vários pedaços da porcelana fina da minha avó, herdadas pela mamãe. Ela se abaixou, recolheu os fragmentos em uma pilha e tentou encaixá-los como um quebra-cabeças.

Um vaso de cristal lapidado que era importante para ela também tinha se partido. Minha mãe plantava gerânios e íris roxas em um pequeno jardim atrás do nosso prédio. Ela havia cortado as flores quando floresceram e as colocado no vaso na mesa da sala de jantar. A fragrância da íris era inebriante e preenchia nossos quartos. Meu pai dizia que as flores o faziam feliz porque ele havia pedido minha mãe em casamento na época do ano em que as íris floresciam.

"Nossas vidas se tornaram frágeis", disse meu pai infeliz, olhando para os danos sofridos. Depois de alguns minutos, minha mãe desistiu de reconstruir a porcelana e o vaso e os atirou no lixo.

Ela prendeu os cabelos pretos em um coque e caminhou para a cozinha para pegar uma vassoura.

"Precisamos fazer sacrifícios", gritou ela.

"Bobagem", disse meu pai. "Temos sorte de ter uma filha e não um filho; caso contrário, temo que estaríamos planejando um funeral muito em breve."

Minha mãe apareceu na porta da cozinha com a vassoura.

"Você não deveria dizer essas coisas. Passa a impressão errada."

Meu pai balançou a cabeça.

"Para quem?"

"A senhora Horst. Nossos vizinhos. Seus companheiros de trabalho. Quem sabe? Devemos ter cuidado com o que dizemos. Declarações assim, até rumores, poderiam pesar sobre nossas cabeças."

A eletricidade voltou a funcionar e meu pai suspirou.

"Esse é o problema. Tomamos cuidado com tudo o que dizemos – e agora temos que lidar com bombas. Magda precisa ir embora. Deve ir para a casa do tio Willy, em Berchtesgaden. Talvez ela até possa encontrar trabalho por lá."

Eu tinha pulado de emprego em emprego nos meus 25 anos, encontrando algum serviço em uma fábrica de roupas, fazendo arquivamento para um banqueiro, reabastecendo mercadorias como funcionária de uma loja, mas me sentia perdida no mundo do trabalho. Nada do que eu fazia parecia estar certo ou ser bom o suficiente. O Reich queria que as meninas alemãs fossem mães; no entanto, o Reich também queria que elas fossem trabalhadoras. Supus que isso também era o que eu queria. Se você tivesse um emprego, precisava conseguir permissão para deixá-lo. Como eu não tinha, seria difícil ignorar os desejos do meu pai. No que diz respeito a casamento, tive alguns namorados desde que completei 19 anos – nenhum deles sério. A guerra tinha levado embora muitos jovens. Aqueles que permaneceram falharam em conquistar meu coração. Eu era virgem, mas não me arrependia.

Nos primeiros anos da guerra, Berlim tinha sido poupada. Quando os ataques começaram, a cidade seguiu em frente como um sonâmbulo, viva, mas inconsciente dos movimentos. As pessoas andavam sem sentir nada. Bebês nasciam e os pais olhavam dentro dos olhos deles e lhes diziam como eram lindos. Tocar uma mecha de cabelos sedosa ou beliscar uma bochecha não garantia um futuro. Jovens eram enviados para os frontes – para o Oriente e para o Ocidente. O foco das conversas nas ruas era o lento deslizar da Alemanha em direção ao inferno, sempre terminando com um "vai melhorar". Conversas sobre comida e cigarros eram comuns, mas enfraqueciam em comparação com as notícias mentirosas das últimas vitórias obtidas nas lutas incessantes da Wehrmacht (as forças armadas da Alemanha).

Meus pais foram os últimos de uma linhagem de Ritters a viverem em nosso prédio. Meus avós moraram ali até cada um deles morrer na cama onde eu dormia. Meu quarto, o primeiro do corredor na frente do prédio, era só meu, um lugar onde eu podia respirar. Nenhum fantasma me assustava ali. Ele não continha muita coisa: a cama, uma pequena cômoda de carvalho, uma prateleira frágil e alguns itens recolhidos ao longo dos anos, incluindo o macaco de pelúcia que meu pai ganhou em um carnaval em Munique quando eu era criança. Quando os bombardeios começaram, passei a olhar para o meu quarto de maneira diferente. Meu santuário assumiu uma característica sagrada, extraordinária, e a cada dia eu me perguntava se sua tranquilidade seria destruída como um templo bombardeado.

A próxima grande invasão aérea ocorreu no aniversário de Hitler em 20 de abril de 1943. Os pavilhões, bandeiras e estandartes nazistas que decoravam Berlim balançavam na brisa. As bombas causaram certo dano, mas a maioria da cidade escapou ilesa. Esse ataque também encontrou uma maneira de trazer de volta cada medo que senti quando era jovem. Nunca gostei de tempestades, especialmente de raios e trovões. A crescente gravidade dos bombardeios levou meus nervos ao limite. Meu pai foi inflexível na decisão de que eu tinha que partir e, pela primeira vez, senti que ele poderia estar certo. Naquela noite, ele assistiu enquanto eu arrumava minha mala. Reuni algumas coisas importantes para mim: um pequeno retrato de família tirado em 1925 em momentos mais felizes e alguns cadernos para registrar meus pensamentos. Meu pai me entregou meu macaco de pelúcia, a única lembrança que havia guardado ao longo dos meus anos de infância.

Na manhã seguinte, minha mãe chorou enquanto levava minha mala pelas escadas. Uma chuva de primavera salpicava a rua e o aroma terroso de árvores crescendo encheu o ar.

"Cuide-se, Magda." Minha mãe me beijou na bochecha. "Mantenha a cabeça erguida. A guerra terminará em breve."

Devolvi o beijo e senti o gosto de suas lágrimas salgadas. Meu pai estava no trabalho; nós havíamos nos despedido na noite anterior. Minha mãe apertou minhas mãos mais uma vez, como se não quisesse me deixar ir, e depois as deixou cair. Recolhi minha mochila e peguei um coche para a estação de trem. Seria uma longa viagem até minha nova casa. Feliz por estar fora da chuva, entrei na estação pela entrada principal. Meus saltos estalavam contra a passarela de pedra.

Encontrei o trem que me levaria para Munique e Berchtesgaden e aguardei na fila debaixo da treliça de ferro do teto abobadado. Um jovem SS de uniforme cinza olhou os documentos de identificação de todos nós à medida que embarcávamos. Eu era uma alemã protestante, nem católica nem judia, e jovem o bastante para estar tolamente convencida de minha invencibilidade. Vários policiais ferroviários em seus uniformes verdes ficaram parados quando o agente de segurança organizou a fila.

O homem da SS tinha um rosto elegante e bonito, realçado por olhos azuis e acinzentados. Seu cabelo castanho-escuro se dobrava debaixo do boné como uma onda. Examinou a todos como se fossem potenciais criminosos, mas seu comportamento calmo mascarava suas intenções. Ele me deixou desconfortável, mas eu não tinha dúvida de que teria permissão para embarcar. Olhou-me atentamente, estudou minha identificação, prestando especial atenção à minha fotografia antes de me entregá-la de volta. Ofereceu um leve sorriso, nem um pouco galanteador, mas tímido, como se tivesse terminado de realizar um trabalho benfeito. Acenou com a mão para que o passageiro atrás de mim avançasse. Minhas credenciais passaram na sua inspeção. Talvez ele tivesse gostado da minha fotografia. Me senti lisonjeada. Meu cabelo era castanho-escuro e caía em meus ombros. Meu rosto era muito estreito, os olhos escuros, muito grandes para minha cabeça, e me davam uma aparência como a dos povos da Europa Oriental, como um retrato de Modigliani. Alguns homens já haviam me falado que, para uma alemã, eu era linda e exótica.

O vagão não continha cabines, apenas assentos, e estava quase cheio. Em poucos meses o trem estaria abarrotado com turistas da cidade ansiosos para fazerem uma viagem de verão para os Alpes. Os alemães queriam desfrutar do seu país mesmo em meio à guerra. Próximo ao meio do vagão, um jovem casal, que parecia estar apaixonado, sentou-se algumas fileiras na minha frente. Inclinaram a cabeça um para o outro. Ele sussurrou algo no ouvido dela, ajustou o chapéu e depois soltou uma baforada do seu cigarro. Nuvens cinzentas de fumaça flutuaram sobre eles. Às vezes, a mulher pegava o cigarro das mãos do rapaz e o tragava também. Logo, as finas linhas de fumaça cinza seguiriam por toda a cabine.

O céu começava a escurecer, preparando uma chuva, quando partimos da estação. O trem pegou velocidade enquanto nos afastávamos da cidade e passávamos pelas fábricas e terras ao sul de Berlim. Recostei-me no assento e tirei um livro de poemas de Friedrich Rückert da minha mala. Meu pai me apresentara o escritor havia vários anos pensando que eu apreciaria seus poemas românticos. Nunca tive tempo para estudá-los. Receber aquele livro de presente significava mais para mim do que os versos que ele continha.

Olhei fixamente para as páginas e pensei apenas em trocar minha vida antiga por uma nova à frente. Partir para tão longe de casa me incomodava, mas eu não tinha escolha graças a Hitler e à guerra.

Encontrei a dedicatória que meu pai havia feito ao me dar o livro: "Com todo o amor de seu pai, Hermann". Quando nos separamos na noite anterior, ele parecia triste e muito mais velho do que os seus 45 anos, porém aliviado por poder me enviar para a casa de seu irmão.

Meu pai caminhava arqueado para a frente por causa da posição em que trabalhava durante seu turno na fábrica de freios. A espetada barba cinza, que ele raspava todas as manhãs, comprovava as provações pessoais que sofria diariamente, entre elas sua aversão ao Nacional-Socialismo e a Hitler. Ele nunca falava dessas coisas, claro; apenas insinuava suas ideias políticas para minha mãe e para mim. Sua infelicidade acabou com ele, arruinando seu apetite, fazendo com que fumasse e bebesse demais, apesar de tais luxos serem difíceis de encontrar. Ele estava próximo da idade para ser dispensado do serviço militar na Wehrmacht, mas, de qualquer maneira, uma lesão que sofrera nas pernas na juventude o teria liberado. Por suas conversas, eu sabia que ele tinha pouca admiração pelos nazistas.

Lisa, minha mãe, simpatizava mais com o Partido, embora nem ela nem meu pai fossem membros. Como a maioria dos alemães, ela odiava o que tinha acontecido com o país durante a Primeira Guerra Mundial. Minha mãe dissera ao meu pai muitas vezes: "Pelo menos as pessoas têm empregos e comida suficiente para andar por aí agora". Ela conseguia dinheiro extra costurando para fora e, como tinha os dedos ágeis, também fazia trabalho por atacado para um joalheiro. Ela também me ensinou a costurar. Nós conseguíamos viver confortavelmente, mas não éramos ricos. Nunca havíamos nos preocupado com a comida na mesa até o racionamento começar.

Meus pais não se expunham politicamente. Nenhuma decoração ou bandeira nazista pendia do nosso prédio. A senhora Horst tinha colocado um cartaz com a suástica na janela, mas, visto da rua, era pequeno e quase imperceptível. Eu não tinha me tornado membro do Partido, o que causou um certo incômodo na minha mãe. Ela acreditava que seria bom porque a filiação poderia me ajudar a encontrar trabalho. Eu não havia pensado muito sobre o Partido depois de deixar a Banda das Donzelas Alemãs e o Serviço de Trabalho do Reich, pelos quais passei fazendo o mínimo possível. E não tinha certeza do que significava ser um membro do Partido, então não sentia necessidade de dar a eles a minha fidelidade. A guerra acontecia ao nosso redor. Lutávamos pelo bem na direção da vitória, e minha ingenuidade mascarava minha necessidade de saber a verdade.

Continuei folheando o livro até o trem desacelerar. O homem da SS que estava na estação apareceu por trás do meu ombro direito. Ele segurava uma pistola na mão esquerda. Caminhou até o casal na minha frente e colocou o cano da arma na têmpora do jovem que estava fumando o cigarro. A mulher olhou para trás, em minha direção, com os olhos cheios de terror. Parecia preparada para correr, mas não havia para onde ir, pois, num segundo, policiais armados apareceram nas portas dos dois lados do vagão. O homem da SS tirou a pistola da cabeça do jovem e fez sinal para que eles se levantassem. A mulher agarrou o casaco escuro e envolveu um lenço preto ao redor do pescoço. O oficial os escoltou para a parte de trás do vagão. Não ousei olhar para saber o que estava acontecendo.

Depois de alguns momentos, espiei pela janela à minha esquerda. O trem tinha parado no meio de um campo. Um carro de passeio preto salpicado de lama, com canos de escape cromados vomitando constantes sopros de vapor, parou em um caminho de terra ao lado dos trilhos. O guarda da SS empurrou o homem e a mulher para a parte de trás do carro e entrou depois deles, sacando a pistola. A polícia entrou na frente com o motorista. Assim que as portas se fecharam, o carro fez um grande círculo no campo, cortou uma faixa enlameada através da grama e depois voltou para Berlim.

Fechei os olhos e me perguntei o que o casal teria feito para ser arrancado do trem. Seriam eles espiões Aliados? Judeus tentando sair da Alemanha? Meu pai havia nos contado uma vez – apenas uma vez – na mesa do jantar sobre o problema que os judeus estavam tendo em Berlim. Minha mãe zombou dele, chamando aquilo de "rumores sem fundamento". Ele respondeu que um de seus colegas de trabalho tinha visto a palavra "judeu" pintada em vários edifícios na seção judaica. O homem se sentiu desconfortável somente por estar lá, um acidente de sua parte. Suásticas foram pintadas nas janelas com cal. Placas advertiam contra as negociações com comerciantes judeus.

Achei que era melhor manter meus pensamentos para mim e não inflamar uma discussão política entre meus pais. Sentia-me triste pelos judeus, mas ninguém que eu conhecia gostava particularmente deles e o Reich sempre os culpou. Como muitos na época, fiz vista grossa. O que o meu pai relatou podia ter sido um boato. Eu confiava nele, mas sabia muito pouco – apenas o que ouvíamos no rádio.

Procurei o sedan preto, mas o automóvel tinha desaparecido. Eu não fazia ideia do que o casal tinha cometido, mas a imagem dos olhos cheios de terror da mulher ficou marcada na minha memória. A leitura ofereceu pouco conforto à medida que minha jornada continuava. O incidente me perturbou. Fiquei me perguntando sobre quem poderia ser o próximo e quando tudo acabaria.

Capítulo 2

A ESTAÇÃO DE TREM DE BERCHTESGADEN era pequena, porém mais grandiosa do que a de Berlim. As bandeiras nazistas estavam penduradas em linhas verticais exatas, equilibrando visualmente as grandes colunas no interior, dando ao edifício uma aparência romana formal. De um lado, uma porta dourada brilhava. Parecia reservada para dignitários. Uma águia negra empoleirada em uma suástica havia sido reproduzida em baixo-relevo na superfície. Talvez fosse a entrada para uma sala de recepção para pessoas importantes que visitavam o Führer; afinal, aquela era a última parada para os convidados para o seu retiro na montanha.

Procurei meu tio Willy e minha tia Reina e vi os dois perto da entrada. Trocamos saudações nazistas. Meu tio parecia mais feliz em me ver do que minha tia. Era um homem barrigudo com o corpo em forma de pera, que ainda mantinha o cabelo ruivo e as sardas da juventude. Algumas delas haviam florescido em manchas marrons que se espalhavam pelo seu rosto. Ele segurava seu boné da polícia nas mãos. O sorriso da minha tia parecia forçado, como se eu fosse uma enteada indesejada que chegou em casa para uma visita. Ela era elegante e culta, em comparação com meu tio mais afável. Meu pai havia me dito que achava que meus tios eram um par estranho. Eu era jovem na época e não questionei a atração entre os dois, mas naquele momento, enquanto estava diante deles, suas diferenças ficavam evidentes.

Depois de trocarmos saudações, meu tio colocou minha mala em seu pequeno Volkswagen cinza. Sentei-me no banco de trás. Eu conseguia ver pouco do cenário montanhoso enquanto meu tio dirigia, com exceção de escuros picos que disparavam através das nuvens imperfeitas em um céu de ébano. Eu só tinha ido a Berchtesgaden uma vez, quando era criança.

Meus tios moravam em um chalé de três andares de estilo bávaro que se encaixava entre um pequeno restaurante e um açougue em uma rua lotada, não muito longe do centro da cidade. A influência alpina estava em todo lugar. Sua casa era alta, mas não tão larga como um chalé que você encontraria empoleirado em uma encosta. Saí do carro e respirei o frio ar da montanha. Era difícil acreditar que eu estava no mesmo país que Berlim.

Tiramos nossos casacos e deixamos minha bagagem perto da porta. Tio Willy estava vestido com o uniforme da polícia local, com a suástica no braço esquerdo. Reina usava um vestido azul-cobalto com um colar apertado. Um broche de diamante em forma de suástica estava preso acima de seu coração. Um grande retrato em preto e branco do Führer pendia sobre a lareira, de onde sua figura solene e sólida encarava a sala de jantar. Minha tia tinha costurado uma passadeira de mesa coberta de suásticas. Reina era espanhola, apoiadora de Franco e também do italiano Mussolini. Tudo em sua casa estava meticulosamente de acordo com o ideal nazista da perfeição germânica. Nada estava fora de ordem. O mobiliário fora polido até atingir um brilho lustroso e organizado de maneira simétrica. Senti como se tivesse entrado em um conto de fadas, algo com um efeito fora do comum, surreal. Era como estar em uma exposição de arte – linda, mas não aconchegante.

A noite estava fresca, então meu tio acendeu a lareira. Tia Reina serviu ensopado de carne e pão, e nós degustamos uma taça de vinho tinto. O ensopado tinha pouca carne e vegetais, era mais um caldo do que qualquer coisa, mas o sabor era bom. Eu estava com fome por causa da viagem. A refeição era mais saudável do que os pratos de vegetais que minha mãe cozinhava naqueles dias. Ovos e carne estavam escassos em toda a Alemanha, especialmente nas cidades.

Conversamos sobre meus pais e nossos parentes. Falamos brevemente sobre a guerra, um tópico sobre o qual Willy e Reina eram todos sorrisos. Como minha mãe, eles estavam convencidos de que estávamos ganhando e de que a Alemanha seria vitoriosa sobre nossos inimigos, particularmente os judeus. Minha vida tinha sido tão protegida, com pessoas como eu, meus poucos amigos, que nunca tinha pensado muito sobre os judeus. Eles não faziam parte da minha vida. Não tínhamos amigos, nem vizinhos, que fossem judeus. Ninguém que conhecíamos tinha "desaparecido".

Tio Willy disse que o direito ao nosso Lebensraum – espaço vital – era tão inalienável quanto nossa linhagem. Quando os judeus e os bolcheviques fossem removidos, a terra deveria ser povoada pela Alemanha. O Leste produziria o alimento, os minerais e as matérias-primas de que o

Reich precisava para o seu reinado de mil anos. O rosto dele se iluminava enquanto falava.

Tia Reina examinou sua mesa perfeitamente arrumada como uma rainha.

"Este cristal veio da minha casa na Espanha." Ela bateu ao lado do copo com as unhas. "Quando for seguro viajar, vou levar você até minha terra natal; é um país tão lindo. Os Aliados estão fazendo o seu melhor para nos inundar com propaganda. Apesar disso, sabemos que o Führer não pode estar errado." Ela olhou para o retrato em cima da lareira e sorriu. "Nós seremos vitoriosos. Nossos homens vão lutar até vencer a batalha final."

Concordei com a cabeça, embora não estivesse interessada no assunto, porque eu era uma garota alemã comum, com pouca sofisticação, ao contrário de minha tia. Ela era diferente de qualquer mulher que eu já tinha conhecido – mais obstinada do que minha mãe, e com uma alma de aço. Nada do que eu dissesse ou fizesse poderia influenciar o pensamento de minha tia e de meu tio ou o resultado da guerra. Até as minhas poucas amigas eram mais preocupadas com seus empregos, com ganhar dinheiro e se dar bem umas com as outras. Nós quase nunca falávamos da guerra, exceto para comentar, com saudade, a desgraça dos rapazes que eram enviados para a batalha.

Depois que minha tia e eu limpamos os pratos, nos sentamos por mais uma hora na sala de estar até que tio Willy pegasse no sono. Reina declarou que a noite havia terminado quando meu tio começou a roncar. Levei minha mala para o quarto no segundo andar, que tinha vista para a rua. O terceiro andar abrigava também o sótão, que minha tia usava como depósito.

As lâmpadas da cidade estavam apagadas, mas a luz enfraquecida de algumas janelas brilhava através dos blecautes. Para além dos prédios, uma mistura de escuridão e luz caía sobre o terreno. As montanhas exibiam tons variados de preto: a rocha parda e densa, a floresta mais clara em sua escuridão. As nuvens rodopiavam acima da paisagem e às vezes um raio de luz disparava através delas como uma flecha luminosa. Eu não saberia dizer se vinha do chão ou dos céus, mas ela acendia momentaneamente as nuvens como se uma tocha elétrica tivesse sido colocada dentro delas. Fiquei de pé na janela e achei difícil me afastar da vista. Mágica e mito enchiam o ar em Obersalzberg. Não era de admirar que Hitler tenha decidido construir seu castelo na montanha acima de Berchtesgaden, a sua Berghof.

Tirei algumas coisas da mala e depois me sentei na cama. Por mais que admirasse a beleza de Berchtesgaden, era uma estranha na casa dos meus tios. Fui para a cama pensando no meu confortável quarto em Berlim e em meus pais. Eles deviam estar dormindo àquela hora, as persianas fechadas e as lâmpadas apagadas. A senhora Horst ainda estaria acordada, fumando um cigarro e tomando seu conhaque. Ela nunca ia para a cama sem tomar uma bebida.

O silêncio no meu quarto era estranho. Em Berlim, particularmente antes da guerra, quando o vento soprava na direção certa, eu ouvia os trens e seus assobios solitários. Sempre me perguntava para onde eles estavam indo, embora eu estivesse satisfeita por ficar na minha cama, em vez de sonhar com uma viagem. Os vagões roncavam por perto, as sirenes soavam a qualquer hora. A cidade cantarolava. Eu teria que me acostumar com aquela calmaria. De maneira bastante inesperada, eu sentia falta da minha rua arborizada e dos "olás" e das conversas fiadas de nossos vizinhos.

Na manhã seguinte, todas as gentilezas de minha tia tinham se dissipado.

"Você precisa conseguir um emprego se quiser viver aqui", Reina me disse com uma voz carregada, as palavras soando pesadas como ferro. Os confortos da noite anterior se evaporaram enquanto ela servia uma tigela de mingau de aveia com um pouco de leite de cabra em meu prato. Não havia manteiga na mesa e não me atrevi a pedir. "Não podemos nos dar ao luxo de alimentar outra boca, e seus pais não estão em condições de enviar dinheiro. Você deve trabalhar ou encontrar um marido. O Reich precisa de bebês fortes do sexo masculino para o futuro serviço."

Fiquei chocada com suas demandas, mas elas não eram inteiramente inesperadas.

"O que você quer que eu faça?", perguntei. "Não posso andar pelas ruas à procura de um homem."

Rugas se formaram em torno da boca de Reina.

"Não estou sugerindo que você seja uma prostituta", disse ela com naturalidade. "Mulheres desesperadas danificam o Reich e pervertem nossos soldados. A semente de um homem deve ser guardada para gerar crianças. Você deve encontrar um emprego – algo que você possa fazer ou para o qual tenha talento. Você tem algum talento?"

Pensei muito antes de responder. Nunca tive que fazer muita coisa enquanto estava na casa de meus pais, exceto limpeza e consertos. Às vezes eu cozinhava, mas raramente. Minha mãe comandava a cozinha.

"Eu sei costurar", finalmente respondi.

"Não traz dinheiro o bastante. E o trabalho aqui seria escasso. Todas as mulheres de Berchtesgaden sabem costurar, provavelmente muito melhor do que você."

A falta de confiança da minha tia em mim era irritante. No entanto, sua tática estava dando certo. Eu me afundei na cadeira e questionei minha própria falta de iniciativa. Meus pais nunca me obrigaram a trabalhar e supus que os pequenos serviços que fazia na casa pagavam pelo meu sustento. Talvez eu estivesse errada.

"Qual é sua utilidade para o Reich?" Minha tia colocou as mãos nos quadris e olhou para mim. "Todo cidadão deve ser produtivo. Você devia estar envergonhada, e seus pais também, por criarem uma moça tão sem valor. Talvez fosse melhor se você tivesse ficado em Berlim. Seu pai é tão preocupado." Ela apontou um dedo para mim.

Qualquer tipo de carinho que eu tinha por minha tia estava diminuindo rapidamente. Havíamos passado pouco tempo juntas, e a perspectiva de mais alguns dias anunciava um desastre.

"Vou procurar trabalho depois do café da manhã", eu disse.

Os olhos da minha tia se iluminaram.

"Boa garota. Deve haver algo que você possa fazer."

Eu não tinha tanta certeza disso.

Ajudei minha tia com a louça, depois tomei banho e guardei o restante das minhas coisas, embora não estivesse muito segura sobre continuar ali. Querendo parecer inteligente, escolhi o meu melhor vestido. Eu não procurava emprego havia vários anos e me sentia totalmente despreparada. Minha tia me deu um bloco de papel e uma caneta, ambos cobertos com suásticas.

As nuvens tinham clareado durante a noite e os raios do sol brilhavam com toda a força da primavera; ainda assim, estava frio o suficiente para usar uma jaqueta. O ar da montanha e a luz deslumbrante aceleraram meu passo depois da conversa desagradável com minha tia. Olhei para a minha direita e fiquei emocionada ao ver a montanha Watzmann, cujos belos picos serrilhados despontavam sobre o vale como dentes de tubarão saindo da terra. A neve branca do inverno ainda resistia nas partes mais altas de sua face rochosa. Para qualquer lado que olhava havia florestas e montanhas. Berchtesgaden era tão diferente de Berlim, onde todos se sentiam no limite.

Andei pela rua, passando por lojas com vitrines vazias. Muitas estavam fechadas ou completamente tapadas com tábuas. Até dei uma parada para ler uma publicação local com notícias de emprego, mas nenhum estava listado. Como minha tia esperava que eu conseguisse uma vaga com tantas lojas fechadas ou vendendo apenas produtos racionados e serviços? Nenhuma placa procurando por candidatos para emprego era visível nas janelas, exceto na do açougueiro ao lado da casa dos meus tios. Umas poucas e miseráveis carcaças de pássaros pendiam em ganchos atrás do balcão. O açougueiro queria alguém com ombros fortes, para ajudar a limpar e carregar peso. Eu não podia me ver destripando pássaros ou limpando uma bagunça sangrenta. Além disso, fazia sentido que o dono da loja quisesse um homem que pudesse carregar peças pesadas de carne bovina, ainda que estivessem escassas.

Meus pais tinham me dado alguns marcos alemães para pagar pelas necessidades. Eles esperavam que minha tia e meu tio me alimentassem e abrigassem sem nenhum custo. Isso, é claro, era otimismo e apenas parcialmente verdadeiro. Imaginei que tivesse sido meu tio Willy, o chefe da casa, quem permitira que eu viesse para Berchtesgaden, passando por cima das objeções da minha tia.

Parei em um restaurante e olhei para o cardápio. Salsichas, que provavelmente vinham do açougue local, pareciam uma boa opção. A carne saborosa era um deleite especial e difícil de obter em qualquer lugar naquela época. Sentei-me numa mesa ao ar livre e me perguntei se deveria usar o dinheiro suado dos meus pais para uma extravagância. Eu precisava de algo para me animar, então não demorei muito para decidir. O proprietário anotou o meu pedido de uma salsicha e batatas fritas. Ela foi servida borbulhando em seu próprio molho sobre um prato quente. O cheiro das batatas fritas me lembrou do jeito que minha mãe costumava cozinhar.

Depois de comer, eu não tinha certeza do que fazer. Em duas horas, havia percorrido a maior parte da cidade, sem sucesso. Andei sem rumo por um tempo, curtindo a paisagem até ver meu tio caminhando em minha direção.

"Você comeu?", perguntou ele, esfregando a barriga.

Apontei para o restaurante onde almocei.

"A salsicha estava excelente."

Ele me puxou para a sombra do toldo de uma loja.

"Conversei com sua tia depois que você saiu." Ele franziu a testa. "Não dê ouvidos a ela. Reina pode ser grosseira às vezes. Está se esforçando para nos proteger da guerra."

"Estou grata pelo que você fez. Se não fosse isso, eu não teria para onde ir", disse, balançando a cabeça.

Ele ergueu o dedo como se estivesse prestes a me dar uma bronca.

"Procurei algumas pessoas hoje de manhã. Ser policial e membro do Partido abre portas. Inscreva-se na Reichsbund, a Liga do Reich, e deixe o resto comigo." Ele inclinou a cabeça indicando um prédio mais adiante no quarteirão todo decorado com bandeiras nazistas. "Não seja tímida. Vá em frente. Vou fazer minha mágica." Ele me deu um beijo na bochecha.

Me afastei dele, sorrindo, e me encaminhei para a Liga do Reich, um escritório do serviço civil. Olhei através de uma janela cheia de livros, bandeiras, cartazes e publicações nazistas

Lá dentro, uma mulher vestida com um uniforme cinzento estava sentada diante de uma mesa. Ela levantou o rosto como se tivesse sentido minha presença. A coragem do tio Willy me fortaleceu. Entrei para ver quais posições podiam estar disponíveis. O cabelo loiro da mulher estava preso bem firme para trás, mas, fora isso, ela era bonita, com maçãs do rosto altas, olhos azuis e um nariz fino. Era o tipo de pessoa de quem você queria gostar. Supus que era por isso que ela estava naquele cargo.

Perguntei por informações e ela pediu que me sentasse em uma cadeira de carvalho em frente à sua mesa.

"Sou de Berlim, estou morando aqui com minha tia e meu tio, mas preciso trabalhar." Corei por causa da minha falta de jeito.

Ela parou de escrever no livro, colocou a caneta no centro e o fechou.

"Posso ver seus documentos de identificação? Você é membro do Partido?"

Perguntei-me por que não tinha me filiado ao Partido antes. Se eu pensasse em minhas lealdades, me alinhava com meu pai – um isento, na melhor das hipóteses, e um crítico silencioso, na pior. Ainda assim, eu precisava de trabalho ou talvez fosse forçada a voltar para Berlim.

"Meus papéis estão em casa com minha tia e tio. Não sou membro do Partido."

Ela me olhou com bastante desconfiança, mas depois de me avaliar deve ter considerado que eu não era uma ameaça para a política nazista.

"Quem são seus tios?"

"Willy e Reina Ritter. Eles são membros do Partido e moram perto daqui."

Ela apertou minhas mãos como se eu fosse uma companheira de escola.

"Eu os conheço muito bem. Eles são pessoas excelentes e honestas, um ganho para todos os alemães leais. Qual o seu nome?"

Eu disse e ela ouviu atentamente minha história. Enquanto eu falava, ela pegou outro livro, fazendo anotações sobre o que eu dizia. Quando terminei, me pediu para ficar na frente de uma tela preta perto da parte de trás da sala. Ela tirou várias fotos minhas com uma câmera com flash, que iriam para seu superior quando fossem reveladas, ela disse.

"Existe alguma coisa que eu possa fazer – para a qual eu esteja qualificada?", perguntei.

"Não há nada neste distrito", disse ela. "Você não é qualificada como guarda-livros, ou como jardineira, para construção, ou engenheira de locomotivas. Muitas mulheres já servem o Reich, então as vagas são limitadas."

Suspirei. Reina não ficaria satisfeita.

A mulher viu minha testa franzida e disse:

"Mas isso não significa que esta entrevista foi em vão. O Reich sempre tem trabalho para seu povo, seja você um membro do Partido ou não." Ela olhou para mim como uma professora paciente. "Se você apoiasse o Partido tanto quanto sua tia e seu tio, poderíamos olhar para você sob uma luz mais favorável."

Eu me levantei da cadeira.

"Onde posso me filiar?", perguntei com a maior sinceridade que pude; ainda assim, algo dentro de mim se rebelou com o pensamento de ser uma nazista. Minha mãe já havia repreendido meu pai por não ser "mais forte", um homem que pensasse mais como a liderança do Partido. Para conseguir um emprego, eu teria que adotar o modo de pensar dela.

A mulher apontou para uma mesa do outro lado da sala.

"O senhor Messer estará aqui no sábado. Venha vê-lo."

Saí do Reichsbund um pouco encorajada, embora não quisesse enfrentar minha tia, porque ainda não tinha nenhuma perspectiva de emprego.

Reina estava na cozinha quando cheguei, então subi furtivamente as escadas para o meu quarto e descansei em vez de encará-la. Cerca de quarenta e cinco minutos depois, ouvi meu tio abrir a porta e cumprimentar minha tia.

Encontrei-os sentados na sala de estar. Reina ficou chocada ao descobrir que eu estava em casa, mas me cumprimentou com um sorriso.

"Willy me contou as notícias. Tenho certeza de que algo bom virá da sua entrevista."

Tio Willy acendeu um cigarro, expirou e disse:

"Tenho certeza disso."

Naquela noite no jantar, conversamos sobre a infância da minha tia na Espanha e como ela e meu tio se conheceram em um albergue nos Alpes italianos. Willy havia se hospedado lá para uma reunião política;

Reina estava passando a noite com um grupo de amigos que faziam trilha. Eles viram algo um no outro que os membros da minha família não conseguiam ver.

A conversa morreu ao mesmo tempo que a chama do fogo e nós fomos para cama perto das dez da noite. Passei várias horas preocupada com trabalho até finalmente cair no sono. Na manhã seguinte, saí novamente, mas não encontrei nada. Mais uma vez eu temia voltar para casa sem emprego. Quando cheguei, encontrei minha tia e contei-lhe as más notícias.

Ela juntou as mãos na frente do corpo e entrelaçou os dedos, estranhamente calma, considerando o fervor com que encarava minha busca por trabalho.

"O Reichsbund ligou esta tarde. Eles querem que você retorne pela manhã. Aparentemente eles têm um emprego para você." Ela me abraçou e me beijou na bochecha com os lábios gelados. Mais tarde, perguntei a Willy se ele sabia qual era o cargo que eu ocuparia, mas ele balançou a cabeça negativamente.

Naquela noite, comemoramos com vinho. Minha tia me permitiu ligar para meus pais para lhes dar as boas novas. A senhora Horst e meus pais compartilhavam um telefone no prédio. Minha mãe parecia satisfeita. Eu não sabia dizer o que meu pai estava pensando. Eu disse que estava planejando entrar para o Partido. Meu pai respondeu:

"Faça o que for preciso para sobreviver."

Suas palavras foram um balde de água fria na minha comemoração.

Eu não era uma adivinha, mas me perguntei quão grave minha situação poderia se tornar como uma trabalhadora no Reich.

Capítulo 3

EU ME APRESENTEI NO REICHSBUND na manhã seguinte. Em vez de ser recebida pela mulher que havia anotado minhas informações no dia anterior, um oficial da SS me atendeu. Ele sorriu amigavelmente e pediu que me sentasse em frente à sua mesa. Enquanto eu examinava seu rosto bonito, com feições nórdicas, me dei conta de algo que não tinha levado em consideração anteriormente. A maioria dos homens da SS era jovem e parecida em sua estrutura facial. O Führer os queria por serem arianos. Eles eram fortes, mas magros, geralmente loiros de olhos azuis e guiados pela adoração por seu líder. Usavam uniformes pretos quando o partido chegou ao poder, mas nos últimos tempos eles se vestiam apenas de cinza. Aquele jovem estava vestido de preto e entendi depois que era um membro do Leibstandarte do Führer, seu corpo de proteção pessoal na Berghof.

Perguntei ao homem da SS que trabalho eu faria. Ele não deu uma resposta específica, disse apenas que eu teria que esperar e aceitar o serviço sem hesitação. Ele abriu um arquivo que tinha sido marcado com o selo do Reich e espalhou minhas fotos pela mesa.

"Você não é um membro do Partido?", ele perguntou, e depois acendeu um cigarro.

"Não."

"Por que não?" A fumaça fluía como uma fita branca de sua boca.

"Não havia necessidade." Minha resposta foi simples e direta. As mulheres jovens não precisavam se filiar a menos que tivessem motivações políticas – uma profissão altamente incomum. Eu não era a única que pensavam assim. Algumas das minhas amigas se preocupavam tão pouco com o Partido quanto eu. Todas sentíamos o mesmo. Para um homem, o sentimento era diferente. Era um emblema de honra, uma questão de orgulho servir o Reich e ir à guerra.

"A Alemanha mudou." Ele apertou os lábios, reuniu as fotos nas mãos e as estudou individualmente antes de jogar uma por uma na mesa. "Você não é o que o Führer normalmente pediria. É muito morena, com uma aparência muito oriental. Alguém pode questionar sua lealdade – sua linhagem."

Abaixei meu olhar, surpresa por sua insolência. Depois de alguns momentos, levantei minha cabeça e o olhei nos olhos, mais por despeito do que por qualquer outra coisa.

"Não, eu não sou membro do Partido, mas me orgulho de ser alemã. Não há nada com meus antecedentes ou com minha linhagem que deva preocupá-lo."

Ele sorriu.

"Agora sim. Quero ver energia." Ele se reclinou na cadeira e tragou o cigarro. "Nós entramos em contato com seus tios, seus pais em Berlim, até mesmo com alguns dos seus amigos e vizinhos. Seu registro está em boas condições. Você entende que devemos ter cuidado."

Por uma hora, ele me interrogou sobre meus estudos, meus hábitos de trabalho, passatempos, e até mesmo se eu tinha planos de ter filhos, todas as questões pessoais que o Partido pudesse levantar. Respondi suas perguntas com sinceridade e ele pareceu satisfeito. Então me deu uma bateria de testes de matemática, artes, ciências, e política. Achei que tinha me saído mal na maioria deles, particularmente nas questões políticas, que abordavam muito a história da Alemanha e a ascensão dos nazistas ao poder. Terminei antes do meio-dia e ele me dispensou. Parei na porta e me virei.

"Você disse que eu não era o que o Führer normalmente gostaria." Um nó subiu na minha garganta, mas tive coragem suficiente para fazer a pergunta: "Vou trabalhar para o Führer?".

Seus lábios se abriram em um sorriso fino e seus olhos encontraram os meus.

"Eu não tenho nada a ver com sua designação. Só estou aqui para ter certeza de que você não é deficiente em qualquer área requerida pelo Reich. Isso é tudo o que posso dizer." Ele se levantou e se inclinou ligeiramente. "Bom dia, senhorita Ritter."

Fechei a porta. Através da janela do escritório, eu o vi colocar meus exames e fotos no meu arquivo. Eu não fumava e raramente bebia, mas naquele momento desejei ter algum vício, porque meus nervos tremiam como uma corda de violino que tinha acabado de ser tocada.

Durante as duas semanas seguintes, treinei para meu cargo sem nome. Levantava cedo e chegava tarde em casa, mas minha agenda não foi um grande empecilho para minha tia e meu tio, exceto pelo incômodo de me ter como hóspede. Durante o treinamento, o Partido nos servia café da manhã, almoço e uma pequena ceia. Minha tia não precisava cozinhar para mim. Isso caiu como uma luva para ela.

Uma das coisas de que mais gostei foram as excursões do meu grupo aos campos que rodeavam Berchtesgaden. Os funcionários achavam que estávamos fazendo ginástica. Os testes foram realizados em um campo alpino tranquilo perto da montanha Hoher Göll. Meus pulmões se acostumaram com o ar rarefeito e logo percebi que eu era mais coordenada do que alguns dos meus novos amigos. Corria rápido, particularmente nos treinos de arrancada. Minhas longas pernas me ajudavam muito. Todas as noites eu caía exausta em um sono sem sonhos. Depois de dores iniciais, meus músculos ficaram mais fortes e tonificados. Perdi peso. Nunca cheguei a aderir ao Partido. Francamente, eu não queria fazer isso.

Após a conclusão do meu treinamento, tive um dia de descanso e relaxamento na casa de Willy e Reina antes de começar em meu misterioso novo cargo. A mulher que me entrevistou no Reichsbund ligou para dizer que eu deveria estar pronta para partir às 5h45 na manhã seguinte com minha mala.

Meus tios conversaram até mais tarde que o normal após a ceia. Willy estava entusiasmado com o meu novo trabalho; seu rosto sardento sorria com orgulho. Nós nos despedimos e prometi ligar para ele quando começasse minhas novas tarefas.

Nuvens cor-de-rosa manchavam o céu na manhã seguinte. Meu tio esperou na porta, vestido com o uniforme da polícia. Minha tia, usando um longo robe azul, olhava por cima do ombro dele. Um carro de passeio Mercedes preto parou em frente à casa e um motorista da SS apareceu. Bandeiras do corpo militar da SS tremulavam sobre cada farol. Sem dizer uma palavra, já que provavelmente me reconhecia pelas minhas fotos, o motorista colocou minha bagagem no porta-malas e segurou a porta aberta para mim. Ocupei meu lugar no luxuoso banco traseiro de couro. Sempre me lembrarei do olhar no rosto da minha tia – era uma felicidade misturada com ciúmes. Agora ela sabia que meu trabalho era importante. Outros servos civis não eram tratados com tanta pompa.

Acenei quando o carro se afastou e o motorista virou para o leste em direção ao Obersalzberg. Eu não tinha ideia de para onde estávamos indo. Dirigimos pelo agradável vale que embalava Berchtesgaden e passava pelas limpas fazendas que cercavam a cidade. O motorista falou pouco comigo enquanto subíamos mais e mais no terreno montanhoso; as árvores que perdiam as folhas no inverno se tornaram menos numerosas à medida que os abetos e abetos-falsos revestiam as encostas como carpete. O vale se espalhava abaixo de nós e pude ver as torres da igreja de Berchtesgaden.

Num momento, minha curiosidade venceu e perguntei ao motorista da SS aonde estávamos indo. Ele tirou os olhos da estrada por um minuto, olhou para o espelho retrovisor e disse:

"Para a Berghof."

Eu ficara sabendo da "corte da montanha" de Hitler por meio de meus pais e tios. Antes da guerra, ela tinha se tornado uma atração turística desde que o Führer se instalara ali. As pessoas se reuniam na longa entrada em frente à casa principal para dar uma espiada. Muitas vezes ele saía da casa para cumprimentar a multidão que o adorava e apertar as mãos dos simpatizantes.

Meu coração acelerou com a perspectiva de trabalhar em seu retiro nas montanhas. A empolgação vinha mais da emoção com o meu posto do que de qualquer admiração por Hitler. Imaginei ver os diplomatas, os visitantes estrangeiros, os importantes membros do Partido: Bormann, Göring, Speer, Goebbels, muitos dos quais visitavam a Berghof quase diariamente.

Logo chegamos a uma clareira quando a estrada começou a subir. Uma guarita de aparência rústica, ladeada por uma arcada fechada por um portão, entrou em nosso campo de visão através do para-brisa. A estrutura rudimentar se apoiava sobre uma base de pedra. Vários homens da SS olharam através de uma janela quando nosso carro se aproximou. Um dos guardas saiu e abriu o portão. Ele provavelmente conhecia o motorista, pois não trocaram palavras, apenas um aceno. Outro guarda estava na entrada do portão, com a arma presa sobre o ombro. Eles mal olharam para mim, sem se afetarem pela minha presença. Estavam acostumados a ver reis, príncipes e diplomatas de todo o mundo.

Quando atravessamos o portão, vi a Berghof. Ela ficava empoleirada na encosta, como uma águia se preparando para alçar voo. A estrutura de chalé da edificação tinha sido transformada em uma obra monumental de arquitetura, mas as asas inclinadas do telhado lhe davam uma leveza inerente. Talvez o ar da montanha a fizesse parecer frágil e arejada, diferente da casa fortificada de um líder de guerra. O sol brilhava nas paredes brancas do lado de fora, dando-lhe uma aparência acolhedora. Observei-a admirada enquanto ela passava diante dos meus olhos. O carro contornou uma esquina perto de uma tília e se dirigiu para uma pequena calçada distante daquela em que estávamos. O motorista estava me levando para a entrada de um longo prédio no lado leste da estrutura. Ele parou o carro e abriu a porta.

"Você deve ver a senhorita Schultz, a cozinheira do Führer. Vou levar sua bagagem para seu quarto."

"A cozinheira?" Fiquei estupefata. Embora eu tivesse experiência em preparar refeições para minha família, não me sentia exatamente qualificada para cozinhar para o líder do Terceiro Reich.

"Foram essas as ordens que recebi." Ele moveu a cabeça na direção da porta e um guarda saiu das sombras. "Leve a senhorita Ritter para a cozinheira." O motorista entrou no carro, virou-o e dirigiu em direção à entrada principal da Berghof.

O guarda deu um passo à frente, abriu a porta e me acompanhou pelos corredores até a cozinha. Embora fosse cedo, uma grande equipe já havia se reunido para preparar a refeição. O aposento estava bem instalado com equipamentos modernos. Vários fogões e fornos estavam dispostos contra as paredes, onde também se viam prateleiras contendo pratos e utensílios de cozinha. Livros de receitas estavam espalhados por uma grande mesa. Homens e mulheres vestidos com uniformes de serviço faziam massa, preparavam ovos e cortavam frutas e vegetais. Uma mulher alta com um rosto oval e cabelo castanho ondulado se destacava da multidão. Ela tinha um ar de autoridade com seu vestido escuro coberto por um avental branco. Conversava com um homem em uma pia de pedra preta. Quando me viu, parou a conversa e caminhou em minha direção.

"Você deve ser a senhorita Ritter", disse ela.

"Sou." Apertei sua mão. "Você é a senhorita Schultz?"

"Sim. A nutricionista e cozinheira do Führer." Ela olhou para mim com preocupação. "O que lhe contaram sobre seu cargo?"

Dei de ombros.

"Nada."

"Venha comigo até o escritório da cozinha. Você ficará aqui na ala leste para estar perto de mim, da equipe da cozinha e das outras *provadoras*."

Não entendi. Seguimos para o corredor depois da cozinha, que dava para uma série de portas. A dela foi a primeira. Ela a abriu com uma chave e entramos na pequena sala. A senhorita Schultz tirou o avental e se sentou à mesa enquanto eu me sentava na cadeira de convidados. Uma janela estava voltada para o norte, na mesma direção que a Berghof, onde se estendia a vista do Untersberg. Ela se virou para mim com as mãos cruzadas sobre o colo.

"Você foi escolhida", começou, "por mim e pelo Capitão Karl Weber, o oficial da SS que supervisiona a segurança da minha equipe. Você é uma das quinze".

Eu me mexi sobre o assento.

"Quinze o quê?"

"*Provadoras* que trabalham para o Führer em seu quartel-general."

"*Provadoras?*" Eu não tinha ideia do que ela estava falando. "Talvez você possa me explicar o que isso significa."

Ela olhou para mim como uma professora que estava irritada com um aluno.

"Você e outras experimentam a comida do Führer. Seu corpo é oferecido em sacrifício ao Reich no caso de a comida estar envenenada."

Perdi o ar com o horror que suas palavras me causaram. A cozinheira deve ter reconhecido a angústia no meu rosto, pois ela esticou a mão para segurar a minha.

"Não há necessidade de entrar em pânico", disse ela. "Eu te digo com franqueza, ele está obcecado com a possibilidade de ser envenenado. Acha que os britânicos pensam em fazer isso com ele – é tudo muito shakespeariano, se você me perguntar. Por que eles recorreriam a essas táticas medievais quando a bala bem direcionada de um assassino daria conta do recado? Seu médico pessoal também poderia envená-lo, mas não provamos seus remédios. As chances de você ser envenenada são mínimas. Afinal, todos nós testamos uma amostra da comida quando ela está sendo preparada." E com um olhar malicioso, ela disse: "Ainda assim, acho que sempre há uma chance. Suponho que não esteja pronta para tanta franqueza, mas você precisa saber a verdade".

"É por isso que fui escolhida para o serviço civil?"

Ela recolheu as mãos e voltou à sua postura de negócios.

"Sim. Aparentemente, o Reichsbund sentiu que você estava qualificada para essa posição. É uma grande honra."

Eu não sabia como responder, então disse com humildade:

"Suponho que sim." Pensei em meu tio Willy e me perguntei se ele ficaria orgulhoso pelo meu cargo. A recomendação dele me levara até ali.

"Você vai trabalhar comigo", explicou. "Se fizer um bom trabalho, tenho outras funções a que você pode se dedicar, como a contabilidade da cozinha. Essa também é uma tarefa importante. Temos plena capacidade de cultivar alimentos – estufas com as quais você vai se familiarizar." Ela fez uma pausa e estudou meu rosto. "Você é bonita. Há muitos homens atraentes aqui, o suficiente para manter uma garota namoradeira ocupada. Eu desencorajo a confraternização íntima com oficiais e outros funcionários. Nós temos cinema, dança, às vezes, mas deve se lembrar de que está a serviço do Führer. Sua vida pessoal não tem nenhuma importância."

Estremeci. *Minha vida pode acabar aqui.* Nem mesmo os bombardeios em Berlim tinham me obrigado a enfrentar minha mortalidade de maneira tão brutal. A ideia de que eu poderia morrer por Hitler me atordoou. Uma armadilha involuntária havia sido colocada e fechada sobre mim. Meus pais me mandaram embora, tio Willy puxou os cordões e agora eu estava em uma posição que poderia me levar à morte. Minha mente disparou, pensando em maneiras de fugir da Berghof. Mas para onde eu iria?

Ela ficou de pé e me senti diminuída pela sua figura. Aparentemente, ela também podia ler meus pensamentos.

"Eu não tiraria conclusões precipitadas. Se você rejeitar sua função, pode haver sérias consequências. Talvez nunca mais trabalhe. Como eu disse, o risco é pequeno. Quando a guerra acabar, seu serviço ao Reich será recompensado." Ela pegou seu avental. "Preciso voltar para a cozinha." Ela ajeitou os cabelos que caíram na minha bochecha esquerda antes de abrir a porta. "O Capitão Weber estava certo. Você é bonita – de uma maneira diferente. Talvez seja por isso que você foi escolhida. Ele quer falar com você. Espere aqui."

Ela me deixou sentada sozinha no escritório. Eu me curvei sobre minhas pernas, cobri meu rosto com as mãos e aguardei o oficial da SS. Em uma questão de dias, minha vida tinha mudado: de uma menina alemã comum para a de uma pessoa de importância no Reich. Minha cabeça girava com o que o destino tinha atirado no meu caminho tão rapidamente. A perspectiva de morrer, e ainda mais por Hitler, raramente passara pela minha jovem cabeça. Como um animal preso, não havia nada que eu pudesse fazer. Desistir levaria vergonha e escárnio à minha família, talvez até os deixasse vulneráveis a serem questionados. Eu só poderia esperar e torcer pelo melhor.

O oficial bonitão chegou alguns minutos depois.

"Você é mais bonita do que suas fotos", disse ele depois que teve a chance de olhar para mim. Suas palavras foram ditas em um tom frio, sem pretensões ou insinuações sexuais. Agradeci, mas com pouco entusiasmo. Afinal, o que minha aparência tinha a ver com degustar comida?

A senhorita Schultz o tinha chamado de "capitão". As insígnias dos uniformes da SS significavam pouco para mim. Havia dois bordados em cada lado do colarinho. Um deles continha dois símbolos prateados que pareciam relâmpagos.

Os cabelos loiros-avermelhados, repartidos no lado direito, eram penteados para trás a partir da testa. A boca era sensual, não cruel; o arco no lábio superior tinha uma fenda marcante. Os olhos cor de avelã eram cobertos por longas sobrancelhas que se curvavam como arcos de ambos os lados do nariz – por si só um traço muito bonito – forte e esculpido em uma ponta fina. Talvez suas orelhas fossem seu único defeito. Eram grandes para o tamanho de seu rosto. No entanto, não prejudicavam sua aparência geral. Fiquei atraída por ele, mas que mulher não teria ficado? Eu sabia, claro, que isso era perigoso. Ele poderia mandar me executar tanto quanto poderia me pegar em seus braços.

"Você foi escolhida para um trabalho perigoso", disse ele.

Eu o observei enquanto ele se sentava na cadeira da cozinheira e puxava um maço de cigarros, mas, sem encontrar nenhum cinzeiro, recolocou-o no bolso do casaco.

"Não pedi por ele", eu disse. "Não tinha ideia do que meu trabalho seria até dez minutos atrás."

Ele se acomodou na cadeira.

"Você sempre pode ir embora. O Führer não é um homem irracional. Muitos vieram e foram embora daqui."

"Não é isso que eu quero", eu disse, esperando superar minhas próprias dúvidas. O que mais eu faria? Reina não ficaria feliz se eu acabasse na porta dela. "Preciso trabalhar. E, além disso, me disseram que encontrar qualquer trabalho pode ser impossível se eu deixar a Berghof."

Ele me estendeu a mão.

"Entendo." Seu olhar perdeu o ar profissional, como se ele compreendesse minha situação. "Meu nome é Karl Weber. Sou um oficial da equipe de segurança designado para supervisionar a cozinha e os restaurantes. Não é exatamente um trabalho emocionante, mas suponho que fiz por merecê-lo. Lutei na Polônia e na França. A luta foi bastante árdua, mas não tão difícil quanto o que as tropas do Fronte Oriental tiveram de suportar."

"Você se feriu?"

"Não... Tive sorte."

Ficamos sentados por um momento; eu não tinha certeza do que dizer. Meu destino tinha sido selado pelo Reichsbund e havia pouco que eu pudesse fazer sobre isso. Ir embora seria trazer desgraça aos meus pais. Minha tia poderia me jogar na rua. Lembrei-me de que precisava ligar para Willy e Reina para que eles soubessem o que estava fazendo.

"Posso fazer um telefonema? Tenho esse privilégio?"

Ele riu.

"Você não é uma prisioneira. Claro que pode fazer uma ligação. No entanto, toda conversa telefônica no Berghof é monitorada. Você não tem privacidade aqui. Para quem quer ligar?"

"Eu disse para os meus tios que avisaria onde estava."

"Não se preocupe. Eles e seus pais foram informados de que você está a serviço do Führer. Todos ficaram satisfeitos; no entanto, eles não sabem o que você estará fazendo. Eu não recomendaria contar a eles. Além disso, agora é melhor que você tenha uma comunicação limitada com aqueles que estão fora da Berghof."

"Tenho poucos amigos com quem conversar, mas também devo ignorar meus pais?"

Ele me estudou e se inclinou para a frente.

"Senhorita Ritter, por favor compreenda algumas coisas sobre o seu trabalho. Um: você está sob meu comando e o da cozinheira. Mais importante que isso, você serve o líder do Terceiro Reich. Dois: sua vida, a partir deste ponto, nunca mais será a mesma. Três: se você quiser ir embora, deve fazê-lo agora, porque não haverá como desistir depois que eu sair desta sala." Ele me olhou atentamente. "Você não é um membro do Partido, é?"

Neguei com a cabeça. Ser um membro do Partido aparentemente era algo de que eu não conseguiria escapar.

"Talvez você devesse ser." Ele olhou pela janela em direção às montanhas, cujas cores estavam do roxo para o verde escuro sob a luz do sol da manhã. Ainda olhando para elas, disse: "Fui o único que escolheu você. Cook queria outra garota, mas insisti".

"Cook?"

"A senhorita Schultz. Ela tinha outra moça em mente, mas vi algo diferente em você. Não consegui explicar. Ela não entendeu meu raciocínio. Mas agora que conheci você, percebi que estava certo. Caso contrário, insistiria para que você fosse embora." Ele me encarou.

Me contorci na cadeira.

"Eu deveria ficar lisonjeada?"

Ele cerrou os dentes.

"Não, você deveria estar temendo pela sua vida. Mas sei que está apta para esse trabalho. Eu entendo você, e, no tempo certo, vamos nos conhecer melhor."

Ele se levantou, postou-se cuidadosamente à minha frente e ergueu o braço direito rigidamente em direção à parede.

"Salve a vitória!"

Fiquei de pé, mas não fiz nenhuma saudação nem disse nada. Estranhamente, me sentia distraída e um pouco suja, como se tivesse sido enganada pelo Reichsbund e pelo Capitão Weber. O oficial olhou para mim, mas foi um olhar pensativo, não de raiva ou de desafio. Ele mostrou pouca emoção, parecendo aceitar que eu não me interessava pela política ou pela guerra.

"Você vai usar a saudação quando for necessário", disse ele, com naturalidade. "Tenho certeza de que você sabe como." A saudação era usada em todos os lugares. Ele abriu a porta e me deixou sozinha.

Durante várias semanas, aprendi a rotina da cozinha. Esfreguei e lavei pratos, ajudei a transportar comida para os empregados, limpei fogões e unidades de refrigeração e assisti com interesse aos cozinheiros que preparavam as refeições. Cook riu quando perguntei se Hitler estava na residência.

"Claro", disse ela. "Por que nós teríamos todo esse trabalho se não estivesse? Não fazemos isso para Bormann ou Göring. Eles têm seus próprios chefes de cozinha. E certamente não trabalharíamos com tanto afinco para algum burocrata menor."

O Capitão Weber verificava meu progresso quase que diariamente. A cozinha era pequena o suficiente para nos vermos com bastante frequência. Muitas vezes ele ficava perto nos observando, Cook e eu, até que ela ficasse irritada e, com um olhar de repreensão, o afugentasse da sala.

"Você tem coisas melhores para fazer do que perder tempo conosco", dizia ela.

Ele sorria de volta e nos dizia que queria ter certeza de que tudo na cozinha estava de acordo com os altos padrões do Führer. Eu sabia que isso era apenas uma estratégia de sua parte para ficar perto de mim. Minha cabeça e meu coração se voltavam para ele quando estava na sala. Era difícil me concentrar no trabalho quando o lindo capitão estava por perto. Eu gostava da atenção dele.

Cook também deu algumas instruções: eu nunca deveria vagar sozinha na Berghof, só poderia falar quando se dirigissem a mim e nunca deveria perturbar ou interromper uma conversa, particularmente uma conversa que envolvesse o Führer – se alguma vez eu o encontrasse, o que, de acordo com Cook, seria uma raridade. Ela também me disse que o pessoal da SS estava em todo lugar e sabia de tudo em que estávamos envolvidas, incluindo nossos hábitos pessoais. Isso me perturbou tanto que me sentia desconfortável toda vez que ia ao banheiro. Eu procurava por microfones nas paredes e no teto.

Um oficial da SS, que eu só sabia ser um Coronel no Leibstandarte, uma unidade de elite das tropas de combate da Waffen-SS, muitas vezes ficava espreitando nas proximidades. Ele tinha um rosto bonito, olhos azuis redondos, maxilar quadrado e uma fenda proeminente no queixo; no entanto, uma impenetrável frieza encobria qualquer cordialidade que ele poderia ter. Todos na cozinha mantinham distância dele, a menos que o estivessem servindo.

"Fique longe dele", advertiu Cook. "Ele trairia a própria mãe."

Eu não tinha certeza de por que ela me avisara. Talvez um membro do pessoal da cozinha tivesse tido problemas com o Coronel. Não perguntei. Confiei na minha aversão instintiva pelo homem e mantive distância.

Minha colega de quarto era uma jovem de Munique chamada Ursula Thalberg, que trabalhava na Berghof havia vários meses. Ursula tinha um rosto oval emoldurado por cachos loiros. Ela também aparentava uma personalidade extrovertida e dinâmica. Seu rosto muitas vezes se iluminava em sorrisos quando falava. Como a maioria de nós, suas opiniões políticas eram alimentadas pelo que ficávamos sabendo a respeito do Partido por meio dos papéis do Reich e das notícias do rádio. Ursula estava mais preocupada com o programa "Fé e Beleza", um plano voluntário defendido pelo Reich para nos tornarmos mulheres alemãs modelo, do que com a política. Eu sabia do programa, mas não me interessava por ele. Na maior parte das vezes, Ursula e eu nos contentávamos em caminhar pela montanha e praticávamos ginástica ao ar livre em um clima agradável. Ursula também era uma *provadora*.

O nosso quarto era pequeno, mas confortável, com duas camas de solteiro, uma mesa, uma cadeira e um telefone. Alguns livros e lembranças estavam alinhados nas prateleiras, e um minúsculo armário continha uniformes e roupas civis. Meu macaco de pelúcia fez seu lar no meu travesseiro.

Ursula fumava, mas só quando não tinha medo de ser pega. Cook havia dito que Hitler desencorajava o uso de tabaco entre os homens e as mulheres que estavam a seu serviço. Uma noite, pouco depois de termos nos encontrado, Ursula desligou as luzes, abriu a janela e exalou a fumaça sob o peitoril enquanto conversávamos. Eu ainda não tinha assumido meu cargo e estava cheia de perguntas.

"Você não tem medo de ser envenenada?", perguntei.

Ela riu.

"Na verdade não. Sou muito nova para morrer. Além disso, o Führer está tão bem protegido, quem poderia envená-lo? O traidor seria descoberto imediatamente e teria uma morte horrível."

Fiquei impressionada com a indiferença.

"Como é ser uma *provadora*?" Eu estava determinada a descobrir mais informações sobre o meu trabalho, apesar da desagradável possibilidade de ser envenenada. Quanto mais eu soubesse, menos chance teria de morrer.

Ursula tragou o cigarro, abriu as cortinas de estampa floral e soprou a fumaça pela janela.

"Não é grande coisa, na verdade. O cozinheiro retira uma porção de cada prato. A porção é retirada de várias partes do prato – não de um só ponto. Vários de nós saboreamos a comida e depois esperamos. Às vezes bebemos também, se uma garrafa for aberta. Temos que comer uma hora antes do Führer, para o caso de..."

"Ninguém morreu?"

"Não, mas várias provadoras ficaram doentes." Ela riu e depois acrescentou: "Mas acho que suas doenças foram causadas pelos soldados que beijaram na noite anterior. Não há nada de errado com a comida. Você viu. As estufas só produzem do bom e do melhor, e a comida é sempre preparada de maneira deliciosa. Se pararmos para pensar, temos sorte de não ter que lidar com rações como o resto do país".

Eu me deitei na cama e encaixei meu macaco de pelúcia nos braços.

"Você está ridícula com esse brinquedo", disse Ursula.

Joguei o macaco no ar e o peguei de volta nos braços.

"Eu sei, mas ele me lembra minha casa e minha família."

"Não sinto falta de Munique. Amo isso aqui." Então seu bom humor se desfez e ela baixou a voz. "Quanto você sabe sobre a guerra?"

Neguei com a cabeça.

"Pouco... apenas o que ouvimos no rádio e lemos nos jornais."

Ursula deu outra tragada.

"Os soldados aqui falam, especialmente se você for bonita, mesmo que eles não devam fazer isso." Ela piscou. "Eu sei que vamos ganhar a guerra, mas há rumores circulando de que os Aliados e nossos inimigos orientais estão ganhando terreno. Alguns dizem que é apenas uma questão de tempo antes que a Alemanha caia." Ela apontou um dedo para mim. "Não espalhe isso por aí."

Eu acreditava que podíamos chegar a um impasse com os Aliados, mas perder a guerra era algo que nunca tinha considerado, apesar das opiniões negativas do meu pai. A hipótese de ter que lidar com a horda inimiga me paralisava. Era demais para pensar em uma noite. Ursula viu minha inquietação quando encostei contra a parede.

"Como o Coronel se sente sobre essa conversa?", perguntei.

"Ele é um homem perigoso", disse Ursula. Ela alcançou a cama, pegou um cinzeiro e apagou o cigarro. O cheiro de tabaco queimado encheu nosso quarto. Ursula agitou as mãos, tentando empurrar a fumaça pela janela, e olhou para fora. "Se me pegasse fumando, me denunciaria em um segundo."

"Estou começando a me sentir como se estivesse na prisão", eu disse, sem ter ideia de como seria uma verdadeira prisão.

Ela encolheu os ombros.

"Não se preocupe. Você terá sua aula sobre venenos em breve. É muito interessante. Cook explica bem. Você aprende a identificá-los pela visão, sabor e cheiro."

"Sabor?", perguntei, pensando em como um processo como esse seria possível.

"Uma sombra de um gosto. Uma lambida da ponta do dedo. Não é suficiente para prejudicá-la – pelo menos para a maioria dos venenos."

Estremeci e desejei mudar a conversa para outro assunto. Tinha aprendido o suficiente para uma noite.

"Você gostaria de fazer algo hoje à noite? Estou me sentindo inquieta."

Os olhos de Ursula se iluminaram, fazendo-me pensar que ela, secretamente, queria sair o tempo todo em que conversamos.

"Eu ia ler, mas vamos dar uma volta em vez disso. É tarde demais para ir ver um filme no Theatre Hall, mas os quartéis da SS ficam no alto da colina." Ela afofou os cabelos e olhou para o rosto em um espelho compacto.

Vestimos nossos casacos e atravessamos a ala leste da Berghof. Um guarda parado na porta onde o motorista tinha me deixado acenou enquanto passávamos. Ursula disse:

"Boa noite". Ela conhecia bem muitos dos soldados. Como estávamos na área que cercava a residência, não precisávamos mostrar passes. Ursula disse que se quiséssemos visitar qualquer lugar fora do perímetro, os SS nos questionariam.

Os quartéis da SS ficavam na colina a sudeste de Berghof. Os quatro edifícios principais tinham sido construídos em torno de um campo central usado pelas tropas para treinos e inspeções. Ursula disse que muitos homens ainda estariam presentes e que ela me apresentaria a alguns dos oficiais. Atravessamos o quartel e olhamos para o campo. Os edifícios estavam escurecidos pelas persianas. De vez em quando, a brisa levantava uma delas e uma luz morna e amarelada pulsava, apenas para se extinguir tão rapidamente quanto tinha aparecido. Ursula e eu caminhamos sob a luz leitosa da lua crescente, que brilhava entre as nuvens sedosas.

Depois de um tempo, chegamos a um grupo de soldados que estava de pé perto do canto sul do quartel. Nós os avistamos por suas silhuetas escuras e pelo clarão alaranjado de seus cigarros. Eles estavam rindo e não tinham percebido nossa presença. Dois deles estavam sem camisa e sem sapatos, usando apenas calças penduradas por suspensórios amarrados sobre os ombros nus. Ao nos aproximarmos, eles nos cumprimentaram com uma saudação amigável, e um deles alcançou Ursula e deu-lhe um beijo na mão, para o deleite dos outros. Ela me apresentou ao soldado, Franz Faber. Ele era loiro, com um sorriso largo, e alguns centímetros mais alto do que Ursula. Uma cicatriz corria pelo lado esquerdo do rosto. Ursula e Franz estavam tão familiarizados com o grupo que esqueceram que eu não conhecia ninguém. Os outros homens se afastaram e me deixaram parada com o casal. Eu não queria ser uma companhia indesejada, então me aventurei indo mais longe no pátio. Foi quando um homem chamou meu nome.

Me virei e vi o Capitão Weber. Ele era um dos homens sem camisa e sapatos, mas eu não o havia reconhecido em meio ao grupo. Eu estava corada de vergonha porque Ursula e eu tínhamos interrompido sua reunião. Segurei minha gola bem apertada em volta do pescoço.

"É uma noite bonita, não é?" Ele estendeu a mão.

Eu a apertei educadamente e concordei com a cabeça.

"Estou caminhando com a senhorita Thalberg." Olhei para o meu relógio. "Devíamos voltar para a Berghof. Me desculpe por perturbá-lo."

"Que bobagem." Ele esfregou as mãos. "Está muito frio para ficar aqui sob a lua. Você quer entrar um pouco?"

"Cook não gostaria disso. Acredito que ela chamaria isso de *confraternização*."

Ele riu.

"Não se preocupe com Cook. Posso lidar com ela."

Eu nunca tinha estado em um quartel e não tinha certeza se deveria estar ali, mas como eu poderia resistir ao convite do Capitão? Eu não tinha para onde voltar, exceto meu quarto solitário. Ursula e seu companheiro estavam de pé onde eu os deixara. Acenei com a mão até chamar sua atenção e depois apontei para o Capitão. Ela imediatamente entendeu e acenou de volta. O oficial me conduziu para a entrada do quartel. Seu quarto particular ficava a poucos metros de distância. Ele abriu a porta e nós entramos.

Os aposentos dele eram pequenos, semelhantes ao quarto em que Ursula e eu vivíamos, mas, ao contrário de mim, o Capitão Weber morava sozinho. A janela, protegida por um blecaute, dava para o campo central. O quarto tinha uma cama e uma mesa, bem como espaço na parede e prateleiras suficientes para exibir os certificados, medalhas e troféus concedidos durante seus estudos e pelo Reich. Seu casaco do uniforme estava pendurado na parte de trás da porta. Suas botas pretas polidas descansavam ao pé da cama.

Olhei de rabo de olho, saboreando a chance de espreitar seu corpo antes de ele puxar uma camisa branca e abotoá-la até a metade. Seu estômago era magro; o peito e os ombros, largos. Ele fez um gesto para que eu me sentasse na cadeira perto da mesa enquanto ele se sentava na cama. Ele pegou cigarros e depois reconsiderou.

"Estou tentando parar. Eles fazem mal." Sorrindo, ele se recostou como se fôssemos melhores amigos.

"Eu nunca imaginaria que os homens teriam permissão para fumar lá fora." Apontei para o teto. Nossa vizinha, a senhora Horst, tinha dito que os bombardeiros poderiam mirar na luz dos cigarros. Na época, achei que ela estava sendo boba.

"Faço vista grossa. Quem sabe por quanto tempo qualquer um de nós estará por aqui? Além disso, os Aliados não voam por perto – ainda não."

Olhei para ele, sem saber o que dizer.

"O que você está achando da Berg?", perguntou ele, finalmente, rompendo um silêncio desconfortável.

"A Berg?" Eu não conhecia o termo.

"Todos na equipe a chamam de Berg, especialmente se gostarem do *chefe*.

"É apenas um emprego." Coloquei as mãos no colo. "Ainda não *provei* nada. Estou um pouco nervosa."

"Não fique. Como você está se saindo?"

"Bem. Conheci a maioria dos funcionários. O Führer tem muitos cozinheiros."

"Sim. Há um de que ele gosta em particular – um homem que ele pegou de um sanatório. Cook tem ciúmes dele, mas Hitler ama a maneira como ele prepara os ovos."

Surpreendeu-me que o Capitão chamasse o Führer pelo nome. Parecia tão informal e desrespeitoso, mas ignorei o pensamento e disse:

"Eu vi a senhorita Braun e seus amigos dando uma volta com os cachorros."

"Sim, seus cães terrier escoceses, Negus e Stasi. Eles ficam no Grande Salão à meia-noite com todos os convidados, enquanto Blondi tem que esperar em outro lugar. Hitler implora a Eva que deixe Blondi entrar na sala, mas ela não permite isso enquanto seus filhotes estão lá. Eu ouvi dizer que Eva chuta Blondi debaixo da mesa." Ele riu.

"Ela chuta quem?" Eu não tinha ideia do que Karl estava falando.

"Blondi. O pastor-alemão de Hitler."

Nesse momento eu ri, porque tudo fez sentido. Tinha visto o cachorro quando o criado de Hitler a levara para uma caminhada. Ela era um animal bonito e amigável com a maioria das pessoas que tinha o luxo de viajar no Volkswagen conversível reservado para o líder do Reich.

Karl olhou para as persianas por um momento.

"Ursula e Franz ainda estão conversando. Na verdade, é mais do que conversa, mas não quero me intrometer. Eles se conhecem desde que eram crianças em Munique. Estão apaixonados." Ele apoiou seu travesseiro contra a parede e se esticou na cama. Seus olhos brilhavam à luz da lâmpada. Senti que estavam olhando através de mim, não além de mim, cavando um buraco na minha alma. Eu me mexi no lugar, desconfortável por estar sozinha em um quarto com um oficial que parecia interessado em algo mais do que conversa. "O que você acha de Eva?", ele perguntou, e depois acrescentou: "Você sabe quem ela é?".

Neguei com a cabeça.

"Uma amiga do Führer?"

"Todos pensamos que ela é mais do que isso, mas a maioria dos alemães não sabe quem ela é."

Hesitei em responder a pergunta sobre o que eu pensava dela porque tinha medo de que ele fosse um admirador secreto da companheira de Hitler. Não conhecia o Capitão bem o bastante para saber por que ele estava me fazendo essas perguntas. Todos precisávamos ter cuidado quando falávamos com um oficial da SS; pelo menos era nisso que eu acreditava, particularmente depois do que tinha aprendido desde o incidente no trem. Meu pai havia dito que as palavras eram tão preciosas quanto o ouro naqueles dias e deveriam ser distribuídas com igual cuidado. Minha mãe mostrava um certo fervor ao seguir a linha do Partido e, com isso, um interesse saudável em dizer as coisas certas. Dei uma resposta evasiva:

"Eu não tinha ouvido falar dela antes de chegar aqui. Ela é bonita e usa roupas elegantes que ficam bem nela. Suas joias parecem caras."

Karl sorriu.

"Ela troca de roupa quase toda hora, enquanto o resto da Alemanha..." Seu rosto enrubesceu e ele desviou o olhar. Durante muito tempo, ficou em silêncio. Perguntei-me se eu deveria sair.

"Desculpe", disse ele. "Eu deveria guardar minhas opiniões para mim mesmo, mas às vezes é difícil manter uma postura otimista com as coisas como estão."

"Por quê?", perguntei. Nada do que eu tinha ouvido, exceto o comentário de Ursula mais cedo, havia me dado algum motivo para me preocupar com a guerra; era estranho que o Capitão tivesse abordado a questão.

"Você não se importa com a política, não é?"

Balancei a cabeça negativamente.

"Na verdade, não."

"Você pode ser sincera comigo. O que falamos não sairá deste quarto."

Estudei seus olhos, avaliando a profundidade deles para medir a verdade de suas palavras. Vi apenas sinceridade, mas ainda sentia que deveria tomar cuidado com meus comentários.

"Francamente, estou mais preocupada com meus pais do que comigo. No começo, a guerra não significava muito para mim, nada mais do que para outras garotas em Berlim. Nós ouvimos falar de como as pessoas no Oriente eram nossas inimigas. Mas agora as coisas mudaram, os bombardeios Aliados começaram e a comida está escassa. A vida está difícil." Desviei o olhar, com medo de fazer a minha próxima pergunta. "Estamos perdendo a guerra?"

Eu o ouvi se mexer na cama. Quando olhei novamente, ele estava sentado, olhando para mim.

"Você está ciente de que sua pergunta beira a traição?"

Fiquei impressionada com a reação dele.

"Perguntei porque queria saber. Suponho que nunca devemos falar de perder a guerra. Você me disse que eu poderia confiar em você. Além disso, se eu fosse uma traidora, seria uma *provadora* da comida do Führer?"

Ele se levantou da cama.

"Qual resposta você quer? A do Reich ou a verdadeira?"

"A verdadeira."

Ele sorriu.

"Eu estava *certo* em te escolher. Mas você terá sua resposta mais tarde. Em breve as luzes serão apagadas. Eu deveria escoltá-la até seu quarto. Já me arrisquei só por trazer uma mulher aqui." Ele levantou a persiana e olhou para fora. "Ursula e Franz desapareceram."

"Consigo andar sozinha."

Ele encolheu os ombros e ofereceu sua mão. Eu a apertei.

"Não tenho certeza de que vir aqui tenha sido uma boa ideia," eu disse, e abri a porta para o corredor mal iluminado.

Karl tocou meu ombro.

"Deixe-me levá-la para ver um filme na Berghof. Eva escolhe os filmes. Nós os vemos antes do público. Muitas vezes nós os recebemos da América. Hitler não os assiste porque acha que o líder do Reich não deve se divertir enquanto o país sofre. Os únicos filmes que assiste são repetições aborrecidas de seus discursos, assim pode aprender a ser um orador melhor."

Eu fiquei surpresa.

"É o que ele faz melhor."

O Capitão concordou.

Pensei por um momento sobre a oferta para um filme.

"Eu ficaria feliz em aceitar seu convite. Acho que Cook permitiria isso."

"Claro que sim." Ele se manteve perto de mim enquanto caminháva-mos pelo corredor. Quando chegamos à porta do quartel, ele se inclinou ligeiramente. "Eu gostaria de lembrar que mesmo um oficial SS é humano. Boa noite, senhorita Ritter."

Meu coração batia um pouco mais rápido quando saí para o campo de treinamento. O Capitão tinha demonstrado interesse por mim? Não ousei pensar nisso. Minha atração física não era motivo para confiar nele.

A lua tinha subido ainda mais no céu, e a temperatura, caído alguns graus. Uma brisa fria fez minhas bochechas arderem quando me apressei para a Berghof. O mesmo guarda que nos deixara sair ainda estava de plantão, mas outro homem da SS estava na sombra. Quando me aproximei, reconheci-o como o Coronel de quem Cook e Ursula me avisaram para me afastar. Ele caminhou em minha direção e disse:

"Posso ver seu passe?"

"Não estou com ele", eu disse. "Foi-me dito que não precisaria dele."

"Você deve estar com ele em todos os momentos, senhorita Ritter", disse o Coronel. "Abra seu casaco."

"Você me conhece?", perguntei e depois atendi seu pedido. Suas mãos frias acariciaram meu corpo. Satisfeito, ele me acenou para a porta.

"Claro." Seu tom era tão sombrio quanto seu rosto.

Voltei para o meu quarto vazio e me preparei para deitar. Franz e Ursula estavam obviamente apaixonados um pelo outro. Imaginei beijar Karl por uns segundos antes de me convencer de que o pensamento era ridículo. Eu precisava do meu trabalho. Não havia como desistir agora. Nenhum homem encantador poderia me forçar a quebrar regras que me custassem a minha posição, independentemente de quão "humano" ele pudesse ser. Pensei no oficial da SS que tirara o casal do trem. Quão humano ele era? Ele foi para casa naquela noite e fez amor com a esposa? Ele colocou os filhos na cama e lhes deu um beijo de boa-noite? Esses pensamentos giraram na minha cabeça enquanto eu tentava dormir. A guerra realmente estaria indo mal?

Algum tempo depois da meia-noite, Ursula voltou para o quarto. Ela não acendeu a luz para se despir. Vestiu a camisola, entrou na cama e suspirou como uma menina que passara uma noite arrebatadora com um homem.

Eu a invejava.

Capítulo 4

MINHAS MÃOS TREMIAM enquanto Cook se ocupava com vários cogumelos, frascos e pequenas tigelas cheias de pó. Seus braços magros pairavam sobre a mesa de carvalho. Minha primeira aula de venenos aconteceu no início da manhã, em um canto da cozinha, enquanto o resto da equipe seguia sua rotina.

Eu não tinha apetite para tomar café da manhã e meu estômago se revirava enquanto olhava para os itens dispostos à minha frente. Sentei-me porque estava nervosa demais para ficar de pé.

"Vamos lidar com quatro áreas", começou Cook. "Cogumelos, arsênico, mercúrio e cianeto. Não conseguimos cobrir tudo hoje, mas esse será o nosso ponto de partida." Ela apontou para os cogumelos. "É seguro comer um desses, o outro não. Você sabe dizer qual é qual?"

O medo tomou conta de mim. Eu não fazia ideia. Eles pareciam iguais. Ela apontou para duas esferas brancas que pareciam bolas de pelo.

"Vamos, qual deles é venenoso?"

Balancei a cabeça negando.

"Pelo visto temos muito trabalho pela frente." Ela puxou um par de luvas de borracha e segurou um dos cogumelos em forma de funil na mão. "Este é o *Omphalotus olearius*. Cresce na Europa. Raramente é mortal, mas pode causar doenças graves. É bem parecido com o *Cantharellus cibarius*, um cantarelo que cresce aqui como um fungo. Tem um gosto picante." Ela arrancou um pequeno pedaço do cantarelo e segurou-o na ponta do dedo. "Vamos. Experimente."

Peguei a carne laranja-amarelada entre os dedos e estava prestes a colocá-la na boca.

"Espere!", advertiu Cook. "Cheire primeiro."

Sentia-me tola cheirando e saboreando cogumelos, mas isso seria parte da minha rotina. Levei o pedaço até o nariz e cheirei.

"Cheira a damasco." Coloquei o pedaço na boca e deixei que se dissolvesse lentamente até que o sabor da pimenta ficasse forte demais. Engoli e mexi a língua tentando me livrar do gosto, preocupada que Cook estivesse me pregando uma peça horrível. Será que ela queria me envenenar?

"Olhe para o *Omphalotus*. Cresce na América e também na Ásia. Ele tem brânquias não bifurcadas e seu interior é laranja, mas não como o Cantarelo." Ela partiu os dois cogumelos ao meio para mostrar a diferença de cor. "O Führer raramente come cogumelos. Ele realmente não gosta, mas veja o quão fácil seria triturar, cortar ou picar o *Omphalotus* e encaixá-lo em sua caçarola de ovo e batata. Você deve estar ciente das cores e dos cheiros dos alimentos venenosos e estar atenta aos seus sinais."

Cook, em seguida, explicou a diferença entre os dois cogumelos redondos que estavam na mesa. Um era mortal, o outro não. Meus olhos devem ter saído de foco, porque, tirando o tamanho e a quantidade de solo em ambos, os cogumelos eram surpreendentemente similares. Eu não saberia diferenciá-los. Cook balançou a cabeça como se estivesse castigando um aluno preguiçoso por sua estupidez.

"Você vai aprender", ela disse com uma voz firme.

Ou morrer...

Passamos para o arsênico. Cook pegou uma pequena quantidade de pó e a aqueceu em uma panela. Cheirava a alho. Ela também pegou um pouco dos grânulos brancos acinzentados e golpeou-os com um martelo, causando fricção e calor. O cheiro de alho encheu o ar.

"Os sintomas do envenenamento por arsênico são muito semelhantes aos da cólera: diarreia, vômitos, cólicas e convulsões", disse Cook. "Por isso, foi fácil esconder esse tipo de envenenamento por centenas de anos. A cólera era predominante. A dor do arsênico é aguda. O alho real é um antídoto contra um envenenamento lento." Ela mandou que eu colocasse luvas e cheirasse o arsênico, que tinha o perfume de metal, em vez de alho. Minhas mãos tremiam quando ela me mandou provar uma pequena partícula. Minha mandíbula travou. Cook desistiu, apertou minha boca e colocou o pequeno pedaço na minha língua. Tinha um leve gosto de ferro, quase imperceptível.

Em seguida, ela pegou uma garrafa marrom de cloreto de mercúrio.

"Isso era usado para tratar a doença sifilítica da relação sexual, mas pode matar como um veneno. Causa suor em excesso, pressão alta e taquicardia. Não há necessidade de provar – não tem gosto." Cook me entregou a pequena tigela de sais brancos e me fez examiná-los. Um leve cheiro de cloro subiu da tigela, mas o odor era tão fraco que talvez eu tenha imaginado.

Finalmente chegamos ao cianeto. Era esse veneno, disse Cook, que mais provavelmente seria usado contra o Führer. Os grânulos brancos tinham um leve cheiro de amêndoas amargas. Cook ficou satisfeita quando percebi o odor.

"Algumas pessoas não conseguem sentir cheiro de cianeto. É uma característica genética. Você tem sorte de conseguir; caso contrário, teria que encontrar outro trabalho." Fiquei chocada com o meu infortúnio. Se eu tivesse mentido sobre o cheiro, poderia ter sido designada como cuidadora da cozinha ou para outra tarefa menos perigosa. Em vez disso, através da minha ignorância sobre venenos, tinha garantido meu emprego como *provadora*.

Cook girou o dedo enluvado nos grânulos.

"Os sais de cianeto são extremamente venenosos. Deixam-na inconsciente e você não consegue respirar; sua pele fica azul." Ela apontou para um frasco de metal sobre a mesa. "Infelizmente, alguns de nossos oficiais já se suicidaram dessa maneira. Quebrar uma cápsula de cianeto com os dentes leva à morte em questão de minutos. Não há nada que se possa fazer uma vez que o veneno esteja no seu organismo."

O líquido parecia bastante inofensivo, quase incolor, mas fiquei surpresa com a rapidez com que a morte poderia vir. Eu confiava na avaliação de Cook sobre o veneno.

Minha cabeça girava com tudo o que tinha sido apresentado. Um dos outros cozinheiros precisava ver a senhorita Schultz, então ela se afastou por alguns minutos. Segurei o frasco de cianeto em minhas mãos e olhei para a fina ampola de vidro. Recoloquei o frasco na mesa e olhei ao redor da cozinha. Cook estava supervisionando os preparativos para o café da manhã de Hitler. Eu só podia esperar. Quando me sentei na cadeira, contemplei admirada como uma pequena cápsula de vidro poderia mudar o curso da história, se alguém tivesse a coragem de colocar um plano em prática. Hitler não era um herói para mim, mas não ousei falar o que eu pensava.

O Capitão Weber me convidou para assistir a um filme na mesma noite em que provei a comida para Hitler pela primeira vez. Karl organizou nosso encontro por meio de Eva Braun. Aparentemente, sua aparência e posição na SS eram importantes o bastante para que ele ocasionalmente se posicionasse dentro do círculo de Eva. Desde que Karl e eu conversamos em seus aposentos, eu tinha visto Eva várias vezes na cozinha. Sua presença era um evento especial que interrompia os cozinheiros e os organizadores, pois exigia que seus desejos fossem atendidos. Cook me disse que Eva era a companheira do Führer e a amante da residência. Ela aparecia em vestidos finos que caíam bem em sua silhueta, mesmo enquanto caminhava para inspecionar os fornos e fogões. Ela queria saber, principalmente, o que a equipe estava preparando para seus convidados, não para Hitler. Conversou com cada um dos cozinheiros e até pediu para provar um prato de cordeiro que estava sendo preparado. Isso preocupava muito Cook, que repreendeu Eva sem insultá-la e afirmou que não poderia garantir sua segurança se continuasse com ações tão pouco ortodoxas. Eva jogou a cabeça para trás, balançando os cachos e rindo, exalando um ar de invencibilidade, como se nenhum desastre pudesse acontecer com ela.

Cook tinha me contado que Hitler dizia ser vegetariano, mas circulavam rumores de que ele comia carne: carne de pombo, peixe e até galinha. Quando a questionei, Cook disse que Hitler nunca comia nada além de ovos, frutas e vegetais. Eva comia carne e gostava, assim como a maioria dos convidados. Hitler não impunha seus hábitos alimentares aos outros, mas fazia questão de que os convidados à mesa que comiam carne ficassem desconfortáveis. Ele falava, frequentemente, sobre açougues e matadouros e como eles eram horríveis. Cook disse que alguns oficiais deixavam a mesa porque essas histórias eram tão cheias de sangue e de entranhas que seus estômagos reviravam.

Eu não tinha visto o Führer, então tudo o que sabia sobre ele tinha aprendido com os outros. Muitas das fofocas na Berghof se espalhavam nas sombras. Ninguém nunca sabia se o Coronel estava por perto, com as orelhas encostadas na parede.

No fim de uma manhã, depois que Eva visitou a cozinha, Cook me puxou de lado e sussurrou:

"O Führer acha que Eva está muito magra. Ele gosta de mulheres com mais carne nos ossos. Você vai entender o que quero dizer, se o conhecer. Ele sempre presta atenção às mulheres com curvas." Ela riu. "Deus me livre que Eva decida mudar sua aparência. Ela penteou o cabelo para cima uma vez e ele odiou. Disse a ela que não a reconhecia. Eva nunca mais fez isso, embora ele elogie uma de suas secretárias quando faz o mesmo."

Eu queria rir, mas minha garganta se apertou com a ironia. Os rumores da derrota da Alemanha contradiziam o que eu via e ouvia na Berghof:

a indiferença de Eva Braun, que passeava pelo campo com seus convidados e cachorros; as conversas sobre vestidos e penteados; a cena bucólica dos filhos de Albert Speer na cozinha pedindo maçãs. Mesmo Hitler, disse Cook, era um anfitrião gentil, mais para um príncipe da montanha do que para líder de uma máquina de guerra. Tudo era paz e abundância na atmosfera rarefeita da Berghof.

Eu estava tão curiosa que perguntei a Cook como era realmente o Führer. Eu não tinha visto nada como as explosões de raiva dele com seus oficiais, como diziam os rumores, ou a pessoa fria e calculista que aterrorizava aqueles que eram mais fracos que ele.

"Ele parece um avô", disse ela, e eu ri dessa observação. "Nunca o vi irado", continuou. "Triste, sim, mas furioso, não."

O Coronel apareceu na porta da cozinha, pomposo e formal, a verdadeira imagem do homem da SS perfeito.

"Olhe para ele", disse Cook, e se virou em sua direção. "É típico dele aparecer do nada. Ele está nos observando agora." Ela discretamente colocou um dedo nos lábios. "Tenha cuidado com o que você diz perto dele. Eu nunca ficaria em seu caminho porque não confio nele. Ele protege o Führer melhor que a Blondi. O Coronel me disse, repetidamente, que se estamos tendo empecilhos na conquista desta guerra, não é culpa do Führer. Os Aliados causaram nossos infortúnios, diz ele, mas eu não ficaria surpresa se ele culpasse o povo alemão."

O Coronel passou por nós, entrou na cozinha e examinou as pias, os balcões, as mesas, como se fossem território dele. Ele me deixava nervosa. Os rumores que circulavam pela residência da montanha faziam parecer que a Berghof se erguia sobre um iceberg que derretia lentamente enquanto tudo em volta brilhava com a luz do sol.

Hitler sempre comia perto das oito da noite, na sala de jantar. Mais ou menos uma hora antes Cook dispôs os pratos para que eu provasse, assim como a comida para os convidados. Ursula tinha conseguido a noite de folga para resolver uma questão familiar em Munique. Normalmente, nós duas provávamos a comida. As outras garotas trabalhavam no café da manhã ou no almoço, ou estavam no outro quartel-general. Cook tinha me dado mais algumas lições sobre venenos, incluindo outros cogumelos e sais. Estudei tanto quanto pude, mas não estava convencida da minha capacidade de salvar o Führer de ser envenenado.

Cook colocou a refeição do Führer à minha frente: um prato de ovos e batatas cortadas entrelaçadas, amarelas e macias; um mingau fino; tomates frescos polvilhados com azeite de oliva e pimenta; uma salada verde com pimentas e pepinos; um prato de frutas frescas polvilhadas com açúcar. Os tomates, assim como os vegetais e frutas de salada, cresciam nas estufas da Berghof.

Olhei para a comida e pensei que aquela poderia ser minha última refeição. Meu braço se enrijeceu de medo, como se garras o estivessem apertando, quando levantei a colher. Minha hesitação estava evidente.

A voz de Cook soou bruscamente em meus ouvidos.

"Pense no que você está fazendo! Não é apenas experimentar a comida."

Pensei no que ela queria dizer com aquilo.

"Claro. Desculpe." Levantei o prato até o nariz e o cheirei. O odor era completamente normal; o cheiro quente e confortável de ovos mexidos e batatas fritas subiu pelas minhas narinas.

"Vá em frente", disse Cook. Ela me apressou com um gesto das mãos. "Não temos a noite toda."

Os outros cozinheiros me encararam como se eu fosse uma lunática. Ursula estava acostumada a provar, mas achei difícil me livrar do medo de dar meu último suspiro. Cook cruzou os braços, então me preparei e coloquei a comida na boca.

O prato estava delicioso. Não havia cheiros ou sabores fora do comum. Relaxei um pouco e fui percorrendo a mesa, recolhendo amostras da comida. Os cozinheiros e companheiros retornaram às suas atividades e me ignoraram. Experimentei aspargos, arroz, pepinos, tomates, melão e um pedaço de bolo de maçã, a sobremesa favorita de Hitler. Logo tinha comido o suficiente para uma refeição.

"E agora?", perguntei a Cook.

"Agora você espera." Ela disse essas palavras de forma simples e sem emoção, como um médico sem coração que dizia a uma paciente que ela tinha pouco tempo de vida.

Eu me sentei na pequena mesa de carvalho no canto da sala e assisti aos pratos sendo colocados nas bandejas e preparados para a refeição da noite. Ocorreu-me que qualquer um dos cozinheiros ou dos organizadores que servia e entregava a comida poderia administrar uma dose de veneno a Hitler. No entanto, apenas um cozinheiro e alguns organizadores eram autorizados a tocar a comida que eu tinha provado. Esta era uma forma de garantia. Se algo acontecesse com o Führer, a maioria dos funcionários da cozinha seria exonerada – apenas aqueles encarregados de servi-lo seriam suspeitos.

Depois que os últimos pratos foram retirados, perto das oito da noite, fui autorizada a sair da cozinha.

"Viu? Não tinha por que se preocupar", disse Cook.

Sua atitude blasé me deixou inquieta. Ela não *provava* comida, embora eu a tivesse visto mergulhar uma colher nos pratos de vez em quando. Meu destino estava em minhas mãos – mais uma razão para ser prudente ao *provar*.

Voltei ao meu quarto, troquei de roupa, ajeitei meu cabelo e tentei ler um livro.

Karl bateu na minha porta por volta das dez horas. Meu coração se agitou um pouco quando o vi. Seu cabelo estava bem penteado; o uniforme, brilhante e bem passado; as botas, polidas até adquirirem um brilho liso. Ele sorriu e se curvou ligeiramente. Fechei a porta e passei meu braço esquerdo pelo arco que ele criou com o direito. Caminhamos em direção ao Salão Principal, um grande aposento de repouso sobre o qual eu ouvira falar, mas aonde nunca tinha ido. Antes de chegarmos até lá, descemos uma longa escada.

"A conversa no jantar foi aborrecida como de costume", disse ele. "Eva falou sobre seus cachorros e Hitler continuou sobre Blondi. Então Bormann começou a falar sobre seus filhos." Ele revirou os olhos. "Isso foi fascinante. Posso descrever as carreiras escolares de cada um e os planos que ele tem para eles. É muito mais agradável quando Speer está aqui. Pelo menos ele não é um bruto."

"Onde está o Führer?" Segurei firmemente em Karl enquanto descíamos os degraus de pedra.

"Ele está no Salão com seus generais para a conferência militar da noite. Felizmente, não faço parte dela. Estarão reunidos até a meia-noite, ou mais, quando seremos chamados para o chá. Isso geralmente dura até as duas horas, às vezes demora mais." Ele colocou um dedo nos lábios como se fosse contar um segredo. "É por isso que ele e Eva dormem tão tarde. O resto de nós deve cuidar de nossos deveres."

"Que sorte a minha ser apenas a *provadora*."

Karl soltou meu braço e parou na escada.

"Seu trabalho é importante, talvez um dos mais importantes no Reich. Você está entre Hitler e a morte. Sempre deve se lembrar disso."

Um tremor desconfortável percorreu meu corpo enquanto eu refletia mais uma vez sobre a imensidão da minha tarefa. Eu realmente era a única coisa que separava Hitler da morte? Havia catorze outras pessoas que estavam na mesma posição que eu. Será que elas sentiam o mesmo? Minha tarefa não me trazia um grande senso de importância. Na verdade, nas últimas semanas preferia pensar nela apenas como um emprego. Saber que o destino do Führer estava entrelaçado com o meu era demais para suportar. Mudei de assunto:

"Qual filme está passando?"

"...*E o vento levou*. Todo mundo está animado para assistir. Eva disse que é muito romântico. A maioria dos filmes americanos são."

Ele pegou meu braço novamente e chegamos ao final dos degraus. Um longo salão com várias portas de cada lado surgia diante de nós. Karl abriu a porta mais próxima e risadas dançaram no ar. A sala estava cheia de homens de terno e mulheres usando vestidos finos. Eva e seus amigos se sentavam em cadeiras alinhadas na primeira fila de cada lado do projetor enquanto os outros convidados estavam sentados atrás deles. Negus e Stasi, os cachorros de Eva, estavam aninhados a seus pés. Estávamos em uma pequena pista de boliche construída sob os quartos principais da Berghof. Uma tela havia sido colocada na extremidade da pista. Dois jovens que eu conhecia da cozinha anotaram pedidos e depois voltaram com bandejas cheias de bebidas.

Karl e eu nos sentamos perto dos fundos da sala em cadeiras de veludo com encostos altos. Elas eram um tanto quanto duras e me perguntei se seria desconfortável ficarmos sentados nelas durante um filme inteiro. Quando o corredor escureceu, Karl esticou a mão e tocou a minha. O calor se espalhou pelos meus dedos e subiu pelo meu braço. Quando alcançou meu coração, lutei para respirar.

"Alguma coisa errada?", perguntou ele.

"Não", eu sussurrei. "*Provei* a refeição esta noite pela primeira vez. Talvez seja uma reação à comida."

Karl se mexeu em seu assento e pegou minhas mãos.

"Se você estiver doente, recomendo o médico pessoal do Führer."

Eu me apoiei no encosto da cadeira.

"Por favor, Karl, estou bem. Vamos apreciar o filme."

Ele acenou com a cabeça e relaxou um pouco. As luzes cintilaram, a música irrompeu dos alto-falantes e nós voltamos nossa atenção para o filme. Fiz questão de manter sua mão na minha. Ele apertou meus dedos enquanto Scarlett provocava os gêmeos Tarleton. Tive a mesma reação quando, mais tarde no filme, Scarlett beijou Rhett Butler.

Por volta de uma da manhã, um telefonema interrompeu o filme. Tínhamos assistido apenas cerca de dois terços, mas por aquela noite havia acabado. Quem quisesse ver o final teria que esperar outro momento. Karl me escoltou de volta ao meu quarto, beijou minha mão e desapareceu no corredor. Eu me deitei e, naquela noite, sonhei que fazia amor com ele.

Com o passar dos dias, meu medo de *provar* comida diminuiu. Uma tarde, liguei para meus pais pela primeira vez desde que chegara a Berghof e disse-lhes que estava trabalhando com Hitler. O Reich os tinha informado anteriormente do meu serviço. No entanto, não contei o que estava fazendo. Eu sabia que meu pai não estava satisfeito com minha nova posição porque seu silêncio entregava seus pensamentos. Eu também sabia que alguém, provavelmente um SS, estava ouvindo nossa conversa. Suspeitava de que meu pai também soubesse.

Minha mãe foi mais efusiva e me pressionou para saber sobre o meu trabalho. Eu disse a ela que estava a serviço do Führer e deixei por isso mesmo. Era melhor não dar mais informações a qualquer um deles. Quando desliguei, percebi o quanto vivia em um mundo de desconfiança e medo. Talvez as respostas frias de meu pai amplificassem o que eu estava sentindo. Na Berghof morávamos em um mundo monástico: isolado, insular, que bloqueava as realidades da guerra. Hitler e seus generais suportavam o peso psicológico da luta. Nunca víamos ou ouvíamos as fúrias relatadas, nem experimentávamos as tensões que aparentemente permeavam aquele retiro nas montanhas. Só ouvíamos rumores. Podíamos optar por acreditar ou não. Eu não gostava de me sentir assim porque queria que o mundo fosse "normal". Depois da conversa com meus pais, percebi o quão longe estava e com que rapidez me afastara do cotidiano. Perguntei-me se todos no serviço de Hitler sentiam o mesmo. Eu estava sendo seduzida pelo drama singular em que atuávamos. Todas éramos Marie Antoinette pedindo ao mundo que comesse brioches enquanto a terra queimava ao nosso redor.

Depois de cerca de duas semanas, finalmente *provei* uma refeição sem tremer. Ursula e os cozinheiros haviam me provocado tão implaca-velmente, na verdade, que me forcei a relaxar. Eles me asseguraram que nenhum veneno passaria por eles. A "última refeição" se tornou uma piada na cozinha. Apesar de suas garantias, em algumas ocasiões eu ainda sofria um aperto no estômago.

O Capitão Weber e eu nos falávamos muitas vezes quando passáva-mos um pelo outro nos salões e às vezes tínhamos conversas tranquilas na cozinha. Cook fazia o máximo de rebuliço que podia, mas era direito do

Capitão supervisionar o que achava conveniente. Uma noite ele sugeriu que fôssemos ao Salão do Teatro para uma dança improvisada. Eu, é claro, aceitei com a insistência de Ursula.

Karl me buscou no quarto e me acompanhou até o Salão. O ar estava fresco e era uma noite fria enquanto caminhávamos. Uma pequena pista de dança tinha sido formada afastando as cadeiras para as paredes. As lâmpadas eram fracas, mal o bastante para iluminar a sala. Discos, na sua maioria valsas, estalavam de um antigo fonógrafo de mesa. A música fluía para a sala saindo de um alto-falante dourado em forma de flor. Dois outros casais estavam dançando. Na falta de mulheres, alguns homens dançavam juntos, tocando-se apenas nas mãos. Eles lançaram olhares de inveja em nossa direção quando Karl me puxou para perto e me embalou em uma valsa. Nós nos movíamos com naturalidade.

A noite se derreteu em estrelas e calor. Adorava estar ao lado do Capitão e, a julgar pelo sorriso feliz em seu rosto, ele também gostava. Dançamos por várias horas, quase sem dizer uma palavra. Se o amor era uma energia, uma força, ela passou entre nós naquela noite. Quando finalmente deixei seus braços, meu corpo formigava.

Quando estávamos saindo do Salão, ouvimos alguém tossir. Karl agarrou minha mão firmemente e me guiou para fora do prédio. Olhei para trás. O Coronel saía das sombras, cigarro na mão e a fumaça se espalhando na luz fraca. Ele nos acompanhou com o olhar enquanto íamos embora.

"Há quanto tempo ele estava nos observando?", perguntei.

Ele não olhou para trás.

"A noite toda", disse ele.

Uma tarde no final de maio, acompanhei Karl e Ursula em um passeio à Casa de Chá. Era a minha primeira visita. Eu já a tinha visto uma vez do terraço que percorria os lados norte e oeste da Berghof. Olhei furtivamente para sua torre redonda que se elevava acima das árvores quando ninguém estava perto, exceto um guarda SS que aproveitava o ar. Ele me reconheceu e não se importou que compartilhássemos a vista.

As montanhas ao norte quase sempre estavam enevoadas e encobertas pelas nuvens, mas no primeiro dia em que vi a Casa de Chá o céu estava limpo e azul. Olhando para o cenário, entendi por que Hitler havia escolhido aquele ponto em particular para si. Ele comprara a propriedade – a reivindicara, diziam alguns – e começara a renová-la pouco tempo depois. A vista do local dava ao proprietário a sensação de superioridade, típica de alguém que acreditava ser um deus. Contemplar os magníficos picos rochosos era como estar no topo do mundo, enquanto aqueles que estavam abaixo eram meros pontinhos, sujeira sob seus pés. Hitler era realmente dono de tudo o que a vista alcançava.

Karl, Ursula e eu partimos para a Casa de Chá logo após a uma da tarde. O céu estava azul sobre a Berghof naquele dia, mas um bando de nuvens altas se aproximava vindo da direção nordeste. Caminhamos pela calçada e depois cortamos por uma trilha arborizada que atravessava a floresta. Em uma curva magnífica, cercas de madeira esculpida impediam que quem ali caminhasse caísse no precipício do vale de Berchtesgaden. Um longo banco havia sido construído para que Hitler pudesse refletir sobre a magnífica vista para o norte. Karl nos disse que Eva e seus amigos gostavam de usar as cercas como uma espécie de barra de ginástica, equilibrando-se sobre elas e apontando suas pernas para o penhasco, para fotografias. Ela estava sempre posando e usando sua nova câmera de filmagem, disse ele. Hitler muitas vezes se sentia desconfortável com as filmagens, mas muito a contragosto, cedia ao seu passatempo.

A Casa de Chá, a menos de um quilômetro da Berghof, logo apareceu. Era como um castelo em miniatura colocado sobre uma encosta rochosa. O caminho terminava em degraus de pedra que levavam até a porta da edificação. Karl tinha uma chave porque o pessoal da cozinha era chamado para servir lá com muita frequência.

"Eu realmente não deveria fazer isso, mas quero que você a veja", disse ele. "É bastante charmosa. Hitler relaxa aqui e convida outros para se juntarem a ele. O Führer virá mais tarde."

Karl abriu a porta e Ursula e eu entramos. Uma mesa redonda decorada com flores e arrumada com toalhas de seda, porcelana reluzente e prata polida fora colocada mais ou menos no meio da sala. Poltronas de peles decoradas em um padrão floral abstrato de girassóis ondulantes se somavam à atmosfera medieval da torre. Uma cozinha e escritórios ficavam atrás dessa grande sala circular. Nós entramos e Karl indicou uma das cadeiras para que me sentasse. Obedeci e relaxei em suas almofadas macias.

"É aí que *ele* se senta", Karl disse.

Pulei da cadeira. Ursula riu.

"Gatinha assustada", disse ela. "Ele não está aqui."

"Por que você disse para eu me sentar lá?", perguntei para o Capitão, irritada com a brincadeira. "Não quero me meter em problemas." Senti-me uma tola.

"Isso não vai acontecer. Sente-se e aproveite a vista."

Voltei à cadeira e olhei pelas janelas que cercavam a metade da frente da torre enquanto ele e Ursula sussurravam.

"O que vocês dois estão tramando?", perguntei.

Karl se virou para mim, com o rosto mal-humorado.

"Nada. Estou falando com Ursula sobre a mãe dela – ela está doente, sabe." Na noite em que Karl e eu tínhamos ido assistir ao filme ...*E o vento levou*, Ursula tinha sido chamada a Munique.

Fiquei sentada por mais alguns minutos enquanto eles continuavam suas conversas secretas. Finalmente, me levantei, explorei as outras mesas e cadeiras e depois parei atrás dos dois. Eles interromperam abruptamente a conversa quando cheguei muito perto.

"Devemos voltar," disse o Capitão. "Não podemos ficar aqui por muito tempo."

Enquanto caminhávamos, perguntei a mim mesma por que tínhamos ido até lá. Eu tinha um mau pressentimento sobre a nossa visita à Casa de Chá. Algo se revirava em meu estômago e eu sabia que o foco do meu desconforto eram Karl e Ursula. Eles estavam tramando alguma coisa.

Capítulo 5

KARL NOS INFORMOU QUE HITLER frequentemente ficava na Berghof por apenas um curto período de tempo antes de partir para outro quartel-general ou esconderijo. Quando o Führer estava em casa, uma bandeira nazista gigante ondulava sobre o terreno. No fim das contas, ele esteve ausente de Berghof por cerca de duas semanas em maio. Eu não tinha certeza de para onde ele tinha ido, mas Karl, às escondidas, me disse que ele fora para a "Toca do Lobo". Para frustrar tentativas de assassinato, o Führer mantinha seu cronograma de viagens secreto e muitas vezes trocava de trens ou de voos em cima da hora, ou aparecia mais cedo ou mais tarde para compromissos. Ele usava essa tática havia anos, e ela lhe servia muito bem, particularmente desde que a guerra havia estourado.

Circulou um rumor de que Hitler estava preparando uma recepção para o pessoal da cozinha na Casa de Chá antes de partir para sua próxima viagem. Seria a primeira vez que eu teria a oportunidade de conhecer o líder do Reich. Perguntei ao Capitão sobre isso e ele confirmou que era verdade.

Na manhã seguinte, após o café, todos estavam alegres e com muita expectativa para o "chá" com o Führer. Uma chuva leve caía, mas não diminuiu nosso bom humor. Cook queria que eu fizesse o inventário das estufas e registrasse itens alimentares, além de meus deveres de *provadora*, então me atrasei para voltar ao meu quarto.

"Eva instruiu a todos que usassem roupas tradicionais bávaras", Cook me disse. "Haverá um traje na sua cama."

"Por que o figurino é tão importante?", perguntei a ela.

"Porque Heinrich Hoffmann, fotógrafo pessoal de Hitler, está aqui. Ele e Eva pensaram que seria uma boa oportunidade de capturar o espírito benevolente do Führer enquanto ele diverte e agradece a sua equipe." Ela riu. "Eva adora mudar o figurino. É por isso que estamos fazendo isso."

Quando voltei ao meu quarto, interrompi Ursula. Ela já estava vestida com a roupa bávara. Eu realmente não gostava da meia-calça, das anáguas, do vestido com babados e das mangas bufantes da roupa. Ursula estava sentada na cama, costurando um avental. Ela se virou rapidamente para mim quando entrei.

"É melhor você se arrumar", disse Ursula, olhando por cima do ombro. Os dedos dela tremiam e a agulha escorregou de sua mão.

"Você está bem?", perguntei. "Há algum problema com seu avental?" Ela negou com a cabeça.

"Estou tremendo porque não comi. Preciso chegar à cozinha para me alimentar." Ela começou a costurar novamente e deu pontos até o bolso esquerdo do avental.

"Não há muito para comer agora. A equipe está preparando o almoço, mas não se preocupe com minhas roupas. Tenho certeza de que só seremos chamadas para a Casa de Chá depois das quatro horas. Temos muito tempo." Ursula suspirou.

"Sim, muito tempo." Ela voltou ao trabalho enquanto eu inspecionava meu vestido e seus enfeites.

"Eu não tenho avental. Preciso de um?"

Os olhos dela se anuviaram.

"Não sei. Você pode pedir a Cook. Este foi dado especificamente para mim."

Estiquei-me na minha cama com um livro.

"O tempo lá fora está tão ruim que o dia só está bom para uma leitura." Ursula jogou o avental e a agulha em sua cama.

"Você não pode dar uma volta ou encontrar algo para fazer?"

Eu me sentei, chocada com seu tom áspero.

"O que está acontecendo? Nunca vi você tão chateada. É sua mãe?"

Ela enterrou o rosto nas mãos e começou a chorar. Andei em sua direção, sentei-me atrás dela e a abracei. Isso a fez chorar ainda mais.

"Sim", disse ela entre suspiros. "Eu não tenho família agora. Meus dois irmãos estão mortos por causa da guerra. Meu pai já está morto e minha mãe está morrendo. Não me importo se perdermos essa guerra – já perdi tudo. Meus irmãos eram tudo o que eu tinha."

Virei-a para mim de modo que ela me encarasse e enxuguei suas lágrimas com um lenço.

"Você precisa ser forte e não deixar seus problemas te dominarem."
Ursula me afastou.

"Para você é fácil dizer isso porque ainda tem família. Espere até que eles não estejam mais aqui. Então você verá o quanto é difícil." Ela desabou na cama.

Triste por causa de seu desânimo, me levantei e olhei pela janela. As montanhas estavam perdidas na neblina e no nevoeiro de prata. Em dias como aquele, o ar de invencibilidade da Berghof desaparecia.

"Vou deixá-la em paz, mas se precisar da minha ajuda é só pedir." Encontrei meu livro de poesia na prateleira. Eu sabia que Hitler ainda estava tomando café da manhã e, depois disso, ele se encontraria com sua equipe militar durante algumas horas no Grande Salão. Não tinha ideia para onde ir. "Volto mais tarde para me vestir."

Ursula continuou trabalhando em seu avental. Algumas manchas de pó branco brilhavam no tecido vermelho. Fechei a porta, sem pensar muito no que tinha visto.

Sentei-me numa mesa no canto do terraço. Ninguém mais estava por perto devido à chuva fria. O vento soprava a névoa sob o guarda-sol, tornando a leitura incômoda. Depois de alguns minutos, desisti e encontrei uma cadeira vazia em um corredor. Por acaso Eva estava andando com os dois cães terrier. Eles estavam acostumados com os hóspedes na Berghof, mas ainda insistiam em me cheirar. Eva estava diante de mim, parecendo aborrecida e de mau humor; ela usava uma saia evasê azul-escuro com um bolero combinando. Admirei o bracelete com diamantes em seu pulso esquerdo.

"O Führer me deu isso." Eva chacoalhou a pulseira e riu casualmente; no entanto, não havia humor em sua voz. Ela se inclinou como se quisesse sussurrar no meu ouvido. "Se você prometer não dizer a ninguém, vou lhe contar um segredo."

Fiquei impressionada com a intimidade dela comigo – alguém que ela mal conhecia. Eu não sabia como interpretar aquilo. Ela provavelmente estava solitária e precisando de uma amiga. Cook e outros empregados na cozinha haviam feito insinuações sobre a personalidade de Eva. Um pouco inconstante, altiva quando precisava ser, mimada, mas também provocante e divertida com seus amigos. Como eu tivera pouco contato com ela, queria tirar minhas próprias conclusões.

"Qual o seu nome?", perguntou ela.

"Magda Ritter."

Ela continuou a conversa, perguntando-me onde nasci, questionando-me sobre meus pais, meus estudos e como acabei indo trabalhar na Berghof.

Respondi tudo honestamente. Ela apertou minha mão, mas não disse seu nome. Obviamente, esperava que eu soubesse quem era.

Ela me estudou com seus olhos azuis.

"Eu te vi na cozinha. O que você faz?"

"Sou uma *provadora* para o Führer."

Ela sorriu como um membro benevolente do clero.

"Ah, uma posição maravilhosa. Você está protegendo a vida do homem mais importante do mundo. Você não sabe como ele depende da equipe dele para ajudá-lo a atravessar esses dias terríveis."

Sorri porque ela sabia muito pouco sobre mim e sobre o trabalho de *provadora*. Não importava o quão magnífica fosse a refeição, você sempre se perguntava se seria sua última.

"Eu nunca esperaria que o Führer soubesse quem somos."

"É claro que ele sabe. Pessoas como você o colocam acima da batalha. Se houvesse alguma ameaça para a Berghof, ele seria o primeiro a se jogar no inimigo. Ele protegeria sua equipe até que todo o perigo tivesse desaparecido."

Concordei com a cabeça, incerta sobre o que estava ouvindo, mas Eva claramente queria pintá-lo como um homem gentil e agradável. Cook me contara histórias sobre suas interações amorosas com Blondi – seu cão –, seus relacionamentos com os filhos de Speer e com os convidados de Eva. Seus associados mais próximos acreditavam que Führer não cometia nenhum erro.

Eva se ajoelhou na minha frente e acariciou os cães. Eles ficaram pacientemente em seus pés durante nossa conversa.

"Por que você está lendo aqui?"

"Porque minha colega de quarto não quer companhia."

Ela parou de prestar atenção aos cachorros e colocou a mão sobre a minha.

"Eu sei como você se sente. O Führer muitas vezes me ignora, em algumas ocasiões por dias seguidos, porque está muito ocupado. Quando ele viaja para outras partes do Reich, vou para minha casinha em Munique. A vida também pode ser solitária e chata."

Foi difícil para mim sentir pena dela com o mundo a seus pés enquanto os outros sofriam, mas tive a impressão de que mesmo com a riqueza e o poder ao seu alcance, ela não estava feliz. Sua expressão abatida se somava ao seu repentino humor melancólico.

"Bem, falei demais e preciso me preparar para a recepção desta tarde", disse ela. "Você vai? Em caso afirmativo, espero que goste do vestido que providenciei."

"Sim", eu disse, "foi gentil de sua parte". Estudei as roupas que ela vestia. "Mas você está linda! Por que trocaria de roupa?"

Ela se levantou e os cachorros a seguiram.

"É um dos poucos prazeres que tenho. Vestidos, maquiagem e joias. Quando pareço linda, ele fica feliz."

Ela se afastou e eu a chamei:

"E o segredo que ia me contar?" Me arrependi de minhas palavras tolas tão logo saíram de minha boca.

Eva se virou, a saia girando ao redor dela.

"Mas já contei a você. Vou vê-la mais tarde." Ela deu alguns passos em minha direção e me encarou novamente. "Por que não lê no solário? Ninguém está lá e você não seria incomodada. Se alguém perguntar, diga que eu lhe dei permissão."

Agradeci e observei enquanto ela desapareceu pelo corredor seguida pelos cachorros. A companheira do homem mais poderoso da Europa estava solitária – aquele era seu "segredo".

Andei até o solário, que era agradável para a leitura mesmo que aquele que deu origem ao seu nome estivesse escondido pelas nuvens. Ele ficava na parte original da casa antiga e tinha sido decorado com poltronas, uma mesa e quatro cadeiras de ripas. Sentei-me numa das poltronas de veludo e passei a maior parte do tempo olhando para a ampla janela panorâmica em vez de me concentrar na poesia que estava lendo. Embora Eva tivesse dito que eu poderia ficar ali, sentia-me deslocada naquele lado da Berghof, longe dos meus aposentos.

No meio da tarde, voltei para o quarto. Ursula tinha ido embora. Coloquei meu traje e me olhei no pequeno espelho preso na parede. Não havia nada glamoroso em mim; na verdade, me sentia como um palhaço em uma roupa que seria ridícula fora de um circo. Mas era uma ordem de Eva e me senti compelida a cumpri-la. Meu traje não incluía um avental. Karl bateu na porta do meu quarto por volta das três da tarde e disse que estava indo para a Casa de Chá e que me encontraria lá, em torno das quatro horas. Hitler era famoso por faltar a compromissos. Apostávamos que ele não apareceria antes das cinco.

Vários membros da equipe da cozinha se juntaram a mim quando chegou a hora de sair. Nosso humor era leve e jovial. Paramos no mirante, mas o vale estava obscurecido pelas nuvens, então havia pouco para ser visto.

Gradualmente, a Casa de Chá emergiu da névoa como se saída de um conto de fadas. Bandeiras nazistas e bandeirinhas menores enfeitavam sua torre e uma faixa acima da porta proclamava: *Obrigado por seu serviço*.

No interior, velas iluminavam a sala e um fogo flamejante na lareira afastava a umidade. A maioria dos funcionários da cozinha estava reunida dentro da sala, sentada ao redor de algumas mesas pequenas. A grande sala com a vista das montanhas era reservada para Hitler e seus convidados. Cremes bávaros, biscoitos e bolo de maçã, os favoritos do Führer, estavam expostos na fina porcelana. Atendentes estavam prontos para servir os petiscos para a multidão. Champanhe chique estava disposto em baldes de gelo em cada mesa, facilmente acessíveis aos convidados.

Karl observou a multidão da entrada da cozinha. Ursula não estava à vista. Eu me perguntei como todos nós conseguiríamos nos amontoar dentro da Casa de Chá. Decidi que se ficasse muito lotada, iria me juntar ao Capitão na cozinha.

Franz Faber, o jovem oficial com quem Ursula desapareceu na noite em que fomos caminhar até o quartel da SS, se juntou a Weber. Eles conversaram durante algum tempo até Karl me ver. Ele se afastou de Franz e, mostrando um amplo sorriso, sussurrou no meu ouvido:

"Você parece um pouco boba."

Franzi o cenho e depois ri.

"Concordo. Ficarei chateada se Eva e Hoffmann não estiverem aqui com suas câmeras." Olhei ao redor da sala. "Você viu Ursula?"

"Ela está fazendo chá."

Olhei pelas janelas da pequena torre. Não havia nenhum sinal de Hitler, Eva ou seus convidados. A chuva tinha amenizado, então nós dois caminhamos para fora e ficamos perto dos degraus que levavam à entrada, aproveitando alguns momentos juntos. Nosso silêncio foi interrompido pelo latido repentino e frenético de um cachorro, que foi seguido por gritos e uma comoção geral.

Karl subiu os degraus.

Eu o segui e olhei porta adentro, tomando cuidado para não ficar no caminho. Karl, Franz e o Coronel estavam perto da entrada da cozinha. Atrás deles, vi o rosto pálido e contorcido de Ursula. Ela usava sua fantasia e o avental que costurara. O Coronel segurava um pastor-alemão negro que latia furiosamente. O animal enlouquecido rosnou e mostrou os dentes para Ursula.

Acima do tumulto, Franz gritou:

"Não é possível."

O Coronel o afastou, deu a coleira do cachorro para o Capitão e depois puxou Ursula da cozinha para a sala circular. Ela segurava um bule de prata na mão direita.

Ele tomou o bule de Ursula e ordenou que ela pegasse uma xícara de uma das pequenas mesas. Suas mãos tremiam quando obedeceu àquela ordem. Franz correu para ela e disse ao Coronel:

"Tenho certeza de que isso é um erro. A senhorita Thalberg nunca envenenaria o Führer."

"Cale a boca", ordenou o Coronel. "Afaste-se dela."

Karl olhou para mim. O horror se espalhou pelo rosto dele. Meu coração bateu acelerado enquanto me recostei contra o batente da porta. O Coronel, ainda segurando o bule, agarrou Ursula bruscamente pelo braço e a puxou degraus abaixo para fora da Casa de Chá. Ele ordenou que ela estendesse a xícara e então derramou nela o líquido quente, cheirando o vapor que se elevava em nuvens leitosas no ar.

"Beba", disse ele. Seus lábios mostravam um sorriso perverso.

Franz estava congelado na entrada. Karl, ainda segurando o cão que latia, olhava ao redor com descrença.

Ursula olhou inexpressivamente para o Coronel, levou a xícara até os lábios e bebeu tudo em um só gole.

O Coronel pegou a xícara de volta e esperou.

Não aconteceu nada durante alguns minutos enquanto Ursula concentrava seu olhar no chão. Então, lentamente, seu corpo convulsionou. Os olhos dela viraram para trás e ela desabou no chão. Franz ameaçou correr até ela, mas Karl e um membro da equipe da cozinha o detiveram.

Abaixo, no caminho em direção à casa, conversa e risadas preencheram o ar. Hitler, com uma bengala na mão, andava à frente de sua comitiva. Ele estava a não mais de cinquenta metros da Casa de Chá, acompanhado por Eva e pelos convidados. Ela carregava uma câmera com o objetivo de fotografar o Führer. Em algum ponto, Eva acelerou na frente dele para tirar fotos.

Eu assistia incrédula enquanto Ursula, com a pele e os lábios ficando azuis, jazia inconsciente no chão. O Coronel não fez nada. Cook tinha me contado sobre a coloração do corpo como um dos sintomas da intoxicação por cianeto. O veneno levava a um estado inconsciente e insuficiência respiratória – falta de oxigênio. As convulsões e seus suspiros continuaram até sua boca se escancarar. Com um último suspiro, seu corpo tremeu e então seus braços caíram sem vida.

Karl ordenou que a equipe não saísse, embora toda a comoção pudesse ser vista pelas janelas da Casa de Chá.

Heinrich Hoffmann, o fotógrafo de cabelos grisalhos de Hitler, apressou-se e tirou algumas fotos do corpo. Hitler parou a procissão e fez sinal para que o Coronel viesse até ele. Com o bule e a xícara nas mãos, ele se aproximou do Führer. Não consegui ouvir a conversa deles, mas depois de pouco tempo Hitler se virou e disse algo para o grupo. Em meio a olhares de surpresa, eles deram meia-volta e desapareceram na névoa.

O Coronel derramou o conteúdo do bule na trilha e se dirigiu para o Capitão.

"Você deveria ter mais controle sobre sua equipe, Capitão. Mande alguns homens levarem o corpo ao consultório do médico para uma autópsia." Ele agarrou a coleira do cão. O animal queria cheirar o corpo de Ursula. "Você e Faber – no meu alojamento em uma hora. Enquanto isso, certifique-se de que a Casa de Chá está limpa. Ninguém deve comer ou beber nada. Mantenha apenas os itens que estão selados." Ele entregou o bule e a xícara, e ergueu o braço direito em uma saudação. "Heil Hitler."

Karl e Franz voltaram a si e também fizeram a saudação. O Coronel se virou para a Berghof, levando o cachorro com ele. Tão logo ficaram fora da vista, os olhos de Franz se encheram de lágrimas. Karl deteve o amigo enquanto dois homens da SS levaram o corpo para longe.

"Volte para o seu quarto e permaneça lá", ele me disse quando me aproximei. "Nenhum de nós está livre de suspeita."

O pensamento me abalou. Dei uma última olhada dentro da Casa de Chá com seus móveis mágicos. Lembrei-me dos contos de fadas que minha mãe lia para mim quando eu era criança. Eram histórias muitas vezes brutais que terminavam em destruição ou morte. Eu estava me dando conta do quanto o Reich era semelhante a um conto de fadas. A morte nunca estava muito longe.

Capítulo 6

VOLTEI PARA UM QUARTO REVIRADO. As coisas de Ursula tinham sido removidas. Nosso pequeno armário estava aberto... Livros e papéis das prateleiras estavam espalhados. Tremendo, abri um espaço entre as coisas sobre minha cama, sentei-me e chorei.

Estava chorando tanto por mim quanto por Ursula. O medo tomou conta. Não havia ninguém em quem eu pudesse confiar? E quanto ao Capitão Weber? Um pensamento me sacudiu. Sobre o que Karl e Ursula estavam falando na Casa de Chá quando fomos visitá-la? Seria possível que ele soubesse sobre o veneno? Não fazia sentido para mim – como Ursula poderia ter sido tão tola? Karl era cúmplice dela? Essas perguntas sombrias me afligiram. Ursula tirara sua vida e colocara a minha em perigo. Ela estava louca de pensar que poderia ter êxito – mas eu não ousava pensar sobre aquela tentativa!

Alguém bateu na porta. Limpei minhas lágrimas e me recompus. Não tive tempo de responder antes de ouvir a chave na fechadura. A porta se abriu e Cook entrou no quarto. Ela estava totalmente angustiada: o rosto franzido pela dor, as mãos apertadas. Ela se aproximou do pequeno espaço entre as camas, mais agitada do que nunca.

"Você sabia alguma coisa sobre isso?" Ela diminuiu os passos e caminhou de um lado para o outro perto da porta como um tigre enjaulado.

"Claro que não", eu disse e desviei o olhar. Não passava pela minha cabeça que ela esperasse que eu dissesse "sim".

"Olhe para mim! Nunca desvie os olhos quando a SS ou a Gestapo te interrogarem." Seu rosto se avermelhou. "É o mesmo que admitir culpa. Se você lhes der qualquer indicação de que está mentindo, eles vão bater em você até que consigam o que querem ouvir."

Solucei diante de suas duras palavras.

"Eu não sei como isso aconteceu. Como Ursula pôde fazer uma coisa dessas?"

Cook se sentou ao meu lado e sua voz se suavizou.

"Eu acredito que você não sabia de nada disso, mas terá que provar sua inocência. Sei que Ursula sofreu por causa das mortes de seus irmãos – mas tentar algo tão insano! Como ela poderia ser tão insensível? Em uma tentativa de envenenar o Führer, ela acabou com sua própria vida e desonrou sua família. A Gestapo questionará a todos nós." Ela torceu as mãos. "Que mulher estúpida."

Olhei para ela, sem saber o que dizer. Eu havia dito que era inocente, mas não podia contar a ninguém sobre o pó que vira no avental de Ursula. Fazer isso só iria me comprometer.

"O Capitão Weber pediu uma nova *provadora*, mas ela não estará aqui antes de amanhã", disse Cook. "Esta noite você deve *provar* toda a comida. Esteja na cozinha às sete."

Ela saiu e troquei o traje bávaro pelas roupas de trabalho. Furiosa, joguei o vestido da Baviera sobre a cama, assustada pelo acontecimento que ele representava. Queria rasgá-lo em pedaços e jogá-lo no salão como um lembrete para Eva de sua ideia ridícula.

Logo outra batida, alta e firme, me interrompeu. Abri a porta e fiquei chocada ao ver o Coronel. Ele me empurrou ao passar por mim, sentou na cadeira da mesa e me olhou com desconfiança. Segui o conselho de Cook e olhei nos olhos dele enquanto era interrogada.

Em determinado momento, ele perguntou:

"Você parou de contrabandear veneno para Berghof?" Entendi seu truque. Tanto uma resposta negativa quanto afirmativa teriam me incriminado.

"Eu nunca trouxe veneno para Berghof, fosse para ela ou para qualquer outra pessoa. Não tinha ideia de que Ursula estivesse planejando algo assim."

Ele me encarou e perguntou onde Ursula poderia ter conseguido aquilo. Eu disse que não sabia; que era um absurdo me perguntar isso.

O Coronel pareceu satisfeito com minhas respostas, mas me fez mais perguntas sobre meus hábitos. Queria saber quem eu conhecia na Berghof e o que sentia pelo Reich.

Meu estômago se revirou quando respondi as perguntas sobre o Reich. Pela primeira vez na minha vida, eu estava mentindo para me *salvar*. Dentro de mim só havia raiva e dor pela morte de Ursula, por Hitler e pela guerra. O Coronel me disse que, a partir de então, eu deveria denunciar qualquer comportamento suspeito diretamente para ele. A cozinha e a equipe estariam sob vigilância maior. Ele se despediu, levantou-se e fez uma saudação ao Führer. Não tive escolha senão fazer o mesmo.

Naquela noite, na cozinha, dois guardas da SS acompanharam cada movimento da equipe. Eu não os conhecia porque meu contato com o Leibstandarte se limitava principalmente ao Capitão e Franz. Um dos guardas, um homem que parecia um rato, com cabelos loiros gordurosos, me observou enquanto eu *provava* a comida. Meus nervos estavam no limite. Perguntei-me se Ursula havia espalhado cianeto nos alimentos, bem como no chá. A porta da cozinha bateu e deixei cair uma colher de um prato de aspargos destinado a Hitler. O homem da SS foi rápido para agir. Ele apontou ameaçadoramente e ordenou que eu comesse outra porção. Cook olhou furiosamente para ele, mas não fez efeito. O ar estava carregado de tensão. Consegui passar pelas provas, mas tremia a cada mordida enquanto o medo me sacudia.

Na manhã seguinte, Cook me deu uma lista de vegetais e pediu-me para registrar o número de cada um deles na estufa. Reuni os livros de inventário e subi a encosta do gramado para as estruturas de vidro e metal que brilhavam na névoa prateada da manhã. O ar fresco e coberto de orvalho resfriava minha pele; a luz do sol tinha um efeito mágico e etéreo, pintando as montanhas circundantes com tons pastéis suaves. Era como andar em uma aquarela.

As estufas tinham dois níveis, ambos com cerca de cento e cinquenta metros de comprimento. A maior parte da comida fresca para Hitler era cultivada ali. Também havia uma "casa de cogumelos". Cook me contara que o Führer raramente os comia, mas aparentemente os outros o faziam, garantindo assim uma área de cultivo especial.

Abri a porta da estufa mais baixa e entrei. Embora a manhã estivesse fresca, fazia calor na estufa. Peguei minha jaqueta e a coloquei sobre um suporte de metal. Uma colcha de retalhos de plantas se estendia pelo chão até onde minha vista alcançava. Peguei um livro e a caneta e passei pelos lotes quadrados até chegar a uma planta que estava na minha lista – pepinos. Abaixei-me e continuei a contar as plantas semeadas que tinham flores amarelas estreladas. A porta se abriu atrás de mim.

Karl estava parado na entrada. Ele protegeu os olhos da luz com a mão direita e olhou para mim. Acenei. Ele chamou meu nome e caminhou rapidamente em minha direção. Somente nós dois estávamos ali.

Quando chegou perto de mim, parou e olhou a estufa de cima a baixo. Ele sussurrou no meu ouvido:

"Tenha cuidado com o que você disser."

"Só posso falar alguns minutos", eu disse. "Tenho um trabalho a fazer para Cook."

Peguei minha jaqueta e deixei os livros de inventário no suporte. Caminhamos pela estrada pavimentada em frente às estufas. A respiração de Karl relaxou quando chegamos a um lugar seguro. Abaixo de nós, a Berghof brilhava ao sol.

"Como foi com o Coronel?", perguntou Karl.

Olhei para ele, tentando avaliar a intenção de sua pergunta, me questionando se deveria confiar nele. Havia algo em Karl – uma gentileza, uma vontade de ouvir – que me fazia querer confiar nele, sentir-me confortável o bastante para falar honestamente.

"Eu respondi as perguntas", disse, tentando não me comprometer.

Ele enfiou a mão no bolso e puxou um isqueiro dourado. Mexeu impacientemente no isqueiro e o virou na palma da mão algumas vezes.

"Eu ainda estou tentando parar de fumar." Ele apontou para o isqueiro. "Pelo menos isso me dá algo para fazer." Ele riu e então perguntou: "Você notou algo incomum em Ursula, antes de ir para a Casa de Chá?".

Neguei com a cabeça.

O rosto de Karl ficou tenso e ele cerrou os olhos. Colocou o braço em volta do meu ombro; seu rosto estava perto do meu.

"Eu disse ao Coronel que você não sabia nada sobre o incidente de ontem, independentemente do que possa ter visto."

Meu coração disparou.

"Protegi você de todas as maneiras que pude", continuou ele.

"Por quê?"

"Porque..." Ele se afastou e olhou para o isqueiro na mão. "É difícil admitir isso, mas desde que você veio para a Berghof, não consigo pensar em mais nada além de você." Ele se virou, como se tivesse medo do que eu poderia dizer.

Coloquei minha mão sobre o ombro dele.

"Eu também penso em você."

Ele se virou, com o rosto corado.

"Mesmo? Estou muito feliz de ouvir isso."

Eu ri.

"Você não precisa ser tão formal, Karl. Isto é tão novo para mim como imagino que seja para você." Eu o puxei para mim e dei um beijo na sua bochecha.

"Obrigado." Ele olhou em volta. Ao longo da colina, um grupo de oficiais da SS estava saindo do quartel. Karl segurou minhas mãos. "Não temos muito tempo. Quero compartilhar algumas coisas com você, Magda. É importante para mim. É apenas uma parte da história toda – há muito mais. Diz respeito à guerra. Você quer saber por que é importante para mim?"

Balancei a cabeça, concordando.

"Então irei ao seu quarto esta noite quando for seguro. Você deve confiar em mim tanto quanto confio em você." Ele me beijou. "Volte ao trabalho. Tenho que ir."

Ele caminhou rapidamente em direção à Berghof enquanto eu voltava para a estufa. Os oficiais da SS sorriram e acenaram quando passaram.

Eu me ajoelhei ao lado dos pés de pepino e comecei a contá-los novamente, mas não pude deixar de me perguntar o que Karl precisava me dizer que fosse tão importante. No entanto, mais emocionante para mim foi a sensação que perdurou depois de seu beijo.

Uma batida suave na minha porta me acordou às duas horas da manhã.

Peguei meu robe e abri uma fresta de alguns centímetros. Karl estava no corredor escuro, seu rosto pálido na luz cinzenta. Seus olhos estavam inchados e marcados por olheiras escuras. Ele empurrou a porta e entrou pela abertura estreita. Meu quarto mergulhou de volta na escuridão. Eu tinha ido para a cama pensando que ele não viria.

"Acenda uma vela", disse ele.

"Você tem certeza de que isso é seguro?", perguntei, ciente de que era perigoso para um oficial do SS estar no meu quarto àquela hora. "Eu não tenho uma vela. Vou pegar uma na cozinha."

"Por favor, mas tenha cuidado. Um guarda está de plantão do lado de fora da entrada. Inventei uma história de que investigações adicionais a respeito de Ursula e do envenenamento estavam sendo conduzidas na calada da noite."

"A esta hora?"

"Eu disse a ele que era sigilo absoluto."

Coloquei meus chinelos e saí do quarto. A Berghof estava envolta na escuridão; felizmente, eu tinha andado por aquele corredor tantas vezes que sabia para onde estava indo. Velas e fósforos ficavam armazenados no armário acima de uma das pias, mantidos lá como acessórios para os jantares noturnos de Hitler. Abri o armário como um ladrão, peguei as velas e voltei para o quarto. Perguntei-me se o Coronel estaria escondido debaixo de uma mesa esperando para me flagrar nas minhas andanças noturnas. Felizmente, nem ele nem outra pessoa me impediram.

Encontrei o cinzeiro de Ursula jogado contra a parede debaixo da cama dela, coloquei a vela nele e a acendi. Uma luz de um amarelo quente se acendeu em um pequeno círculo. Karl se sentou na minha cama, a cabeça apoiada nas mãos. Ele finalmente olhou para cima, retirou um envelope escondido na jaqueta do uniforme e colocou-o ao seu lado. Fez um gesto para que eu me sentasse na cama ao lado dele.

Eu obedeci e então ele me beijou com um calor súbito e paixão.

Não o afastei. Seus lábios se dirigiram ao meu pescoço, onde sua respiração suave enviou arrepios pela minha coluna. Recuperei minha compostura e me afastei de seu abraço, embora eu não quisesse que ele parasse. Minhas emoções exacerbadas deixavam seu carinho desconfortável demais.

"O que está acontecendo?", perguntei. "Por que colocar nós dois em perigo?"

Ele acariciou meu rosto e disse:

"Eu lhe disse quando nos conhecemos que via algo diferente em você. Ainda acredito que isso seja verdade."

Olhei para ele, sem saber o que dizer.

Ele afastou as mãos.

"Franz estava angustiado essa tarde. Ele mal conseguia responder as perguntas que o Coronel lhe fazia. Ele mentiu sobre o relacionamento dele com Ursula. Disse que eram apenas amigos. Sei que eram mais do que isso. Ele mesmo me disse isso – você sabe como os homens se gabam."

"Por que está me contando isso?"

"Porque você pensa por si mesma e, tanto quanto eu, não quer que o povo alemão sofra."

"É claro que não quero."

"Diga-me, você está apaixonada por Hitler?"

Eu quase comecei a rir de tão ridícula que era a pergunta. Respondi rapidamente.

"Apaixonada? De modo algum."

"Você acredita nele e no sonho do Terceiro Reich?" Ele fez uma pausa como se suas palavras fossem dolorosas. "Estou triste pela Alemanha."

Pensei em meu pai porque as palavras de Karl soavam exatamente como algo que ele diria.

"Não admiro o Führer", afirmei. "Meu pai diz que ele se cerca de valentões que fazem seu trabalho sujo enquanto ele aproveita a vida. Esse tipo de homem não merece respeito. E eu concordo com isso."

Karl pegou o envelope que havia colocado na cama, abriu-o e retirou uma série de fotografias.

"É difícil olhar para elas, mas você precisa vê-las. Hitler está errado sobre a guerra; ele está mentindo sobre a maneira como o Reich está lidando com os judeus e os prisioneiros de guerra. As mentiras devem acabar." Ele estendeu as fotos para mim. "Minha vida está nas suas mãos."

Inclinei as fotos em direção à luz da vela. A primeira série mostrava oficiais da SS atirando em homens, mulheres e crianças nus sobre uma ravina. Dava para ver a fumaça saindo dos seus rifles.

"Onde é isso?", perguntei horrorizada com o que as fotos retratavam.

Karl baixou a cabeça.

"Perto do Fronte Oriental."

Já era chocante demais ver soldados atirando em homens desarmados – mas também em mulheres e crianças?

O segundo grupo de fotos era ainda mais abominável e empalideci diante da visão de corpos mortos entrelaçados. Havia tantos que não era possível dizer onde um corpo terminava e o outro começava. As fotos mostravam pilhas de bagagens, sapatos, óculos, seguidas de montanhas de carne em decomposição. Eu estava atônita. Na última foto um homem nu estava morto sobre uma laje em frente a uma abertura que parecia ser a porta de um forno. Um prisioneiro – ele próprio quase um cadáver – estava em pé ao seu lado, presumivelmente para ter certeza de que o corpo havia sido cremado.

"Isso é propaganda vinda dos Aliados?", perguntei, não querendo acreditar no que estava na minha frente.

Karl balançou a cabeça.

"Não... As fotos são reais. Vieram de um oficial da SS em Auschwitz. Você não deve falar para ninguém o que você viu." Recolocou as fotos no envelope e o guardou em sua jaqueta. "Há uma rede clandestina de oficiais que acreditam que o Nacional-Socialismo deve ser interrompido – pelo bem da Alemanha. Estamos determinados a nos certificar de que isso vai acontecer."

Eu não queria ouvir suas palavras – não por causa da Alemanha, mas porque estava sendo egoísta. A vida de Karl estava em perigo. Qualquer um que desafiasse Hitler estava condenado.

"Apenas uns poucos homens sabem disso? Você está assumindo um grande risco."

Karl concordou.

"Um risco pelo qual vale a pena morrer."

Tremi como se um vento gelado tivesse passado por mim, deixando meu corpo repleto de emoções conflitantes. Por um lado, eu reconhecia minha crescente atração pelo Capitão e admirava sua força, coragem e convicção. Não era qualquer homem que colocaria sua vida nas mãos de uma mulher ou que pediria a ela que compartilhasse com ele um segredo tão poderoso e perigoso. As fotografias que ele me mostrara ainda queimavam em minha memória. Que espécie de tirano ordenaria esses tipos de mortes? Será que toda a Alemanha não deveria agir para parar com essas atrocidades? Mas muito poucas pessoas sabiam, e qual era o propósito de dar início a uma revolução? O Reich e seus poderosos oficiais esmagariam qualquer coisa que estivesse em seu caminho. Então imaginei Ursula morta no chão. Ela havia se sacrificado por seus irmãos. Como eu poderia desonrar a ela e a Weber ignorando as fotografias? Karl me estudava, aguardando minha resposta. Finalmente, perguntei:

"O que você quer que eu faça?"

"Ofereça sua força", disse ele, segurando minhas mãos. "Não me traia. Não estou sozinho, mas não há muitos em quem se pode confiar." Ele prendeu a respiração e acariciou meus cabelos. "É pedir demais, mas talvez algum dia você possa retribuir o amor que sinto."

Eu queria me afastar porque suas palavras eram fortes demais. O único homem que já tinha professado amor por mim era meu pai.

"Por que eu deveria amar você quando pode morrer? Não há futuro na morte."

"Se Hitler continuar a liderar, não haverá futuro nenhum para ninguém." Ele se levantou da minha cama e me olhou do alto. "Preciso voltar. Pense no que eu disse."

Ele fez menção de sair, mas segurei seu braço.

"Você sabia que Ursula estava planejando envenenar o Führer?"

"Ela insinuava isso, mas sempre falava como se fosse uma piada. Era isso o que estávamos sussurrando na Casa de Chá no dia em que fomos lá. Eu a adverti para que não fosse tão ousada, mas não tinha nenhuma ideia de que ela havia tomado para si o ato de envená-lo sem a ajuda de alguém. Ela estava tão amargurada com a morte de seus irmãos. Eu estava tentando confortá-la – de fato, acabar com aquela conversa sobre Hitler. Envenenar o chá foi uma coisa tola de se fazer. Ela teria matado a todos os que bebiam na mesa dele. Era uma missão suicida. Se não tivesse sido identificada como culpada, todos nós poderíamos ter sido executados."

Hesitei, mas depois admiti:

"Eu vi o veneno sobre o avental dela. Mas não sabia o que era." Senti pontadas de tristeza. "Talvez eu pudesse tê-la detido se soubesse, mas será que eu queria saber? O que seria de meus pais se a SS pensasse que eu estava envolvida? Não quero que eles morram. Eles são tudo o que tenho no mundo."

"Ursula amava seus irmãos mais do que a própria vida. Ela morreu por eles. A loucura ao nosso redor exige sacrifícios severos. Essa é a verdade. Se você decidir se juntar a mim, qualquer um de nós pode ser morto. Seus pais também estão em perigo. A Gestapo e a SS sabem como tornar a morte bastante desagradável. Ninguém quer ser um herói, mas pense sobre o que conversamos."

Ele se abaixou, beijou-me na face e depois saiu calmamente. Minha cabeça girava quando me arrastei para a cama. Eu estaria disposta a arriscar minha vida, e talvez a vida de meus pais, pelo Capitão? As fotos que ele me mostrara passaram pela minha mente enquanto as horas se arrastaram. O mundo poderia ser salvo de tais horrores? Eu me revirei na cama.

Depois de poucas horas de um sono inquieto, acordei. Minha visão tinha mudado. A calma me dominou. Ursula tinha se sacrificado por amor aos seus irmãos. Eu poderia me sacrificar para encurtar a guerra? Meu coração me dizia que Karl e seu amor por mim eram verdadeiros. Tentei ignorar os sentimentos que cresciam dentro de mim. Mas algo maior do que eu me chamava. Tinha que confiar em minha intuição.

Eu não era mais a Magda sensível que buscara o serviço civil apenas para encontrar um emprego. Agora eu era Magda Ritter, uma mulher que podia ser traidora, uma conspiradora da morte do Führer e – se seguisse meu coração – uma amante do Capitão Karl Weber.

A TOCA DO LOBO

RASTENBURG

Capítulo 7

HITLER DESAPARECEU NO INÍCIO DE JULHO DE 1943. Os preparativos começaram no final de junho e ele sumiu depois de três dias, bem como quase tudo relacionado a ele. A governanta da Berghof e seu marido permaneceram, assim como os encarregados de manter a residência em prontidão para o caso de Hitler retornar. Martin Bormann ficou por alguns dias, mas seu irmão Albert foi embora, provavelmente com o Führer. Speer saiu rapidamente de Berlim e nos disseram que Göring tinha desocupado sua casa, localizada em uma elevação acima da Berghof.

Karl deslizou um envelope por baixo da minha porta no meio da noite, endereçado a mim, para dizer que havia sido chamado pelo Führer para Rastenburg e a Toca do Lobo. Ele não quis me acordar. Fiquei consternada por ele ter se arriscado, porque se outra pessoa tivesse interceptado o bilhete, haveria problemas. Ninguém deveria saber aonde Hitler estava indo. Depois de ler, queimei o bilhete no cinzeiro de Ursula e atirei as cinzas na terra durante a minha caminhada até a estufa. Estava triste pelo Capitão ter que ir embora, mas entendia a natureza do trabalho dele.

Cook havia falado pouco sobre o envenenamento de Ursula, mas eu sabia que ela estava chateada. Sua atitude normalmente suave e alegre se tornou fria e sem vida em comparação com os dias anteriores. A tentativa de envenenamento enviou ondas de choque por toda a Berghof. Cook observava todo mundo com olhos de águia e supervisionava toda a preparação da comida, mesmo que Hitler não estivesse mais lá. Não queria erros e, por tabela, que suspeitas recaíssem sobre seu trabalho.

Ela me passou um sermão um dia sobre a grande perda que seria se o Führer fosse assassinado.

"Não haveria Alemanha", disse. "Devemos apoiá-lo até o fim. Todo sacrifício deve ser feito."

Apenas concordei com a cabeça e pensei nas imagens terríveis que Karl tinha me mostrado – evidências irrefutáveis. No entanto, de acordo com o Capitão, apenas alguns oficiais sabiam sobre elas. Espalhá-las pelo povo alemão seria uma loucura. Perguntei-me se a população acreditaria mesmo que as imagens eram reais. A maioria, sob a influência da constante torrente de propaganda do Reich, pensaria que elas tinham sido falsificadas por judeus ou bolcheviques. Goebbels usaria isso a seu favor para trazer as pessoas para o lado dele. Pregaria de seu púlpito político que judeus sujos ou porcos comunistas produziram aquelas fotos para semear a discórdia. Ele era um mestre em seu trabalho.

Nos primeiros dias sem o Capitão, minha mente se encheu de dúvidas e apreensão sobre qualquer ataque a Hitler. Seguir Karl podia significar a morte e, provavelmente, um destino similar para os meus pais. Meu coração desejava seu amor, mas um cuidadoso olhar racional sobre nossa situação trazia medo e dúvida. Eu não poderia deixar meus pais à mercê da Gestapo e suas táticas; até tio Willy e tia Reina poderiam ser perseguidos. E se meu caso de amor florescesse em um relacionamento verdadeiro? Qualquer passo em falso, qualquer informante, qualquer erro de julgamento poderia custar sua vida. E se nos casássemos e eu ficasse grávida? Poderia carregar uma criança em meio aos horrores da guerra, sustentá-la e trazê-la para um mundo de criminosos despóticos? Esses conflitos dilaceravam minha mente até que eu ficasse exausta de tanto pensar.

Uma noite, no início de julho, depois de *provar* e jantar com indiferença, caminhei até o terraço para aproveitar o ar fresco. Um oficial da SS estava de pé no lado oposto, olhando a vista. Estávamos sozinhos e eu estava feliz porque não queria companhia. As cadeiras e os guarda-sóis estavam empilhados em um canto – a maioria dos móveis tinha sido arrastada de qualquer jeito para fora do caminho porque Hitler não estava mais lá. Sentei-me no gradil de pedra e olhei para o vale. As longas sombras do pôr do sol traçavam faixas roxas nas montanhas. As florestas verdes iam ficando cinzentas na luz desvanecida. O ar estava agradável e carregado de um cheiro de grama e flores do campo, típico do verão. Eu estava absorta pela beleza diante dos meus olhos quando alguém bateu no meu ombro. O toque me surpreendeu e me virei, dando de cara com Eva Braun.

Ela usava um vestido preto simples, mas parecia elegante como se tivesse jantado com o Führer. Havia um toque de vermelho em suas faces maquiadas e os seus cabelos pareciam recém-arrumados. Notei aquela leve tristeza que quase sempre estava em seus olhos.

"Magda, não é?", perguntou ela.

"Sim." Fiquei surpresa por ela se lembrar de mim.

"Você não está lendo esta noite." Ela se sentou ao meu lado e olhou para aquela imensidão. "É uma noite adorável."

"Muito linda." Desviei o olhar, sem ânimo para pisar em ovos. O que ela queria?

"Parece que estamos desanimadas hoje", disse ela. "Existe alguma coisa que eu possa fazer para melhorar as coisas?"

Neguei com a cabeça. Eu não poderia contar a ninguém o que estava se passando, certamente não à confidente de Hitler. Inventei uma desculpa, uma que imaginei que ela gostaria de ouvir.

"Sinto falta da emoção que o Führer traz para a Berghof. Está muito tedioso agora que todos se foram."

Eva assentiu.

"Vou para Munique amanhã para ficar com meus pais e amigos. Os cães irão comigo. Imagino que não verei Adolf até que ele volte em... bem, quando quer que seja. Ele está tão ocupado."

Eu sabia que ela não poderia dizer quando Hitler retornaria. Seria um erro tão grave quanto Karl me dizer que o Führer estava a caminho de Rastenburg.

Outro homem da SS apareceu no terraço com os dois cães terrier de Eva abrindo caminho. Ela não disse nada quando o guarda lhe entregou as coleiras.

"Negus, Stasi, sentem-se!" Os cachorros negros espalhafatosos obedeceram e se sentaram olhando para ela com as línguas cor-de-rosa fora da boca. O homem da SS fez uma saudação e deu meia-volta.

Eva sorriu.

"Eles são tão formais. Suponho que tenham que ser." Ela fez uma pausa e depois perguntou: "Você tem namorado?".

Eu sabia que o que dissesse chegaria até Hitler. Se desse o nome do Capitão, podia tornar mais fácil nos vermos; por outro lado, isso nos deixaria conectados, para o bem ou para o mal. Eu tinha ouvido falar que uma das secretárias particulares de Hitler se casou com um oficial da SS porque o Führer gostava de vê-los juntos. Ele fez o papel de casamenteiro e os dois acabaram cedendo. Eu esperava que minha resposta pudesse deixar as coisas mais fáceis para o Capitão e para mim.

"O Capitão Weber me levou até a sua exibição de ...*E o vento levou,* e nós caminhamos e dançamos algumas vezes."

Eva sorriu.

"Oh, o Capitão Weber. Um excelente oficial e um belo homem. O Führer depende dele. Ele seria um admirado e respeitado marido."

Lutei para não ficar ruborizada.

"Não temos planos de casamento. Mal nos conhecemos."

Eva acariciou um dos cachorros e disse:

"Isso pode mudar. Quando a guerra acabar, todos os que serviram serão agraciados. Você e Karl terão um lar feliz e muitos filhos para o Reich."

Olhei para longe, querendo encerrar a conversa sobre minha vida pessoal.

"Não foi horrível o que aconteceu com a outra *provadora?*" perguntou Eva.

Seus olhos capturaram os meus e eu soube que precisava ter cuidado com minha resposta. Lembrei-me das palavras de Cook sobre o que fazer ao ser questionada. Olhei para ela e disse:

"Sim. Ela deve ter ficado louca para fazer uma coisa dessas. Nunca suspeitei."

"É por isso que o Führer tem pessoas como você e Karl trabalhando para ele. Nós devemos protegê-lo, senão tudo estará perdido." Ela sorriu, mas seus olhos denunciavam seu pânico. Talvez ela sentisse, ou soubesse, que a guerra estava indo mal. "Ora, mesmo mulheres jovens são suspeitas. Uma foi capturada e julgada em Munique em fevereiro por distribuir panfletos que falavam mal do Führer e do Partido. Um conselho, Magda: nunca confie em ninguém. Não há como ser cautelosa em excesso. Permaneça leal – mas o que estou dizendo? Sei que você permanecerá."

Hesitei, mas acabei perguntando:

"O que aconteceu com a mulher?"

"Cortaram sua cabeça." Eva deu uma risada desconfortável, ergueu-se do gradil e puxou as coleiras dos cachorros. "Adolf despreza esses negócios desagradáveis." Ela estendeu a mão. "Suponho que demorará um pouco até que nos vejamos novamente."

Concordei e apertei sua mão; estava fria ao toque. Dissemos boa-noite. O homem da SS ainda estava no canto. Eu queria descobrir se Eva estava dizendo a verdade sobre a mulher que havia sido decapitada, então decidi perguntar ao oficial. Seria arriscado, mas imaginei que conseguiria uma resposta se dissesse a ele que estava tentando descobrir para Eva. Ele certamente a tinha visto no terraço comigo.

Ele mal me olhou quando me aproximei. Aparentemente era um sentinela designado para vigiar o terreno e a guarita abaixo. Estava sentado num gradil de pedras, com os ombros encurvados de tédio; havia pouco para proteger quando Hitler estava fora. Até mesmo os céus estavam livres de ameaças. Uns poucos aviões Aliados haviam sobrevoado recentemente. As sirenes de ataque aéreo haviam soado, mas nenhuma bomba fora lançada.

"Desculpe-me", disse eu. "Estava conversando com a senhorita Braun. Ela ouviu falar sobre uma mulher que foi presa por distribuir panfletos em Munique. Eva queria que eu descobrisse mais sobre ela." Usei seu primeiro nome para fazer parecer que éramos amigas.

O oficial me olhou de maneira estranha, como se me analisasse, mas respondeu a pergunta para se livrar de mim.

"Sophie... Sophie qualquer coisa. Ela foi julgada e condenada por traição, bem como seu irmão e uns poucos conspiradores. Eles trabalhavam para uma organização clandestina. Não me lembro do nome." Ele olhava para o vale, aborrecido com minha intrusão.

"O que aconteceu com eles?"

Ele se virou, com os olhos azuis brilhantes.

"O que aconteceu com eles? O que deve acontecer com todos os traidores – foram para a guilhotina. Pelo que eu me lembro. Já foram tarde."

Ele deve ter percebido o horror em meus olhos, pois balançou a cabeça como se lamentasse minha fraqueza. Virou-se e olhou fixamente para as montanhas escuras. Agradeci a ele e sai do terraço.

Naquela noite, enquanto estava deitada na cama, desejei que Karl estivesse por perto e pensei na jovem mulher que fora executada por distribuir panfletos antinazistas. Hitler aceitava apenas obediência cega ao Partido. Se Karl e eu ousássemos pisar fora da linha, seríamos mortos. Um pensamento aterrador me atingiu: *Karl e eu já passamos desse ponto.*

Na manhã seguinte, durante o café, Cook nos informou que deveríamos estar em Rastenburg em três dias. O comunicado viera diretamente de Hitler. Seria uma viagem de dois dias de trem. Eu estava feliz por ver Karl novamente, mas de certa forma surpresa porque Cook e eu havíamos sido intimadas.

"Ele gosta do modo como cozinho", disse ela em resposta a minha pergunta. "Vocês se juntarão às outras *provadoras* na Toca do Lobo."

"Todas nós?"

Ela deu de ombros.

"Não cabe a nós questionar as ordens do Führer." Ela se inclinou para perto e sussurrou: "Acho que tem a ver com o tamanho da equipe em Rastenburg e o incidente que aconteceu aqui com Ursula. Ele e o Capitão Weber estão sendo cautelosos".

Imaginei a comida alinhada sobre a mesa e cada mulher experimentando um único prato. Se uma morresse, então outra tomaria o seu lugar, talvez em menos de uma hora, como uma linha de montagem letal. Cada morte seria considerada uma vitória para o Führer, um sacrifício para o bem do Reich.

"Você deve sair depois do café da manhã", disse Cook, e me passou um pequeno livro dourado que continha poucas páginas. A águia do Reich estava impressa em preto na capa. "Carregue-o com você o tempo todo. Isso confirma que você trabalha para o Führer."

Eu o abri e uma das minhas fotos que foram tiradas em Berchtesgaden me fitou de volta. O livro afirmava que me deveriam "ser concedidos todos os privilégios especiais", como membro da equipe de Hitler. Eu estava livre, sob suas ordens, para viajar pela Alemanha ou em qualquer território do Reich.

Eu vinha pensando em ir para casa, para Berlim, porque não via minha mãe e meu pai havia meses. Meu trabalho e o relacionamento que desabrochava com Karl tinham consumido meu tempo. Um dia a mais longe das exigências do Reich era um presente para ser saboreado.

"Eu gostaria de visitar meus pais", falei para Cook.

"Desde que você esteja na Toca do Lobo em três dias, pode fazer o que quiser, mas não diga a ninguém para onde está indo."

Depois do café da manhã, disse adeus aos funcionários que iriam ficar e rapidamente empacotei minhas coisas. A sala vazia parecia abandonada e, por um instante, me lembrei de Ursula reclinada sobre sua cama, acendendo um cigarro, soprando fumaça pela janela para não ser pega. Eu admirava sua coragem, mas criticava seu planejamento. Ela enfrentara Hitler e falhara. Como Karl tinha dito, ações precipitadas como as de Ursula acabavam mal. Era preciso agir com cautela e bastante planejamento. Tirei aqueles pensamentos da minha cabeça. A própria ideia de derrubar Hitler parecia impossível.

Um carro da SS me levou até a estação de trem em Berchtesgaden. Não tinha tempo para visitar tio Willy e tia Reina; de qualquer modo, eu não estava com vontade de conversar com eles. Não queria perguntas sobre Hitler, ou palavras de incentivo sobre quão maravilhoso era servir ao Führer.

Cheguei em Berlim tarde da noite. A cidade me surpreendeu por sua vitalidade. Eu tinha me acostumado com a quieta solidão da montanha da

Berghof. As luzes, o ronco dos automóveis, as centenas de cheiros – cada um deles despertando uma memória – faziam com que Berlim parecesse estranhamente nova para mim. Era como se eu a estivesse vendo pela primeira vez.

Caminhei até o apartamento dos meus pais. A rua estava silenciosa, distante da agitação e, exceto pelo apagão, a guerra parecia estar muito longe. Não houvera grandes bombardeios Aliados desde o aniversário de Hitler. As árvores estavam cheias de folhas e seus ramos lançavam sombras escuras sobre os edifícios ao redor. Feixes de luz traçavam os contornos de algumas janelas. Às vezes as cortinas ondulavam na brisa e um bloco de luz vindo do apartamento de alguém explodia na calçada, apenas para se dissipar em um instante. Um fonógrafo tocava em uma casa. A melodia era melancólica, mas doce, uma adorável voz feminina elogiando o soldado que tinha ido à guerra pelo Reich. O mundo parecia pacífico, e sua serenidade me encheu de uma sensação de calma que havia me escapado meses antes. Percebi então que meu emprego tinha cobrado seu preço. Minha primeira pista disso foi quando desfrutei de uma refeição no trem. Estava feliz por não ter que *provar*, por poder simplesmente aproveitar a comida e não me preocupar que cada mordida pudesse me matar.

Apertei o interfone e esperei. Eu não tinha telefonado porque queria que minha visita fosse uma surpresa. Depois de mais alguns toques, meu pai veio até a porta vestindo um roupão. O corredor estava escuro. Ele cerrou os olhos, e a consternação em seu rosto se transformou em um sorriso assim que me reconheceu. Ele me puxou para seus braços e quase me sufocou com seu abraço.

"Magda, Magda", ele disse com olhos cheios de lágrimas. "Meu Deus, como sua mãe e eu sentimos sua falta." Ele me soltou do aperto.

Fiquei de pé na calçada segurando minha mala.

"Posso entrar?"

"Claro, que bobagem a minha", ele disse e deu alguns passos para trás.

Minha mãe apareceu na porta do quarto, seus olhos meio fechados de sono. Ela correu para mim sem dizer uma palavra e me abraçou como meu pai tinha feito. Depois de trocarmos beijos e abraços, eles me deixaram entrar.

"Você está de volta de vez?", perguntou meu pai cautelosamente. O tom de sua pergunta deixava claro que ele ainda me queria longe de Berlim.

Coloquei minha mala no chão ao lado do suporte de casaco.

"Somente por essa noite; tenho que pegar o trem até o meio-dia de amanhã..." Eu não podia dizer aos meus pais para onde estava indo.

"Venha para a cozinha", disse minha mãe. "Quero saber de tudo o que você está fazendo. Temos dois saquinhos de chá para a semana. Vou fazer um bule. Estou animada demais para dormir." Meu pai concordou e caminhamos até a cozinha. Minha mãe acendeu uma vela e depois meu pai e eu nos sentamos na pequena mesa de carvalho enquanto ela fazia chá. Minha mãe mexeu na chaleira e na água e depois se virou com os olhos arregalados. "Como ele é?" Como a maioria dos alemães, ela era fascinada pelo Führer, um homem que nunca tinha visto.

"Lisa", disse meu pai. "Você não é a Gestapo. Já parou para pensar que talvez Magda não possa falar sobre ele?" A ansiedade de minha mãe desapareceu com uma careta.

"Não." Ela voltou ao chá.

"Nunca o encontrei," eu disse. "Eu o vi algumas vezes na Berghof e uma vez perto da Casa de Chá."

"Ele tem uma casa de chá?", perguntou minha mãe, surpresa de que algo como aquilo existisse.

"O Führer toma o chá da tarde lá, com bolo de maçã, com seus convidados", eu disse, sentindo que a informação era inofensiva. "Ela parece uma torre de castelo dentro da floresta. Até falei com Eva Braun várias vezes."

Meus pais não deram nenhum sinal de reconhecerem o nome. Que burrice a minha mencioná-la. É claro que eles não sabiam quem ela era. Eva era um segredo conhecido por poucos. Deixei o assunto de lado.

Meu pai se instalou em sua cadeira.

"O que você faz?", ele perguntou muito casualmente, como se esperasse que a resposta fosse um trabalho "normal", como escriturária ou contadora.

Meu estômago se revirou – não queria causar ansiedade desnecessariamente, dizendo-lhes que era uma *provadora* e que minha vida estava em perigo diariamente. Vivendo em Berlim, meus pais tinham preocupações o bastante.

"Eu trabalho na cozinha. Sou responsável pelo inventário dos alimentos e utensílios da cozinha." Era uma meia-verdade.

Minha mãe voltou à mesa com três xícaras de porcelana. Enquanto esperava que a chaleira fervesse, ela se sentou ao meu lado e segurou minha mão.

"Estou orgulhosa de você e muito aliviada. Um bom trabalho, não é, Hermann?"

Meu pai concordou com a cabeça, mas consegui ver pelo seu olhar franzido que não estava entusiasmado com emprego algum relacionado ao Nacional-Socialismo. Perguntei sobre a senhora Horst e nossos vizinhos para me afastar desse assunto. Até irmos para a cama, conversamos sobre o trabalho de meus pais e o clima em Berlim.

Minha mãe estava lavando a louça do café da manhã quando me levantei na manhã seguinte. Meu pai estava sentado na sala de jantar tomando uma xícara de chá antes de sair para o trabalho.

"Eu estava prestes a acordar você", disse ele, "para me despedir". Seus olhos estavam desfocados, como se a vida tivesse se tornado uma tarefa insuportável, uma série de dias amarrados uns aos outros para serem no máximo tolerados. "Obrigado por não contar a sua mãe", ele disse suavemente.

Meu coração deu um salto.

"Não sei do que você está falando."

"É claro que sabe." Seu tom era impassível, sem emoção. "Tio Willy descobriu o que você faz através de suas conexões com o SS. Berchtesgaden é um lugar pequeno." Ele colocou as mãos ao redor da xícara de chá. "Ele e Reina, é claro, estão extasiados com a sua posição. Não poderiam estar mais felizes. Implorei a eles para não contarem a sua mãe, porque não quero que ela se preocupe." Tomou um gole de chá e depois colocou a xícara sobre a mesa. "Para eles, não há sacrifício grande demais para o Führer." Ele colocou as mãos no colo e olhou em direção à cozinha.

Sussurrei por medo de que minha mãe ouvisse:

"Eu não tinha ideia de qual seria meu cargo. Foi o emprego que eles me deram." Foi bom compartilhar aquilo com o meu pai. Entendi por que chorou ao me ver.

Ele suspirou.

"Sua mãe, que pensa que lavar pratos continua a ser importante enquanto o mundo pega fogo, acredita que o Reich vencerá a guerra. Ela não faz ideia dos rumores que circulam. Temo pelo pior para todos nós, Magda. É como se vivêssemos em um mundo artificial que está diminuindo a cada dia. Consigo sentir as paredes desabando sobre a Alemanha, sobre Berlim, sobre nós."

Eu tremia, com medo de olhar em seus olhos.

"Que rumores você ouviu?"

"Que perdemos grandes batalhas no Oriente, que a maré virou e que as vitórias fáceis que Hitler forjou nos primeiros anos acabaram. Eu nunca falaria com sua mãe sobre essas coisas. Ela me expulsaria de casa." Ele riu. "Não dá para depender do *Observador Popular* para um relato preciso da guerra. O jornal do Partido não serve nem para forrar a gaiola do canário."

"Não diga para mais ninguém o que você me disse", disse a ele, firmemente. "Guarde suas opiniões políticas para si mesmo e não mexa nesse caldeirão. Eu também ouvi rumores, e sei de coisas que não posso contar a você. Acredite, existem pessoas que querem acabar com esta guerra pelo bem da Alemanha."

Ele sorriu e uma centelha de vida brilhou em seus olhos pela primeira vez desde que tinha chegado. Talvez eu lhe tivesse dado um pouco de esperança de que as coisas pudessem melhorar.

"Quero crer nas suas palavras", disse ele. "Há tão pouco em que acreditar." Ele estendeu o braço sobre a mesa e apertou minhas mãos. Do lado de fora da janela, o mundo parecia ensolarado e alegre, mas como todo o resto, o clima agradável era ilusório, uma distração da verdade. Ele apertou meus dedos. "Por favor, tenha cuidado."

Afirmei que teria, mas os medos de meu pai me contaminaram. Meu breve descanso de Hitler e da Berghof parecia uma enganação. Nós estávamos presos em um mundo de faz de conta propagado pelo Reich, enquanto ao nosso redor batalhas estavam sendo travadas, tropas morriam e inocentes eram abatidos. Nossa sensação de bem-estar e segurança estava diminuindo, e apenas um tolo acreditaria que o nosso estilo de vida poderia continuar como era. No entanto, ainda havia muitos tolos a serem convencidos. O Reich estava fazendo muito bem seu trabalho. As pessoas ainda acreditavam em Hitler e na sua retórica ardente – lutar pela Alemanha até o final, até que o último homem, mulher e criança tivessem morrido pelo Reich. Eu não conseguia seguir essa linha de raciocínio por muito tempo, pois sentia que o mundo entraria em colapso ao meu redor.

Meu pai deu um beijo de adeus em mim e em minha mãe e deixou o apartamento. Minha mãe e eu nos sentamos na mesa de café da manhã e, como meu pai havia previsto, conversamos sobre coisas da vida que a mobilizavam no dia a dia: comida, lavanderia, limpeza da casa, jardinagem. Em tempos normais esses eram assuntos inócuos, mas prazerosos. No entanto, nossos dias estavam longe de serem normais. Conversas sobre comida e racionamento tinham uma importância monumental.

Dominada pela sensação de meu pai de que a Alemanha entrava em colapso, disse adeus a minha mãe à tarde e embarquei em um trem para a Toca do Lobo na Prússia Oriental. Ela também derramou algumas lágrimas quando parti. Eu lhe disse que retornaria quando pudesse, mas não tinha ideia do que estava por vir. Quando embarquei no trem, perguntei-me se veria meus pais novamente.

Capítulo 8

SAÍ DE BERLIM ÀS CINCO DA TARDE COM DESTINO A RASTENBURG. O condutor me premiou com um vagão-dormitório quando viu "a serviço do Führer" nos meus documentos de identificação. A viagem noturna foi tranquila exceto por uma longa parada no meio da Polônia, quando o trem interrompeu a viagem por causa da ameaça dos bombardeiros Aliados. O cabineiro da noite bateu em todas as portas e explicou a situação. Abri a cortina de blecaute do meu vagão e me perguntei como qualquer bombardeiro poderia atacar o trem numa noite sem lua. Bosques sombrios nos cercavam; já não estávamos percorrendo as planícies férteis do leste da Alemanha. Dormi um sono intermitente o resto da noite, atenta ao menor movimento, apesar do trem estar bem escondido nas profundezas da floresta.

Chegamos por volta das nove horas. Era uma estação bastante deserta e sem muita pompa, cuja paisagem era composta por árvores e nada mais. Peguei minha mala e desci os degraus da plataforma. Duas outras mulheres jovens estavam por perto, parecendo tão perdidas quanto eu. Ambas tinham cabelos loiro-escuros, mas uma era mais alta do que a outra e parecia estar no controle de sua companheira mais baixa. A mais alta esticou o pescoço como um cisne, como se estivesse procurando por alguma coisa. Mal tive tempo de colocar minha mala no chão antes que um forte oficial da SS caminhasse em minha direção, sombrio e composto.

"Senhorita Ritter", disse ele com um tom de comando.

Fiquei surpresa que ele soubesse quem eu era.

"A equipe da cozinha está esperando por você", continuou ele. "Você pegará o trem para a Toca do Lobo." Ele se afastou e se dirigiu para as duas jovens na plataforma. Guiou-nos para outro trem em um desvio da estrada de ferro e, depois de alguns minutos de espera, o veículo se moveu floresta adentro. Eu me apresentei às mulheres sentadas à minha frente, pois naquele trem os bancos eram dispostos acompanhando a lateral do vagão. A mulher mais alta se chamava Minna; a mais baixa, Else. Elas eram novas *provadoras* de Berlim e tinham sido escolhidas pela SS para trabalhar com Cook, com a aprovação de Hitler.

Minna se recostou contra o assento de brocado com um ar de autoridade e alisou a saia com as mãos. Seus lábios lisos se destacavam devido ao batom vermelho brilhante e suas sobrancelhas eram desenhadas com linhas escuras austeras – muito mais dramáticas do que seria necessário para a maioria das mulheres. Sua boca carnuda lhe dava um ar de crueldade. Ela seria um problema, uma mulher que se pendurava em cada palavra emitida pelo Reich e mais do que disposta a morrer a serviço do Führer. Else era bonita, com os olhos redondos, uma boca pequena e um comportamento tímido. Intencionalmente ou não, ela olhava para Minna como a uma mentora. Concluí que Else seguiria qualquer um que tomasse decisões por ela – uma candidata perfeita para a posição de *provadora*. Se a Gestapo pedisse que ela engolisse veneno, ela provavelmente o faria.

"Como *ele* é?", Minna perguntou, com uma olhadela lateral de superioridade.

Eu não queria mimá-la.

"Já me fizeram essa pergunta muitas vezes. Você terá sorte se puder vê-lo de relance, que dirá ter uma conversa."

Minna ficou nervosa.

"Eu vou falar com ele. Na verdade, tenho certeza de que vou conhecê-lo muito bem." Ela cruzou uma perna bem torneada sobre a outra.

Ela não fazia ideia do relacionamento de Eva Braun e Hitler. Eu queria rir, mas senti que estaria revelando informação demais. Em vez disso, me recostei e tentei apreciar a paisagem da floresta que passava por nós em manchas verde-escuras de pinheiro, vidoeiro e carvalho.

Else perguntou:

"Você sente medo quando *prova*?"

Mesmo no cargo só por poucos meses, poderia pelo menos apregoar minha condição de veterana.

"É um trabalho perigoso. Eu ficava nervosa no começo. Você nunca sabe qual refeição será sua última."

Else engoliu seco e olhou para mim. Minna riu e depois abriu um sorriso arrogante.

"Não seja boba, Else", repreendeu ela. "Você nunca terá que se preocupar. De agora em diante você vai levar uma vida encantada. Vai desfrutar dos melhores quartos, seguros e fora de perigo. Vai comer as melhores refeições, sem medo de ser envenenada, porque quem ousa levantar uma mão contra o líder do Terceiro Reich? Vai se divertir na companhia do próprio Führer. Que mulher poderia pedir mais? Viveremos como rainhas enquanto o resto da Alemanha defende a terra natal. Se as forças armadas caírem, seremos protegidas pelo Führer. Que o povo alemão coma brioches, como diria Maria Antonieta."

Else, com medo de contradizer Minna, olhou para sua companheira como um cachorro assustado. Eu queimava de raiva e queria dar um tapa naquela mulher prepotente para que ela criasse juízo. Mas não podia deixar meus sentimentos transparecerem de modo algum. Eu tinha questões maiores – Karl, meus pais, o fantasma da morte que nunca se afastava – com que me preocupar do que uma fanfarrona consumida pelo orgulho e pela estupidez.

Logo nossa jornada terminou em uma pequena estação na floresta. O homem corpulento da SS que nos levara ao trem apareceu na porta e nos instruiu a sair. Desci para a plataforma. Eu sabia que estávamos no quartel-general do Führer, mas nenhum edifício era visível. Outro trem estava parado em um dos ramais próximos. A estação era cercada por um matagal emaranhado com árvores e arbustos. Insetos voavam ao redor de nossas cabeças no ar úmido. O oficial nos conduziu por um caminho arborizado, onde pequenos *bunkers* e cabanas, escondidos por camuflagem, despontavam do meio da vegetação. Em alguns minutos, chegamos a um posto de controle onde um jovem oficial pediu uma senha ao SS. Em seguida ele estudou nossos documentos de identificação, nos disse para soltarmos nossas malas e darmos uma volta. Fizemos isso e ele pareceu satisfeito. Imaginei que estivesse procurando por volume nas nossas roupas, onde poderíamos esconder uma arma. Ele examinou nossas bolsas e malas. Confiante de que não tínhamos armas, entregou-nos um pequeno passaporte para a Toca do Lobo e nos ordenou que o mantivéssemos conosco o tempo todo. Então passamos pelo portão de uma cerca eletrificada.

Continuamos seguindo o homem da SS através da floresta até chegarmos a uma seção onde os *bunkers* eram mais visíveis. Aquelas estruturas baixas e fortificadas se estendiam até a floresta em ambos os lados até se perderem de vista. Uma rede de camuflagem pendia sobre tudo, uma proteção contra ataques aéreos. O acampamento também continha alguns edifícios feitos de madeira e concreto que pareciam mais com grandes salas de reuniões com janelas.

Por fim, chegamos a uma estrutura desagradável. Tinha pequenas janelas na fachada, apoiada por uma pesada porta de ferro. Ligeiramente convidativo no exterior, seu interior provocava pensamentos infernais. Inspirei um ar quente e úmido naquele espaço apertado. Senti como se estivesse respirando através de uma toalha úmida.

O oficial nos conduziu por um corredor estreito que me lembrou das fotos que eu já vira de interiores de navios a vapor. Ele abriu um segundo anexo e uma série de pequenas portas de madeira apareceu em frente a ambos os lados. Nosso quarto era o último à direita. Ele ligou um interruptor. Uma única lâmpada em uma luminária de metal verde lançou um triângulo de luz no chão. Quatro camas, duas de cada lado, estavam posicionadas contra as paredes. Um armário se situava ao lado de cada cama. Aquelas acomodações fizeram meu quarto na Berghof parecer um palácio. O quarto ali continha apenas espaço suficiente para as camas, e mal cabia quatro mulheres. Não havia janelas. Respirei fundo e lutei contra a claustrofobia que me golpeou por todos os lados.

"Estes são os nossos aposentos?", Minna perguntou ao homem SS com óbvia repugnância.

Mais uma vez, eu queria rir porque a primeira de suas ilusões havia se desfeito. As condições de vida no *bunker* estavam longe do que Minna descrevera para Else como as "melhores acomodações".

O oficial olhou para ela.

"Você tem sorte de estar aqui. Se tiver algum juízo, não reclame." Com essa advertência, ele saiu.

Inspecionei o quarto. Exceto pelas camas – quatro camas de campanha pequenas, cobertas com cobertores cinza – e pelos armários, o lugar estava vazio. Uma das camas já estava ocupada. Os lençóis estavam cuidadosamente dobrados. Uma bolsa de couro repousava debaixo da cama.

O ar circulava com um som sibilante através de um respiradouro localizado no teto. Aquele mecanismo irritante nos mantinha vivas sob camadas espessas de concreto e terra.

Else jogou a bolsa em uma cama e começou a chorar.

"Acalme-se", disse Minna. "Chorar não vai resolver nada."

"Não posso viver aqui", disse Else. "Ninguém nos disse que o quartel-general seria assim. Eu esperava que fosse como a Chancelaria do Reich." Ela desabou em sua cama. A Chancelaria de Berlim era vasta e opulenta, com os melhores móveis, pinturas e tapetes. Jardins ao ar livre cercavam os edifícios. Ali, tínhamos sido reduzidas a viver como animais subterrâneos.

Escolhi a cama mais próxima da porta e coloquei minha bolsa debaixo dela. Mesmo assim, consternada com as condições em que estávamos sendo obrigadas a viver.

"Tenho certeza de que vamos passar muito tempo longe deste quarto – para o nosso próprio bem." Minha condição de veterana me deixava confiante. "Vou caminhar. Ninguém disse que devemos permanecer aqui dentro."

Else olhou para mim como se eu a estivesse abandonando. Ela se inclinou para a frente em sua cama de campanha.

"Posso ir com você? Não me importo se houver problemas. Sinto-me doente."

Eu não queria que ela me seguisse porque esperava encontrar Karl, mas a porta se abriu e meu plano foi interrompido. Uma jovem pálida que parecia ter passado tempo demais dentro do *bunker* entrou. Ela tinha um nariz fino e olhos grandes. Poderia ter sido bonita, mas sob a luz grosseira, parecia cansada e abatida. Dava para ver que seu cabelo tinha sido clareado artificialmente.

"Meu nome é Dora", ela disse, e estendeu sua mão para mim porque eu estava mais perto. Me apresentei enquanto Minna inspecionava Dora com seus trejeitos de pássaro. Else sorriu e enxugou as lágrimas, feliz em ver outra mulher que poderia ser uma amiga.

"Quem é *você*?", perguntou Minna, sentando-se como uma rainha na cama restante.

Os olhos de Dora se estreitaram. Ela teve a mesma reação a Minna que eu.

"Dora Schiffer, a *provadora*-chefe da Toca do Lobo." Olhou para Minna e Else. "Vocês duas devem ser as novas garotas e precisam vir comigo para serem apresentadas à cozinheira e ao resto da equipe. Magda, você deverá estar na cozinha às sete da noite para *provar*. Tem o resto do dia livre para fazer o que quiser.

Minna franziu o cenho.

"Nós recebemos ordens de você?"

Dora cruzou os braços.

"Sim."

"Vamos ver", murmurou Minna.

"Não há nada para ver", disse Dora, "porque estou acima de você em todos os critérios hierárquicos. Vocês estão sob meu comando. Esse é o meu quarto e compete a mim garantir que vocês cumpram seu dever". Ela enfiou a mão em um bolso do vestido e tirou dele um livro semelhante ao que nos fora dado no portão. Ela o passou para nós. Dora era um membro da SS. De acordo com as marcações em seu livro, ela havia sido previamente designada para um lugar que eu não reconhecia – Treblinka.

"Temos tempo para nos refrescar?", perguntou Minna.

"Façam isso rapidamente", disse Dora. "O banheiro fica no fim do corredor." Depois que Minna e Else saíram do quarto, Dora permaneceu na entrada e olhou para mim. "Então terei pelo menos uma criadora de casos com quem lidar. Aproveite seu dia, mas tenha cuidado para não se aventurar para além das cercas. Há três perímetros ao redor do quartel-general. Guardas com cachorros estão a postos a cada trinta metros. Eles irão lhe pedir seus documentos." Ela passou um dedo pelos lábios suavemente. "Minas terrestres rodeiam a Toca do Lobo. Tenha cuidado. Um erro tolo pode custar a sua vida." Ela me analisou como se estivesse me interrogando.

Encarei de volta.

"Heil Hitler." Ela fechou a porta e me deixou sozinha.

Dei a elas bastante tempo para encontrarem o caminho da saída. Aparentemente, a residência era apenas para mulheres. Encontrei um banheiro com duchas não muito longe de nossa porta, um escritório e uma pequena biblioteca que haviam sido construídos perto da entrada. A biblioteca tinha janelas que davam para o terreno do quartel-general. A vista era limitada pela floresta, mas a janela tinha tela e estava aberta. Nenhuma brisa entrava através da rede.

Eu me sentei em uma das cadeiras acolchoadas da biblioteca e pensei sobre o meu destino. O suor se formou no meu rosto e nos braços com o calor do fim da manhã, mesmo que o sol fosse amenizado pela tela das janelas e pelas árvores frondosas. Era como se uma mortalha verde tivesse sido lançada sobre o quartel-general. Somente o zumbido dos mosquitos e das moscas que pressionavam seus corpos pretos contra as telas entrava em meus ouvidos. Ainda assim, imaginei que dormir ali seria melhor do que no meu quarto apertado.

Levantei-me da cadeira e examinei os livros nas prateleiras. A maioria era de história e mitologia alemãs; outros, sobre temas de ciência. Perguntei a mim mesma se eram de Hitler ou se teriam sido colocados ali por outra pessoa. Um título em particular atraiu minha atenção: *A origem das espécies* por Charles Darwin. Fracas lembranças dos meus estudos atravessaram minha mente. Não lembrava muito bem sobre o que era o livro, então abri e passei para o verso da folha. A página estava estampada em tinta preta com a águia nazista e trazia a inscrição: *Dado às mulheres da Toca do Lobo pelo Führer.* Hitler havia assinado seu nome abaixo do texto. Coloquei o livro de volta na prateleira e saí do quarto.

Andei rapidamente pelo caminho do lado de fora das minhas instalações, espantando as moscas que me rodeavam. Pouco se podia aproveitar do dia ao ar livre com aquelas pragas. Elas pousavam em meus braços, rosto, qualquer pele exposta, quase me cobrindo. O aroma úmido da floresta enchia o ar. Enquanto olhava ao redor, sem saber em qual direção seguir, ficou claro para mim por que Hitler havia escolhido aquele ponto em particular para o quartel-general do leste. Ao contrário da majestade cênica da Berghof, a Toca do Lobo era um pântano em uma terra abandonada. Nenhum inimigo do Reich poderia alcançá-lo, exceto por meio de combates ferozes no terreno inóspito – se pudessem encontrá-lo.

Eram quase onze horas e meu estômago resmungou. Eu tinha feito duas pequenas refeições no trem, mas fazia muito tempo desde que tinha comido ou bebido. Dirigi-me para o leste e contornei a cerca que encerrava nossa área na floresta, o perímetro interno a que Dora se referira. Membros do RSD, uma força de segurança da SS, estavam posicionados em postos de controle em torno da cerca. Muitos homens do alto escalão da SS atravessaram o caminho, mas não vi mulheres. Parei em um posto de controle e pedi ao guarda orientações para ir ao salão de refeições. Ele me pediu meus papéis e, satisfeito por confirmar que eu pertencia ao complexo, me explicou como chegar até lá, a várias centenas de metros de distância.

Passei por vários edifícios até chegar no refeitório, construído de concreto e pedra, ao nível do chão, embora não fosse um *bunker*. Tinha janelas, e era mais agradável do lado de dentro do que os meus aposentos. Longas mesas e cadeiras estavam alinhadas em três fileiras. A grande cozinha nos fundos se agitava com atividade. Um organizador abriu uma porta dupla e me deixou dar uma olhada nos fogões reluzentes e outros aparelhos lá dentro. Minna e Else não estavam a vista, mas reconheci um homem, um cozinheiro da Berghof.

Frutas e aveia estavam dispostas na mesa do salão, então me servi e as cobri com leite e mel. Os homens e as mulheres da Toca do Lobo, como aqueles na residência da montanha de Hitler, eram bem alimentados.

Sentei-me sozinha em uma das mesas compridas, pois o café da manhã tinha acabado muito tempo antes para a maioria dos funcionários. Estava saboreando minha refeição quando alguém bateu no meu ombro.

Era Karl. Eu queria saltar do meu assento e beijá-lo, mas ele manteve a mão em meu ombro, pressionando-o firmemente.

"Não sorria nem aja como se tivéssemos uma relação amigável." Sua voz era tensa e controlada.

Comi mais um pouco de aveia e mantive o rosto voltado para a frente enquanto ele se postou atrás de mim.

"É um prazer vê-lo novamente também, Capitão Weber."

"Por favor, Magda, não brinque. A situação é mais perigosa do que você pode imaginar. Encontre-me às dez da noite perto do cinema e vou explicar."

"Dora Schiffer está nos acompanhando. Ela parece adotar uma disciplina rigorosa."

Depois de um breve silêncio, Karl suspirou e disse:

"Oh, você a conheceu. Diga-lhe que vai ao cinema e que estará de volta quando o filme acabar."

Concordei com a cabeça e me virei para vê-lo de relance enquanto ele andava a passos largos porta afora. Terminei de comer, levei meus pratos de volta à mesa de servir e saí do refeitório. Voltei aos meus aposentos, mas não consegui entrar no quarto. Sentei-me na biblioteca vazia e pensei nas palavras de meu pai sobre como a Alemanha estava diminuindo por causa das ações de Hitler. Isso era verdade. Eu me sentia cada vez mais como uma prisioneira, mesmo trabalhando para o homem mais poderoso da Europa. Eu também me preocupava com o Capitão. Uma melancolia me envolveu como uma imensa nuvem escura. Mergulhei na cadeira e estudei os títulos dos livros nas prateleiras até cair num sono incômodo. Quando acordei, Dora Schiffer estava de pé na entrada, sorrindo para mim.

"Gostaria de falar com você sobre o envenenamento de Ursula Thalberg", ela disse, e meu coração pulou na minha garganta.

Dora conhecia bem técnicas de interrogatório. Como a mulher em Berchtesgaden que trabalhava para o Reichsbund, Dora me fez todas as perguntas de uma lista preparada pelo Reich, e também algumas perguntas próprias. A maioria delas eu havia respondido anteriormente, mas algumas ainda não. Ela estava particularmente interessada nos relacionamentos que eu tinha com a equipe na Toca do Lobo. Eu disse a verdade, mas não me estendi em minhas respostas: conheci Cook e o Capitão Weber no meu trabalho na Berghof, e muitos dos trabalhadores da cozinha que foram transferidos para servir o Führer ali. Dora me perguntou sobre Ursula – a segunda vez que eu era questionada extensivamente sobre minha antiga colega de quarto e seu envenenamento. Ela concluiu suas perguntas dizendo que eu deveria ficar atenta com Minna. A nova *provadora*, disse ela, era uma mulher que estava ali para subir no Reich ganhando a simpatia de Hitler – Dora tinha certeza disso. Qualquer passo em falso e Minna estaria sem emprego e de volta a Berlim. Depois de ouvir Dora, acreditei que Minna poderia se encontrar em circunstâncias muito piores do que estar desempregada. Antes de Dora ir embora, ela reiterou seu pedido para que eu estivesse na cozinha antes das sete da noite, a mesma ordem que me fora feita no início do dia.

Depois que ela me dispensou, fui para o meu quarto, guardei minhas coisas, tomei banho e vesti roupas frescas. Minna e Else estavam sumidas, e eu me perguntava se Cook já estava instruindo as duas sobre a ingestão de venenos.

Quando cheguei à cozinha, encontrei as duas mulheres sentadas contra a parede ainda vestidas com as roupas que usavam no trem. Pareciam exaustas pelo dia que passaram com um cozinheiro chamado Otto, que eu tinha visto na Berghof. Hitler gostava da forma como Otto preparava ovos e o tirara do sanatório onde trabalhava. Perguntei sobre Cook e fui informada de que ela não estava se sentindo bem e não trabalharia aquela noite.

Minna e Else não disseram nada, só me encararam enquanto Otto organizava os pratos que seriam servidos a Hitler. Frutas e vegetais da estação. A maioria deles tinha sido enviada das estufas da Berghof. Um ovo fumegante e um prato de batata estavam no centro da mesa. Otto fez um sinal para que eu começasse. Primeiro cheirei a comida e depois provei. Comi pepinos frescos e tomates, feijão verde e batatas cozidas com salsa antes de chegar ao ovo. Um cogumelo estava ao lado do prato. Eu não tinha certeza se era venenoso, mas não queria que minha falta de memória ou de coragem retardassem meu trabalho. Servi uma grande colher do prato de ovo e a cheirei. Um aroma agradável e cremoso encheu minhas narinas; decidi que era seguro comer. Tinha um gosto delicioso: quente, amanteigado e gratificante.

Continuei pela mesa *provando* morangos, bolo de maçã e um bolo gelado que nunca tinha comido antes. Depois que terminei, Otto tirou os pratos, mas deixou o cogumelo na mesa. Como acontecia depois da maioria das provas, meu estômago estava cheio. Sentei-me ao lado de Else e ela agarrou minha mão. Virei-me para olhar para ela. Seus pequenos olhos tremiam de medo.

"O prato de ovo contém cogumelos venenosos", sussurrou ela.

Eu queria rir. Quão ridículo seria para um cozinheiro envenenar uma *provadora*?

"Ele não faria isso."

"É claro que faria." Minna olhou para mim com satisfação.

Alguns momentos depois, Dora Schiffer apoiou seu corpo estreito contra a porta da cozinha. Ela acenou com seus braços longos para Minna e Else, e elas se levantaram para segui-la. Dora voltou um curto tempo depois e perguntou:

"Como está se sentindo? Parece um pouco pálida." Ela se ergueu diante de mim como um pé de feijão.

"Estou bem", disse, começando a me perguntar se eu estava errada.

"Permaneça sentada, apenas por garantia."

Observei enquanto a equipe transferiu muitos dos pratos que eu tinha *provado* para travessas e depois as levou para o jantar de Hitler das oito horas. Logo o suor começou a escorrer pela minha testa e meu coração bateu ferozmente. Sufocada pela náusea, apertei minha cadeira.

Dora percebeu e veio para o meu lado.

"Algo está errado", disse a ela. Tentei segurar na mesa, mas, em vez disso, escorreguei da cadeira sobre meus joelhos.

Dora bateu as mãos e Otto correu da cozinha. Ele se inclinou sobre mim.

"Sentindo-se mal?", perguntou.

"O que você fez comigo?" Gemi e me dobrei de dor.

"Acho que você aprendeu sua lição", disse Otto. "Não tenha tanta certeza de nada."

Minha cabeça rodou e vomitei no chão, incapaz de controlar meu estômago. O rosto redondo de Otto olhava para baixo. Ele parecia mais interessado em minha reação ao veneno do que em ajudar. Despenquei no chão e o mundo ficou preto.

Capítulo 9

UM HOMEM ESTAVA AO LADO DA MINHA CAMA quando acordei nas instalações médicas do quartel-general. A sala brilhava com a luz das lâmpadas do teto. Perguntei-me por quanto tempo eu teria ficado inconsciente. Meu estômago doía e minha garganta ressecada desejava água. Pisquei e a forma embaçada de Karl entrou em foco. Ele sorriu para mim tristemente e depois se sentou numa cadeira ao lado da cama.

"Que horas são?", minha voz quase não passava de um sussurro.

"Quase meio-dia", disse o Capitão. Ele me entregou um copo de água. "Beba um pouco – vai te fazer bem. Você vomitou tudo o que tinha no estômago. Eles também usaram uma bomba estomacal. Vim logo que ouvi a notícia. Estive aqui a noite toda." Ele bateu o punho contra a coxa. "Eu deveria matar aquele bandido pelo que ele fez com você."

Bebi um gole de água. O líquido fresco acalmou minha garganta.

"Ele envenenou você deliberadamente", disse ele. "Otto colocou cogumelos venenosos no prato – não o tipo que pode matar, a pessoa fica apenas doente. Foi uma brincadeira para ele. Deixou como pista o cogumelo perto da comida. Cook ficou furiosa quando descobriu. Ela foi diretamente até o Führer. Ele não foi nada compreensivo. Disse que entendia a dor que você devia estar sentindo, mas que ações como essa eram para o bem do Reich e a proteção de seu líder. Ele disse que esses testes eram uma ferramenta de treinamento valiosa. Eles ensinavam as *provadoras* a não serem displicentes."

De forma estranha, Hitler estava certo, embora eu odiasse admitir isso.

"Eu perdi meu emprego?" Tentei levantar minha cabeça, mas o quarto girou em um círculo.

"Não. Você ainda está na equipe, mas vai ficar fazendo inventário durante algumas semanas até se recuperar. Aquele cozinheiro cretino – ele é um brigão de rua como o resto. Eles não têm moral, não têm nenhum remorso quanto a matar seus próprios concidadãos. Eles vão destruir tudo." A voz de Karl se elevou. Eu tinha recobrado os sentidos o bastante para colocar um dedo nos lábios. O que ele dizia era perigoso, mesmo que parecesse que estávamos sozinhos.

Ele apertou minha mão e seus dedos estavam quentes contra os meus. Eu queria beijá-lo.

"Tenho que ir. Estou feliz por você estar melhor." Ele me olhou da cabeça aos pés. "Precisamos conversar, mas é melhor esperar até que você esteja mais forte."

Acariciei sua mão e me despedi. Não o vi novamente por vários dias, até sair do hospital e voltar para a cozinha.

Nos dias seguintes, Karl deixou claro que não queria falar comigo. Apenas acenava com a cabeça quando passávamos um pelo outro no refeitório. Se eu começasse uma conversa, ele me cortava com um seco "Eu não posso falar agora, senhorita Ritter". Se ele sorrisse para mim, já me dava por satisfeita. Eu acreditava que um plano, alguma operação secreta, deveria estar em andamento, e isso me assustava. Karl estava se distanciando. Nosso relacionamento tinha sido muito mais amoroso na Berghof.

Else e Minna também limitaram o contato comigo, aparentemente porque eu falhara com elas na primeira noite no refeitório. Else odiava sua posição como *provadora*, mas ainda estava sob o controle de Minna. Ela se aproximava de mim, como se quisesse conversar, mas depois se retirava com cautela. Evitei Otto. Se o Führer apoiara seu truque sórdido, não me faria bem enfrentá-lo.

Passaram-se várias semanas e Hitler foi chamado para Berlim por alguns dias. Cook e três das outras provadoras que eu conhecia apenas de passagem a acompanharam. Minna e Else ficaram para trás. Como eu estava encarregada de manter os inventários de alimentos e ajudar na cozinha em vez de *provar*, minhas noites ficaram livres.

Uma tarde, Karl me deteve no caminho do refeitório e me pediu para encontrá-lo naquela noite às dez horas do lado de fora do cinema, um plano semelhante ao que me propusera na noite em que estava doente. Mencionei para Dora que iria assistir a um filme e talvez desse uma caminhada depois. Imaginei que ela não veria nada suspeito nisso, porque todas nós estávamos ansiosas para passar o tempo fora dos nossos alojamentos apertados.

A tarde estava fresca, embora úmida. Nuvens baixas cobriam a Toca do Lobo. De vez em quando a chuva tamborilava sobre meus ombros. Havia pouca luz para me guiar, mas eu já estava no quartel-general por tempo o bastante para conseguir encontrar o caminho. Sons fracos de instrumentos de corda e vozes teatrais vinham do cinema. O filme estava em andamento.

Dobrei a esquina no lado norte do prédio e vi uma figura sob um grupo de árvores. O brilho alaranjado de um cigarro despontou brevemente. Meus nervos se enrijeceram. Karl havia parado de fumar. Quando cheguei mais perto, chamei seu nome. Uma figura na sombra acenou para mim.

"É você?", perguntei. O homem não respondeu e pensei em fugir correndo.

Repeti minha pergunta. Ele continuou em silêncio por algum tempo e então apagou o cigarro.

Eu estava pronta para me virar quando ele sussurrou meu nome. Era Franz, o namorado de Ursula e oficial da SS. Ele estendeu a mão.

"É bom ver você novamente, Magda."

Eu a apertei.

"Não sabia que você estava aqui."

"Cheguei há alguns dias. Estou aqui por poucas semanas, depois vou para a Frente Oriental comandar uma divisão blindada. Alguns dos generais concordaram em falar com aqueles de nós que estamos prestes a dar nossas vidas para o Reich." Ele riu.

Olhei através do agrupamento negro de árvores, procurando pelo Capitão, mas não o vi.

"Ele está vindo", disse Franz, aliviando minha tensão. "Foi atrasado alguns minutos por ordens de Berlim."

Não entendi por que Franz fora convidado para uma reunião entre mim e Karl, mas não ousei perguntar.

Franz se inclinou contra uma árvore e pegou outro cigarro em sua jaqueta.

"Não é perigoso acendê-los durante a noite?", perguntei. "Os bombardeiros podem ver a chama."

Franz riu.

"Duvido que os Aliados consigam enxergar através de toda essa malha de árvores. De qualquer modo, para o Diabo com isso. Hitler não está aqui e eu não poderia me importar menos com o que acontece. Por mim todo o local poderia ser bombardeado. Além disso, a fumaça mantém os insetos afastados." A amargura em sua voz enfatizava sua dor. Eu suspeitava que muito disso tinha a ver com a morte de Ursula.

Minha curiosidade me venceu.

"O que está acontecendo? Por que o Capitão não está aqui?"

Franz acendeu o cigarro, respirou fundo e deixou a fumaça se infiltrar em seus pulmões. O cheiro de tabaco queimando pairava pesadamente no ar úmido.

"Karl vai contar a você o que puder." Ele se inclinou para a frente e sussurrou: "Não resta muito tempo para salvar a Alemanha. Não estarei na Toca do Lobo por muito tempo e nem Karl, se nosso plano funcionar. Para seu bem, não fique muito apegada a qualquer um de nós, Magda. Sabemos o que precisa ser feito e podemos não sair vivos".

Suas palavras me atingiram como balas de revólver.

"Meu mundo desmoronou quando Ursula morreu", disse Franz. "Ela era uma mulher maravilhosa, que amava a sua família mais do que a própria vida. Ela se sacrificou para salvar a Alemanha. Hitler e o resto deles podem ir para o inferno. Ursula e eu íamos nos casar."

"Eu sinto muito", eu disse, abalada por sua confissão. "Eu não sabia. Ursula nunca me disse."

"Mantivemos nossos planos em segredo porque – a vida." Sua voz desmoronou. "A vida é tão incerta, tão rude, quase não vale a pena viver." Ele gemeu. "Todos os dias me pergunto por que devo suportar essa tortura. Suponho que faço isso por Ursula."

"Como..."

"Por favor, Magda, quanto menos você souber sobre isso, melhor. Não force Karl a lhe dizer."

Um arrepio passou por mim. Estava prestes a responder quando ele disse:

"Quieta, está chegando alguém."

Eu me virei. Outra figura se aproximou de nós na escuridão. O homem, vestido com um uniforme escuro, caminhou rapidamente, passando pelas árvores. Era Karl. Colocou sua mão no meu ombro e se dirigiu a Franz.

"Tudo está pronto. Quando chegar a hora, vou agir."

"Sobre o que estão falando?", perguntei. "Vocês estão me assustando."

Karl me ignorou.

"Eu estarei lá", disse Franz. "Somos irmãos." Ele apertou a mão do Capitão e depois o saudou mantendo sua mão sobre a testa. Franz apertou minha mão e beijou minha face. "Adeus, Magda. É improvável que nos encontremos novamente. Saúde e felicidade." Amassou seu cigarro sob o pé e foi embora.

Tremendo, Karl desmoronou embaixo de uma árvore.

Implorei a ele que me dissesse o que estava errado. Por um longo tempo ele não falou. Segurei suas mãos e ouvi sua respiração entrando e saindo do corpo. Olhei ao redor para ter certeza de que ninguém estava por perto. Nós mal estávamos visíveis na luz fraca. Eu o puxei para mais perto. Ele colocou a cabeça perto da minha e suas lágrimas escorreram por meu rosto.

"Karl, por favor, diga-me alguma coisa."

Seus lábios roçaram meu pescoço e uma descarga elétrica percorreu meu corpo.

"Beije-me", disse ele.

Pressionei meu corpo contra o dele e nossos lábios se encontraram, expressando nossa paixão. Coloquei minhas mãos na parte de baixo de suas costas e o puxei em minha direção. Ele me apertou e me encheu de beijos. De repente, ele se afastou.

"Não, não, isso é errado", disse ele, e se inclinou contra a árvore. "Não há tempo para nós. Acabou."

"Por quê?", perguntei. Uma grande tristeza brotou dentro de mim. "Você vai morrer?"

"Talvez." Ele me beijou, abriu sua jaqueta e alguns botões na camisa. Guiou minha mão para o seu coração. "Você sente como ele está batendo?"

Seu coração martelava com força e poder sob meus dedos. Eu queria encontrar um ponto isolado na floresta e fazer amor até que estivéssemos exauridos de êxtase. Deixei meus dedos acariciarem sua pele.

Ele colocou a mão sobre a minha, impedindo-me de explorar seu corpo. Beijou-me novamente.

"Eu quero fazer amor com você, porém mais do que isso, quero que você me ame. Para sempre. Se pelo menos eu pudesse prever o futuro..."

"Ninguém pode fazer isso." Eu me aconcheguei mais perto dele. "Não agora." Suas palavras tinham alimentado minha paixão. "Também quero fazer amor com você. O 'para sempre' não importa."

"Mas e se tivermos uma criança?", sussurrou ele, seu rosto perto do meu. "Como poderíamos trazê-la para este mundo? Não seria correto.

Pedi que você viesse hoje à noite porque quero que saiba por que motivo é impossível ficarmos juntos."

Apertei-me contra ele.

"Mas você deve permanecer forte aconteça o que acontecer", continuou ele. Seu tom mudou, tão solene quanto a escuridão que nos rodeava. "Dentro de alguns dias, haverá uma exibição militar na Berghof. Franz e eu estaremos lá com Hitler. O curso da história deve ser alterado."

Pressionei a cabeça contra o seu peito.

"Diga-me que isso não está acontecendo – agora que encontramos o amor e uma chance de felicidade."

"Você está errada, Magda. Não haverá felicidade até que esse mal seja erradicado."

"Então deixe outra pessoa fazer isso. Deixe que Franz faça isso – ou me deixe fazê-lo." Por mais horríveis que fossem minhas palavras, era aquilo que eu sentia.

Ele suspirou.

"Não seja tola. Seus pais ainda estão vivos. Os meus já morreram. Hitler não pode machucar ninguém que eu ame, exceto você."

A declaração de amor dele me aqueceu, mas minha alegria teve vida curta. Através da névoa dos meus sentimentos, alguns sons saíam do cinema: vozes sussurradas, cadeiras sendo arrastadas. As portas se abriram e as pessoas começaram a andar pela trilha.

"Devemos voltar", disse ele. "Você vai primeiro."

"Eu te amo." As palavras saíram da minha boca antes que eu percebesse. Pareciam poderosas e naturais. Eu tinha pensado sobre amor muitas vezes, mas nunca dissera as palavras em voz alta para ele. Agora eu amava um homem conspirando para matar Hitler.

Eu me afastei, mas me virei brevemente. Karl balançou a cabeça, me encorajando a seguir em frente. Misturei-me à multidão que saia do cinema. Enquanto caminhava em direção aos meus aposentos, vi Minna do outro lado do prédio, no canto oposto onde Karl e eu estivéramos conversando. Perguntei-me se ela poderia estar nos espionando ou ouvindo nossa conversa. Ela acenou quando me viu, acendeu um cigarro e se encostou na parede do cinema. Continuei em frente como se não a tivesse visto.

Sentei-me numa cadeira da biblioteca em vez de ir para a cama. Minna passou por mim cerca de meia hora mais tarde. Acordei na manhã seguinte perto das seis horas. Tomei um banho e depois fui para meu quarto trocar de roupa. Acendi a luz. Dora e Else já tinham saído, mas

Minna estava espalhada na sua cama de campanha. Ela havia puxado os lençóis para cima cobrindo os seus seios. O irritante duto de ar zunia no alto do aposento. O quarto úmido estava impregnado com o perfume de lavanda usado por Minna.

"Como foi sua noite?", perguntou ela, preguiçosamente.

Eu não tinha nenhuma vontade de responder sua pergunta.

"Onde estão Else e Dora?"

Ela bocejou.

"Else está trabalhando no café da manhã. Dora saiu para supervisionar as outras moças. Você gostou do filme?"

Olhei fixamente para ela.

"Como sabe disso? Você perguntou a Dora onde eu estava indo?"

Minna não disse nada.

"No final das contas, não fui", eu disse, suspeitando que ela tivesse me visto do lado de fora do cinema.

"Você não perdeu muita coisa. Era um filme mudo chato sobre a Primeira Guerra Mundial."

Dobrei minha toalha e peguei minhas roupas íntimas.

Senti os olhos dela percorrendo meu corpo nu.

"Você tem picadas de insetos em suas pernas. Antes de sair você deveria esfregar com álcool, como eu faço. Isso afasta os insetos."

"Obrigada. Vou me lembrar disso."

Ela rolou de lado enquanto me vestia. Segurei um pequeno espelho para verificar meu rosto. Ele refletia o rosto distorcido de Minna quando ela disse:

"Há um Capitão da SS muito interessante aqui com o nome de Karl Weber."

Penteei meu cabelo e tentei esconder minha irritação.

"Sim?"

"Você o conhece, não é?"

"Nós nos conhecemos na Berghof. Eu o vi algumas vezes. Fomos assistir a um filme juntos."

"Acho que vocês têm mais do que filmes em comum."

Eu me virei, apertando o espelho em minha mão.

"Aonde você quer chegar?"

"Dora gostaria de saber sobre suas ligações com o Capitão Weber. O que vocês dois estão tramando?"

Peguei um vestido e sapatos do meu armário.

"Isso não é da sua conta."

"É da minha conta tudo o que envolve o Reich."

"Você está imaginando coisas. Tenho que trabalhar."

Ela se sentou na cama com o lençol dobrado sobre ela.

"Engraçado, ontem à noite ouvi algo sobre o mal estar sendo erradicado. Você disse que estaria preparada para morrer."

Meu sangue congelou. Sentei-me na cama. Minna olhou para mim, presunçosa sob sua capa frágil. Tentei acalmar os batimentos do meu coração. E se ela fosse agente da Gestapo? Quanto ela realmente ouvira? Eu esperava que sua vaidade superasse sua inteligência.

"Você deve ter entendido mal. Talvez fossem palavras do filme." Apontei para ela. "E que direito você tem de me espionar?"

Ela balançou a cabeça e seus olhos se concentraram em mim como uma ave de rapina.

"Eu não estava espionando. Não pense que você pode se safar de qualquer coisa me ameaçando." Ela admirou as unhas e depois sorriu amuadamente. "Eu estava dando uma caminhada e acabei ouvindo uma conversa – só isso."

"Nós estávamos falando sobre os Aliados. O Capitão Weber tem certeza de que será enviado imediatamente para a Frente Ocidental." Coloquei o espelho na cama, ao meu lado. "Não estou feliz com isso."

Minna ergueu o pescoço longo para mim.

"Você deveria contar a Dora sobre sua preocupação com o seu Capitão. Ela pode pedir ao Führer para lhe conceder um favor especial. Ou melhor ainda, talvez eu mesma fale com Dora sobre seus encontros amorosos. Tenho certeza de que ela estará interessada."

Coloquei o vestido.

"Não se preocupe. Não são necessários favores."

"Não seja boba", disse Minna. "Todas devemos ficar juntas."

Eu queria torcer seu pescoço, mas tinha que manter a calma. Calcei o sapato, me despedi e caminhei rapidamente para os refeitórios. Ao longo do caminho, um enjoo de ansiedade esfaqueava meu estômago. Precisava falar com o Capitão. Minna sabia muito mais do que deveria e isso era perigoso. Tínhamos que decidir o que fazer.

Ele não estava no saguão. Fui até a cozinha e disse a Cook que o ar fétido do dormitório estava me deixando doente. Uma caminhada poderia ajudar a clarear minha cabeça. Ela concordou e disse que eu podia chegar ao trabalho mais tarde. Perguntei casualmente se ela tinha visto o Capitão Weber. Ela disse que ele havia sido chamado para uma conferência sobre a situação às onze horas. Isso significava que ele estava em um prédio próximo ao *bunker* de Hitler, uma área onde eu nunca havia estado. Passavam alguns minutos das dez horas.

Caminhei para o oeste, passando pelo meu quarto até uma rua que virava para o norte. Não andei muito até que um posto de guarda aparecesse na minha frente. O homem que estava a serviço era mais velho do que a maioria e me observou mais como um professor cumprimentando um novo aluno do que como uma ameaça óbvia. Um pastor-alemão preto e marrom estava ao lado dele. Os olhos castanhos do cão seguiram meus movimentos. O guarda pediu meus papéis, que eu entreguei, e depois me perguntou o que eu estava fazendo naquela área. Contei a ele uma mentira sobre a entrega de uma mensagem de Cook para o Capitão Weber – uma história plausível por causa da associação de Karl com o pessoal da cozinha. Ele não disse mais nada e deixou que eu seguisse meu caminho.

As árvores se aglomeravam densamente naquela parte do quartel-general, tornando difícil ver mais de alguns metros à esquerda ou à direita do caminho. Eu tinha total consciência de que estava sozinha. O caminho fez uma curva e um imenso *bunker* de concreto tornou-se visível. A intuição me disse que era de Hitler. Uma única lâmpada pendia sobre uma pequena porta.

À medida que caminhava, alguns outros edifícios baixos iam aparecendo na luz da floresta verde como navios que emergiam de um nevoeiro. Parei, sem saber qual direção tomar. Devo ter dado a impressão de que estava perdida, incerta do caminho a seguir, porque uma voz me chamou:

"Você está perdida, minha filha?"

Minha respiração parou e dei um pulo.

O Führer deslizou como uma aparição saindo da floresta. Ele estava vestido com uma calça escura e uma jaqueta trespassada castanha-clara. Uma única medalha estava fixada na lapela esquerda. Não tinha ideia do que ela significava. Ele também usava um boné militar com uma fita vermelha circular. Blondi, seu pastor-alemão, trotava à frente dele, com a língua pendurada do lado de fora de sua mandíbula.

Meu rosto deve ter mostrado minha surpresa. Seus olhos capturaram o meu. Um poderoso poder hipnótico emanava de seu olhar intenso. Ele me estudou, levando em consideração meu choque, decidindo se queria se dar ao trabalho de uma conversa. Finalmente, perguntou meu nome e respondi.

Ele se aproximou.

"O que você faz?"

Me encolhi quando fiz a saudação nazista e disse:

"Sou uma *provadora* e guarda-livros na sua cozinha."

Ele ignorou minha performance obsequiosa e pediu que Blondi se sentasse.

"Você me protege dos venenos que cruzam meu caminho. Houve um incidente infeliz recentemente na Berghof. Você estava lá?"

"Sim."

Ele chegou mais perto, inclinando-se ligeiramente, e estendeu a mão. Blondi se sentou obedientemente, mas eu percebia que o cachorro queria cheirar minhas pernas. Um brilho apareceu nos olhos de Hitler.

"Você é a *provadora* que foi envenenada por Otto?"

Enrijeci.

"Sim, sou eu mesma. Seu pequeno teste me deixou doente por dias. Cook estava muito chateada com todo o assunto e com o tempo que perdi do trabalho."

"Ordenarei que ele nunca mais faça isso." Alguns raios de luz fracos incidiram sobre o rosto de Hitler quando a brisa mexeu com os ramos das árvores. Cook tinha me dito que ele não gostava do sol. O Führer voltou para a sombra. "De onde você é?"

"Berlim, meu Führer."

Sua pergunta e minha resposta abriram uma torrente de comentários sobre a cidade. Ele falou de seus planos para a capital, que seriam realizados por Albert Speer; e, deixando Berlim de lado, disse-me o quanto preferia Munique e Obersalzberg à cidade.

Olhei para o meu relógio. Eram quase dez e meia. Hitler viu minha preocupação e disse:

"Blondi nunca me perdoará se eu não terminar a caminhada dela. Por que você está aqui?"

Repeti a mentira que havia inventado:

"Tenho uma mensagem de Cook para o Capitão Weber."

"Oh, Weber. Ele deve estar na sala de conferências com os outros oficiais. Você vai encontrá-lo no alojamento dos convidados do quartel." Ele apontou para um prédio baixo com janelas que eu tinha visto na sombra.

"Obrigado, meu Führer." Fiz novamente a saudação.

"Você e Weber devem se juntar a mim para o chá algum dia." Puxou a coleira de Blondi e caminhou em direção ao grande *bunker* que eu pensei ser o dele.

Meu pulso acelerou. Saí da trilha e fui para a sala de conferências. Um pensamento estranho me ocorreu quando me aproximei de um grupo de policiais amontoados a poucos metros da porta. Hitler parecia tão normal, quase como um avô. Poderia ser esse o mesmo homem que havia ordenado a destruição de milhares de homens, mulheres e crianças inocentes no Oriente, como nas fotos que o Capitão tinha me mostrado? Hitler dificilmente pareceria o demônio que eu imaginava que fosse. Afastei o pensamento da cabeça. Karl devia estar certo. Eu dera a ele minha confiança e meu coração.

Eu estava chegando perto dos homens quando um segundo guarda da SS com um cachorro me deteve. Apresentei meus documentos novamente e expliquei o que estava fazendo. Em vez de me deixar seguir meu caminho, o guarda caminhou até os oficiais e perguntou pelo Capitão Weber. Um dos homens entrou na cabana e minutos depois voltou com o Capitão. Ele agradeceu e depois caminhou em minha direção. Não mostrou nenhum sinal de preocupação até parar na minha frente.

"O que você está *fazendo* aqui?", perguntou com um sussurro enérgico. "Você enlouqueceu? Por que correu esse risco?"

Olhei por cima de seu ombro, em direção aos outros; nenhum deles parecia estar interessado em nossa conversa.

"Minna, uma das *provadoras* com as quais trabalho, nos ouviu ontem à noite. Ela ameaçou contar a Dora Schiffer. Na verdade, acho que vai contar. Se o fizer, estamos acabados."

Seu rosto ficou pálido e ele juntou as mãos. Depois de alguns momentos, recuperou a compostura.

"O quanto ela ouviu?"

"Muito. Eu disse a ela que estávamos falando sobre os Aliados, mas acho que não acreditou em mim."

Seus olhos cintilaram com um pensamento nervoso enquanto ele caminhava em um pequeno círculo.

"Meu Deus, o que fazer? Maldição. Todos sabem dos assuntos de todos no Reich."

"Por favor, Karl. Os outros suspeitarão de algo. Sei exatamente o que fazer."

Ele parou, me encarando, o maxilar enrijecido e os olhos fixos como pedras.

"Dê-me até uma hora da tarde", eu disse, "e o problema será resolvido". Ele balançou a cabeça negativamente.

"Você não deve fazer nada precipitado. Me prometa isso."

"Acabei de conhecer o Führer."

Seu semblante se abrandou.

"Esse é o tipo de problema que quero evitar. O que ele disse?"

"Ele queria saber quem eu era e o que estava fazendo aqui. Foi uma conversa agradável. E ele sabe sobre nós, alguém deve ter dito a ele, talvez Eva ou Cook."

"Prometa-me que você não vai... Já falamos muito tempo. Não se coloque em perigo." Ele se virou para os oficiais.

Mas eu sabia, ao me afastar, que nada do que ele pudesse dizer me faria mudar meu plano.

Depois de ser parada mais uma vez pela SS, finalmente voltei para o refeitório e a cozinha. Else estava curvada sobre uma das mesas de preparação. Ela tinha *provado* o que fora oferecido no café da manhã. As outras *provadoras* estavam envolvidas com o almoço, que seria servido ao Führer e aos convidados no meio da tarde.

Nós duas não tínhamos nos falado muito desde que eu tinha sido retirada das tarefas de *provar*, mas eu suspeitava que ela ainda detestava seu trabalho e se sentia miserável sob a asa sufocante de Minna. Eu disse bom-dia.

Else me cumprimentou com um largo sorriso.

"Eu estava esperando para falar com você."

"É mesmo? Por quê?"

"Quero sair desse trabalho, talvez fazer algo com livros como você." Ela engoliu em seco. "Não suporto a pressão de não saber se vou..."

Completei o pensamento para ela:

"Ser envenenada? Morrer?"

Ela concordou.

"Você ouviu Minna. As chances de ser envenenada são pequenas. Agora que você passou pela aula e já realizou o trabalho, você deve se sentir mais segura."

"Sim, mas não tanto quanto você e Minna. Nem sei por que me mandaram *provar* nesta manhã. O Führer só toma um copo de leite e come uma maçã. Ele é obcecado com maçãs. Maçã isso, maçã aquilo."

"Onde está Minna? Ela vai *provar* o almoço hoje?"

O sorriso de Else se abriu enquanto procurava nossa companheira pela sala.

"Sim, ela deverá estar aqui em breve."

"Você viu Dora? Preciso fazer uma pergunta a ela."

Else apontou para a cozinha.

"Ela esteve com Cook a manhã inteira analisando os livros."

"O que me lembra que preciso trabalhar."

"Magda." Else chamou enquanto eu caminhava em direção à pequena mesa que usava. "Obrigada por ser tão legal. Sinto muito por Otto ter envenenado você."

"Obrigada. Serviu para me deixar mais forte."

Lá dentro me senti como uma tola trêmula. O envenenamento realmente me fortalecera na minha determinação de lutar contra um Reich sem lei. Mas eu precisava ganhar outra batalha sem me denunciar. Era um risco que tinha que correr.

Eu sabia onde os venenos eram mantidos: trancados no escritório de Cook. Fui até o meu posto e folheei alguns livros para parecer que estava trabalhando. Espiei para dentro da cozinha e vi Cook, Dora e Otto. Otto estava preparando comida em um dos fogões enquanto Cook e Dora conversavam. Ele me viu e sorriu convencido. Eu não tinha falado com ele desde o seu "truque". Cook e Dora pareciam absortas, mas de qualquer forma, eu as interrompi. Pedi a Cook as chaves de seu escritório sob o pretexto de encontrar um inventário de que precisava. Ela as entregou para mim, penduradas em um grande anel de metal, e voltou à conversa. Dora mal me olhou. Perguntei, casualmente, se algum deles tinha visto Minna. Eles negaram com a cabeça. Aquela era a resposta que eu queria.

Abri a porta e entrei. A sala estava repleta de livros de culinária, equipamentos de cozinha e registros, como no escritório de Cook na Berghof. Um armário de remédios na parede dos fundos refletia a luz. Uma caveira preta sob ossos cruzados olhava para mim do vidro fosco. Encontrei a chave do cadeado e o abri. Todos os venenos que havia estudado nas minhas aulas na Berghof e mais alguns estavam lá dentro. Não sabia qual deles pegar. O cloreto de mercúrio e o arsênico eram muito lentos para agir e exigiam uma quantidade maior do que havia no armário. Parecia que minha única escolha era o cianeto, os grânulos ou as cápsulas. Decidi que seriam as cápsulas. Eu tinha visto seu efeito sobre Ursula: rápido e quase indolor. A parte difícil seria quebrá-la e conseguir que o líquido fosse misturado com a comida. Sabia quais seriam as consequências se fosse pega. Eu seria executada. De qualquer forma, fora Minna quem montara a armadilha. Se eu não fizesse nada e a deixasse viver, ela poderia denunciar Karl e eu para a Gestapo. Se a matasse, me tornaria uma assassina. Esse pensamento, abominável como era, me encheu de um medo assustador. Mas o que eu poderia fazer? Seria Minna ou nós.

Soltei a cápsula no meu bolso, fechei o armário e encontrei um registro de estoque para levar comigo. Else, parecendo desamparada, ainda estava sentada à mesa esperando por Minna. Otto estava trazendo os pratos do almoço. Devolvi as chaves para Cook, certificando-me de que ela visse o livro que eu estava carregando, e depois voltei para Else. Olhei para os pratos espalhados na mesa e escolhi a caçarola de batata. Havia bastante líquido escorrendo sobre o prato, de modo que o cianeto poderia não ser notado.

Else suspirou.

"Queria que Minna chegasse. Não quero *provar* o almoço também."

"Ela estará aqui em breve." Esbarrei em uma das colheres e a derrubei da mesa, fazendo-a deslizar pelo chão.

Else se levantou para recuperá-la.

Eu só tinha alguns segundos.

"Desculpe", disse, e me virei rapidamente.

Ninguém da cozinha estava olhando e, felizmente, nenhum oficial da SS estava na sala. Quebrei a cápsula contra a borda da tigela. O veneno deslizou para dentro do prato de batata. Empurrei as duas metades da cápsula de volta ao meu bolso. Else voltou com a colher na mão. O fraco odor das amêndoas amargas pairou acima do prato. Eu me virei, pedi desculpas novamente e perguntei se ela poderia devolver o livro de inventário para a mesa do canto. Quando ela se afastou, agitei o prato enquanto meu coração palpitava no peito. O cianeto se misturou com a comida e o aroma desapareceu. Cobri a colher suja com a mão e respirei profundamente algumas vezes para me acalmar.

Cook chamou Else para dentro da cozinha e rapidamente a enviou de volta.

"Eu tenho que *provar* o almoço com algumas das outras *provadoras*", disse com uma careta. "Minna não apareceu. Eles estão procurando por ela. E já estou cheia." Ela deu um tapinha no estômago.

Pânico se espalhou pelo meu corpo.

"Esta colher está suja. Vou pegar uma limpa." Caminhei até uma pia vazia e lavei o utensílio. Deixei-o na pia e sequei minhas mãos com uma toalha de algodão. Dando as costas aos outros ajudantes da cozinha, enxuguei qualquer vestígio das minhas impressões digitais nos fragmentos da cápsula e envolvi uma toalha em volta deles. Algumas cascas de batata estavam por perto. Peguei-as com o pano. Havia um recipiente de lixo perto de Otto. Desdobrei a toalha sobre a lixeira e deixei cair as cascas e a cápsula. Meu coração estava quase na garganta. Onde estava Minna? Se ela não viesse trabalhar, como eu poderia salvar Else? Não queria que ela fosse envenenada.

Else me repreendeu enquanto passei por ela para voltar ao meu posto. "Você esqueceu a colher."

Ri com indiferença, mas já era tarde demais para conseguir outra. Dora tinha deixado o refeitório. Otto e Cook ficaram de frente para ver a degustação. Cook disse a Else para começar.

"Deixe-me *provar*", eu disse no outro lado da sala. "Else ficou de plantão a manhã toda e estou pronta para continuar meu serviço ao Führer. Fiquei longe por tempo demais."

Otto riu.

"Você é corajosa, mesmo depois da lição que eu lhe ensinei."

Cook e Else protestaram, mas Otto acenou para que eu fosse em frente. Peguei um garfo e comecei com as saladas e pratos de vegetais e frutas na ponta direita da mesa, sabendo que uma caçarola cheia de veneno me esperava no centro. Meu estômago se agitou enquanto eu *provava* seguindo a fila. Cheirei cada prato cuidadosamente antes de *provar* e comentei sobre o quão excelente cada um estava. Na verdade, não senti gosto de nada além da secura da minha boca.

Quando cheguei ao prato de batata, peguei a tigela, levantei-a lentamente e depois cheirei o conteúdo. Meu nariz se contraiu e cheirei mais algumas vezes.

Os olhos de Otto se estreitaram.

"Há algo errado?"

"Este prato é destinado ao Führer?", perguntei.

"Claro. É uma das minhas especialidades e um dos favoritos do Führer."

"Seus pratos especiais sempre contêm veneno? Sinto cheiro de cianeto."

Otto avançou para a mesa.

"Impossível! Eu mesmo o preparei. E não o envenenei como um teste para a *provadora*. Hoje não!"

"O que é isso?", Cook perguntou. "Alguma piada para cima de nós novamente?"

Coloquei o prato na mesa.

"Isso não é piada nenhuma. Há veneno nesta caçarola."

"Else, você sente o cheiro?", Cook perguntou.

Else hesitou, o medo brilhando em seus olhos. Eu a incentivei.

Ela se inclinou para a frente e cheirou o prato.

"Eu não sei dizer. Está com um cheiro diferente. Algo está errado."

Cook imediatamente chamou um guarda da SS. Um contingente deles correu para a cozinha.

"Teste isto para veneno e *vasculhe a* cozinha. Vamos até o fim. Enquanto isso, Magda, experimente os outros. Else, vou trazer outra amostra da caçarola. Experimente."

Fizemos como Cook instruiu. Eu sabia que Else estava segura. Os SS reviraram tudo: as gavetas, os utensílios, as lixeiras. Seria apenas uma questão de tempo antes de encontrarem a cápsula quebrada no lixo. Tentando esconder qualquer nervosismo, olhei para eles enquanto trabalhavam. Fomos instruídas a não deixar o refeitório.

Else se inclinou para mim e disse:

"Meu Deus, Magda, eu poderia ter sido envenenada. Otto poderia ter me matado com um dos seus truques." Seu rosto ficou pálido. "Preciso sair desse trabalho."

Acariciei seu ombro.

"Acalme-se. Ouvi do Führer que Otto não estará mais conduzindo esses testes."

Dora, severa e abalada, apareceu na entrada. Ela ficou em silêncio por um momento e depois anunciou:

"Minna está morta por estrangulamento com uma de suas próprias meias."

Else arfou.

Também fiquei chocada, mas tinha uma forte suspeita sobre quem a matara. Karl a assassinara. Quem mais poderia ter feito aquilo? Meu corpo se entorpeceu. Karl, um assassino? Não sabia o que pensar. Ele nos salvara, mas será que também nos tinha condenado a um destino pior?

O SS encontrou a ampola no lixo perto do posto de Otto. Seu rosto corpulento se avermelhou e ele negou veementemente ao Coronel que houvesse envenenado o prato. Else e eu também fomos questionadas pelo oficial. Ele me examinou com mais severidade, franzindo o cenho durante todo o tempo, mas minha companheira e Cook confirmaram minha integridade e lealdade ao Reich. Elas perguntaram:

"Por que iria envenenar a si mesma? Ela já foi envenenada uma vez em seu serviço."

Depois de mais de duas horas, Else e eu fomos liberadas. O Coronel levou Otto para mais questionamentos. Eu tinha certeza de que Hitler o perdoaria e ele estaria livre na hora do jantar do Führer. Cook ordenou que eu estivesse disponível para uma *prova* noturna. Eu estava preocupada – se Otto fosse liberado, ele poderia realmente tentar me matar.

No entanto, a *prova* do jantar transcorreu sem incidentes. Cook informou com satisfação que Otto não estava mais a serviço do Führer e tinha sido enviado a um quartel na Frente Oriental.

Karl estava me esperando fora do refeitório quando terminei, perto das dez horas da noite. Ninguém estava por perto. Ele agarrou meu braço e me levou até a floresta.

"Isso foi muito, muito estúpido", disse ele. "Sei o que você fez. Quem mais faria isso?"

Me afastei dele.

"O que *eu* fiz? Você matou Minna. Os SS estarão em alerta máximo agora."

Karl riu com ironia.

"Eles estão sempre em alerta no quartel-general." Ele se aproximou de mim. "Eu não matei Minna, mas tenho certeza de que sei quem matou."

Ele se virou e olhou para a floresta escura. Nada se mexeu enquanto eu aguardava por sua resposta.

"Franz a matou", disse bruscamente. "Ele também a viu atrás do cinema enquanto estávamos saindo. Contei a ele o que Minna disse para você. Franz acreditava que ela era perigosa e tinha que ser... eliminada."

Apesar de odiar aquele pensamento, fiquei feliz por Minna estar morta. Ela tinha ouvido demais e eu sabia que ela usaria qualquer meio para cair nas graças de Hitler. Agora ela não era mais uma ameaça. Também fiquei aliviada de saber que o Capitão não a havia matado; no entanto, a guerra estava me custando muito. Como eu poderia ficar feliz por uma mulher ter sido morta sabendo que nós éramos pelo menos parcialmente culpados pelo seu assassinato? Minha alma parecia destruída e eu estava desgostosa com a minha própria desumanidade. Não estava preparada para lidar com tais sentimentos.

A gravidade de nossa situação me atingiu como um golpe de martelo. Primeiro Ursula e agora Minna. Duas mulheres tinham morrido por causa de tramas para derrubar Hitler. Mais mortes certamente aconteceriam. Um sentimento de vazio se abriu dentro de mim enquanto eu contemplava nosso futuro incerto.

"Você acha que alguém suspeita de Franz?", perguntei.

"A maldita SS está tão preocupada em manter o Führer vivo que eles não podem dedicar à morte de Minna mais do que um pensamento passageiro." Novamente, ele olhou por cima do ombro para o caminho, que estava na escuridão. "Mas e se suspeitassem que Minna ia tentar envenenar o Führer? Talvez pensem que foi por isso que ela foi morta. Seu pequeno truque realmente pode ter nos ajudado."

Karl balançou a cabeça com descrença.

"Não, não, é muito insano. Magda, você nunca mais deve tentar algo assim a menos que exista um plano em ação. Tantas coisas poderiam ter dado errado... Do jeito que está, com o assassinato de Minna e a tentativa de envenenamento, o Coronel vai querer ver sangue. Ela pode ser peixe pequeno para eles, mas a situação ainda é perigosa. Só espero que ele leve um ou dois dias para investigar e, em seguida, encerre o caso, sem uma solução. Otto também está com problemas, graças a você."

Um violento tremor me atingiu e minhas costas rasparam a casca áspera de uma árvore. O rosto quadrado do Coronel apareceu em minha mente, com seus dentes rangendo de raiva.

Karl me segurou em seus braços e o calor de seu pescoço se espalhou pelo meu rosto. Eu queria que ele fizesse amor comigo para aliviar meu medo, mas de que importava? Estávamos condenados, se não por nossas ações, ao menos pelos eventos incontroláveis da guerra. Ele me beijou.

"Deixe que eu me arrisque de agora em diante. Não seja mártir." Ele me beijou de novo e se afastou. "Precisamos sair daqui antes que ambos façamos algo de que possamos nos arrepender depois. Vá primeiro. Se alguém te parar, diga que você veio tomar um pouco de ar."

Estendi a mão, puxei-o para perto, sem vontade de deixá-lo. Sua pele estava úmida e quente e nosso abraço aumentou o calor da noite.

Nós nos abraçamos com firmeza por alguns minutos antes de ele me soltar gentilmente.

"Agora vá. Amanhã é o dia. Evite o campo ao leste da Toca do Lobo. Não é seguro andar perto do perímetro exterior por causa das minas terrestres. Encare o dia como qualquer outro."

Ele me deu um beijo demorado.

Me afastei sem olhar para trás e logo estava a caminho do meu quarto. Caminhei lentamente, como se andasse num sonho, mesmo com os mosquitos ao redor de mim. Como eu poderia encarar o dia como qualquer outro? Contraí o abdômen para comprimir o nó de medo no meu estômago, respirei fundo e tentei ficar calma. Eu tinha que agir como se não estivesse com medo.

Quando cheguei ao dormitório, a cama e o armário de Minna tinham sido esvaziados. Else, com os olhos vermelhos, estava sentada na cama. Eu disse olá e ela explodiu em lágrimas.

"Vou me matar", disse ela entre soluços. "Não consigo continuar. Estive aqui a noite toda, paralisada, com medo de que alguém me mate."

Eu me sentei em frente a ela e ofereci o pouco conforto que pude.

"É realmente horrível. Vivemos em uma época terrível. Talvez o seu trabalho aqui esteja concluído. Outra garota estará aqui em breve e você poderá seguir em frente." Queria levantar seu ânimo, acrescentando que o assassino de Minna seria apanhado e julgado, mas, na verdade, não queria que isso acontecesse.

Eu estava muito chateada para conversar mais. Tirei as roupas e me deitei debaixo dos lençóis. O duto de ar zumbia e as as paredes claustrofóbicas do *bunker* se fechavam em torno de mim. Dora chegou depois da meia-noite. Else fungava em sua cama. Eu me remexia, completamente acordada, pensando que aquele poderia ser o último dia do Capitão na Terra.

Capítulo 10

DORA ACORDOU CEDO e se vestiu com o uniforme completo da SS. Seu cabelo estava preso para trás e ela usava uma boina regulamentar. Mexia em sua saia e seus sapatos, andando sem parar entre o banheiro e os nossos quartos. Eu não podia imaginar por que ela estaria tão preocupada com sua aparência a não ser que alguma coisa importante estivesse acontecendo. Else não tinha nem um pouco da energia de Dora. Ela só conseguiu mostrar um parco sorriso enquanto se vestia para seus deveres do café da manhã. Tentei garantir que outras *provadoras* estariam lá, além de uma nova garota que se juntaria a nós em breve.

Eu não estava escalada, mas não tinha vontade de dormir mais nos nossos quartos apertados. Uma ideia para a manhã me veio à mente: oferecer meus serviços de contabilidade para Cook no refeitório dos oficiais. Ela sempre poderia ter uma ajudinha quando se tratava de inventário. Pelo menos o trabalho podia manter minha mente longe do Capitão. O medo tinha sido meu companheiro constante desde que ele me dissera que aquele seria o dia. Eu queria implorar que abandonasse essa missão mortal, mas eu sabia que não poderia fazê-lo mudar de ideia. A tristeza e o medo ameaçavam me dominar. Afastei os pensamentos assustadores enquanto começava meu dia, mas eles estavam sempre lá, à espreita.

Tomei banho, me vesti e me dirigi para o corredor. O dia de agosto estava ensolarado e quente; havia uma sensação de entusiasmo no ar. Eu conseguia senti-lo quanto o vento batia contra minha pele ao caminhar. O ar estalava com a tensão.

Quando cheguei, fiquei surpresa com o número de oficiais da SS, incluindo generais, e outros membros importantes da equipe lotando o interior da sala. Um em particular se destacava – era um homem grande com uma barriga enorme, parecia um rei presidindo uma assembleia. Pelas fotos, reconheci-o como Hermann Göring, o marechal do Reich. Ele sorria e estufava o peito sempre que falava, com mais alegria do que eu jamais tinha visto um membro do Partido demonstrar. Albert Speer, o ministro dos armamentos, estava lá, parecendo sombrio, embora garboso, em sua jaqueta de campo e botas pretas até os joelhos. Reconheci-o pelas poucas vezes que o vira na Berghof. Ele jogava o cabelo para trás com a mão repetidamente. Hitler não estava lá, mas não poderia estar longe do corredor. Os irmãos Bormann ficaram separados, como era de costume, olhando um para o outro através da sala. Um grupo de homens voltava a atenção para um homem idoso elegantemente vestido com um traje de negócios.

Caminhei para a cozinha com a intenção de perguntar a Cook se eu poderia ajudar, mas ela estava agitando os braços e dando ordens para qualquer um que estivesse ouvindo. Aparentemente, a multidão inoportuna a tinha deixado confusa. O cheiro de maçãs assadas escapava dos fornos. Else e três outras moças de um dormitório diferente estavam sentadas em bancos perto da mesa de *provas*. Presumi que tinham terminado seu trabalho e estavam esperando por novas ordens. Dora orquestrava toda a cena como um maestro.

Voltei para o corredor. Karl, em seu uniforme de gala, estava perto de Speer. Enquanto conversavam, Karl olhou para mim. Trocamos um rápido olhar, mandando sinais um para o outro de que deveríamos nos evitar. Sentei-me em uma mesa vazia perto da cozinha.

Pouco tempo depois, um oficial aparentemente do alto escalão, por todas as medalhas em sua jaqueta, entrou e fez a saudação nazista. Todo mundo prestou atenção. O oficial apontou para a pequena janela na frente do corredor. Hitler, vestido com sua jaqueta de campo traspassada, calças escuras e boina, estava esperando na passagem com as mãos cruzadas atrás de si.

"Senhores, por aqui para a demonstração", disse o oficial.

O homem idoso com um traje de negócios mostrou o caminho. A multidão se lançou porta afora, como cães numa caçada, e virou para o leste. Karl foi um dos últimos a sair. Ele pegou uma mochila que ficara a seus pés. Eu não a tinha visto antes quando entrei no corredor. Ele parou brevemente perto da porta, virou-se e sorriu. Seu sorriso, cheio de tristeza e melancolia, provocou tremores na minha espinha. Era como olhar para uma caveira; a própria morte bem na minha frente.

Quando a procissão de funcionários e oficiais desapareceu, me levantei da mesa e a segui pelo caminho. Eles desapareceram na floresta verde cerrada. Em breve eu também seria engolida por ela, mas sabia por qual caminho os homens estavam indo. As vozes se moviam pelo ar.

O caminho seguiu em frente por muitos metros antes de terminar em uma trilha. Na frente dos homens, vi uma cerca que não poderia ultrapassar. Dois guardas da SS estavam perto do portão. Desviei para uma trilha menor que levava para dentro da floresta. O terreno lamacento espirrava em volta dos meus sapatos a cada passo e insetos voavam saindo de seus úmidos esconderijos. Karl havia me prevenido sobre minas terrestres, então segui o caminho estreito já desenhado no solo.

Uma clareira do outro lado do portão apareceu no meu campo de visão enquanto eu manobrava pela vegetação. Hitler e seu grupo estavam de pé em um círculo ao redor de uma grande máquina negra – um tanque, pelo que eu sabia. Um galho se quebrou atrás de mim e eu pulei.

"O que você está fazendo aqui, senhorita?"

Eu me virei e encarei um oficial com um tapa-olho preto do lado esquerdo. Os ombros dele estavam encurvados por uma lesão. Ele estava ao meu lado, usando uma bengala como apoio. Era um homem bonito, apesar da sua deformação.

Minha mente ficou momentaneamente em branco. Depois que recuperei meus sentidos, exclamei:

"Estou levando uma mensagem. Eu não tinha certeza de qual caminho seguir." Minha desculpa parecia tão falsa quanto minhas palavras.

"Uma mensagem? Para quem?" Ele sorriu, mas sua expressão denotava mais presunção do que gentileza. Ele tocou o chão com a bengala.

Eu não queria me ligar ao Capitão, então respondi:

"Para o Führer."

Imediatamente me arrependi da minha estupidez precipitada.

"Então eu lhe direi sua mensagem", disse ele.

Neguei com a cabeça.

"É confidencial."

"Sou o Coronel von Stauffenberg. Vi você sair do caminho. Você deve ser muito ruim em seguir pessoas, ou muito interessada em comportamentos estranhos que não são da sua conta. Dê-me a mensagem."

Ele era um homem diferente do Coronel que me causara tanto sofrimento na Berghof. Ainda assim, engoli em seco. Estava em uma situação complicada e não via uma maneira fácil de sair dela.

"Por favor, diga ao Führer que ele terá a mais deliciosa torta de maçã hoje à noite. Magda, sua *provadora*, se certificará disso."

Von Stauffenberg riu.

"Sim. Posso ver que sua mensagem é confidencial. Claro, a 'torta de maçã' é o código secreto para o último plano de invasão do Reich."

Eu o empurrei tentando passar, mas o coronel colocou sua bengala contra uma árvore e me deteve.

"Não sei o que você está fazendo aqui, mas não vou denunciá-la." Seus lábios se estreitaram e ele me olhou como um falcão que via um roedor suculento. "Você está ciente de que o perímetro exterior da Toca do Lobo está cheio de minas terrestres. Poderia ser explodida com um passo fatal. Muitos animais infelizes perderam suas vidas aqui."

"Obrigada pelo conselho", eu disse. "Devo voltar para a cozinha."

Ele levantou a bengala e perguntou:

"Qual o seu nome?"

"Magda Ritter."

"Vou me lembrar de você, senhorita Ritter. Pode ter certeza disso."

Ele me seguiu de volta até o caminho. Virei para o oeste, na direção de onde tinha vindo, enquanto o coronel continuou em direção ao campo. Olhei para trás antes que as árvores bloqueassem minha visão. Hitler e o homem do terno de negócios estavam em cima da máquina. Göring e os outros estavam amontoados ao redor como cordeiros adoradores. Von Stauffenberg avançou em direção a eles. *Que azar*, pensei, *que um oficial de alto escalão se preocupasse em lembrar meu nome.*

Durante todo o dia meus nervos estiveram à flor da pele. Eu não conseguia ficar sentada quieta enquanto esperava que o caos se instaurasse na Toca do Lobo, ou pela terrível notícia da morte do Capitão. Todos os esforços para clarear minha mente falharam. Andei pela biblioteca, escolhendo livros para ler, mas acabei jogando-os sobre a mesa. À medida que as horas se arrastavam, me convenci de que o pior já tinha passado e me preparei para a minha prova. Durante o trabalho, tentei parecer alegre, embora Cook e as outras *provadoras* não estivessem convencidas com a minha exibição de gentilezas. Cook, em particular, conhecia-me bem o suficiente para saber que algo estava errado. Ela me perguntou várias vezes se eu estava doente. Mas à medida que as horas passavam, meu medo diminuiu. Certamente, se algo horrível tivesse ocorrido, a notícia se espalharia pela Toca do Lobo.

Mais tarde naquela noite, depois de horas sem saber o que tinha acontecido, Karl me encontrou enquanto eu caminhava para casa e deixou um envelope na minha mão. Quase desmaiei de alívio.

"Leia e depois queime", ele sussurrou. "Certifique-se de que as cinzas sejam destruídas. Estou escrevendo esta carta porque é perigoso sermos vistos juntos."

Ele foi embora rapidamente.

Dobrei o envelope e o coloquei no bolso. Ler a carta no meu quarto era arriscado, então, mais uma vez, me refugiei na biblioteca do dormitório. Como pensei, ninguém estava lá. Acendi uma pequena lâmpada, tirei um livro da história alemã da prateleira e me sentei na cadeira estofada. Eu estava longe de todos e agradecia por isso. Peguei a carta, dobrei-a ao meio e a inseri no centro do livro. Fingi ler a história, mas em vez disso li a carta:

Querida Magda,

Estou relutante em estar perto de você. Mesmo entregar-lhe esta carta será um grande risco. Você tem minha vida em suas mãos. Na verdade, mais do que a minha vida – o destino da Alemanha está nestes escritos. Eu confio que você destruirá qualquer vestígio deles e saberei de que lado está seu coração. Caso contrário, serei executado por traição. De qualquer forma, você sabe que estou preparado para morrer pelo que acredito.

Esta tarde, carreguei uma mochila armada com uma bomba. A explosão era para Hitler, Göring, Porsche e o resto. No entanto, o plano foi interrompido por Von Stauffenberg, que não estava programado para estar aqui hoje. Não posso contar-lhe mais, porém ele e eu somos parte de um movimento para livrar nosso país do mal que o está destruindo. Felizmente eu ainda não armara a bomba e consegui descartá-la depois da manifestação.

Você pode perguntar por que não atirar no Führer e acabar com isso. Acredite-me, tal curso de ação foi discutido muitas vezes. Von Stauffenberg e os outros estão convencidos de que qualquer tentativa de derrubar o Reich deve incluir o máximo possível de líderes, e não apenas Hitler. Matar apenas ele pode levar a consequências piores do que as que já existem. Não é uma decisão fácil.

Estou vivo esta noite porque Von Stauffenberg decidiu fazer uma viagem sem aviso prévio para a Toca do Lobo. Não era minha intenção matar um colega colaborador. Ele está convencido de que os britânicos também fizeram planos e aguardam o momento certo. Eu duvido que estes incluam veneno, mas tenha cuidado, minha querida. Quero que você viva mesmo que eu não esteja vivo. Não teremos futuro até que possamos garantir a segurança de nossos filhos.

Por favor, destrua esta carta e confirme minha confiança em você. Muitas vidas além de nossa própria estão em jogo. Nos encontraremos em breve.

Do seu apaixonado,
Karl

Com as mãos trêmulas, coloquei a carta de volta no envelope. Filhos? Qualquer esperança para o futuro? Fiquei maravilhada por sua confiança em mim. Se Von Stauffenberg não estivesse lá durante a tarde, o mundo teria ficado livre de um tirano e de muitos de seus oficiais, e o homem que professava seu amor por mim estaria morto.

Procurei na biblioteca por um isqueiro ou fósforos, mas não encontrei nenhum. Saí de lá e vi uma garota que morava nos alojamentos opostos ao meu. Perguntei se ela fumava e ela disse que sim. Também perguntei se eu poderia pegar emprestado o seu isqueiro. Ela o tirou do bolso e conversamos por alguns minutos. Ela disse para devolvê-lo na manhã seguinte, porque estava indo para a cama.

Assim que ela saiu, corri para a floresta atrás do dormitório, uma área livre de minas. As palavras da carta corriam pela minha cabeça. Ele era um herói, um homem para respeitar e amar. Embora nenhuma estrela fosse visível através das árvores, meus olhos brilhavam com elas. Uma excitação estranha e vertiginosa tomou conta de mim e andei rapidamente, inconsciente dos mosquitos que pairavam sobre minha cabeça. Então a escuridão se fechou ao meu redor. Como eu poderia me apaixonar por um homem que *queria* morrer? Ele queria que eu vivesse, mas como poderia continuar sem ele, destruída por sua morte? Desespero e euforia lutaram para me controlar. Estremeci até parar perto de um afloramento rochoso. Congelada no lugar, escutei. Os insetos noturnos zumbiam nos meus ouvidos. Abri o isqueiro e o cheiro penetrante da nafta entrou no meu nariz. Esfreguei meu polegar contra a roda, a pederneira acendeu e uma chama amarela invadiu a escuridão. Segurei a carta com dois dedos e queimei sua borda inferior. O papel se enrolou em uma onda marrom e foi consumido tão rápido que o soltei sobre a rocha. A carta se queimou em pedaços de poeira cinza. Peguei as cinzas nas mãos, abaixei-me na terra enlameada e as esmaguei até desaparecerem. Tinha certeza de que ninguém iria encontrá-las.

Eu me movi furtivamente até sair da floresta, certificando-me de que não tinha sido vista. Quando cheguei ao dormitório, lavei minhas mãos, voltei para a biblioteca e olhei para os volumes encadernados tão bem empilhados nas estantes. Não consegui me forçar a ler. Nem estudos nem entretenimento poderiam satisfazer meu coração enquanto sentava enrolada na minha cadeira favorita. Lentamente, o entusiasmo pela confissão do Capitão deixou meu corpo e chorei por nosso futuro incerto – um futuro que podia incluir a morte.

Um pensamento me consumiu: *Nosso destino está selado.*

Hitler adorava levar Blondi para passear pela manhã. Algumas vezes seu criado levava a cadela, mas normalmente o próprio Führer caminhava com ela em torno da área arborizada próxima ao *bunker*.

Como um câncer invadindo meu cérebro, comecei a pensar em maneiras de matá-lo, especulando sobre suas caminhadas com Blondi ou como isso poderia ser feito durante uma refeição. O epicentro desses pensamentos insanos era meu desejo de salvar Karl. Eu queria morrer em seu lugar.

Então minha mente se acalmava e me convencia de que eu estava sendo tola. Como poderia derrubar o líder do Reich? Eu não poderia envená-lo sem também envenenar outros que poderiam ser inocentes. E se fosse capturada? Eu seria morta e meus pais provavelmente seriam presos. Eu não tinha nenhuma pistola para atirar nele, e que diferença isso faria? Karl estava certo. Com Göring, Goebbels, Bormann ou Himmler liderando o Estado, a Alemanha poderia ficar pior. Eu me tornara uma louca, com pensamentos assassinos zumbindo no meu cérebro. Pensei que a minha cabeça ia estourar.

Perto do final do verão, Hitler convidou Karl e eu para o chá da tarde. Quando conheci Hitler, no dia em que ele estava caminhando com Blondi, ele fizera essa sugestão. O convite chegou através de Cook, uma noite depois da *prova*. Nada poderia ser feito a respeito disso. Ninguém recusaria um chá com o Führer, mas não pude deixar de me preocupar com o que estava por vir.

Certa manhã, Franz estava me esperando quando saí do dormitório. Eu não o via desde a noite na floresta quando ele me disse que estava sendo enviado para a Frente Oriental. Eu o cumprimentei e ele andou ao meu lado. Tirou os cigarros do casaco e um deles em sua piteira de ouro. A luz do sol dividiu as frondosas folhas acima de nós e ele apertou os olhos para mim. Acendeu o cigarro e disse:

"Ouvi dizer que você foi convidada para tomar chá com o Führer."

"Sim." Estava feliz por ver Franz, mas, ao mesmo tempo, desconfortável. Uma aura de perigo despreocupado sempre parecia envolvê-lo e um encontro como aquele reforçava esse sentimento. "Pensei que você tinha sido enviado para a Frente."

Franz riu.

"Fui chamado de volta para informar a Hitler sobre o estado da nossa máquina de guerra. Está em péssima condições. Estamos perdendo terreno e a moral é baixa. Algumas das tropas estão começando a se perguntar por que estão lutando, mas muitas delas ainda acreditam na propaganda lançada por seus oficiais."

Olhei para seu rosto, agora mais fino e enrugado com linhas profundas.

"Por que você está aqui? Tem uma mensagem para mim?"

Ele agarrou meu braço e me forçou a parar.

"Fiz o que tinha de ser feito com Minna. Você devia estar satisfeita com isso. Salvei a vida de vocês dois."

"É melhor continuarmos caminhando."

Continuei na trilha. Atravessamos o refeitório e fomos em direção ao campo onde Karl pretendia implantar a bomba.

"É claro que estou agradecida", sussurrei. "Minna era uma idiota. Mas nossa posição é muito precária e quero…"

Um nó se formou na minha garganta.

Franz colocou a mão no meu braço. Um grupo de oficiais passou por nós, mas ninguém nos deu mais do que uma saudação e um olhar.

"Você ama Weber, não é?", perguntou Franz.

Concordei com a cabeça.

"Então ficará feliz em saber que a posição dele dentro do grupo foi alterada. Von Stauffenberg sabe o que você fez na cozinha, como se arriscou ao tentar envenenar Minna. Ele e os outros, incluindo eu, somos gratos. Na verdade, acho que seu pequeno golpe confundiu por completo a SS. Otto ficou com a culpa."

Ninguém estava por perto, então paramos.

"Karl teve sua chance e, para a sorte de vocês dois, Von Stauffenberg entrou no caminho", continuou Franz. "Não era o melhor momento para agir. Com essas coisas, nunca se sabe o que vai acontecer."

Ele soprou seu cigarro.

"Karl foi 'aposentado', por assim dizer. Deve se concentrar no reconhecimento aqui na Toca do Lobo e na Berghof. Von Stauffenberg está assumindo em todos os aspectos. Foi para lhe dizer isso que fui enviado."

O alívio me invadiu; no entanto, desapareceu rapidamente enquanto eu considerava nossas circunstâncias. Muitos medos encheram minha cabeça. Agradeci a Franz. Apertamos as mãos e então ele se virou e voltou para o caminho por onde tínhamos vindo. Quando ele desapareceu da vista, pensei no quanto ele tinha envelhecido nos poucos meses em que eu o conhecia. Os cabelos loiros pareciam mais escuros; seu sorriso largo e brilhante se estreitara; seu rosto enrugado mostrava o estresse da batalha. De uma coisa eu sabia com certeza: Von Stauffenberg seria a partir de então uma figura proeminentemente na vida, ou morte, de Adolf Hitler.

Karl e eu não tivemos chance de conversar antes de nos encontrarmos para o chá com Hitler. Caminhei até o *bunker* depois de me arrumar após a *prova* da noite. Um guarda da SS que patrulhava me parou e solicitou meus documentos. Quando eu disse a ele que iria tomar chá com o Führer, ele caminhou comigo. Eu sabia que ele estava fazendo isso apenas para verificar minha história. Karl estava de pé perto da porta quando chegamos próximo das dez horas. O guarda se foi depois que o Capitão falou comigo.

O *bunker* do Führer era mais impressionante durante a noite do que de dia. Assentado como um monólito negro na terra encharcada, mesmo que não fosse tão grande como alguns dos outros no local, ele se elevava como um templo maia abandonado, coberto pela floresta que o rodeava. Uma única luz brilhava sobre sua porta de ferro. Karl me cumprimentou formalmente e depois falou com os homens armados na entrada. Eles nos escoltaram através da estreita abertura para dentro de um largo corredor com uma fileira de portas, onde fomos recebidos por um criado. Eu o reconheci da Berghof, onde ele também estava a serviço de Hitler. Alto, com um queixo largo e lábios finos, ele era solidamente um SS: ereto, rigoroso, formal, um homem verdadeiramente submisso ao Führer. Ele nos levou pelo corredor até que chegamos em uma apertada sala de chá mobiliada com uma mesa redonda em que cabiam, confortavelmente, até seis pessoas. Várias pinturas de paisagens adornavam as paredes. Duas lâmpadas rústicas no canto brilhavam com uma luz morna através de suas luminárias de seda bege. No entanto, nada dissipava a sensação de estar num *bunker*, não importava quão hospitaleira fosse a atmosfera. Os ventiladores zumbiam no alto. Tive a sensação de que as paredes estavam se fechando ao meu redor. Falamos pouco um com o outro porque não sabíamos se nossas conversas podiam ser ouvidas.

Eu tinha escolhido um vestido preto simples, sapatos pretos e dois pequenos brincos de ouro para a noite. Eu nunca seria outra Eva Braun, habilmente vestida para Hitler.

Karl tamborilou seus dedos sobre a mesa.

"Fique calmo", eu disse. "Não há motivo para ficar nevoso."

Ele colocou seu quepe no colo.

"Por que ele nos convidou? Por que esta noite?"

Coloquei minha mão sobre a sua e ele relaxou com meu toque. Me perguntei por que Hitler nos convidara. Teria alguma informação a respeito dos oficiais que estavam tramando contra ele? Teria alguém contado nossos segredos? Será que ele sabia que eu havia tentado envenenar Minna, ou que Franz a havia matado? Talvez quisesse nos questionar sobre a morte dela. Essas especulações inúteis somente alimentavam minha ansiedade.

A porta se abriu depois de uma breve batida e o criado apareceu, seguido de perto por outro. O criado que eu reconhecera como sendo da Berghof segurava um buquê de rosas vermelhas de talos longos, que ele me entregou.

"São do Führer. Ele logo estará aqui."

Em seguida, ordenou ao outro homem que trouxesse um carrinho com café, chá, pratos de doces e fatias de bolo de maçã. Ri para mim mesma porque havia *provado* toda aquela comida mais cedo. Os criados nos deixaram e depois de pouco tempo a porta oscilou e foi aberta outra vez.

Hitler apareceu com Blondi ao seu lado. Karl apertou o seu quepe e nós dois nos levantamos e fizemos a saudação nazista. Hitler fez sinal para que nos sentássemos. Nós, assim como Blondi, obedecemos. Hitler parecia mais relaxado do que eu jamais o havia visto. Um ligeiro rubor cobria suas bochechas, geralmente pálidas por causa de sua aversão à luz do sol. O criado puxou a cadeira perto da minha e o Führer se sentou. Durante algum tempo, ele não disse nada, apenas nos olhou com seus instigantes olhos azuis. Era possível sentir o fogo queimando por trás deles. Os olhos de Rasputin deviam ter aquele mesmo efeito sobre seus seguidores.

Mais uma vez, me senti tomada por completo pela presença de Hitler, como se alguma força poderosa emanasse dele. O que era aquilo – sua pura força de vontade? Eu conseguia entender quão fácil seria, assim como era para o resto da nação, ser arrastada pelo fluxo interminável de sua propaganda nos rádios e nos filmes. Que poder ele exercia sobre o povo alemão!

Um medalhão circular estava afixado na sua jaqueta preta. Consistia em uma grinalda cuja camada externa era delimitada por uma faixa branca, e uma faixa interna vermelha com as iniciais do *NSDAP* (Partido Nacional-Socialista dos Trabalhadores Alemães) escritas sobre ela, tudo isso rodeando uma suástica negra sobre um fundo branco.

Karl e eu não nos atrevemos a dizer nada até que ele falasse conosco.

"Estou feliz por ver vocês", disse ele, iniciando a conversa. Ele falava com uma voz profunda de barítono que eu ouvia frequentemente quando ele discursava para o Reich. Seu padrão de fala tinha uma cadência própria, um ritmo que era hipnótico por si só. "Espero que aproveitem a noite. Valorizo o tempo livre de que disponho, uma vez que sempre sou intimado a abandonar momentos como este por causa de algum negócio desagradável – a menos que eu diga ao meu ajudante para não me incomodar."

Ele fez um gesto para que seu criado servisse o chá.

Blondi se ergueu perto dos pés de Hitler e olhou para mim com seus suaves olhos castanhos.

"Meu Führer", disse o Capitão. "Estamos encantados de sermos convidados para o chá, mas a senhorita Ritter e eu estamos, de certo modo, perplexos com o seu convite. Como podemos servi-lo?"

Hitler levantou sua mão.

"Isso é nobre de sua parte, Weber, mas você deve deixar suas preocupações da porta para fora." Ele colocou ambas as mãos sobre a mesa, inclinou-se para a frente e nos estudou. "Esta noite, não quero conversas sobre a guerra, ou batalhas, ou estratégias. Na sala de chá falamos sobre arte, arquitetura e música. Celebramos a cultura alemã e a história, e estamos aqui hoje para celebrar o amor."

"Meu Führer?", perguntou Karl, pego de surpresa tanto quanto eu.

O criado me serviu chá, e então pegou minhas lindas rosas vermelhas e as colocou em um vaso de cristal no centro da mesa, de modo que todos nós pudéssemos admirá-las. A suave fragrância que elas emanavam encheu a sala, uma mudança bem-vinda do odor de mofo úmido que permeava a maioria dos *bunkers*.

Hitler sorriu e ergueu sua xícara.

"Quero agradecer à *provadora* que sofreu sob as mãos de Otto." Ele fez uma pausa e meus músculos se retesaram. "Porém há mais para dizer."

A perna do Capitão esbarrou na minha e senti a tensão em seu corpo.

Hitler tomou um gole de chá e deu um tapinha na minha mão.

"Eu tento acolher a todos, dizer alô, uma palavra gentil para os que servem ao Reich, mas sou um homem ocupado. Não tenho muito tempo. Transmitam meus agradecimentos para todos na cozinha. Várias mulheres jovens começaram recentemente. Prometi a Dora que iria encontrá-las."

Uma faísca do que eu poderia chamar de "benevolência" brilhou em seus olhos. Eu não tinha dúvidas de que ele viria ao refeitório e cumprimentaria a nova equipe. Naquele momento, ele parecia o retrato de um pai gentil que queria que suas "crianças" fossem felizes e se sentissem bem num mundo sob sua direção. Julgando pela sua disposição, ele parecia acreditar que ninguém em sua equipe jamais pensaria em machucá-lo. Essa atitude de benevolência era mais do que atuação. Hitler era sincero, mas eu também sabia que qualquer crime contra o Reich seria punido da maneira mais severa possível.

"Cook me disse", continuou ele, "que vocês dois passam boa parte do tempo juntos."

O sangue correu para o meu rosto e corei, mais por causa da ansiedade do que pelo embaraço. Então fora Cook quem revelara nosso relacionamento.

"Magda e eu desenvolvemos uma amizade", disse o Capitão.

Fiquei embasbacada com a facilidade com que ele admitira.

"Temos nossos trabalhos a fazer", eu disse, tentando conseguir alguma distância entre mim e Karl. "O destino nos uniu porque ambos trabalhamos na mesma área."

"Sim, mas isso foi percebido", disse Hitler. "Portanto, quero dar a vocês a minha bênção."

Karl ficou branco e eu arfei.

"Meu Führer, isso não é necessário", eu disse.

Ele levantou as mãos em protesto.

"É claro que é necessário. Já dei tantas bênçãos, é como um segundo emprego; minhas secretárias, minha equipe, todos se beneficiaram. Encorajo meus oficiais a encontrarem mulheres jovens de boa linhagem." Ele tomou outro gole de chá e mordiscou uma fatia de bolo de maçã. "Comam... Vocês não tocaram nas deliciosas sobremesas feitas especialmente para vocês."

"Meu Führer, eu as provei essa noite", disse.

Ele sorriu com uma surpresa fingida.

"Nesse caso você pode saboreá-las sabendo que não estão envenenadas." Ele fez uma pausa. "Uma questão ainda estava em aberto, mas já a resolvi."

Karl e eu nos entreolhamos.

"Você não era membro do Partido, senhorita Ritter", disse Hitler, "então a tornei um".

Ele tirou uma caixa de sua jaqueta e me entregou. Tirei a tampa, abri o papel dentro da caixa e descobri um medalhão como o que ele usava.

"O número que está nele significa seu lugar como membro do Partido. O meu é 'um'." Ele apontou para a medalha em sua jaqueta.

"Muito obrigada." Sem saber se devia ou não colocar o medalhão, fechei a caixa e a coloquei sobre a mesa.

Então Hitler mudou o assunto para a Bavária e os Alpes, falando com entusiasmo sobre a mitologia que rodeava Obersalzberg. Karl e eu ficamos sentados, inquietos, pelo resto da noite enquanto Hitler falava sobre Speer e seus planos para a capital e o estado da arte e dos filmes alemães. Hitler até mesmo nos convidou para irmos ao seu estúdio ouvir uma ópera de Wagner. Já passava da meia-noite quando fomos dispensados.

Permanecemos algum tempo em frente à porta do *bunker*, sem saber o que dizer. Um frio de início de outono tinha se instalado na atmosfera e a baixa temperatura contra a minha pele era agradável. Já que nós estávamos "abençoados", parecia haver pouca necessidade de fingimentos. Segurei com força a mão do Capitão enquanto caminhávamos pela trilha. Eu me maravilhava silenciosamente por ter tomado chá com o líder do Terceiro Reich. Agora eu entendia, na presença de Hitler, quão persuasivo e poderoso ele podia ser. Não era surpresa que o povo alemão o seguisse como ovelhas. Meu pai havia me falado sobre um filme chamado *Triunfo da vontade*. Dissera que seu único objetivo era glorificar o Partido. Eu nunca assisti, mas podia entender como uma presença tão poderosa podia ser transferida para a tela e o grande impacto que poderia causar.

Paramos em uma clareira no caminho entre o *bunker* e o meu quarto. Karl colocou os braços ao meu redor e me puxou. Eu me sentia morna e segura enquanto ele me beijava. Deslizei meus lábios no seu pescoço e ele suspirou.

"Dá para imaginar que o Führer tenha tempo para esses detalhes?", disse ele entre beijos.

Comecei a falar, mas ele colocou seus dedos contra meus lábios e apontou para a caixa que eu estava segurando. Depois de alguns momentos, descobri o que ele queria que eu entendesse. O medalhão. Karl apontou para ele e depois para o seu ouvido, como se a medalha pudesse ser um objeto para nos espiar. O pensamento não tinha passado pela minha cabeça.

"É um broche bonito", disse ele. "Você deve se orgulhar de que o Führer tenha se interessado tanto por nós."

"Deixo você examiná-lo amanhã", eu disse. "Por enquanto, vamos aproveitar a noite."

Pressionei meu corpo contra o dele, oferecendo mais beijos.

Ele me deteve e ergueu meu queixo com os dedos até que meus olhos ficassem alinhados com os seus.

"Talvez devêssemos nos casar", disse ele.

Minha respiração congelou.

"Casar?" Em um mundo diferente, eu teria agarrado a chance, mas nosso futuro era tão incerto. Me afastei dele, não querendo compartilhar qualquer decepção. "Devíamos falar sobre isso amanhã." Fazer planos parecia tão absurdo que eu quase queria rir. "Afinal, agora que o segredo se espalhou, não há motivo para precipitar as coisas."

"Ele vai querer que casemos em breve. Ele vai se dedicar a nós como um velho avô gentil." Ele tocou meu ombro. "Deixe-me levá-la para casa. Tenho que me levantar cedo amanhã. Temos muito a considerar."

Deixamos a clareira e logo estávamos na minha porta. Karl me beijou mais uma vez e nos despedimos. Minha cabeça se encheu de pensamentos sobre nosso futuro incerto e eu não queria ir dormir. Não ia trabalhar de manhã, então não havia nenhuma razão para levantar cedo. Mais uma vez, sentei-me na biblioteca e esperei que o sono me alcançasse. Retirei o medalhão da minha bolsa e o virei uma e outra vez em minhas mãos. Nada nele parecia suspeito, mas Karl teria que examiná-lo para se certificar de que era seguro. Enquanto isso, eu teria que usá-lo e quaisquer pensamentos negativos sobre Hitler ou o Reich permaneceriam velados. Não podia falar nem comigo mesma. Como poderia manter tudo o que estava sentindo dentro de mim? Eu estava mais isolada do que nunca e sem vontade de ser uma noiva.

Capítulo 11

KARL E EU FICAMOS NOIVOS NO OUTONO DE 1943. Hitler continuou a pressionar para que nos casássemos, não diretamente, mas por meio de Cook e outros oficiais da SS. Suas ações foram surpresa, pois ele havia feito o mesmo com uma de suas secretárias pessoais no começo do ano. Karl e eu continuamos a dar desculpas, geralmente relacionadas ao "perigo" de minha posição, mas sabíamos que teríamos de nos casar logo – o tempo estava se esgotando. Em resposta, o Führer ordenou que eu ficasse fora das *provas*, mas os protestos de Cook foram fortes o bastante para me deixarem ficar na cozinha como guarda-livros e também como uma *provadora* de reserva se fosse necessário. Apesar de seus sentimentos sobre o nosso futuro casamento, Hitler voluntariamente abriu mão do controle total porque Cook confiava em meu julgamento como *provadora*.

Pouco depois do nosso chá com o Führer, Karl inspecionou o medalhão. Pensou que o objeto poderia abrigar um microfone em miniatura; mas era apenas um broche, nada mais. A partir daí, eu o usava todos os dias quando estava fora do quarto, embora detestasse o Partido e o que ele representava.

Durante o outono, nossa existência na Toca do Lobo caiu na rotina. Fui acometida pela "febre de *bunker*", a prisão claustrofóbica de nossos quartos apertados, pois com o tempo esfriando ele se tornara ainda mais insuportável. Else e eu fazíamos caminhadas quando eu não estava com o Capitão. Precisávamos sair e tomar ar fresco, mesmo em dias úmidos e chuvosos. Em meados de outubro, as nuvens estavam cuspindo neve e os *bunkers* pareciam se transformar em blocos de gelo. Eu me enrolava em blusas e casacos e colocava luvas para me aquecer.

Eu ficava longe de Dora e das outras *provadoras* porque não queria responder perguntas sobre minha vida pessoal. Hitler continuou suas viagens ocasionais de ida e volta para a Toca do Lobo. Karl e eu nunca sabíamos quais eram os locais de suas viagens até que ele estivesse seguro de volta ao quartel-general. Então ouvíamos os detalhes daqueles que acompanhavam a saga geralmente mundana de suas viagens. Um rumor de que passaríamos o Natal na Berghof se espalhou pela sede. Raramente podíamos confiar em tais boatos. Diziam que o feriado provavelmente seria desagradável, ao contrário dos anos anteriores. Cook previa que alimentos e alegria seriam escassos. Alguma parte do mau humor, pensava ela, viria de Hitler, que via festividades excessivas como desperdício e soberba enquanto a Alemanha sofria, sofrimento que ele tinha causado. Nas poucas vezes em que o Capitão e eu conseguíamos ficar sozinhos sem que alguém andasse por perto, discutíamos planos para o assassinato de Hitler, mas não em palavras escancaradas. Nossa linguagem se tornou codificada; qualquer sinal de conspiração era muito perigoso para ser mencionado, mesmo que de passagem. Um dia perguntei a ele por que "nosso objetivo" não poderia ser realizado mais cedo. "Paciência", foi tudo o que ele disse, e sempre que eu abordava o assunto, a mesma palavra era murmurada.

Em meados de novembro, eu estava no escritório de Cook cuidando da lista de comida quando um dos organizadores me interrompeu para atender a um telefonema. Era minha mãe. Meu pai estava gravemente doente em um hospital em Berlim. Ela me perguntou se eu poderia voltar para casa por alguns dias para ajudá-la a cuidar dele. Concordei e imediatamente pedi um tempo de folga. Coloquei algumas coisas na mala, deixando a maior parte dos meus pertences na Toca do Lobo. Na manhã seguinte, eu estava em um trem em direção à cidade.

Minha mãe me encontrou na estação em um dia ensolarado de novembro. Tomamos um táxi diretamente para o hospital, onde os corredores estavam empestados com o cheiro de antisséptico e odores dos doentes e enfermos. Mais tarde, os reconheceria como "cheiro da morte". O hospital fedia, desde os estragos da gripe até as horríveis feridas dos soldados que tiveram a sorte de acabar em Berlim. Embora aquele não fosse um hospital militar, muitos quartos estavam cheios de soldados. Alguns estavam envoltos em bandagens da cabeça aos pés e respiravam através de tubos inseridos nas pequenas fendas de seus curativos. Minha mãe me avisou que meu pai tinha a gripe e que teríamos que usar aventais e máscaras para visitá-lo. Ela estava com ele havia vários dias e precisava descansar. A equipe a tinha alertado para não ficar muito tempo no quarto porque visitas longas aumentavam sua exposição à doença.

Uma enfermeira nos encontrou perto da ala onde meu pai estava alojado. Minha mãe e eu nos vestimos com o equipamento médico e seguimos pelo corredor até o quarto. No começo, não pude ver meu pai porque ele estava em uma cama perto de uma janela que dava para um pátio. Uma luz cinzenta e fresca entrava pelas persianas. A cortina blecaute havia sido levantada. Galhos nus formavam uma intrincada rede de linhas escuras contra a superfície caiada das paredes opostas. Passamos pelo leito de um homem mais velho, cuja aparência era tão cinzenta quanto a luz que entrava no quarto. Meu pai estava dormindo e sinalizei para minha mãe para não incomodá-lo. Nos retiramos para o corredor. Eu estava relativamente descansada da viagem, então disse a minha mãe para ela ir para casa – eu a encontraria mais tarde naquela noite e ela poderia voltar na manhã seguinte.

Puxei uma cadeira para perto da janela e logo me afundei no quarto silencioso. A tosse do meu pai me despertou. Seu rosto estava corado e vermelho por causa da febre.

"Ou estou alucinando ou minha filha está aqui", ele disse em um sussurro áspero enquanto tirava a máscara.

"Estou aqui, papai." Me levantei da cadeira, fiquei de pé ao lado dele e apontei para a máscara. "Você deveria colocar isso de volta."

"Não dá para confiar na sua mãe", disse ele. "Eu disse a ela para não te chamar."

"Ela precisa de uma folga." Coloquei minha mão enluvada em seu braço.

"Como você está, filha? Fico feliz que esteja aqui." Seu cabelo tinha ficado grisalho desde a última vez que o vira, vários meses antes. As linhas em seu rosto haviam se aprofundado em dobras escuras.

"Estou bem. Podemos conversar mais tarde. Estarei aqui por pelo menos três dias. Você deve ter alta até lá."

Ele suspirou.

"Espero que você esteja certa, porque não posso ficar doente. Marcos alemães são difíceis de encontrar hoje em dia. Conheço muitos homens que gostariam de ocupar meu lugar na fábrica."

Ele puxou a máscara e tossiu violentamente. A dor contorceu seu rosto até que os espasmos da tosse diminuíssem. Uma enfermeira apareceu na porta. Ela administrou uma injeção e logo meu pai caiu em um sono profundo.

Saí da ala e perambulei até encontrar o refeitório. Eu só tinha feito uma refeição pequena durante o café da manhã no trem. Quando voltei ao quarto, uma hora ou mais depois, meu pai estava acordado, comendo a ceia. Ele cutucava com o garfo as batatas cozidas e um pequeno corte de carne coberto com um molho marrom fino. As refeições servidas ali para aqueles que estavam doentes eram tão diferentes das servidas ao Führer e seus funcionários. Tive vergonha da minha boa sorte.

Meu pai olhou para mim e sorriu. Devolvi o sorriso sob minha máscara e me perguntei o que dizer. Eu não podia falar sobre o trabalho por causa da vulnerabilidade do meu cargo, e refletia se deveria ou não contar que estava noiva. Eu tinha medo de que ele desaprovasse meu relacionamento com o Capitão. Minha mãe logo apareceu e pôs fim a qualquer chance de uma conversa prolongada. Prometi visitá-lo no dia seguinte. Minha mãe e eu ficamos lá até as dez da noite.

"Estou noiva", falei para minha mãe quando chegamos em casa, confiante de que ficaria satisfeita. "Sou membro do Partido agora e estou comprometida com um Capitão da SS. O nome dele é Karl Weber. Você gostará dele."

Minha mãe mostrou pouca emoção. Ela se sentou à minha frente na mesa da cozinha, as mãos no colo, os olhos baixos sobre a toalha de algodão. O cheiro lenhoso do chá subia de nossas xícaras. Nós compartilhávamos um saquinho de chá.

"Só tenho cinco sacos. Você sabe quanto custa um saquinho de chá hoje em dia? Estou guardando alguns destes para quando seu pai chegar em casa." Ela cobriu os olhos com as mãos e começou a chorar.

"Mamãe?" Eu não estava acostumada a vê-la em um estado tão emotivo. Levantei-me da mesa e fiquei atrás dela, segurando seus ombros. "Tudo está em falta." Minhas palavras eram uma meia-verdade. Os estoques eram baixos na Alemanha, mas não nos quartéis-generais de Hitler. "Posso lhe enviar algum dinheiro se você e papai precisarem."

Ela soluçou, sacudindo-se em sua cadeira, então tirou as mãos dos olhos e olhou para a parede.

"Não é o dinheiro. Não há felicidade em Berlim. Houve bombardeios há algumas noites. O que devemos fazer? Estou começando a acreditar, como seu pai, que o Führer é um louco que está nos levando à destruição." Ela secou os olhos com as costas das mãos. "Estou feliz por você, Magda. Pelo menos está segura com o Führer. Você será protegida."

Eu não queria causar mais angústia, então não disse o que estava pensando. Logo, eu temia, não estaríamos mais seguros na Berghof e na Toca do Lobo do que em Berlim.

"Odeio dizer isso, mas invejo você. Não é bom para uma mãe invejar a filha. Onde quer que esteja, você está protegida. Você come uma comida deliciosa, nunca se preocupa com passar fome, não se preocupa com bombas que caem do céu, ou com a Gestapo levando você no meio da noite."

Voltei para o meu lugar e tomei um gole do chá fraco na minha xícara. Tudo o que minha mãe dissera era verdade, mas também era uma mentira. Eu me preocupava com ser envenenada, com bombas que faziam chover destruição. A Gestapo poderia facilmente levar Karl ou a mim embora durante a noite.

"Talvez você e papai devessem morar com tio Willy e tia Reina. Pode ser mais seguro em Berchtesgaden."

Minha mãe negou com a cabeça.

"Seu pai nunca concordaria com isso. Ele nunca seguiria a linha do Partido como seu irmão e nós poderíamos parecer camponeses na porta deles. Reina é a rainha daquela casa. A atmosfera seria sufocante."

Concordei, pois havia verdade em seu argumento.

"Devo contar a papai sobre o meu noivado?"

"Deixe-o se recuperar primeiro. Não tenho certeza de como ele vai receber as novidades."

Minha mãe era prudente. Eu queria contar aos meus pais sobre meu relacionamento com Karl e o que ele pretendia fazer pela Alemanha, mas era impossível. Terminamos o chá e conversamos sobre o bairro. Algum tempo depois da meia-noite, levantei a cortina de blecaute que cobria a janela da cozinha. O mundo parecia estranhamente calmo e pensei ter ouvido o zumbido de bombardeiros acima de minha cabeça.

Minha mãe e eu estávamos sentadas na cozinha na noite seguinte quando as sirenes de ataque aéreo começaram seu gemido sobrenatural. Tínhamos nos alternado no hospital durante o dia e estávamos jogadas em cadeiras, exaustas.

Mamãe olhou para o teto como se estivesse rezando e depois me encarou com os olhos arregalados de susto. O teto chacoalhava por causa da explosão e a luz da cozinha balançava como se estivesse dançando em um ritmo dissonante. Pó de gesso branco choveu sobre nós de uma rachadura e se instalou no chão.

"Espero que não seja nada", disse minha mãe.

Eu estava menos esperançosa. O ar brilhava com a eletricidade e os bombardeiros zumbiam sobre nossas cabeças.

"Precisamos ir para o porão", eu disse em pânico. Me levantei da cadeira em um salto, pronta para pegar algumas coisas que poderia levar para baixo.

Outra explosão detonou, ainda mais forte do que a anterior. As paredes e os móveis brilharam. A intensidade aumentava a cada segundo e logo a casa começou a sacudir como se tivesse sido atingida por um terremoto. As ondas de fogo escaldantes dividiam a noite enquanto os vestígios brancos de artilharia rugiam para o céu provenientes das armas antiaéreas alemãs.

"Depressa, não há tempo", gritei acima das explosões que espancavam nossos ouvidos. As bombas martelavam em torno de nós.

Quanto mais eu considerava o apocalipse ensurdecedor fora da nossa janela, menos achava que deveríamos ir ao porão. Peguei meus documentos de identificação e prendi-os no meu cinto. Peguei minha mãe pelo braço e fiz com que descesse as escada até a porta da frente. Enquanto nos protegíamos atrás dela, uma gigantesca bola de fogo cor de laranja brilhou no fim da rua. Folhas mortas em chamas desciam pela sarjeta; algumas das árvores explodiram em chamas. Fomos salvas pela fachada de pedra do nosso prédio.

Abri a porta e desci os degraus, me certificando de que minha mãe estava atrás de mim. Quando chegamos à calçada, olhei para o leste e engasguei. Até onde a vista alcançava, Berlim estava ardendo. Para o oeste, vários quarteirões pegavam fogo e uma tormenta de vento e chamas rodava no céu. Eu não tinha certeza do que fazer, para que lado ir em busca de abrigo.

Minha mãe me impediu de dar outro passo. Ela me segurou e gritou:

"A senhora Horst. Ela vai morrer queimada!"

No meu pânico, tinha esquecido a velha senhora que vivia no andar de cima.

"Fique aqui. Eu vou buscá-la."

Uma bomba assobiou no ar e explodiu a menos de um quarteirão de distância. As casas tremeram nos seus alicerces até pararem com rangidos e gemidos. Pilhas de terra e detritos caíam em torno de nós. Subi as escadas até o último andar do nosso prédio. Bati na porta, mas não houve resposta. Outra bomba caiu ali perto e raios de luz laranja se espalharam escada acima. Bati contra a madeira com o punho e então, em um momento de silêncio sobrenatural, ouvi uma voz fraca dizer:

"Vá embora."

Tentei a maçaneta, mas estava trancada. Gritei novamente o nome da senhora Horst. Não houve resposta.

O ar se quebrou como vidro ao meu redor e o impacto violento me atirou no chão. O teto se enrolou em labaredas vermelhas e amarelas como se fosse um papel sobre a chama de uma vela. Brasas ardentes caíam sobre minha pele e meu vestido. Expulsei suas mordidas de meus braços e minha cabeça enquanto descia correndo os degraus da escada. Eu não tinha escolha. Do lado de fora, ondas de fogo varriam o céu. Chamei minha mãe, mas ela não estava a vista. Um dos seus sapatos estava ao lado da calçada. Gritei até ficar sem voz, mas não consegui encontrá-la. Então fugi para o oeste; ali estava mais fresco e o ar menos esfumaçado. Olhei para trás e vi minha casa consumida por uma tempestade ardente. Corri até que estivesse longe; então, sentei-me no chão de uma casa desconhecida e chorei. O bombardeio parecia continuar para sempre. Esperei na escada até ele acabar. O fogo, a fumaça e as cinzas dos quarteirões vizinhos se elevaram no ar. As chamas estalavam enquanto o calor infernal varria a cidade. O som do inferno era pontuado por gritos e pela estrondosa queda dos edifícios que ruíam.

Não me lembro quanto tempo fiquei sentada ali. Pessoas se embaralhavam perto de mim com carne queimada caindo de seus ossos. Homens e mulheres gemiam enquanto as crianças gritavam ou de dor ou por seus pais. Eu não poderia fazer nada por eles. Imaginei meu pai no hospital, cheio de moribundos e feridos, enquanto o Führer, tomando chá, sentava-se bem longe no *bunker* protegido das bombas.

Nem mesmo o amanhecer pôde aliviar minha raiva. Saí da casa onde estava depois que alguém me deu um copo de água. Eu não tinha nenhuma ideia de para onde ir, então vaguei por muitas horas até chegar ao hospital onde meu pai estava. Felizmente, o edifício fora apenas ligeiramente danificado pelo bombardeio. Os ânimos da equipe pareciam tão despedaçados quanto a cidade. As enfermeiras haviam desistido de proteger os visitantes contra a gripe. Fileiras de camas estavam alinhadas nos corredores. Os pacientes haviam sido levados para lá para protegê-los dos vidros que se quebravam.

Meu pai estava perto de seu quarto, sua cama empurrada contra uma parede. O medo encheu seus olhos quando me viu. Eu me olhei em um espelho. Meu rosto estava coberto de cinzas, meus cabelos caíam sobre a pele e minhas roupas estavam repletas de buracos por causa das brasas.

Desabei sobre ele e chorei até que não pudesse derramar mais lágrimas.

"As bombas", murmurei, e não pude dizer mais nada.

Meu pai sabia o que tinha acontecido sem precisar fazer perguntas. Acariciou minha mão enquanto seu rosto se tornava vazio e cinza. Ele não derramou lágrimas. A raiva e o sofrimento se instalaram dentro dele.

Um alarme indicando que tudo estava em ordem soou e os enfermeiros levaram os pacientes de volta para seus quartos. Adormeci na cadeira junto à janela até o fim da tarde. Meu pai e eu conversamos apenas brevemente. Disse a ele que tinha que voltar para o meu trabalho. Não mencionei Karl ou onde eu estava; não era hora de revelações ou previsões de felicidade. Eu não tinha nenhum lar para onde voltar, então implorei à enfermeira que me deixasse passar a noite ali para poder ir embora de trem no dia seguinte. Minha bagagem e dinheiro tinham sido destruídos; no entanto, tinha meus documentos de identificação comigo. Como eu servia o Führer, estava certa de que não teria nenhum problema em conseguir uma passagem para Rastenburg.

Naquela noite, enquanto eu estava sentada no hospital com meu pai, caiu uma segunda rodada de bombas. Desta vez, elas pareciam mais distantes. Ainda assim, o hospital estremeceu com as explosões, que quebraram algumas janelas e criaram rachaduras que faziam lembrar pernas de aranha nas paredes. Meu pai caminhou até o corredor com sua máscara e eu me aconcheguei junto dele. As horas se arrastaram enquanto aguentávamos o ataque. Durante a maior parte da noite, segurei sua mão.

Na manhã seguinte, eu disse ao meu pai que estava indo embora.

"Para onde *você* vai?", perguntei a ele. "Nossa casa foi destruída."

"Vou encontrar algum lugar", disse ele. "Ou talvez vá morar com meu irmão."

Eu tinha minhas dúvidas de que ele pudesse encontrar um apartamento em Berlim, muito menos no nosso distrito, e tinha certeza de que viver com Willy e Reina o deixaria miserável.

"Deixe-me ver o que posso fazer", eu disse, esperando contar com a ajuda de Hitler.

O rosto dele se avermelhou e ficou inchado num acesso de raiva.

"Nunca! Não vou pedir nenhum favor daquele... homem!"

Segurei suas mãos.

"Você não entende. Posso tornar a sua vida mais fácil."

Ele afastou as mãos.

"Se você fizer isso, não será mais minha filha. Vou voltar para o meu trabalho e encontrar um lugar por minha conta."

Suspirei.

"Claro, papai. Como quiser." Segurei de novo suas mãos e me aproximei do rosto dele. Eu não estava mais com medo de pegar a gripe. "Estou do seu lado", sussurrei, e então beijei sua testa. "Por favor, acredite em mim."

Seus olhos brilharam em suas órbitas escuras e ele pareceu entender.

"Faça o que precisar para sobreviver. Sei que você fará o que é certo."

Saí do hospital e pedi uma carona em um coche. Desci perto do antigo bairro e andei em meio a pedras e argamassa desintegradas, pulei sobre as madeiras queimadas que tinham caído na rua, algumas ainda fumegando por causa do fogo. As pessoas estavam varrendo, empilhando os restos de suas casas perto dos meios-fios. Algumas famílias se instalaram em edifícios queimados, não tendo para onde ir. Seus rostos pareciam pálidos e cansados da guerra, com os olhos vazios, inseguros, sem nem a sombra de um sorriso. Os berlinenses tinham descoberto quanta miséria poderia ser causada pelos Aliados. No momento, eu estava tão solitária e abandonada quanto eles. Não podia fazer nada além de avançar aos tropeções junto com eles.

O sapato de minha mãe ainda estava onde eu o tinha visto duas noites antes. Eu o peguei e o revirei nas mãos. Não havia vestígios de sangue, nenhum resto de carne. Perguntei a alguns vizinhos se eles a tinham visto, mas ninguém sabia dela. Suspeitei que ela tivesse morrido em uma tempestade de fogo, mas não queria acreditar. Era pouco provável que ela tivesse procurado abrigo ou encontrado uma casa com um amigo. Havia uma pequena chance de estar em um hospital diferente daquele em que meu pai estava internado, mas encontrá-la levaria dias de busca.

Somente a moldura queimada de nossa casa tinha sobrado. O teto tinha sido incinerado, os pisos restantes desmoronaram um sobre o outro. Uma fumaça cinzenta de fuligem subia em espiral do porão. Todo o edifício – toneladas de detritos – ruíra em cima dele. Andei o mais longe que pude na estrutura em ruínas e chamei por minha mãe. Ela não respondeu. Minha voz se partiu quando chamei novamente. Apenas o estouro e o silvo do fogo que persistia subiam do porão. Em meu coração, eu sabia que ela e a senhora Horst estavam mortas.

Me despedi de algumas pessoas que vagavam como fantasmas pelo bairro. A maioria agia como autômatos em estado de choque. No entanto, em alguns, vi um fanatismo ardente de vingança – a destruição, as mortes, os ataques Aliados, tudo seria vingado. Mas pouco poderia ser feito por aqueles que foram expulsos de suas casas por bombardeios. Retaliar era um pensamento ilusório, tão improvável quanto parar as bombas que caíam.

Saí do bairro. Meu estômago revirava a cada passo enquanto pensava em minha mãe, provavelmente morta, e em meu pai, que não tinha casa para onde voltar. Parei as pessoas que reconheci e pedi que procurassem por minha mãe. Eu não podia dizer onde eu trabalhava, então pedi que entrassem em contato com o Reichsbund em Berlim se tivessem alguma novidade.

Finalmente, cheguei à estação de trem. Eu devia estar com uma aparência pavorosa no meu vestido esfarrapado. No entanto, todos nós tínhamos sofrido o mesmo destino, e nada foi dito sobre minha aparência. Horror e desamparo faziam morada em Berlim. Disse ao guarda da SS que era imperativo que eu voltasse para o Führer. Como eu suspeitava, uma vez que mostrei meus papéis, fui levada para o trem. O condutor me deu um cobertor para me manter aquecida. O trem e os trilhos tinham escapado de serem destruídos pelas bombas.

Enquanto o trem viajava para o leste em direção à Toca do Lobo, tive tempo de sobra para pensar sobre o que precisava ser feito. Karl e eu tínhamos a responsabilidade de agir, e essa urgência queimava com mais força do que nunca. Eu tinha certeza de que outros no Partido sentiam o mesmo.

Capítulo 12

NA TARDE SEGUINTE, cheguei em Rastenburg com um frio implacável. Parecia um dia de inverno, com o sol baixo ao sul no horizonte. Raios vermelhos e rosados manchavam as nuvens e o cheiro gelado da neve estava no ar, mas o perfume fresco era contaminado pelo odor de decomposição do pântano obscuro. A umidade penetrante se espalhou no quartel-general. Encontrei Dora no dormitório e contei o que tinha acontecido. Ela disse que encontraria roupas para substituir as minhas que foram destruídas em Berlim. Eu tinha deixado meus poucos pertences na Toca do Lobo, mas as roupas já eram escassas. Fiquei ao lado de um aquecedor enquanto esperava por ela. Algumas mulheres estavam encolhidas sob camadas de cobertores nas camas. Dora voltou com quatro vestidos e um casaco de inverno. Tomei banho, passei um pouco de maquiagem e depois saí para encontrar Karl.

Eu o vi atravessando o portão de guarda para o segundo perímetro. Ele estava vestindo um uniforme de campo cinza. Seus olhos estavam focados no chão e ele não me viu até eu chamar seu nome. Ele olhou para cima, correu, me levantou em seus braços e me beijou.

Comecei a chorar enquanto ele pressionava minha cabeça em seu peito e acariciava meus cabelos.

"Eu estava doente de preocupação", disse ele. "Não tinha ideia se você ou sua família estavam vivas. Eu sabia que seu bairro tinha sido bombardeado porque os generais de Göring nos informaram nas conferências situacionais com Hitler. Ele está furioso com o que está acontecendo em Berlim e coloca a culpa diretamente na força aérea. Göring está com problemas."

"Karl", eu disse soluçando, "minha mãe está morta".

Ele me apertou mais forte.

"Sinto muito, Magda. Como esta guerra é cruel." Ele colocou um dedo nos meus lábios. "Chore, mas seja forte. É a única maneira de sobreviver."

Eu me afastei dele – minha incapacidade de controlar nossa situação despertou a raiva dentro de mim.

"Eu não me importo que os outros saibam", gritei. "Hitler também. Minha mãe está morta e meu pai não tem onde morar. Em Berlim, milhares estão mortos e centenas de milhares estão sem casas. Eu vi a destruição com meus próprios olhos. Para quê? Para seu Reich?"

Karl me puxou do caminho para além de um grupo de árvores nuas. Ficamos escondidos atrás delas.

"Por favor, Magda, pense antes de falar. A operação está armada. Não tenho certeza de quando ela vai acontecer, mas você deve ser paciente. Quando acabar, a Alemanha será uma nação livre novamente."

Dei um passo para trás, pronta para lutar contra qualquer coisa que entrasse no caminho da minha fúria, incluindo Karl.

"Eu o mataria agora, se pudesse."

"Pense em seu pai, pense nos inocentes que morreriam porque você matou o Führer. É uma operação delicada que precisa ser planejada. A Wehrmacht deve nos seguir. Os oficiais devem nos apoiar; caso contrário, estaremos perdidos. Por favor, compreenda o quanto isso tem sido complicado... E se um único homem nos trair..." Seus olhos se tornaram turvos e suas bordas ficaram rosadas de lágrimas. "E o que eu faria sem você? Como eu poderia continuar? Por favor, não faça nada precipitado. Não aguentaria perder você, como Franz perdeu Ursula."

Suas palavras me acalmaram o suficiente para que eu pensasse sobre o que ele estava dizendo. Karl me beijou de novo e aceitei seu toque.

"Venha até o meu quarto às dez da noite."

"E os outros homens no seu alojamento?"

"Tenho o espaço só para mim esta noite. Gostaria de ficar sozinha comigo?" Ele passou os dedos no meu rosto.

Assenti e nos abraçamos. Grandes flocos de neve começavam a cair das árvores, levemente sobre nossos ombros.

"Está frio", disse ele. "Não quero que você morra de frio. É melhor entrarmos."

Caminhamos de mãos dadas até o meu dormitório e depois ele partiu.

"Até mais tarde", disse ele.

Não poderia esquecer. Eu o beijei e me perguntei se era sensato ir ao seu quarto. Mal tive tempo para pensar sobre isso antes do meu coração responder. *Sim*. Eu queria fazer amor com ele. O tempo estava acabando e não tinha certeza de quanta felicidade o futuro guardava para qualquer um de nós. Minha mãe estava morta. Meu pai, pensei, ficaria orgulhoso da minha decisão de lutar contra Hitler. Meu amor merecia ser plenamente expresso. Eu não podia mais recusar os poucos momentos de alegria que estavam ao nosso alcance. Que se danassem as consequências. Quando voltei ao meu quarto, sabia que meu amor pelo Capitão Karl Weber seria consumado.

Eu o encontrei no caminho para o seu quarto às dez horas. Tentamos evitar outros oficiais, mas cruzamos com alguns do lado de fora. Eles me olharam de rabo de olho e depois desviaram o olhar. O corpo de oficiais era uma organização muito unida. Aparentemente, já era de conhecimento geral de todo o quartel-general que éramos um casal.

Sua cama estava abaixada e uma vela queimava na escrivaninha. A luz amarela cintilava e lançava sombras ocre pelo quarto. Nós falamos pouco. Ele me disse para me sentar na cama e me beijou. Tiramos nossas roupas, peça por peça, até que estivéssemos nus nos lençóis, com um cobertor esticado sobre nós. Karl me perguntou se eu era virgem e eu disse que sim. Acho que ele ficou satisfeito por saber que eu não estivera com outro homem. Perguntei se ele tinha estado com uma mulher. Ele me disse que sim, vários anos antes, e pagara por seus serviços. Ele jurou que tinha sido a única vez. Meu hímen havia se rompido anos atrás enquanto eu participava da equipe de atletismo feminino, mas não senti necessidade de explicar isso. Ele não se importaria, de qualquer maneira.

Ele colocou um preservativo, entrou em mim e fez amor em movimentos lentos até que nós dois relaxamos em um ritmo natural. Nos movemos enquanto nossos corpos se colavam um ao outro, moldando-nos como um, até que fomos consumidos e esgotados pela nossa paixão mútua.

Ficamos deitados na cama, aninhados um ao outro, até o início da manhã seguinte. Nos vestimos e ele me escoltou de volta ao meu dormitório. Nenhum de nós expressou algum arrependimento pela noite, mas sabíamos que devíamos ser cautelosos. Fazer amor todas as noites, mesmo todas as semanas, era impossível. Hitler queria que os pares que ele tinha formado, em sua infinita sabedoria, se casassem em benefício do Reich. Relações sexuais fora do casamento eram quase um ato de traição. Nosso relacionamento sexual era um perigo para o Estado. Ambos sabíamos que devíamos abrir mão do nosso prazer mútuo – muita coisa estava em jogo.

Os dias de outono se arrastaram enquanto a vontade de me vingar me consumia. Guardei meus pensamentos para mim mesma, sem compartilhá-los sequer com Karl porque sabia que ele nunca me permitiria concretizá-los.

No início de dezembro, recebi uma carta do meu pai. Ele tivera alta do hospital, voltara ao trabalho e conseguira um quarto de hóspedes na casa de um colega, um homem com uma esposa e dois filhos. A família estava dividindo seus aposentos para dormir, permitindo que meu pai alugasse o quarto. Moradia e renda eram escassos em Berlim. Ele escreveu pouco sobre minha mãe, mas seu pesar transparecia na carta em um tom sombrio e estoico. Ainda assim, fiquei feliz por saber dele e descobrir que estava seguro.

Uma semana depois, Cook me informou que Else, outras quatro meninas e eu seríamos transferidas para a Berghof para a temporada de férias, possivelmente por mais tempo. Ninguém sabia a duração das estadias de Hitler; às vezes ele permanecia até a primavera ou início do verão antes de retornar a uma de suas outras sedes. Fiquei desapontada até descobrir que o Capitão também iria.

Naquela noite, embarquei com os outros em um trem que se dirigia para o sudoeste em direção à Berghof. Else e eu conversamos na longa viagem e jogamos cartas, mas demorou três dias para chegarmos a Berchtesgaden porque viajávamos principalmente à noite. Hitler, com medo de bombardeios Aliados, ordenara que os trens andassem sob o manto da escuridão. Na segunda noite, fui convidada para jantar com o Führer. Tive que esconder minha repugnância enquanto ele estava sentado em seu lugar cativo no vagão-restaurante. Como eu queria acabar com sua vida ali. Eu tremia com o pensamento de empurrar uma simples arma, como uma faca, em seu coração. Como de costume, sua conversa versou sobre qualquer coisa, exceto a guerra. Cook me avisara que qualquer menção ao assunto seria recebida com um olhar severo e a dispensa da mesa de jantar. Em vez disso, ele falou sobre arte e cultura e nos bombardeou com histórias sobre sua juventude antes de retornar a um de seus tópicos favoritos.

Durante o jantar, ele continuou a proclamar seu desdém pelos comedores de carne.

"Você sabe como a carne chega à mesa?", ele disse com o ar de um pontífice. "Pilhas de cadáveres sangrentos espalhados pelo chão. Não é possível imaginar o quanto isso é desagradável até ver."

Ele se abaixou e acariciou Blondi, que estava deitada a seus pés, e depois nos falou sobre o matadouro.

Perdi meu apetite por causa de suas descrições detalhadas e do ódio pelo anfitrião no meu coração.

Else ficou impressionada com a majestosa vista dos Alpes quando chegamos a Berchtesgaden. Ela nunca estivera tão ao sul. Depois de entrarmos na comitiva de carros que esperava na estação de trem, nos dirigimos pela estrada da montanha. Logo o retiro de Hitler apareceu à nossa frente, luminoso sob o brilhante sol de dezembro. Depois de passar pela guarita, o carro arrancou para a entrada que eu tinha visto pela primeira vez meio ano antes. De uma forma estranha, senti como se tivesse chegado em casa depois de uma ausência abismal. O sol, a bela luz da manhã e o ar da montanha me reviveram depois da estadia opressiva na Toca do Lobo. A atmosfera ali era muito mais relaxada do que em Rastenburg. Else também notou a diferença imediatamente. Disse que suas preocupações pareciam ter desaparecido – podia até não se importar de continuar como *provadora* ali. Mostrei a ela o nosso quarto com vista para o Untersberg, o mesmo quarto que Ursula e eu compartilháramos. Aquela pequena parte da minha história parecia ter acontecido uma vida inteira atrás.

Como eu era um membro sênior de sua equipe, Cook me escalou para *provar* a ceia à noite. Else estava escalada para *provar* o almoço, também uma refeição importante no horário de Hitler. Mostrei a Else as redondezas para que ela se familiarizasse com as estufas e os outros edifícios no complexo. Estávamos de volta à Berghof, admirando a vista do terraço, quando Eva Braun apareceu com os dois cães terrier escoceses. Ela se lembrou de mim e apertou minha mão. Ela e Hitler tinham estado separados por vários meses e ela parecia satisfeita por ter companhia novamente. Eu a apresentei a Else. Eva foi cordial comigo, mas seu tom comedido com Else me convenceu de que era preciso ganhar a confiança de Eva para ser convidada para o seu círculo.

"Temo que haverá pouco para você fazer este ano", disse Eva. "O Führer ordenou que todas as celebrações sejam abrandadas." Suspirou. "Queria que a guerra acabasse logo, então nossa vida poderia voltar ao normal. Adolf..." Ela fez uma pausa, corando pelo uso casual do nome dele. "O Führer está tão absorto em seus deveres que fico preocupada. Não quero que ele fique de mau humor. Ele pode até não permitir uma árvore de Natal este ano, mas provavelmente dará seu presente habitual de chocolates para a equipe." Ela se inclinou e acariciou os cães. "Pelo menos há alguma coisa pela qual esperar." Ela colocou as mãos em torno da papada dos cachorros. "Certo, Negus e Stasi? E os nossos chás de férias, é claro."

"Quando eles acontecem?", perguntou Else com inocência.

Eva riu, endireitou-se e juntou as lapelas de seu casaco de pele.

"Oh, eles não são para você. São para os convidados do Führer. Imagino que vocês serão as *provadoras*."

Depois de um adeus ríspido, ela se virou e se afastou, nos deixando no sol.

"Quem era aquela mulher?", perguntou Else.

"Uma companheira do Führer. Ela governa a Berghof. Mantenha-se nas graças dela."

Voltamos para o nosso quarto. Algo tinha me chamado a atenção enquanto Eva conversava conosco: os chás de Hitler. Qual seria uma forma melhor de envenenar o Führer do que em uma de suas reuniões íntimas junto ao fogo no Grande Salão? Ainda assim, um plano como esse seria arriscado e poderia resultar em muitas mortes, incluindo daqueles que deixassem o veneno passar despercebido. O pensamento me entorpeceu como um mergulho em um lago frio.

Me revirei na cama por muitas noites enquanto formulava meu plano para matar Hitler. Não compartilhei esses pensamentos com ninguém, especialmente com o Capitão. Eu não sabia o quanto deveria levá-los a sério. Fiquei obcecada, como uma louca que não consegue pensar em nada exceto assassinato. A raiva, as maquinações assassinas cresceram tão intensamente que eu mal conseguia dormir. Toda vez que tomava uma decisão sobre a trama perfeita, pensava em meu pai e o que poderia acontecer com ele, ou então me lembrava das palavras de Karl. *Matar o Führer deve fazer parte de um plano mestre*, ele me repreendia em minha cabeça. Quais seriam as consequências de matar Hitler? Claro que eu seria uma heroína para os Aliados, mas na Alemanha minha família e eu seríamos marcados como traidores pelos nazistas e punidos com a morte. Minha raiva e minha frustração estavam me enlouquecendo.

Mas e se eu pudesse matar Hitler sem que ninguém soubesse? Talvez conseguisse entrar no seu quarto enquanto ele estava dormindo e cortar sua garganta, ou derramar veneno em sua orelha, como fez Cláudio com o rei em Hamlet. Tinha que haver uma maneira de livrar a Alemanha do tirano. A única maneira de meu pai, Karl e eu sobrevivermos ao assassinato seria cometer o crime perfeito. Eu não tinha nenhuma boa solução. Não era uma assassina por natureza.

Durante meu trabalho na Toca do Lobo e na Berghof, eu tinha notado que os oficiais da SS prestavam bastante atenção às armas. Raramente eles se separavam delas. Às vezes tiravam seus coldres no almoço e os colocavam sobre a mesa, ou ao seu lado, ou os seguravam protetoramente no chão ao lado de suas botas. As armas estavam sempre próximas. E apenas uma vez vi um oficial sair desarmado. Roubar uma estava fora de questão. Dariam pela falta dela imediatamente. Eu suspeitava de que havia um esconderijo de armas no dormitório da SS na Berghof, mas não ousava perguntar ao Capitão onde ficava, ou fazer uma tentativa tola de invadi-lo. Eu certamente seria capturada.

Veneno também não era uma boa escolha, embora fosse a mais conveniente para mim. Eu aprendera minha lição ao tentar envenenar Minna – inocentes demais poderiam ser mortos e muita suspeita recairia sobre aqueles que sobrevivessem. Otto, o cozinheiro, pagara o preço do meu plano contra Minna.

Para além disso, uma variedade de objetos poderia ser usada como instrumentos da morte: uma faca, uma espada, um machado, uma bengala. Cordas de piano. Uma meia, como Franz tinha usado em Minna, ou uma gravata. Um homem podia ser assassinado de várias maneiras, mas nenhuma delas era fácil para uma mulher na minha posição. As forças de segurança de Hitler, a reclusão natural do Führer, até a neve no chão, que tornava quase impossível seguir alguém sem deixar rastros, se somavam ao problema do assassinato em si. Eu lera havia muito tempo que era difícil matar um homem e ainda mais difícil descartar o corpo. Eu acreditava que fosse verdade. Assassinato era coisa complicada, com muita possibilidade de erros.

Matar Hitler parecia uma tarefa impossível. Fantasiei empurrá-lo de sua tão amada trilha que levava à Casa de Chá. O Führer e eu faríamos um passeio no final da manhã juntamente com Blondi e quando chegássemos ao mirante, eu o empurraria para o lado em direção à morte. Mas muitas pessoas costumavam andar com ele. Como eu poderia organizar um passeio solitário com o Führer? Impossível! E, se eu conseguisse, a culpa recairia sobre mim. E se ele não morresse na queda? E se alguém nos seguisse? Muitas perguntas enchiam minha mente.

Em uma manhã, me dei conta de que a morte da minha mãe estava me deixando furiosa. A raiva que sentia era direcionada a Hitler e eu não conseguia reprimir meus impulsos assassinos.

Karl me encontrou naquela tarde no terraço. O dia de dezembro estava brilhante e frio depois de nevar durante a noite. Um manto branco e nuvens transparentes que voavam sobre nós, trazidas por um frio vento norte, ornavam as montanhas magníficas. A luz solar caia em brilhantes respingos sobre o terraço. Muitos tinham se reunido ali ao meio-dia para aproveitar o calor: Eva e alguns dos seus amigos, usando vestidos finos e peles de inverno; oficiais da SS em seus uniformes estilosos vigiando o cenário. Eu sabia o que eles estavam pensando: *a Alemanha jamais será derrotada porque Hitler nunca permitiria que isso acontecesse. Somos invencíveis. Veja o que contemplamos!* Eles eram tão fascinados pela vista quanto Hitler.

Karl e eu caminhamos até um canto do terraço onde poderíamos falar longe dos outros. Sabendo que elas nunca se concretizariam, contei minhas muitas fantasias para matar Hitler.

Seus olhos se estreitaram em preocupação.

"Nunca coloque esses pensamentos em prática", ele sussurrou com dureza. Agarrou meus ombros, me virou de costas para os outros e ficou atrás de mim. Continuou falando no meu ouvido com uma voz suave: "Um dos nossos grupos recebeu informações dos britânicos. Eles estão operando nesta área porque esperam assassinar Hitler em um ataque de um franco-atirador. Estamos tentando detê-los. Concordamos em teoria, mas o plano deles só trará mais problemas se for realizado".

Olhei para baixo consternada, porque sabia a pergunta que assombrava Karl.

"Quem assumiria o comando se Hitler for morto?"

"Justamente."

Ele parou na minha frente, segurou minhas mãos e ficou tão perto de mim que seu corpo me esquentou.

"A Operação Valquíria está em pleno andamento, mas você deve dar tempo a ela. A bomba no avião do Führer não explodiu."

"O quê?" Olhei para ele, sem acreditar que ataques contra a vida de Hitler já haviam sido tentados.

Karl sorriu, mas eu sabia que era apenas uma tentativa de convencer aqueles que estavam no terraço que estávamos tendo uma conversa agradável.

"Operação Spark. Falhou. Uma bomba foi colocada em uma caixa que supostamente continha garrafas de conhaque no avião de Hitler no último mês de março, mas, por algum motivo, não explodiu. Achamos que a tampa explosiva congelou no suporte de carga. Houve outras tentativas."

Fiquei atordoada.

"Você não deve saber tudo", disse ele. "Não é prudente. Quanto menos você estiver ciente do que está acontecendo, melhor. Estamos constantemente em alerta. Nunca sabemos quando algum oficial desgarrado vai tentar assassiná-lo. Valquíria é a nossa melhor esperança de salvar a Alemanha. Há outros que pensam como eu."

Lágrimas mancharam meus olhos com a mera possibilidade da morte de Hitler. Eu queria me agarrar a Karl, mas um ato emotivo como aquele teria sido muito difícil de explicar. Esfreguei as lágrimas.

"Eu me sinto tão cansada e derrotada. Nossa situação parece desesperada. Não há nada que eu possa fazer?"

Ele suspirou.

"Magda, você precisa parar de pensar nisso. Não enlouqueça por algo que não pode alcançar." Seus olhos correram pelo terraço. "Tenho um plano, mas não podemos conversar aqui. É muito perigoso. Coloque suas botas. Vamos dar uma volta até a Casa de Chá."

Nós dois combinamos de nos encontrar nos degraus da Berghof. Voltei para o meu quarto e troquei os sapatos pelas botas. Else estava encolhida debaixo das cobertas, descansando depois de trabalhar no turno da manhã. Passei na ponta dos pés pelo quarto para não acordá-la. Fechei a porta em silêncio e caminhei pelo corredor largo onde Hitler frequentemente recebia seus convidados no retiro da montanha. Abri o pórtico, que dava para os amplos degraus de pedra, descendo as escadas semelhantes às de um templo grego até a entrada da casa. Mussolini, Chamberlain e dezenas de outros dignitários estrangeiros haviam subido aqueles degraus para encontrar o Führer. Os dignitários convidados do partido, Speer, Göring, Goebbels, faziam o mesmo quando o visitavam. Hitler, com o braço erguido em uma saudação, erguia-se como um deus sobre eles. De seu ponto de vista privilegiado no topo das escadas, ele era o vencedor, o conquistador daqueles que subiam.

Desde que eu começara a trabalhar na Berghof, tinha visto os noticiários e as fotos. O protocolo era sempre o mesmo: Hitler, vestido com o seu traje militar mais régio, muitas vezes branco, ficava no topo enquanto os visitantes chegavam abaixo. Os convidados sempre subiam as escadas para honrar o líder do Reich. Eles iam até lá para levar um presente ou, como muitos faziam, oferecer um sacrifício. Uma nação era uma opção tão boa quanto qualquer outra.

Karl sorriu quando me viu de pé no topo da escada. A neve que caíra durante a noite tinha sido varrida em fileiras dos dois lados do caminho. As grossas pilhas brancas reluziam como estrelas brilhantes à luz do sol. Peguei a mão dele. Seguimos o caminho salpicado de gelo pela curva em forma de U até chegarmos à trilha que levava à Casa de Chá. Éramos os únicos do lado de fora. Eu falei pouco, mas a tristeza que sentira antes tinha se aplacado e meu ânimo se elevou sob o dossel sempre verde das árvores. Se ao menos não estivéssemos em guerra! Se um louco não estivesse no comando! Quão diferente seria o mundo. Karl e eu poderíamos nos casar, ter filhos e começar uma vida juntos. Mas meus desejos bem poderiam ter sido fumaça, tão transitórios e fugazes quanto o vento que nos rodeava.

Quando chegamos ao mirante, Karl parou, afastou a neve das cercas e ficou em silêncio. Comecei a falar, mas ele levantou a mão.

"Escute", disse ele.

Tentei, mas não ouvi nada. Ele se virou e roçou os lábios pela minha face. Minhas pernas lutaram para manter meu peso; fiquei tonta quando ele acariciou meu rosto.

"Não ouço nada."

"Nada", ele disse, e inclinou a cabeça. "Nada além do vento passando contra as árvores, a agitação de neve caindo dos galhos. Quão silencioso e quão bonito o mundo pode ser." Ele se afastou e colocou as mãos sobre o rosto. Seus ombros se curvaram e ele começou a soluçar. Quando afastou as mãos, seu rosto estava vermelho de ódio. Ele estremeceu para sufocar a raiva. "Milhões estão morrendo por causa de um homem! Pense nisso, Magda! Pense no quão maravilhoso seria o mundo se houvesse paz. Nesta época do ano, precisamos nos lembrar da paz. Hitler não vai parar por nada para conseguir o que quer, para cumprir sua visão de como o mundo deveria ser. Ele vai matar e continuar matando até que não reste nada, exceto o Reich."

Coloquei meus braços em volta dele e o puxei para perto. Uma lágrima caiu sobre o meu rosto. Ele apontou para a floresta abaixo, do outro lado do vale, e depois para os picos da montanha espalhados pelo horizonte.

"Veja quão fácil seria para os britânicos posicionar um atirador lá embaixo, digamos na floresta ou em qualquer lugar que eles conseguissem um tiro limpo."

Tentei imaginar Hitler de pé no mirante, talvez com Blondi ao seu lado. Uma bala na cabeça. Uma bala através do coração. Os pensamentos me fizeram tremer, enlouquecida de fúria.

"Quão fácil seria", disse ele, "mas quão desastroso para a Alemanha. Espero que os britânicos percebam a loucura de seu plano".

"Quando você ia...", não consegui terminar a frase. "Como você conseguiu entrar com a bomba na Toca do Lobo?"

Ele se inclinou contra a cerca.

"É mais fácil do que você pensa. Os oficiais e soldados têm confiança um no outro. É uma força e uma fraqueza para o Reich. Os explosivos podem ser colocados em uma valise, ou quase qualquer objeto, por exemplo, uma garrafa de conhaque. Os guardas raramente revistam um comandante, a menos que tenham algum motivo para desconfiar. Quando eu soube que minha tentativa foi condenada por Von Stauffenberg, enterrei a bomba em um local pantanoso. Dentro de horas, os explosivos seriam inutilizados." Karl agarrou meus ombros. "Magda, você poderá fazer algo por mim. É muito importante..."

Ele hesitou como se estivesse procurando as palavras certas.

"Estou pedindo que você faça algo que assegure sua segurança e possivelmente a minha, se for realizado com sucesso. No entanto, envolve perigo. Mas sua vida após a Operação Valquíria poderia depender disto."

Meu pulso acelerou.

"Continue."

Karl me encarou.

"Quero que você envenene Hitler."

Olhei para ele. Como podia me pedir para fazer tal coisa quando queria que eu não tomasse parte em uma tentativa de assassinato?

"Acho que ouvi errado", eu disse.

"Você deve envená-lo, mas depois tem que salvá-lo."

A raiva que o Capitão havia demonstrado alguns minutos antes tinha desaparecido. Agora, apenas amor transparecia em seus olhos.

Capítulo 13

NO CAMINHO DE VOLTA PARA A BERGHOF, Karl me convenceu de que eu devia mostrar minha fidelidade a Hitler, pois se alguma parte da Operação Valquíria falhasse isso ajudaria a desviar a suspeita de mim. Naturalmente, a Gestapo e as SS me considerariam uma conspiradora por causa do nosso relacionamento. A melhor maneira de evitar deduzirem isso, apontou ele, seria eu salvar a vida de Hitler. Ele havia chegado àquela conclusão nos últimos dias. Enquanto caminhávamos, arquitetamos um plano.

Como Cook havia previsto, *austeridade* era a palavra de ordem nas festividades de fim de ano na Berghof. Não haveria festas nem árvore de Natal, e a alegria seria escassa. A guerra na Frente Oriental estava indo mal, os atentados em Berlim cobravam seu preço sobre o povo alemão e os generais estavam preocupados com os planos dos Aliados no Ocidente. Claro, eu saberia tão pouco sobre esses assuntos quanto o resto da Alemanha se não fosse pelo Capitão. Somente aqueles diretamente afetados, como os berlinenses e os soldados, conheciam os horrores da guerra. O restante do Reich continuava trabalhando, acreditando nas mentiras espalhadas pelo ministro da comunicação.

Mas Eva Braun organizava alguns chás, como ela havia mencionado a Else e a mim no terraço. Quanto mais Karl e eu pensávamos sobre isso, mais achávamos que seria uma boa ideia se nós dois fôssemos convidados para um de seus chás, assim como ela o havia convidado para a exibição de ...*E o vento levou*. Dessa forma, ambos estaríamos presentes para o envenenamento.

O chá ocorreu alguns dias antes do Natal. A neve caiu pesadamente durante horas e nuvens baixas obscureciam as montanhas quando a escuridão desceu sobre a Berghof. Por causa do tempo, Eva havia programado seu evento social no Grande Salão após a conferência situacional do Führer, em vez fazê-lo na Casa de Chá. Eu nunca havia estado no salão, mas tinha ouvido histórias sobre sua enorme janela, com vários metros de largura e altura e vista para as montanhas. Karl e eu chegamos depois das quatro da tarde e Eva e vários de seus convidados já estavam aninhados nos grandes sofás e cadeiras que cercavam a lareira de mármore vermelho. Fui imediatamente capturada pela grandeza da sala, que consistia em duas elevações separadas. O lado sul, onde entramos, era mais alto do que o resto do Grande Salão. Com suas tapeçarias, pinturas a óleo e esculturas, sua vasta extensão fazia lembrar um museu construído em torno de uma sala de estar. O pesado teto de madeira era esculpido em quadrados ornamentais que suportavam um lustre redondo. Conjuntos de móveis estavam espalhados pela sala em arranjos confortáveis de assentos. Tudo o que o líder do Reich precisava para dirigir seus negócios estava no Grande Salão: uma enorme mesa de conferência, um globo extraordinariamente grande em um suporte de madeira, armários, um relógio carrilhão, até um piano. Mas a peça principal da sala era a gigantesca janela retangular. Eu conseguia ter apenas uma vaga noção de sua grandeza por causa do mau tempo. Karl me disse que ela poderia ser abaixada até o porão nos dias quentes para dar uma visão clara do Untersberg. Certamente a janela se encaixava na mentalidade do Führer. Com aquele toque, ele tinha construído seu retiro de maneira a se adequar à sua visão de mundo – senhor de tudo o que a vista alcançava.

Duas senhoras em vestidos elegantes e um homem grande de terno sentavam-se em um amplo sofá contemplando a lareira. O homem usava um monóculo sobre o olho direito. O grupo parecia desconfortável no sofá porque ele era tão grande que eles tinham de se inclinar para a frente sem nenhum apoio para as costas. Se não fizessem isso, pareceriam bonecas com suas pernas penduradas sobre a borda do sofá. Uma grande cadeira estava estrategicamente posicionada próxima à lareira. Presumi que seria para Hitler. Eva se sentava à direita dela com os cães terrier escoceses a seus pés. Havia outra cadeira grande à esquerda com uma pequena mesa no meio.

"Sente-se naquela cadeira", Karl sussurrou para mim e apontou para a cadeira desocupada à esquerda da que estava vazia. "Vou distrair Eva. Ela adora quando os homens flertam com ela."

Tomei meu lugar. Nenhum dos convidados me reconheceu ou me cumprimentou. Todos continuaram suas conversas particulares. Assisti enquanto Karl ia até Eva e fazia uma reverência. Seus olhos se iluminaram quando ele elogiou seu vestido e sua aparência. Eu o ouvi dizer:

"Que linda você está... Tão radiante quanto as estrelas de inverno..." Ele a cobriu de elogios. Eva pediu a um criado que reorganizasse as cadeiras para que ele pudesse se sentar do outro lado.

Eu tinha escolhido um vestido de jantar preto com mangas compridas, que Cook me oferecera quando soube que eu havia sido convidada. Certifiquei-me de que meu broche do Partido estivesse bem visível. Para completar, eu também tinha recebido do Capitão um "anel de veneno" com séculos de idade. Ele o comprara numa loja de antiguidades em Munique. O anel era de prata com uma opala negra no topo, que escondia um compartimento secreto, com alguns grânulos de cianeto.

Enquanto esperávamos por Hitler, alguns dos hóspedes olharam na minha direção e fizeram algumas perguntas lisonjeiras. Me esforçava para evitar que minhas mãos tremessem. Karl e eu tínhamos ensaiado nosso plano por vários dias. Ele dissera que era crucial que eu permanecesse calma o tempo todo. Eu desejava que a noite terminasse – a experiência com Minna tinha aplacado meu entusiasmo por traição. A única maneira de manter minhas mãos quietas era agarrar meus dedos e deixá-los plantados firmemente no meu colo.

Eva estava atraída pelo Capitão. Ela ria e jogava a cabeça para trás enquanto conversavam. Era a imagem de uma mulher no auge da excitação pelo flerte. Seu estratagema funcionou com tanto sucesso que um tremor de ciúmes se instalou em mim por um instante. No entanto, era ridículo sentir ciúmes de Eva Braun. Hitler a teria expulsado da Berghof, ou pior, por qualquer indiscrição sexual.

Uma batida no meu braço me assustou. Uma jovem, que usava um vestido fino de cor creme cheio de joias, olhou para mim. O decote estava equipado com uma estola de arminho.

"Eu estava admirando seu anel", ela me disse. "Posso vê-lo?" Esticou o braço esperançosamente na direção da minha mão direita.

O pedido me pegou de surpresa e instintivamente recolhi a mão. Karl percebeu e seus olhos se fixaram nos meus. Ele balançou a cabeça positivamente e continuou sua conversa com Eva.

"Claro", eu disse e estendi a mão. "Mas tenha cuidado, é muito antigo. Foi um presente da minha bisavó."

"Oh, não vou tocar", disse ela. Ela agarrou meu dedo anelar e curvou-se, examinando o anel por vários momentos. "É deslumbrante. Adoro pedras de todos os tipos. Esta é uma das mais bonitas opalas negras que já vi. Eu queria poder experimentar."

Meu coração saltou, mas consegui dizer:

"Eu também gostaria que você pudesse, mas o anel é muito frágil. Só o uso em ocasiões especiais, como esta noite. Chá com o Führer! Não costumo ter a chance."

Ela soltou minha mão.

"Entendo. O que você faz?"

"Estou a serviço do Führer. Fico entre ele e a morte. *Provo* sua comida." Imaginei que meu trabalho chocaria aquela senhorita, fosse ela quem fosse, e que a descrição da minha posição provocaria algo. Eu tinha razão. Ela suprimiu um gemido baixo, colocou a mão no estômago e voltou para o sofá. Poucos minutos depois, eu a peguei olhando para mim e cochichando com uma mulher bem-vestida ao lado dela. Mais nenhuma apresentação seria necessária.

A porta sul se abriu. Um criado entrou e se postou rigidamente ao lado dela. Hitler, seguido de vários de seus ajudantes, entrou na sala. Todos nos levantamos e saudamos quando ele entrou. Estava vestindo um terno preto trespassado. Parecia um pouco mais velho, seu rosto mais preocupado do que a última vez que tínhamos nos visto. Blondi estava ao seu lado na coleira. Assim que o pastor-alemão entrou na sala, os cachorros de Eva latiram e uivaram. Ela ordenou que parassem, mas eles prestaram pouca atenção a ela. Hitler franziu a testa e entregou Blondi de volta ao seu criado. A porta se fechou atrás do cão. Continuamos em pé até que Hitler abriu caminho, se curvando diante das mulheres, beijando suas mãos, apertando as mãos do Capitão e do outro homem, antes de se sentar na cadeira ao meu lado.

O couro estalou enquanto ele se sentava. Ele não falou por vários minutos; tirou o cabelo castanho de sua testa várias vezes e olhou para o fogo. A intensidade das chamas se refletia em seus olhos. Eu tinha sido avisada para não falar a menos que ele se dirigisse a mim. Me mexi no assento enquanto os outros convidados ficaram em silêncio esperando que o Führer falasse.

Finalmente, ele disse:

"Continuem com a conversa. Me deem alguns minutos."

Eva e os outros convidados imediatamente retomaram a conversa, rindo, observando Hitler pelo canto dos olhos o tempo todo. Ele parecia estar com problemas, como se a conferência situacional não tivesse sido boa. Karl e eu não tínhamos ouvido nenhum grito durante a tarde, mas isso não significava nada. A fúria de Hitler poderia ter sido silenciosa, tão mortal como um franco-atirador. Ele podia até ter ordenado execuções. Olhei casualmente para o meu colo e vi a opala preta brilhando com a luz da lareira. Hitler se inclinou para mim e pulei na minha cadeira.

"Desculpe-me", disse ele. "Não queria assustá-la." Sua voz saiu tão baixa que eu mal podia ouvi-lo. "Não quero que os outros saibam, especialmente essas sanguessugas que Eva traz, mas prefiro meus convidados aos dela; se não fosse por Mussolini, acho que eu não teria amigos." Ele olhou para o fogo, onde os gigantescos troncos que serviam de lenha sibilavam e estalavam no chão da lareira. "Esta lareira estará aqui enquanto durar o Reich. É feita de mármore vermelho da Untersberg. Mussolini me deu uma lareira, no Ninho da Águia."

Eu nunca tinha sido convidada para o Ninho da Águia, um retiro de montanha ainda mais alto, construído para Hitler por Martin Bormann.

"A lareira é linda, Führer." Parei, analisando cuidadosamente o que eu diria a seguir. Karl e eu havíamos experimentado vários cenários ao longo das semanas, mas sabíamos que não podíamos nos preparar para todas as situações possíveis. "O senhor carrega o peso do mundo sobre seus ombros."

Ele se virou para mim e sorriu. Qualquer ferocidade que houvesse em seus olhos desapareceu.

"O peso que carrego é para o Reich. Nenhum outro, e assim será até o dia em que eu morrer." Ele tamborilou os dedos nos braços da cadeira. Um criado veio com um jogo de chá prateado e colocou-o no centro da grande mesa rodeada por nossas cadeiras. "Mas é melhor não haver nenhuma conversa hoje à noite sobre a guerra. Diga-me, como estão os seus planos para o casamento?"

Inclinei a cabeça, constrangida por sua pergunta.

"Nós avançamos um pouco." Eu esperava que minha resposta o tranquilizasse.

Ele se inclinou sobre a pequena mesa e agarrou minha mão direita.

"Diga-me a data, minha filha. Quero fazer parte disso, pois sei que fui fundamental nessa união."

Meu coração batia em meus ouvidos. Ele segurava minha mão e, com ela, o anel de veneno. Minha mente implorou para que ele não abaixasse o olhar.

A lenha estalou e uma faísca deslizou pelo tapete da lareira. O criado correu para a brasa e varreu-a rapidamente com uma pá de lixo. Aproveitei essa distração como uma oportunidade para retirar minha mão. Então o criado voltou e serviu chá em uma xícara de porcelana para Hitler. O Führer colocou a bebida na pequena mesa ao nosso lado e me olhou com expectativa.

Era a chance pela qual estava esperando. Eu sabia que não havia como voltar atrás. O momento tinha que ser ideal; caso contrário, Karl e eu havíamos concordado em não correr o risco. Eva e os outros estavam envolvidos em conversas; o chá estava sendo servido para os convidados. Peguei um lenço escondido em minha manga e levei-o até os olhos.

"Estou tão feliz, meu Führer. Posso lhe dizer que planejamos um casamento de verão."

Hitler assentiu com alegria, colocou o braço no meu ombro e me puxou para ele em um abraço gentil. Aceitei seu abraço, um raro sinal de carinho. Quando me inclinei para ele, cobri minha mão direita com o lenço. Eu não conseguia ver – nem qualquer outra pessoa –, mas o anel estava posicionado sobre a xícara de chá. Eu estava prestes a liberar o fecho da opala com meu polegar quando Hitler olhou para a mesa. Eu tinha me esquecido de um fato. Ele tinha horror a germes – um erro estúpido da minha parte – e meu lenço sobre a xícara dele deve tê-lo aborrecido. Seus olhos brilharam com desgosto.

Nosso abraço foi breve e ele se afastou de mim quase tão rápido quanto me puxara para si. Enquanto os outros foram servidos e Hitler observava as sobremesas, coloquei o lenço de volta na minha manga. O veneno teria que esperar por outro momento.

Enquanto todos bebiam, Hitler olhou a xícara que levantava da mesa. Eu tinha certeza de que ele desistiria de beber, considerando sua fobia por germes.

O fraco cheiro de amêndoas amargas emanou do chá fumegante e subiu em minha direção. Gritei e joguei a xícara no chão. Ela caiu no tapete e os cachorros de Eva correram em direção a ela.

"Magda, o que deu em você?", gritou Karl.

"Mantenha os cachorros afastados!" Apontei para a xícara. "O chá foi envenenado."

A sala ofegou em uníssono, e pelo menos uma das vozes veio do criado que tinha servido o chá e agora olhava para mim com olhos arregalados e aterrorizados. O homem no sofá cuspiu o chá e os outros engoliram e abaixaram as xícaras. Tirei meu lenço e comecei a secar o líquido. Eva prendeu os cães terrier na coleira e arrastou-os de volta para a cadeira em que estava sentada.

Hitler se levantou como um juiz severo diante de um tribunal e disse calmamente:

"Não toque na xícara." Ele olhou por cima do meu ombro. "Não arruíne seu vestido. Como você sabia?"

Eu me levantei, esperando ver ódio em seu olhar, mas seus olhos estavam quietos e controlados, como se ele pudesse ler meus pensamentos.

"Senti cheiro de cianeto. Cook diz que é uma característica genética."

"Receio que vamos precisar de mais chá", disse Hitler, "mas primeiro vou convocar a segurança". Eu sabia o que aquilo significava. O Coronel da SS chegaria em breve para questionar a todos. "Parece que alguém está tentando me envenenar. Eu teria suspeitado de Otto, mas ele não está mais aqui."

A mulher que tinha examinado meu anel gritou:

"Pelo amor de Deus, cheire o bule de chá. Todos bebemos disso."

Levantei o bule e tirei a tampa. Não senti nada, mas cheirei várias vezes até ter certeza de que estavam satisfeitos com minha diligência.

"Não sinto cheiro de nada."

As senhoras afundaram no sofá, aliviadas.

"Quem manuseou o aparelho de chá?", perguntou Karl ao criado.

O jovem estremeceu diante da pergunta do Capitão.

"Só eu, senhor", disse ele. "Juro que ninguém tocou na bebida exceto eu. Foi provado por uma das moças na cozinha."

"Então só pode haver uma resposta", disse o Capitão. "A xícara foi envenenada com cianeto. É esta a xícara que você planejou servir ao Führer?" Ele apontou para ela, ainda no chão.

"Senhor, não prestei atenção às xícaras e aos pires. Juro."

"Alguém na cozinha é responsável", disse Hitler. "Deixe-me falar com o Coronel." Apontou para o criado. "Ele deve começar por você."

"Vou buscá-lo, Führer." Karl se ofereceu e saiu da sala.

Voltei para a minha cadeira e todos nos sentamos olhando um para o outro enquanto a sala mergulhava em silêncio. Hitler olhava para o fogo como se nada tivesse acontecido. Ninguém ousou falar uma palavra.

Poucos minutos depois, Karl apareceu com o Coronel e alguns de seus oficiais. Eles se espalharam pela sala. Um deles retirou o criado para interrogá-lo. Eles também pegaram a xícara e meu lenço encharcado que eu deixara perto dela.

Eva tentou sorrir e manter uma expressão alegre, mas o medo transparecia em seu rosto. Hitler não estava tão preocupado.

"Mais uma vez, a divina providência me salvou", disse ele a Eva. "Quantas vezes eu lhe disse que meu destino será cumprido? A noite não está arruinada. Começaremos novamente."

Hitler instruiu o Coronel a esperar até que o chá terminasse; depois ele poderia questionar todos na sala como quisesse.

"Enquanto isso, vou pedir outro bule de chá e café e um prato de sobremesas frescas." Ele virou a cadeira e me olhou nos olhos. "E Magda deve *prová-los* por nós antes de começarmos."

Os alimentos e bebidas frescas não estavam envenenados, mas o fato de que eu não estava envolvida naquela tentativa me abalou. A cada gole e *prova* me perguntava se seriam meus últimos. Tomei mais cuidado em *provar* do que das outras vezes. A tensão na sala me lembrou da real gravidade do meu trabalho e me forçou a admitir que eu me tornara desleixada.

Hitler, Eva e os outros hóspedes me assistiram *provar* os novos pratos que saíam da cozinha. Eles seguiram cada mordida como olhos de gatos seguindo um pássaro. Me perguntei quem poderia ter envenenado a xícara. Karl devia achar que eu tinha feito aquilo, mas ele estava errado.

Quando a conversa foi retomada, Hitler se delongou sobre a música de Wagner até Eva lhe lançar um olhar frio e duro. Ele relutantemente parou sua palestra e a sala ficou em silêncio. Eva tentou direcionar nosso bate-papo para a fotografia, o passatempo que ela mais amava, mas os outros convidados pareciam saber ou se importar pouco com o assunto.

Não tive apetite enquanto a noite avançava. Hitler até adormeceu em sua cadeira por um tempo, e Eva sussurrou com voz rouca para seus convidados:

"Para mim já é o suficiente. Desculpem pela noite tão decepcionante."

Ela se levantou e caminhou até a porta. O Coronel da SS estava posicionado do lado de fora esperando por nós. A agitação despertou Hitler e ele declarou que o chá havia acabado. A hora do jantar, seguida de outra conferência da noite, estava se aproximando, então ele foi embora. Antes que saísse, pegou minha mão direita – a mão com o anel – e a beijou.

"Obrigado por salvar minha vida", disse ele. "Vou me lembrar desta noite e de seu serviço ao Führer."

Eu queria limpar seu beijo da minha mão, mas de alguma forma, sabia que a lembrança daquela noite me seria útil mais adiante. No entanto, achei seu gesto de carinho revoltante. Revirou meu estômago.

Os outros convidados, Karl e eu fomos deixados no Grande Salão. Karl ouviu minha conversa com Hitler e me olhou com aprovação.

Afastei-me da porta para que o Coronel não conseguisse ver meu rosto. "Não tive nada a ver com isso", sussurrei para o Capitão. "Você deve pegar o anel, colocá-lo em algum lugar onde o Coronel não suspeitará."

Sob o pretexto de segurar minhas mãos, Karl tirou-o do meu dedo. Enquanto caminhávamos em direção à porta, eu sabia que ele tentava freneticamente descobrir quem envenenara a xícara e o que fazer com o anel.

O Coronel me deteve na porta e pediu para o Capitão esperar lá fora. Eva e seus convidados haviam sido informados que seriam convocados mais tarde, ou pela manhã. Eu sabia que Eva nunca seria questionada.

Dois homens da SS seguiram o Coronel. Sentei na mesma cadeira em que estivera toda a noite. O Coronel, com o uniforme cinzento, sentou-se no sofá à minha frente. Um dos oficiais carregava uma caderneta para anotar minhas respostas e se sentou perto da mesa para poder escrever. O outro ficou por perto, olhando passivamente.

"Me arrume um cinzeiro", disse o Coronel ao oficial que estava de pé. O homem assentiu e depois saiu.

Os olhos cruéis do Coronel me examinaram. Minha pele se arrepiou sob seu olhar feroz. Escondi meu medo da melhor maneira possível. Ele arqueou uma sobrancelha e afundou contra as almofadas. Não parecia tão pequeno no grande sofá quanto os convidados de Eva.

"Você parece atrair problemas", disse o Coronel. O outro oficial rabiscou no papel.

"O que quer dizer com isso?", perguntei.

"Esta noite você salvou a vida do Führer, mas não é a primeira vez que você encontra veneno." O outro oficial voltou com um cinzeiro e ficou de pé junto ao seu superior. O Coronel retirou um maço de cigarros da jaqueta e acendeu um deles. Jogou o fósforo no cinzeiro e exalou uma longa nuvem de fumaça.

"O Führer não gosta que seus oficiais fumem", eu disse.

O Coronel sorriu com uma convicção presunçosa.

"Você é segura demais para uma criada."

Achei seu insulto infantil.

"É verdade que estou a serviço do Führer. Se você deseja classificar minha posição como uma criada para o Führer, isso é problema seu."

Ele fez um gesto para o oficial que estava escrevendo. O homem retirou um arquivo da prancheta e o entregou ao Coronel. Ele colocou o cigarro no cinzeiro e a fumaça subiu em círculos brancos até que foi levada em fiapos pela corrente de ar. Ele leu o arquivo:

"Você era companheira de dormitório de Ursula Thalberg, que tentou matar o Führer com cianeto; você ficou doente por causa de um cozinheiro na Toca do Lobo que quis testar suas habilidades; você descobriu veneno na comida na Toca do Lobo que estava sendo preparada para o Führer. Isso levou à demissão do cozinheiro que testou você." Ele colocou o arquivo na mesa. "E agora, esta noite." O Coronel piscou e tragou de novo o cigarro. O oficial da SS que estava escrevendo olhou para mim esperando minha resposta.

Escolhi me concentrar no Coronel.

"O senhor não está listando nada além dos perigos do meu trabalho. Sou muito boa no que faço. Pergunte a Cook."

"Você tem acesso a venenos?"

Inclinei-me para frente e me dirigi diretamente a ele.

"Todos na cozinha têm acesso a venenos, ou sabem onde eles estão. Se o senhor está dizendo que estou envolvida no envenenamento, também pode prender toda a equipe da cozinha."

Ele riu.

"Não me provoque, senhorita. Às vezes, nada refresca mais o ar como uma boa limpeza na casa." Ele apontou para mim. "Por favor, levante-se."

O pedido me surpreendeu.

"Por quê?"

"Porque estou mandando."

Dei de ombros e fiquei de pé enquanto os três homens da sala me observavam como se eu fosse uma prisioneira pronta para ser despida. Outro oficial da SS, desta vez uma mulher, entrou pela porta do Grande Salão. Parecia um pouco familiar, mas eu não a conhecia. Afinal, o Führer era cercado por quase duas mil pessoas em seu quartel-general. Ela me rodeou, parou e ficou de pé na minha frente. Os olhos dela estavam imóveis; nenhum sinal de emoção aparecia em seu rosto.

"Reviste-a", ordenou o Coronel.

A mulher se aproximou sem dizer uma palavra e colocou as mãos nos meus ombros, depois moveu os dedos para os seios. Ela os apertou por cima do tecido e então moveu as mãos para baixo, pelos meus órgãos genitais, até terminar o trabalho nos meus sapatos. Me ordenou que os tirasse e depois me virou de costas e realizou uma busca semelhante. Ela até examinou meu broche do Partido. Fiquei feliz por ter dado o anel de veneno ao Capitão, mas estava preocupada se ele conseguiria escondê-lo a tempo.

"Nada", disse a mulher bruscamente depois de completar sua tarefa. Me virei para o Coronel, com as minhas faces coradas de raiva.

"Viu? Você não deveria ter ficado preocupado comigo."

"Não estou convencido." Ele deu um último trago no cigarro e depois apagou-o no cinzeiro. "Esteja ciente de que você e a equipe da cozinha estão sendo observados. Encontraremos o perpetrador desses crimes." Ele apontou um dedo magro para mim. "O criminoso será punido."

"Posso ir agora?", perguntei, ainda irritada por sua ameaça. "Vou *provar* o jantar do Führer. Tenho trabalho a fazer."

Sua boca se curvou em um sorriso arrogante.

"Vá cuidar das suas tarefas. Tenho os assuntos do Reich para conduzir."

Dei uma última olhada no Grande Salão enquanto fechava a porta. Os três homens e a mulher me observavam como se soubessem o que o Capitão e eu tínhamos planejado para a festa do chá de Eva. O modo como eles me encaravam me abalou. A noite havia caído e a extraordinária janela panorâmica da parede norte se tornara um retângulo escuro, combinando com meu humor. Novamente, me sentia impotente, sob o aperto da mão de Hitler e o escrutínio de suas forças.

Karl e eu não nos vimos até a manhã seguinte. Passamos pela estrada da Berghof, depois subimos a colina por um caminho aberto em meio à neve até a residência de Göring. Em algum ponto saímos para as curtas trilhas de esqui cortadas por Eva e seus amigos no dia anterior. Ninguém estava do lado de fora. As nuvens tinham se dispersado, mas o frio era implacável sob o céu azul.

"Eu estava preocupada", disse a ele. Nós nos apoiávamos um no outro enquanto caminhávamos pela neve. "Fiquei com medo de que você fosse pego com o anel."

"Escondi na roupa íntima", disse ele. "Deduzi que a SS não enfiaria a mão nas minhas calças. Não sei o que teria feito se o Coronel me pedisse para tirá-las. Ele poderia ter ordenado que eu o fizesse."

Não pude deixar de rir, embora as circunstâncias não fossem engraçadas.

"A mulher que me revistou certamente não era tímida. Ela procurou em quase todas as aberturas."

Karl assentiu.

"Sim, já ouvi falar nela. É uma besta, e você não deve se enganar. Você deu sorte de ela não pedir que tirasse o vestido. Já ouvi – nunca experienciei – que alguns operadores da resistência escondem o contrabando onde não pode ser visto. Só pode ser encontrado por dedos em busca de alguma coisa."

Balancei a cabeça.

"Imagine ter que recorrer a essas táticas porque desejamos viver livremente."

Karl parou e se virou para mim. Estávamos em uma ladeira, metade iluminada pela luz do sol e metade imersa em uma sombra azul. A fumaça gelada de nossas respirações se misturava como se fosse uma só e depois desapareciam no ar. Karl me beijou e depois disse:

"Qual é o velho ditado? 'No amor e na guerra vale tudo'? Fazemos o que devemos fazer, não importa o preço." Ele levou minha cabeça ao ombro.

"1944 chegará em breve", eu disse. "Certamente podemos comemorar alguma coisa."

Ele me beijou novamente. Dessa vez seus lábios se demoraram nos meus e meu coração se agitou de desejo. Várias semanas haviam se passado desde que havíamos feito amor.

"Sim", ele disse com determinação. "Podemos celebrar a nossa união e rezar para que neste ano o Reich chegue ao fim."

Coloquei meus braços em volta do seu pescoço e puxei-o para perto de mim.

"Espero que você esteja certo. A Alemanha precisa de boas notícias."

Subimos a encosta de neve até estarmos sob um sol ofuscante. Em vez de continuar em direção à casa de Göring, viramos para o leste rumo ao quartel da SS. Quando nos aproximamos, Karl diminuiu a velocidade.

"Ouça."

Uma fraca melodia flutuava no ar, vozes masculinas carregadas pelo vento. Reconheci a canção, uma que eu conhecia de Natais passados, em uma época mais feliz, quando Berlim não tinha sido arrasada por bombas e a morte ainda não tinha dominado a terra. Era *O Tannenbaum* (Ó Pinheirinho de Natal), que meu pai cantara para mim muitas vezes quando eu era criança. Lembrei-me das noites felizes de Natal, de paz e amor, quando não havia preocupações, nem terrores de guerra, nem horrores no mundo. A paz parecia ser sempre temporária. Aqueles dias haviam terminado e a guerra, como uma praga, nos envolvera. Eu me virei para ele e cantei suavemente a melodia. Karl segurou meu rosto entre as mãos enquanto as lágrimas escorriam dos meus olhos.

Capítulo 14

O NATAL DE 1943 E O ANO NOVO DE 1944 se arrastaram como o tique-taque de um relógio triste. A monotonia do inverno se instalou com sua maioria de dias cinzentos, tardes lúgubres e noites longas. Desde que o Capitão e eu chegáramos à Berghof, não tínhamos experimentado muita alegria, nem qualquer dos prazeres que alguém que levasse uma vida normal poderia esperar durante a temporada. Mas quando me perguntava o que era *normal*, não conseguia uma boa resposta. O mundo estava sendo despedaçado. Como eu poderia reclamar quando tantos sofriam? Sempre que eu queria chorar ou me queixar das minhas circunstâncias, pensava naqueles sem comida ou teto no meio do inverno, talvez sem nada, exceto um abrigo improvisado contra os ventos ásperos e frios.

Vi Hitler poucas vezes durante os primeiros meses de 1944 e preferia assim. Ele viajou de volta para a Toca do Lobo, deixando alguns de nós na companhia de Eva. Os oficiais que confiavam em Karl disseram que tinha se tornado impossível conviver com o Führer, independentemente da sua localização. Ele estava grosseiro, irritável, e nunca admitia culpa por nada, colocando-a em seus subordinados. Hitler, o infalível, não cometia erro algum. Karl disse que o Führer tinha a estranha tendência de recusar os bons conselhos de seus generais e, em seguida, amaldiçoá-los por perdas de materiais e de homens. Eles estavam condenados pela inabilidade de Hitler de ouvir, pela crença *dele* em sua própria onipotência. Ele também era um estadista desastroso, um tirano sobre as terras que conquistara. Seus governos-fantoches eram pouco mais do que máquinas mortíferas contra aqueles que resistiam à sua mão de ferro.

Nunca descobrimos quem envenenou a xícara de Hitler com cianeto. A SS também não. Tinham surgido tantos focos de resistência que não se podia dizer quem poderia ter sido responsável. O Coronel ordenou que os venenos fossem retirados da cozinha e que as aulas de Cook para as novas *provadoras* fossem interrompidas.

"Estou mais preocupado com o Führer do que com uma provadora", disse ele. "Se elas morrem, morreram."

Cook estava furiosa, mas seus protestos não surtiram efeito. No começo, eu suspeitava de que alguém da cozinha, talvez até mesmo Else, tivesse tentado envenenar Hitler, mas quando avaliava seu rosto amável e o comportamento subserviente, eu sabia que ela nunca tentaria um ato daqueles. Por outro lado, aqueles leais ao Führer, como o Coronel, permaneceram firmes e acima de qualquer suspeita. Eles lutariam até a morte pelo Reich. Karl e eu decidimos que era melhor chamar pouca atenção durante o inverno e não abusar da sorte. Os tempos eram muito perigosos e muitas suspeitas recaíram sobre o pessoal da cozinha. Karl me assegurou que a trama pela qual esperávamos teria início em breve. Portanto, devíamos exercitar a paciência e a cautela.

Após as férias, Karl e eu esperávamos ser chamados de volta para a Toca do Lobo. No entanto, nenhuma ordem chegou. Hitler retornou à Berghof no final de fevereiro de 1944.

A neve derretendo e as folhas de grama que começavam a aparecer não afetaram o mau humor que predominava na casa. Embora os dias estivessem se tornando mais longos e o sol ficasse mais forte, pesadas nuvens de melancolia pendiam sobre o retiro das montanhas. Eva e seus amigos, os funcionários da SS, Göring, Bormann, Speer e outros às vezes se abrigavam no terraço durante os dias cada vez mais quentes. Na maioria das vezes, eram como recortes de papel, tão superficiais e inúteis quanto os governos que Hitler havia montado em suas terras conquistadas. Imaginei que esses oficiais e dignitários viessem para Berghof para ouvir Hitler, bajulá-lo e, em seguida, executar suas ordens quer acreditassem nelas ou não.

Até o final de março, nem os britânicos nem qualquer outro governo tinham feito nenhum movimento contra o Führer. Karl insinuou que os atentados contra a vida de Hitler, além daquele em que ele estava envolvido, podiam estar sendo maquinados por oficiais da SS. A SS e suas divisões eram fragmentadas pelo desejo por poder; a cadeia de comando era complexa e maquiavélica. Seus líderes muitas vezes não estavam cientes do que seus colegas oficiais estavam fazendo. Hitler emitia ordens contraditórias aos oficiais e esperava que fossem realizadas a qualquer custo. Se os homens pedissem esclarecimentos, seriam rotulados como idiotas ou traidores que estavam atrasando o esforço de guerra. Surpreendentemente, Karl me disse que sussurros se espalhavam entre os generais de Hitler sobre um ataque que os Aliados estariam preparando na Frente Ocidental. Hitler conhecia esses rumores e zombava da ideia. A França era impenetrável, pensava ele.

Nosso humor melhorou em 6 de junho de 1944, quando as notícias da invasão Aliada na Normandia chegaram na Berghof. Karl disfarçava seu prazer quando estava na companhia dos outros oficiais, mas comigo ele ficava eufórico. Sentia que Hitler não conseguiria vencer uma guerra em duas frentes. O Exército Vermelho pressionava na direção oeste, os britânicos e os americanos pressionavam para o leste e eles se encontrariam no meio – na Alemanha.

Hitler, relatou Karl, estava "branco como um fantasma e parecia que não dormia havia semanas". Ele passava a maior parte do tempo encurvado no Grande Salão sobre sua mesa, com a mão tremendo enquanto tentava desenhar com lápis de cor sobre uma variedade de mapas.

"Hitler não terá escolha senão se render", disse o Capitão alguns dias depois. Nós nos sentamos no meu quarto após eu *provar* uma das refeições. Else tinha saído com uma das outras garotas para uma caminhada. Ele sussurrou no meu ouvido, cauteloso para que ninguém escutasse: "A Operação Valquíria pode até nem chegar a acontecer". Ele apertou minhas mãos. "Não seria maravilhoso? Os Aliados podem estar aqui em questão de dias."

Olhei para seu rosto e vi que ele estava procurando por qualquer boa notícia naquela guerra. Não conseguia esconder sua exaustão latente. Queria fortalecê-lo para o nosso bem, mas naquela noite eu não conseguia. Aquela era uma tarefa tão difícil quanto a mudança de inverno para primavera – a promessa estava lá, mas não havia certeza de quando aconteceria.

Retirei minhas mãos e falei em voz baixa – todo cuidado era pouco: "Seria maravilhoso… Mas estamos lidando com um louco." Me afastei, com medo de que se olhasse para ele cairia no choro. "Não acho que ele se renderá. A Alemanha será transformada em cinzas."

Quando me virei, seu rosto estava pálido e destruído pela dor. Sua voz estava assustada.

"Por favor, Magda, diga-me que você não acredita no que está dizendo. Pelo amor de Deus, diga-me que você acredita que vamos viver."

Suspirei.

"Só sei que amo você." Deslizei minha mão em seu pescoço. "Vamos nos casar. Vamos viver antes que seja muito tarde."

Ele me olhou fixamente, seus olhos embaçados pela emoção. Me beijou e sussurrou:

"Claro... Assim que pudermos."

Eva veio até mim alguns dias antes do meu casamento e me ajudou a escolher um traje de seu vasto guarda-roupa. Ela me convidou para ir ao seu apartamento privativo, ao lado dos aposentos do Führer. Sua sala de estar era bem decorada com móveis azuis e brancos e um sofá combinando ao longo de uma parede. Uma escrivaninha branca ficava do lado oposto, além de cadeiras e de uma mesa pequena. Duas janelas rústicas deixavam entrar a luz.

Percebi que ela estava tão entusiasmada com minhas núpcias quanto eu – talvez até mais. Eva, como tantos seguidores devotos de Hitler, tinha a sensação de que nada poderia dar errado enquanto ele estivesse no comando. O homem que ela adorava, no final, conquistaria todas as terras que desejava. Eu não tinha tanta fé naquele futuro, de forma alguma.

Ela me levou para seu quarto, onde um grande guarda-roupa de nó de nogueira cobria uma parede. Abriu as portas e disse:

"Escolha o que quiser."

A coleção de belos vestidos, sapatos, peles e cachecóis me deixou atônita. Manuseei os vestidos cuidadosamente, optando por um elegante terno azul-marinho, um dos mais baratos que Eva possuía, mas com um estilo moderno.

"Vou te emprestar minhas pérolas", disse ela. "Ficarão maravilhosas com essa roupa." Eva se sentou na beira da cama e olhou para mim. "Acho que não calçamos o mesmo tamanho de sapato. Você terá que se arranjar sozinha." Ela riu, mas o som saiu mesquinho e amargo.

Fiquei surpresa com a risada.

"Fiz algo errado?"

"Oh não, Magda, você não. Você está acima de qualquer crítica. Você salvou a vida do Führer. Sou eternamente grata." Ela parou e levantou as mãos, examinando o dedo anular. "Eu gostaria de tomar um pouco de xerez." Sorriu. "Uma bebida poderia me ajudar a enfrentar o dia."

"Agradeço muito por você me deixar escolher um vestido. Mas é demais..."

"De forma nenhuma! É o seu dia especial."

"Não quis deixá-la triste. Se você preferir ficar sozinha..." Apesar de sua generosidade, eu tinha consciência de que não éramos realmente amigas.

Ela se levantou da cama e veio em minha direção.

"Não, não vá." Segurou minhas mãos nas suas. "Você não vê? Tenho inveja de você. Vai se casar com o homem que ama. E, devo admitir, ele é bonito." Sua face enrubesceu. "Não me casei, nem tenho nenhuma perspectiva futura de matrimônio porque o Führer não quer marcar uma data enquanto estamos em guerra. Seus deveres são muito importantes. Há muito trabalho para ser feito na Alemanha. O líder do Reich não pode se preocupar com essas questões triviais como... o amor. As desculpas são sempre as mesmas."

Ela soltou minhas mãos e voltou para a cama, mergulhando nela em desespero.

Por um instante, tive pena e queria confortá-la. Entendia como ela devia se sentir; no entanto, minha preocupação desapareceu quase que instantaneamente. Como poderia sentir pena de uma mulher que estava apaixonada por um tirano? Eva insistia em seguir pelo caminho perigoso que havia escolhido. Ela podia estar cega por Hitler, alegremente inconsciente do que estava acontecendo no mundo, mas também escolhera ignorar a guerra e seus horrores por causa do homem que amava. Estaria ela apaixonada também pela promessa de poder?

Ela chamou um dos seus criados. Uma mulher de meia-idade, bem-educada, entrou respeitosamente no apartamento. Fez uma reverência para nós e tomou minhas medidas por ordens de minha anfitriã. O vestido seria enviado a Munique para alterações. Eva parecia estar melhor quando eu estava pronta para ir embora.

"Antes de você sair, tenho algo para lhe mostrar." Ela apontou para o baú de cedro ao pé da cama. Se ajoelhou diante dele e o abriu cuidadosamente, com reverência, como se estivesse revelando um segredo. Olhei para dentro. Eva ergueu um lindo vestido de noiva branco estendido sobre diários encadernados de couro e uma caixa de prata. Ela segurou o corpete sedoso e arrumado contra seu corpo e olhou no espelho. "É assim que eu ficaria como uma noiva. Você gosta?"

Ela acenou com a cabeça e riu como a Eva que eu conhecera antes. Parecia realmente adorável, seu rosto oval e cachos castanhos realçados pelo vestido.

"É lindo", eu disse. Mais uma vez, senti pena dela, mas me perguntei como poderia continuar vivendo tão alegremente em sua fantasia, incapaz de ver a verdade do que estava acontecendo ao seu redor. Eva era como um cavalo com viseiras, incapaz de ver além de sua própria visão estreita. Eu tinha certeza de que o Führer nunca se casaria com ela, mas não podia dizer aquilo. Em vez disso, eu disse: "Que o homem com quem você deseja se casar reconheça sua beleza".

Ela me beijou na face.

"Isso é tudo o que quero." Ela dobrou o vestido cuidadosamente e o colocou no baú.

Agradeci e deixei seu apartamento sentindo como se tivesse passado meu tempo com um fantasma. Hitler nunca se casaria com Eva. Ela iria morrer tão solitária quanto no dia em que chegara à Berghof.

Na manhã do casamento, um bombardeiro britânico voou sobre a Berghof e, por um momento, acreditamos que a cerimônia da tarde teria que ser adiada. Hitler foi alertado e ordenou que as máquinas de neblina fossem ativadas. Uma nuvem espessa cobriu a residência e seus edifícios circundantes por várias horas. Todos tomaram seus lugares no abrigo antibomba. Hitler ficou no topo da escada olhando para o céu leitoso enquanto o resto de nós esperava abaixo. Nenhuma bomba foi lançada e o aviso de "tudo limpo" soou.

Karl e eu nos casamos às quatro da tarde e do dia 14 de junho, no Grande Salão. Depois que a névoa artificial desapareceu, o sol brilhou gloriosamente sobre o Obersalzberg. Nuvens brancas arredondadas, suas caudas etéreas alcançando o topo das montanhas, atravessavam o céu azul. Hitler ordenou que a janela gigantesca do Salão fosse abaixada, de modo que o agradável ar alpino pudesse inundar a sala. Cerca de cem convidados participaram da nossa cerimônia civil: Cook; trabalhadores da cozinha e das estufas; alguns dos oficiais da SS, incluindo o Coronel, que eu sabia que ainda não confiavam em mim. Ele ficou parado no canto, avaliando os participantes, parecendo um buldogue descontente. Hitler, sorrindo e apertando as mãos, saudou muitos dos convidados. O único outro dignatário notável do Partido que participou da cerimônia foi Speer, que parecia reservado, mas bonito, em seu terno e botas de couro.

Karl e eu ficamos na extremidade sul do Salão perto da grande lareira. Olhamos além dos convidados para a vista espetacular das montanhas, cujas cores se deslocavam no sol da tarde. Os sofás e as cadeiras haviam sido tirados da sala de estar para que pudéssemos ficar acima dos convidados sentados abaixo. Um juiz do Partido oficializou nossa simples cerimônia nazista, que não fazia menção a Deus ou religião. Nos casamos sob os auspícios do Nacional-Socialismo. Eva, parecendo radiante, estava à minha direita enquanto Hitler estava à esquerda de Karl. Meu belo Capitão tinha um sorriso orgulhoso, refletindo o amor que eu sentia por ele. Nada importava para Karl, exceto os nossos votos. De rabo de olho, vi o líder do Reich sorrir e acenar com a cabeça enquanto a cerimônia prosseguia. Ele era como um pai digno e amável.

Karl e eu nos beijamos, uma breve promessa do que estava por vir, e nosso casamento foi selado. A cerimônia demorou apenas vinte minutos.

Por ordem de Hitler, uma mesa para bolos confeitados e champanhe gelado havia sido instalada perto da parede oeste. Criados vestidos com smokings brancos serviram os convidados. Todos concordaram que o nosso casamento foi o evento mais festivo na Berghof desde que retornáramos no final do ano anterior. Os elogios me deram pouco conforto, mas tentei agir como uma noiva feliz, apesar de saber que nossas vidas estavam em perigo e que nosso futuro era frágil, na melhor das hipóteses. Saudei a todos com um sorriso e um beijo. Até me dirigi ao Coronel, que enrubesceu no canto da sala. Seus olhos estavam fixos e frios, mas estendi a mão e ele a apertou.

"Parabéns, senhora Weber", ele disse com frieza na voz. Sorri e beijei-o na bochecha, o tempo todo sentindo repulsa por minhas próprias ações.

Hitler não ficou muito tempo. Eva se manteve ao seu lado o tempo todo, tirando fotos quando podia. Mesmo Hoffmann, o fotógrafo corpulento de Hitler, estava lá tirando fotos *oficiais*.

Karl fez uma saudação quando Hitler se aproximou. O Führer me beijou em ambas as bochechas e depois apertou a mão do Capitão. Ele nos deu parabéns e nos presenteou com dois anéis de casamento de prata com seu nome inscrito do lado de dentro. Nos deixou com estas palavras:

"Longa vida, meu filho e minha filha. Que vocês tenham muitos filhos para o Reich."

Eva se debulhou em lágrimas quando eles se afastaram. Karl e eu nos olhamos quando partiram, conscientes de que os anéis eram um símbolo bonito dado por um ditador brutal. Nenhum de nós, eu tinha certeza, queria que nossos sentimentos por Hitler estragassem o pouco de felicidade que podíamos ter no dia de nosso casamento.

Naquela noite, nos mudamos para um pequeno apartamento de casais fora da Berghof e do dormitório da SS. À medida que a escuridão caía, fizemos amor como se fosse nossa última noite juntos. Sabíamos que nossa alegria era fugaz e que nossa vida juntos poderia acabar a qualquer momento.

Em cerca de um mês partimos para a Toca do Lobo. O procedimento já era rotina – viajar de trem à noite, chegando a Rastenburg pela manhã. Hitler estava instalado em seu trem particular com alguns de seus oficiais seniores, ajudantes, criados e funcionários de segurança. A equipe de culinária e outros trabalhadores seguiram em um segundo trem. Eva não estava a bordo de nenhum dos dois. Presumi que ela ficaria na Berghof por um tempo antes de voltar para sua casa em Munique.

Karl e eu viajamos em um compartimento de dormir separado, que era apertado e desconfortável. Ele estava agitado e se revirava, me mantendo acordada durante a maior parte de nossa viagem. Perguntei-lhe o que estava errado, mas ele não me contava. Somente quando chegamos na Toca do Lobo, se sentiu livre para conversar. Falou comigo enquanto caminhávamos para nosso pequeno quarto perto da extremidade oeste do complexo, longe da zona de segurança de Hitler.

"Acontecerá em breve", sussurrou.

Continuei andando como se suas palavras tivessem pouca importância, embora abalassem meu mundo.

"A Operação Valquíria?"

"Sim." Karl manteve o olhar fixo na residência à nossa frente. "Não poderemos conversar quando entrarmos. É perigoso falar em qualquer lugar agora. Achamos que a Gestapo sabe." Ele segurou meu cotovelo. "Ande mais devagar."

Fiz o que ele pediu, com o coração batendo freneticamente no meu peito.

"Pode ser a qualquer momento. As circunstâncias podem mudar, mas por enquanto, está decidido."

Meus pés pararam como se estivessem atolados em cimento. Precisei manter minha lucidez.

"Esta semana? O que nós vamos fazer?"

Karl pegou minha mala e a deixou no chão. Colocou a sua mala ao lado da minha.

"Vamos agir como se estivéssemos apaixonados. Me dê um beijo."

Sorri, mas disse:

"Não é hora para brincadeira. Eu realmente amo você."

Ele tirou o quepe, colocou-o em cima de sua mala e então me tomou em seus braços.

"Este é o momento perfeito para rir. Você não me beijou."

Olhei para ele e vi alguns agentes de segurança passeando pelo caminho. Beijei-o enquanto eles passavam por nós. Interrompemos nosso abraço no momento em que uma nuvem obscureceu o sol e lançou uma sombra sobre nós. A floresta em torno do quartel-general já era naturalmente escura; agora, parecia que tínhamos sido lançados em um mundo de verde e marrom, com a vegetação rastejando à nossa volta, o campo nos sufocando com sua força repressora.

Karl olhou em todas as direções e não falou até ter certeza de que ninguém estava por perto.

"O sucesso dessa ação é definido por um resultado: a morte de Hitler. Todos finalmente chegaram a um acordo. Ele deve morrer agora."

"E quanto aos outros?", perguntei.

"O tempo está acabando. Se não agirmos agora, talvez nunca tenhamos uma chance. Houve muitas tentativas. Alguma coisa sempre dá errado. Hitler sai da sala inesperadamente ou não aparece para um compromisso. Himmler e Göring não estão lá. Não há mais desculpas. Não podemos esperar mais."

Ele fez uma pausa, e continuou:

"Um novo governo será estabelecido por aqueles que conceberam o plano. A Wehrmacht não terá escolha senão seguir as ordens dos novos líderes. Esperamos resistência, mas Göring e os outros serão detidos e a Alemanha se renderá aos Aliados pelo bem das pessoas. Se Valquíria falhar por qualquer motivo, você deve cuidar de si mesma, Magda."

Uma onda de emoções me dominou. Eu via o rosto de um anjo vingador, um anjo que seria destruído ou voaria para longe após a trama ser lançada. Fiquei assustada com suas palavras, feliz e triste ao mesmo tempo. Feliz por aqueles tempos terríveis chegarem ao fim; triste porque tivéramos tão pouco tempo juntos antes que o mundo talvez desabasse sobre nós. Toquei seu rosto, emocionada por ver o sorriso dele e a vida em seus olhos castanhos, o que desfez a escuridão que nos rodeava.

"Você deve se salvar, não importa o que aconteça comigo", continuou ele. "Se eu morrer, você deve seguir em frente. Se estivermos separados, só devemos entrar em contato um com o outro se for seguro. Nossa opinião não importa até Hitler morrer ou o Reich ser derrotado."

"Para onde irei sem você?", perguntei, minha voz presa na garganta. Ele segurou meus ombros e olhou ferozmente para mim.

"Escute o que está dizendo. Você é forte, Magda. Eu soube disso desde o momento em que te conheci, até mesmo quando vi suas fotos. Você saberá para onde ir, o que fazer. Talvez você tenha mais de uma vida para salvar." Ele se abaixou e esfregou a mão sobre minha barriga.

Minha garganta se fechou e uma calafrio percorreu meu corpo.

"Um bebê? Como posso...?"

"Você deve seguir em frente. Descobriremos em breve se o destino vai nos separar." Ele pegou nossas malas e começamos a andar de novo em direção à residência.

"Como você sabe... Um bebê?", perguntei.

"Enquanto estávamos conversando. Isso me ocorreu."

Solucei por alguns instantes e depois me recompus o melhor que pude. Peguei minha mala de suas mãos.

"Não sou uma inválida."

Entramos no nosso pequeno quarto, que não continha nada além de uma cama, uma pequena mesa e uma cadeira. Uma janela se voltava para o leste, com vista para a floresta. Não conseguia ver o *bunker* do Führer, o refeitório, o teatro ou qualquer outro edifício, pois os arredores estavam bem escondidos pelo verde profundo das árvores. Eu só poderia olhar para aquela camada esmeralda e imaginar o que seria de nós.

No dia 20 de julho, a bomba explodiu.

O estouro sacudiu o acampamento. Eu estava sentada com Else e algumas das outras garotas em um banco de madeira fora do refeitório depois da *prova* do café da manhã, e antes do almoço da tarde. O dia estava agradável, embora um pouco quente. No início, pensamos que a explosão podia ser de uma das milhares de minas terrestres que estavam ao redor da Toca do Lobo, mas aquele som era diferente. Nós ouvíamos as minas explodirem a toda hora do dia ou da noite quando um pobre animal acidentalmente pisava nelas. Essa explosão soou mais pesada e mais próxima.

Foi seguida por urros frenéticos – não gritos –, nenhum deles das mulheres. Uma nuvem de fumaça balançava no oeste, empurrando seu véu acinzentado pelo ar. Meu coração pulou e apertei a beirada do banco. Pensei em Karl e se ele poderia estar morto. Eu sabia que os conspiradores haviam deflagrado a Operação Valquíria.

Else saltou do banco e correu em direção à fumaça. Queria segui-la, mas não consegui. Fiquei presa ao banco. Ela correu vários metros em direção ao som e depois fez um sinal para mim e para as outras garotas.

"Meu Deus, acho que alguém tentou matar o Führer", ela gritou sobre o tumulto caótico.

Gritos de socorro encheram o ar. As pessoas corriam cegamente em todas as direções – para a explosão e para longe dela. Imaginei o pior: Karl com os membros dilacerados, morto sobre a grama ou amassado em uma pilha sangrenta com outros corpos. Não sabíamos onde ocorrera a explosão.

"Führer, Führer!", os soldados gritavam com as vozes engasgadas pela emoção.

Me levantei lentamente do banco e caminhei em direção à confusão. Minhas pernas me levavam adiante, em transe, como uma sonâmbula. Peguei velocidade enquanto tropeçava pelo caminho, depois do cinema, das vias férreas e das garagens. Eu não poderia ir mais longe porque os SS me impediram; forçaram todos os que tinham ido até ali a voltar. Ficamos de fora, como se fôssemos prisioneiros olhando para uma cerca. O ar ácido tinha um cheiro diferente de tudo o que eu já havia respirado; estava carregado, cheio de produtos químicos e com a marca característica do fogo. Afastei a fumaça com as mãos e tentei ver além da cerca.

Imagens se formavam à minha frente como se eu estivesse entrando em um quarto escuro. Pontos em preto e branco apareciam diante de meus olhos; formas borradas surgindo a partir do nada. Enquanto eu olhava através da fumaça, meus olhos contemplavam um pesadelo.

Oficiais, em acessos de tosse, corriam da sala de conferência onde a bomba havia explodido. Algumas duplas se apoiavam, enquanto outros mancavam em uma perna. Suas roupas estavam ensanguentadas, rasgadas e penduradas como trapos em seus corpos. Dois homens arrastaram um terceiro para fora da sala. Seguraram o corpo pelos braços e pernas enquanto ele balançava como uma rede. Eles o colocaram no chão.

Karl apareceu na entrada com um pano sobre a boca.

Desabei contra uma árvore, aliviada por ele não ter sido morto. Mas não conseguia dizer se ele estava ferido quando saiu do edifício. Não havia sangue em suas roupas. Ele correu para o homem que estava no chão, arrancou parte de sua camisa e limpou o rosto do homem. O gesto era repleto de pena e dor, de um soldado para outro. Era visível na forma arqueada de Karl, no balanço de suas costas sobre o corpo. *Por que isso tinha que acontecer? Por que você teve que morrer?* Estas eram as questões que eu sabia que ele estava se perguntando.

"O Führer está vivo!", gritou um soldado. Aqueles que estavam em pé à minha volta gemiam e gritavam com alegria. Karl desviou o olhar de sua tarefa misericordiosa quando ouviu aquelas palavras. Seus olhos arregalados encararam os meus e engasguei. Sua boca se abriu para trás em uma expressão de terror e descrença – uma cena que eu nunca imaginei que veria da parte dele, nem gostaria de ver novamente.

A mensagem que ele enviou foi clara. O Führer *estava* vivo.

A vida do Capitão estava em grande perigo.

E então eu vi Hitler! Ele estava cercado por um grupo de oficiais; apenas o topo de sua cabeça era visível. Quando a multidão se desfez, eu soube que ele estava ferido. Ele apoiava seu braço direito com o esquerdo e, em vez de caminhar com a firmeza habitual, ele cambaleava. Suas calças estavam em frangalhos. Os homens o levaram para longe da multidão. Não o vi novamente naquele dia.

Cook veio em minha direção com lágrimas nos olhos.

"É verdade que o Führer está morto?"

Neguei com a cabeça.

"Graças a Deus. Os céus novamente sorriram para nós. A Alemanha vai viver outro dia." Cook limpou as lágrimas e sorriu.

Descobri mais tarde que quatro horas após a explosão, Hitler fez um passeio pela sala de conferências com Mussolini. Ele prometeu destruir os conspiradores.

Eu mal podia olhar para o Capitão naquela noite após a prova do jantar. Fomos caminhar para sair de nosso pequeno quarto. O campo estava quieto, mortalmente parado. A energia que muitas vezes enchia o ar da Toca do Lobo havia desaparecido. Ninguém conversava, exceto em sussurros. Não houve sorrisos na mesa de jantar. Quando Karl e eu nos olhamos, sabíamos que uma dor, uma perda maior do que jamais pudemos imaginar, estava a ponto de nos partir ao meio.

"A essa altura, ele já deve saber", Karl sussurrou enquanto andávamos pelo caminho perto da linha de trem. O comboio enfeitado de Hitler repousava nos trilhos, escuro, silencioso. Ele bateu o punho na palma da outra mão. "Von Stauffenberg deve saber que Hitler está vivo. Certamente ele ouviu no rádio. Se iniciou o golpe, ele e os outros serão arrebanhados como gado." Sua voz se contorceu em agonia. "Será apenas uma questão de tempo antes que a Gestapo chegue até mim. As coisas não poderiam ter saído piores. A sala de conferência foi destruída pela explosão. Ninguém deveria ter saído vivo. Brandt, Korten, Schmundt, o estenógrafo, todos mortos. Mas Hitler sobreviveu. Talvez a divina providência *esteja* do lado dele."

Eu queria desmoronar aos seus pés ou, melhor ainda, fingir que nada tinha acontecido. Talvez tudo não passasse de um sonho ruim e Karl acordaria e me beijaria. Se eu me dissociasse daquela situação ruim, não teria mais que encarar a verdade. Para me manter presente, teria que encarar o medo que me alfinetava. Eu teria que ser forte pelo bem do meu marido.

"Você acha que eles virão atrás de mim?", perguntei.

"Deixei seu nome fora disso. Ninguém sabe. Von Stauffenberg te conheceu no dia em que eu ia..." Ele estava com medo de dizer as palavras. "Ele ficou intrigado com sua coragem, mas eu o fiz jurar que nunca te envolveria no plano. Posso apenas rezar para que ele mantenha sua palavra."

"Então acredito que estou a salvo."

"Mas eu não estou."

"Karl..." Não pude ir mais longe e desabei sobre ele, que continuou firme e forte. Não se moveu enquanto eu chorava apoiada em seu corpo. Eu não podia gritar por medo de levantar suspeitas, embora quisesse berrar aos quatro ventos.

"Calma", disse ele, passando a mão em minha cabeça. "Tudo ficará bem. Mas você sabe que devo partir esta noite."

Olhei em seus olhos.

"Vou te encontrar", disse ele. "Procurarei em todas as cidades da Alemanha se for preciso. Trabalhe, proteja seu pai e, se eu estiver certo, o nosso bebê."

Solucei contra seu peito.

"Nós fizemos nossos votos e temos nossas alianças", disse ele. "Um dia nos encontraremos novamente. Prometo."

Ele pegou minha mão e me levou de volta ao nosso quarto. Apagamos a luz e nos deitamos na cama um ao lado do outro, nos abraçando e acariciando mutuamente até que o sono abençoado levasse meus medos embora.

Algumas horas depois, meu nervosismo me acordou e me sentei na cama com um pulo. O quarto estava escuro como uma caverna e eu não conseguia ver nada além de formas borradas. Passei minhas mãos sobre os lençóis e encontrei a cama vazia. Karl desaparecera como um sussurro. Acendi a luminária. Nada fora tirado do nosso quarto; era como se ele já estivesse morto. Sua roupa pendia no armário; seus artigos de higiene pessoal ainda estavam na prateleira. Uma nota estava no pé da cama. Ela dizia:

Eu te amo.

Segurei-a contra meu peito e solucei até a noite me arrastar de novo.

O BUNKER DO FÜHRER

BERLIM

Capítulo 15

UMA BATIDA ME ACORDOU DE UM SONO INTERMITENTE.

Karl havia partido menos de quatro horas antes. Abri a porta e vi o Coronel me encarando. Seu uniforme estava desalinhado e um cigarro pendia de seus lábios ressecados. Ele parecia ter passado a maior parte da noite acordado. Lutei contra o medo que disparava dentro de mim. Karl havia me avisado que eu precisava ser forte.

Imaginei que a Gestapo e a SS já estivessem capturando suspeitos no plano do bombardeio. Talvez Karl estivesse muito abaixo na lista, de modo que eles não tinham chegado ao nome dele até agora.

O Coronel sentou-se ereto numa cadeira e fumou um cigarro enquanto me sentei na cama vestida com minha roupa de dormir.

"Onde ele está?", perguntou.

Olhei-o nos olhos e disse:

"Eu não sei."

Ele bateu com os dedos contra a coxa e sorriu.

"Você sabe onde ele está. Tem que saber. Você vai me dizer ou..." Ele interrompeu sua frase, como se uma nova maneira de me torturar tivesse surgido em sua mente.

"Ou o quê?", perguntei casualmente. Eu não estava com medo porque o Coronel, com sua primeira pergunta, tinha confirmado que o Capitão havia escapado da Toca do Lobo. Então me lembrei de meu pai em Berlim e da previsão de Karl sobre um bebê. Até então, eu estava pensando somente em mim. Um calafrio de medo percorreu minha coluna. Me perguntei se o Coronel sentia meu desconforto.

Ele tragou o cigarro e soprou a fumaça em minha direção.

"Você faz pose de corajosa, mas deve estar aterrorizada." Ele parou e olhou para mim como nenhum homem jamais fizera antes, com olhos que perfuravam minha pele até chegar a minha alma. Seu olhar era sobrenatural, arrepiante com sua intensidade febril. "Você ficará mais aterrorizada quando entender a gravidade das circunstâncias, porque eu controlo o seu destino." Sua boca distorceu as palavras para se tornarem poderosas e cruéis.

"Você vai me torturar? Me matar? A mulher que salvou o Führer de ser envenenado?"

Ele riu, seguro e confiante.

"Você não vai conseguir usar essa carta na manga por muito tempo, senhora Weber. O Führer tende a esquecer boas ações quando você é um traidor do Reich." Ele se reclinou na cadeira e cruzou as pernas. "Você é uma mulher muito atraente. Não é à toa que o Capitão Weber ficou fascinado por você. Mas você é diferente. Não consigo dizer exatamente como, mas vou conseguir."

"Eu não fiz nada de errado. Não sei onde meu marido está, mas tenho certeza de que ele nunca se envolveria num plano contra o Führer."

"Não tenho tanta certeza. Temos relatórios de que numerosos oficiais estão envolvidos nessa vil tentativa de assassinato. Von Stauffenberg e vários outros já foram executados, infelizmente contra as ordens do Führer."

Me segurei para não ofegar.

"Encontrei o coronel uma vez. Ele parecia um homem leal."

"Ele era tudo, menos leal. A Wehrmacht está repleta de traidores. É só perguntar ao Führer sua opinião sobre os tolos que estão ajudando o inimigo, enchendo nossos soldados com mentiras e sabotando os esforços da guerra. Temos idiotas como generais. Mas, com o tempo, todos os traidores serão erradicados. Esse é o meu trabalho. Posso dizer essas coisas a você porque suas palavras contra as minhas nunca serão ouvidas."

Eu me levantei da cama.

"Tenho trabalho a fazer. Cook está me esperando."

"Você não é mais uma *provadora* até que cheguemos ao fundo dessa misteriosa traição. Estou removendo você da Toca do Lobo."

Fiquei em pé na frente dele e disse firmemente:

"Quero falar com Cook. Na verdade, exijo falar com o Führer. Ele abençoou minha união com o Capitão. Não vai tolerar essa ação contra mim."

O Coronel tragou o cigarro e depois o apagou no chão.

"O Führer me deu pleno controle nessa investigação. Ele e a cozinheira sabem para onde você está indo. Eles concordam que é o melhor a ser feito."

"Não acredito em você."

"Não faz diferença. Esteja pronta em uma hora. Empacote suas coisas, somente o que for necessário. Não tente contrabandear nada. Meus homens vão checar sua bagagem." Ele se levantou da cadeira e se curvou ligeiramente. "Oh, outra coisa: me dê seus documentos e seu broche do Partido. Você não vai mais precisar deles."

Ele estava tirando os dois itens que garantiam minha segurança no Reich, ambos dados a mim por ordens de Hitler. Peguei-os na escrivaninha e os entreguei.

O Coronel fez uma saudação e disse:

"Heil Hitler."

Eu o assisti fechar a porta atrás de si e me perguntei o que ia acontecer. Um homem da SS armado se postou do lado de fora da porta, bloqueando a única saída.

Uma hora depois, fui escoltada para fora do quartel-general por dois homens, que caminhavam ao meu lado segurando armas. Eles me levaram embora tão secretamente que ninguém viu quando me colocaram dentro de um carro. Logo depois eu estava num trem na estação Rastenburg acompanhada por membros das forças de segurança de Hitler. Minha importância como prisioneira foi garantida, pelo menos aos olhos do Coronel. Eu não tinha ideia de para onde estava indo. Eles tinham me deixado levar uma mala e um casaco. Isso era tudo. Qualquer posse pessoal com que eu me importasse, fotografias da minha família e do meu casamento, foi deixada para trás. Presumi que seriam destruídas. Escondi o macaco de pelúcia que o meu pai me dera quando eu era criança embaixo da cama. Se as fotografias e outros itens pessoais fossem perdidos, haveria pouca coisa na terra que confirmasse minha existência. Seria fácil para a Gestapo ou a SS me eliminar sem deixar traços.

O trem se dirigiu para o oeste em direção à Alemanha. Depois de várias horas, chegamos a trilhos de trem paralelos no interior plano e arborizado da Polônia oriental. Um segundo trem parou perto do nosso, cheio de pessoas. Seus rostos, pressionados contra as janelas, me olhavam quando desembarquei. Uma profunda e vaga tristeza enchia seus olhos.

Um dos homens da segurança pegou meus documentos e disse as únicas palavras que falaria durante nossa viagem juntos:

"Mantenha isso em mãos. Isso mostra o seu destino."

O dia estava abafado e quente e escorreguei nos trilhos oleosos enquanto caminhava entre os guardas. O homem que falou comigo me pegou pelo braço e me ajudou com os degraus que levavam ao segundo trem. Empoleirada no topo dos degraus, me virei e olhei para ele, que sorriu e levantou a mão como se acenasse. Depois voltou para o trem com outro guarda.

Soldados armados estavam nos engates entre os vagões. Eles olharam para mim como se eu fosse sua propriedade. Um deles indicou com o cano do rifle que eu fosse para a direita. Entrei num vagão abarrotado de homens, mulheres e crianças. Os homens estavam usando ternos amarrotados; as mulheres, vestidos de verão. Ainda assim, o vagão estava imerso em odor corporal e peguei um lenço no meu casaco. Coloquei-o sobre o nariz e procurei por um assento. Não encontrei nenhum. Um jovem de óculos e cabelo preto, sentado em um banco, me viu. Ele ficou de pé e me ofereceu o lugar ao lado de uma jovem mulher que devia ser sua namorada ou esposa. Agradeci e desabei no estreito espaço entre a mulher e uma divisão de metal.

O trem entrou em movimento e roncou lentamente pelos trilhos. O jovem olhou para mim. Me senti desconfortável sob seu olhar. Ele falou comigo em polonês e, não sabendo muito seu idioma, respondi em alemão que não falava polonês. Ele mudou imediatamente para o alemão. A mulher, cujos pés descansavam em duas malas de couro marrom, olhou para mim. Ela usava um vestido cinza claro. Apesar de sua roupa sem graça, ela era bonita, com cabelos e olhos escuros.

"Para onde você está indo?", ele perguntou.

Eu ainda segurava o papel que o homem da segurança havia me dado. Desdobrei-o e olhei para o documento oficial que continha as insígnias nazistas e estava assinado pelo Coronel.

"Aqui diz Bromberg-Ost." O nome não significava nada para mim.

"Minha esposa também está indo para lá." Ele afrouxou a gravata, abotoou a jaqueta e se sentou no chão à nossa frente. O corpo dele se sacudia com os movimentos erráticos do trem. "Talvez vocês possam ser amigas."

A mulher falou com uma intensidade súbita, em um alemão falho:

"Quero ficar com você."

O homem suspirou.

"Receio que você não tenha escolha, minha querida." Ele apontou para o guarda mais próximo, que estava no final do compartimento, acariciando casualmente seu rifle e fumando um cigarro enquanto olhava para o campo. Voltando-se para mim, o homem polonês disse: "Permita-me que eu me apresente. Sou Erik e essa é minha esposa, Katrina. Nós somos professores".

"Professores?", perguntei, incrédula por causa de sua profissão. Eu sabia qual era a suspeita que recaía sobre mim, mas nunca teria adivinhado que estaria sentada ao lado de professores. Quais seriam seus crimes?

"Somos subversivos políticos", disse Erik como se aquilo fosse o nome de um título corriqueiro. "Isso é o que os nazistas me disseram. Fomos acusados de tendências comunistas e de ensinar aos estudantes sobre governos que não o Nacional-Socialismo. Então, estou sendo enviado para Stutthof e minha esposa, para Bromberg-Ost. É por isso que nós nos encontramos nesse trem." Ele olhou atentamente para mim, me estudando da cabeça aos pés. "Por que você está aqui?"

Claro que não podia dizer a verdade. Não queria que soubessem que eu viera da Toca do Lobo ou que tinha estado a serviço de Hitler. Boa parte de minha vida tinha sido construída em torno de mentiras. Odiava mentir, mas não tinha escolha.

"Não tenho certeza. Não há acusações contra mim. Um coronel da SS veio esta manhã e disse que eu tinha que sair em uma hora."

"Você é judia?", perguntou Erik.

"Não."

"Então você é uma traidora", disse Katrina.

Erik fez que não com a cabeça, repreendendo-a.

"Quieta. Não precisamos dar início a rumores. Quem sabe o que os nazistas estão fazendo?" Ele tirou os óculos e esfregou o nariz. "Pelo menos, fomos abençoados com um trem decente."

"O que você quer dizer?", perguntei.

"Pelo menos podemos respirar e sentar. Já ouvimos falar sobre os outros trens: pessoas abarrotadas em vagões como animais, tão apertadas que não podem se mover. Eles defecam um sobre o outro, sufocam ou morrem de pé. Viajam por dias sem comida ou água." Ele acrescentou com orgulho em sua voz, como se fosse protegido pelos seus captores: "Este trem foi reservado para intelectuais e homens de negócios poderosos. Alguns são judeus, outros não. Se os nazistas não gostam de você, isso não importa. Ouvi dizer que Stutthof não é brincadeira".

As fotografias que Karl me mostrara vieram à minha mente. Montes de corpos, bagagens, livros, óculos, sapatos, tudo descartado, jogado no chão como descartes humanos. Uma onda de náuseas tomou conta do meu estômago.

Katrina explodiu em soluços. Vários homens no vagão olharam para ela e depois para longe, indiferentes às suas lágrimas, estoicamente resignados à sua condição. Passei meu braço pelos ombros de Katrina e a abracei.

"Como isso pode acontecer?", ela perguntou. "Por quê? Porque dissemos a verdade, estamos presos?"

Ela falou alto o suficiente para que o guarda a ouvisse. Ele entrou no vagão.

"Cale sua boca, comunista suja."

Erik tentou acalmá-la, entrelaçando seus dedos com os dela. Depois de um tempo, Katrina recuperou a compostura. Eu estava chocada como o mundo mudara, quão ingênua eu tinha me tornado desde que começara a trabalhar a serviço de Hitler. Parecia à beira de experimentar a horrível realidade que eu tinha vislumbrado nas fotos de Karl. Pela primeira vez, entendi verdadeiramente por que muitos alemães defendiam Hitler. Todos os truques dos nazistas: o fervor político, a propaganda, o mito da superioridade, jogados sobre o homem comum. Poucos tinha conhecimento de que atrocidades como aquelas existiam.

O trem sacolejou, e nós não dissemos nada por muito tempo. Meu estômago resmungou e lembrei-me de que não tinha comido nada desde o jantar. Logo o balanço e o calor me fizeram dormir. Erik dormiu com a cabeça contra as pernas da esposa.

Fomos acordados de supetão quando o trem parou por volta das três da tarde na estação chamada Stutthof. Dois guardas armados atravessaram o carro conferindo os documentos de todos. Aqueles que estavam destinados àquela parada foram informados que deveriam descer. Olhei pela janela. Vi pouco além de árvores esparsas em uma planície, que me lembraram o campo ao redor da Toca do Lobo de Hitler. A distância, eu mal podia distinguir um prédio formidável de tijolos e dois andares, com muitas janelas e um telhado inclinado que me lembrava um castelo francês. Parecia haver uma clareira além dele. Uma fileira de guardas armados da SS estavam postados fora do trem, conduzindo as pessoas por um caminho de cascalho.

Quando chegou a vez de Erik, Katrina se agarrou aos braços dele, soluçando e fazendo juras em polonês. Um dos guardas se colocou ao lado deles e ameaçou enfiar a coronha do rifle em seu estômago. Erik ordenou que a esposa o soltasse. Ela soltou os braços dele, deixando os dedos descerem aos poucos, enquanto seu corpo tremia de soluços.

"Seja boa, minha querida", disse ele. Beijando-a na testa, acrescentou: "Nos encontraremos de novo em breve". Ele olhou para mim. "Adeus..."

Eu tinha esquecido de lhe dizer meu nome.

"Magda."

"Adeus, Magda. Que você continue nas graças de Deus."

O guarda agarrou Erik pelo ombro e o empurrou para descer do trem. Katrina desabou no banco e enterrou o rosto nas mãos. Sentei-me ao lado dela, tremendo com meu próprio medo, sentindo-me inadequada e assustada.

Olhei em volta do vagão e vi que apenas dez mulheres estavam a bordo. Todas íamos para Bromberg-Ost. Ninguém falou enquanto o trem se afastou. Todas nos encaramos como se nossas vidas tivessem acabado.

Cerca de três horas depois, chegamos a Bromberg-Ost. Reunimos nossa bagagem e descemos do trem. Alguns guardas estavam perto da plataforma, mas fiquei impressionada com a presença de uma série de mulheres da SS. Uma delas, uma loira forte com braços musculosos, nos deu "boas-vindas" a Bromberg-Ost. Explicou que seríamos bem tratadas durante a nossa estadia. A maioria das mulheres da SS me lembrava Dora na Toca do Lobo. Elas tinham um olhar franzido e duro, exibindo uma típica determinação nazista que ficava aparente em sua atitude condescendente e seu modo de andar severo. Eram tão rígidas que parecia que iriam se quebrar se tivessem que dobrar o corpo. Uma era mais bonita e mais jovem do que os outras. Ela estava mais elegante também, com uma saia justa e sapatos de couro refinados.

Ficamos na fila para sermos admitidas. Katrina estremecia atrás de mim. A mulher de meia idade na minha frente sussurrou que aquilo era um campo de concentração para mulheres, sob a jurisdição de Stutthof. A maioria das prisioneiras enviadas para Bromberg-Ost estava ali por razões políticas.

"Temos mais chances de sobrevivência aqui", disse ela. Suas palavras não me confortaram.

Quando chegou a minha vez, minha bagagem e meu anel prateado de casamento foram confiscados.

"Você não vai precisar disso", disse a loira robusta. Fui levada para um quarto vazio, exceto por um banco de madeira, e solicitada a tirar minhas roupas. A bonita oficial da SS que eu tinha visto perto da plataforma olhava para o meu corpo enquanto eu me despia.

"Você é forte e está bem alimentada. Será uma boa trabalhadora." Ela me entregou uma jaqueta de uniforme listrada e uma saia grosseira. "Vai ter mais roupas quando descobrirmos qual trabalho é melhor para você."

Em seguida as oficiais nos mostraram o dormitório onde ficaríamos alojadas, cerca de trinta de nós em cada quarto. Minha cama ficava perto da porta em uma plataforma de dois níveis, uma dura placa de madeira que se estendia a cerca de um metro e meio da parede. Dormiríamos juntas, lado a lado. Meu "travesseiro" era uma peça imunda de tecido achatado com um pouco de algodão dentro. Um velho cobertor de lã tinha sido empurrado para trás em direção à parede. Eu provavelmente não precisaria muito dele durante o verão, mas também não sabia por quanto tempo estaria aprisionada ali.

Uma das oficiais explicou as regras e regulamentos: nós teríamos que ir para a cama às nove da noite e acordar às cinco da manhã. Tomaríamos café da manhã e jantaríamos no refeitório. O almoço, ela disse, poderia ser comido no trabalho, ou ficaríamos sem, dependendo de quão bem completássemos as tarefas que nos fossem atribuídas. Ela nos contou onde as latrinas estavam localizadas, mas nos encorajou a não usá-las durante a noite. Os poucos guardas do sexo masculino no campo ficariam de olho nelas. Não se podia fumar, beber ou ter atividade sexual. Todo o trabalho deveria ser realizado em nome do Reich, pois "o trabalho liberta".

"Quando eu apitar ou bater na porta, vocês deverão formar uma fila e estar prontas para fazer o que eu pedir", acrescentou a oficial com um floreio antes de sair. Nós recém-chegadas fomos deixadas sozinhas com mais vinte veteranas do campo. Me apoiei na grade da minha cama e tentei entender o que havia acontecido comigo. Katrina, com a cabeça inclinada sobre o peito, sentou-se no banco no centro do aposento.

O quarto estava vazio, exceto pelas camas alinhadas e o banco. As quatro janelas, duas de cada lado da cabana, estavam totalmente abertas, então um pouco da brisa entrava no ambiente. O ar estava abafado e cheirava a madeira em decomposição e sujeira. As mulheres que compartilhavam o quarto tinham pouco a dizer; não houve nenhuma saudação ou cumprimento. Esgotadas pelo trabalho do dia, sentavam-se no banco ou rastejaram até sua área de dormir para tirar um cochilo. Aquele devia ser um dos poucos momentos durante o dia em que que elas eram deixadas sozinhas. Era fácil ver o quanto um momento de paz era bem-vindo. Seus rostos estavam abatidos e gastos por suas provações diárias, seus cabelos, embaraçados e desordenados.

A cabana estava mergulhada em escuridão, apesar das longas horas de luz solar do verão, pois estava abrigada nas profundas sombras das árvores. Tentei conversar com uma das outras mulheres, mas ela estava cansada demais e acenou para que eu fosse embora. Quando rolou na cama, notei uma insígnia em sua jaqueta, um triângulo amarelo apontando para cima sob um triângulo vermelho virado para baixo, formando uma Estrela de Davi de duas cores. O emblema não significava nada para mim.

Sentei-me no banco no meio do aposento e olhei para as paredes. Meu corpo estava entorpecido pelo choque enquanto eu tentava digerir as horríveis condições em que tinha sido atirada. Queria correr, mas não havia nenhum lugar para onde fugir. Sufocantes sentimentos de perda e de desesperança tomaram conta de mim.

Cerca de trinta minutos depois, a mesma oficial voltou e nos reuniu para o jantar. O refeitório não era muito melhor do que nossa cabana, embora o espaço fosse maior. Filas de mesas de madeira bruta e bancos ocupavam a sala. Entramos pela porta da frente em uma fila de servir. Nosso jantar consistia de uma sopa rala com poucos vegetais servida em uma maltratada caneca de lata e nenhuma carne. Também recebemos uma crosta de pão. Sentei-me à mesa com Katrina e contemplei quão rápida e quão intensa tinha sido minha decadência: dos produtos mais frescos e dos pratos de chefe criados nas cozinhas de Hitler para a lixeira do acampamento. Embora eu estivesse com fome, não tinha apetite para tomar a sopa.

"Como você está se sentindo?", perguntei a Katrina.

Ela mexeu sua colher surrada no caldo e disse:

"Se eu não cair fora daqui, não vou viver até o inverno." Ela se virou para mim e seus olhos escuros me lançaram o olhar vazio da vida sendo drenada de seu corpo. "A maioria de nós estará morta depois do inverno."

"Se você sentir que não tem nenhum motivo para viver, você *vai* morrer", falei rispidamente para ela, mas em voz baixa porque não queria que as outras ouvissem. "Você precisa ser mais forte do que eles."

Ela olhou para mim, como se fosse um cachorro acuado prestes a ser atacado.

"Como faço isso?" Ela olhou ao redor da sala para as outras mulheres tristes e depois baixou a cabeça. "Como é possível que eu ganhe uma batalha contra a SS?"

"Pense em Erik. Pense nele a cada hora em que estiver acordada e nos seus sonhos. Se não viver por outra pessoa, viva para ele."

Pensei em Karl e lágrimas se formaram nos cantos dos meus olhos, mas eu estava determinada a não chorar na frente de Katrina. Ela precisava da minha força. Nós todas precisávamos da força de cada uma, mas enquanto estudava as outras mulheres no corredor, eu sabia que encontrar coragem seria uma dificuldade. Os nazistas haviam criado maneiras eficientes de destruir nossos ânimos.

Não tínhamos ficado na mesa por muito tempo quando a oficial nos disse para terminar de comer ou voltar para o quarto.

Meu estômago estava insatisfeito, mas dei minha sopa à prisioneira que recolhia a louça. Ela olhou para minha caneca e disse:

"Você não vai durar muito se desperdiçar comida. Daqui a três dias você beberá cada gota."

Eu suspeitava de que ela estivesse certa.

"Hoje não", eu disse e entreguei minha caneca e a colher.

Katrina e eu voltamos para o quarto. Nenhuma oficial nos acompanhou, mas dava para perceber que era inútil pensar em uma fuga. O campo era circundado por uma cerca elétrica. Um toque e estaria morta.

Meus braços e pernas estavam entorpecidos pelo cansaço. Rastejei para cima da prancha dura que me servia de cama. Caí num sono sem sonhos até que o apito do amanhecer me acordou. Era hora de trabalhar.

O café da manhã, mais parecido com um mingau de água suja, tinha a mesma consistência aquosa da sopa da noite anterior. A mulher musculosa que havia nos recebido indicou às recém-chegadas quais seriam nossos trabalhos. Seu nome era Gerda e fiquei sabendo que ela tinha estado em Bromberg-Ost desde o começo. Fui designada para cuidar do jardim do campo durante o outono. Katrina deveria ser despachada durante o dia para uma fábrica de munição nas proximidades. Gerda me disse que não havia tempo para tomar banho. Eu teria sorte de conseguir um por semana na barraca comunitária, talvez mais, "se você for uma boa menina".

Tive alguns minutos para visitar a latrina antes de comparecer ao jardim, um terreno bastante grande no lado norte do campo. Furtivamente me despedi de Katrina, desejei-lhe muita sorte e caminhei até o trecho de solo cultivado. Foi feita uma chamada. Três quartos da terra estavam expostos à luz solar direta; o outro quarto estava à sombra, assim, vários tipos de legumes poderiam ser cultivados. Os tomates e os aspargos estavam chegando ao seu auge. Fui instruída por uma oficial a colher os tomates e cortar os aspargos que estivessem maduros. Quando terminei, ela me disse para capinar o solo para as plantações do outono.

O dia estava quente e úmido. Mosquitos e moscas mordazes zumbiram em minha cabeça. A oficial se enfureceu e acenou com a pistola para mim quando espantei os insetos.

"Faça o seu trabalho!", ela gritou. "Nenhum inseto acharia que você é digna de uma picada."

Meu pescoço, braços e pernas expostos estavam cobertos de vergões vermelhos quando nos permitiram parar para o almoço. Novamente, o cardápio era sopa, provavelmente a mesma que tínhamos comido na noite anterior, com um pequeno pedaço de pão. Os tomates e aspargos não eram para nossos estômagos, mas para a boca de nossos captores. Dessa vez, terminei minha refeição.

Por quatro horas durante a tarde, revolvi o solo com a enxada. A terra era densa, com pedras pequenas. Eu não conseguia desenterrar mais de três centímetros antes de o buraco ser preenchido com pedras. Disse isso à oficial, mas ela zombou de mim e disse que eu não estava fazendo meu trabalho. Acrescentou que outras pessoas antes de mim tinham completado a tarefa sem reclamar. Ela me empurrou de volta, alertando para que eu tornasse a cavar os sulcos.

Às cinco da tarde, minhas costas estavam doendo e meus braços pareciam fios moles de macarrão. Eu mal aguentava a enxada. Minha jaqueta e saia estavam manchadas de suor. Os insetos continuavam flutuando sobre meu rosto e pescoço, me picando até eu estar coberta de feridas vermelhas e doloridas. Finalmente, nós que trabalhamos no jardim fomos autorizadas a retornar à cabana para alguns minutos de descanso antes do jantar. Desabei na minha cama. Katrina não estava no quarto.

Eu estava mergulhada em um sono sofrido quando uma batida no meu ombro me despertou. A mulher com quem eu tentara iniciar uma conversa na noite anterior se inclinou sobre mim. Ela colocou um dedo em seus lábios e então sussurrou no meu ouvido:

"Não conte para ninguém, mas tenho uma loção que impedirá que os insetos te piquem. Tem cânfora nela. Não cheira bem, mas algumas gotas espalhadas na sua pele exposta irão mantê-los afastados. Você deve estar morrendo de coceira."

Me apoiei nos cotovelos e olhei para ela.

"Obrigada. Foi um dia difícil. Uma loção é exatamente o que eu preciso."

"Espere um pouco." Ela se afastou da minha cama perto da porta e foi até a dela, no meio do quarto. Levantou seu cobertor sujo e tirou uma pequena garrafa marrom. Voltou, tirou a tampa e colocou a ponta do dedo sobre a abertura. Sacudiu e depois espalhou algumas gotas no meu pescoço e braços. A cânfora queimou minha carne irritada, mas depois de alguns minutos a coceira diminuiu sob o bálsamo refrescante.

"Você é muito gentil", eu disse. "Sou Magda."

Estendi a mão e ela a apertou suavemente, sorrindo. O dente do meio estava faltando no maxilar inferior.

"Sou Helen."

"Por que você está aqui?", perguntei.

"Eu poderia perguntar o mesmo de você."

Meus olhos se concentraram em seu distintivo vermelho e amarelo.

"Acho que sou prisioneira política, mesmo que ninguém tenha me acusado de tais crimes."

Helen deu um tapinha no seu emblema como se estivesse orgulhosa de seu distintivo.

"Eu também sou prisioneira política, e judia. É por isso que tenho duas estrelas. A amarela é para *judia*; a vermelha é para minha posição política. Os nazistas me acusaram de ser comunista." Ela riu. "E eles estavam certos." Seus olhos se iluminaram. "Suponho que eu não deveria ter dito isso a você. Você pode usar contra mim."

Foi minha vez de rir.

"Seu segredo está seguro comigo."

Eu estava prestes a perguntar sobre seu tempo no campo quando a oficial tocou o apito do jantar. Fizemos uma fila e saímos pela porta. Essa noite, eu tinha certeza de que iria comer. Katrina tinha chegado ao acampamento durante meu breve cochilo. Juntas, com a mulher mais velha, caminhamos até o salão para a refeição de sopa e pão novamente. Desta vez, o caldo tinha uma fatia de cenoura, mas o pão estava mofado.

Quando terminamos, Katrina e eu voltamos para o acampamento com a mulher mais velha. Perguntei a Katrina sobre seu dia.

"Foi um trabalho árduo", disse ela, segurando as mãos com cautela ao lado do corpo. "Alisei rolamentos de esferas o dia todo. Temos uma cota para cumprir. Se você não fizer isso, você é retirada da linha e repreendida."

"Repreendida?", Helen perguntou. "A palavra é *espancada*. Foi o que aconteceu comigo." Helen abriu a boca e apontou para o lugar onde faltava o dente. "Fui atingida por um guarda que estava descontente com a forma como eu esfregava os pisos."

"Você limpa as cabanas?", perguntei.

"Esse é o meu trabalho. Tenho sorte de tê-lo conseguido."

"Não sei quanto tempo consigo aguentar", disse Katrina. "Minhas mãos estavam em carne viva no final do dia."

Eu me senti mal por ela, mas queria que sobrevivesse.

"Lembre-se do seu marido", eu disse. "Seja forte por ele."

Quando chegamos à cabana, Katrina abriu as palmas das mãos e nos mostrou as lacerações na pele. Eu duvidava que ela conseguisse trabalhar no dia seguinte. Olhei para as minhas próprias mãos e percebi que vergões com uma aparência aquosa emergiam na pele entre o polegar e o dedo indicador. Seriam bolhas dolorosas de manhã.

Me arrastei para a minha cama enquanto algumas mulheres sentadas no banco conversavam. Mesmo com as luzes acesas e a tagarelice contínua, não tive dificuldade em adormecer. Continuei dormindo quando as luzes foram apagadas.

Mais tarde naquela noite, com os pensamentos enevoados pela sonolência, senti um par de olhos me encarando. Não tinha como ver as horas e não havia um relógio na parede, mas devia ser mais de meia-noite. Acordei com um calafrio, assustada com a presença que pairava sobre mim.

"Não tenha medo", uma voz feminina sussurrou. "Levante-se."

Sacudi a cabeça para clarear os pensamentos e olhei para a escuridão. A silhueta de uma mulher apareceu nas sombras.

"Quem é você? Para onde vamos?"

"Você vai descobrir em breve", disse ela. "Posso te levar à força, mas se você vier de bom grado, será muito melhor."

Eu não tinha dúvidas sobre sua sinceridade, então me arrastei da cama como pude, meus braços e pernas rígidos doendo. Calcei o sapato quando meus pés tocaram o chão.

"Venha comigo", ordenou a mulher. "Podemos conversar lá fora." Ela me levou até a porta e caminhou para longe da cabana. Cerca de cinquenta metros na frente, ela acendeu uma tocha elétrica. Uma pistola pendia de sua mão esquerda. Eu a reconheci como a jovem e bonita oficial que dissera que eu parecia ser "forte e bem alimentada". Ela fez um gesto para que a seguisse até as sombras mais profundas debaixo das árvores. Quando paramos, ela acariciou meu cabelo e meu rosto.

"Sou Jenny", disse ela. "Posso tornar a vida fácil para você."

Eu sabia que nada de bom poderia vir de sua proposta.

"Como?"

Ela colocou a tocha no chão e se apoiou contra uma árvore. A luz lançou sombras acentuadas em seu rosto. Uma mariposa flutuou em torno do brilho da tocha.

"Você é bonita. Você e Katrina, mas ela é muito fraca para o que tenho em mente. Você é forte e vai sobreviver, não importa o custo."

Estremeci quando ela tocou meu rosto e afastei sua mão.

"Você tem escolha", disse ela. "Por que não trocar dor por prazer?"

Tive medo de perguntar o que ela queria.

Ela puxou um pacote de cigarros do cinto da sua saia.

"Você fuma?"

"Não." Queria me afastar, fugir de suas perguntas, mas não havia para onde ir.

Ela riu.

"Você tem algum vicio? Álcool? Maconha?" Ela se inclinou tão perto do meu rosto que eu podia ver o brilho em seus olhos. "Homens?"

"O que você quer?"

"Os soldados alemães precisam do seu serviço." Ela riu novamente, desta vez mais suave com uma pitada de tristeza. "Dei a eles o máximo que pude, mas se cansaram do meu corpo. Nenhum homem admite, mas é verdade. Todo homem, casado ou não, procura por mais. Ele não consegue ficar satisfeito com uma mulher."

"Você me dá nojo", eu disse, e depois me afastei. Olhando para trás, vi a pistola ser levantada na minha direção.

"Nunca me dê as costas novamente, a menos que você seja ordenada", disse Jenny. "Não hesitarei em atirar em você se me desobedecer."

Eu me virei.

"Assassina."

Ela baixou a arma.

"Acredite, ninguém se importará se você estiver morta. Ninguém notará que há um prisioneiro a menos no mundo. Se você não consentir, outra vai pegar seu lugar, talvez Katrina, no fim das contas. Vou lhe dar vinte e quatro horas para tomar uma decisão. Te procuro na mesma hora, amanhã à noite. Sugiro que você faça a escolha certa." Ela desligou a tocha e apontou para minha cabana. "Volte a dormir. O trabalho de amanhã será mais difícil que o de hoje."

Afastei-me devagar, sem olhar para trás. Se ela fosse atirar em mim, teria que disparar contra minhas costas como uma covarde. *As fotos que Karl me mostrou da Frente Oriental. Parece que se passaram anos desde que eu as vi. Homens, mulheres, até crianças, alinhados em cima de um barranco. Em seguida mortos com tiros pelas costas. Os corpos caíram um por um no poço até que ele estivesse cheio. A sujeira os cobriu até que não restasse nada, nem mesmo lágrimas.*

Quando tive certeza de que estava longe de Jenny, corri até chegar à porta da cabana. Sem fôlego, agarrei a maçaneta, mas não consegui abri-la. Todo o horror dos últimos dois dias caiu sobre mim e desmoronei soluçando na terra úmida, meu corpo e alma lançados no inferno de Bromberg-Ost. Não havia saída. Qualquer Deus que havia no céu tinha abandonado meu país, minha família e eu.

Capítulo 16

JENNY ESTAVA CERTA – o trabalho do dia seguinte foi mais difícil do que no dia anterior. Meus músculos doíam. Minhas mãos inchadas latejavam de dor com cada movimento da enxada, como se pedaços de vidro estivessem sendo empurrados para dentro da minha pele. Uma nuvem densa se instalara sobre o campo e oferecia um pouco de alívio do calor. O ar, no entanto, se agarrava à minha pele como um trapo úmido. As horas se arrastaram como dias enquanto eu era forçada a abrir a terra rochosa em sulcos lamacentos.

Notei algo curioso no jantar. Katrina e outra mulher que estavam na cabana não apareceram lá. Não ousei perguntar a uma das oficiais o que tinha acontecido. Recebi minha refeição – um mingau marrom, supostamente feito de grão-de-bico, que cheirava a terra e parecia cru - e me sentei ao lado de Helen. Como a maioria das outras presas, ela comeu devagar, falando pouco, com a cabeça inclinada sobre a tigela. Ela olhou para mim com apenas um sinal sutil de ter me reconhecido quando me sentei ao seu lado.

"Você viu Katrina?", perguntei depois de uma colherada na coisa pegajosa que estava no meu prato.

Ela negou com a cabeça. Tive a sensação de que não queria falar comigo.

"Você sabe o que aconteceu com ela?"

Helen se virou e olhou para mim.

"Nós não falamos dessas coisas. É proibido."

Parei de mexer meu mingau e apoiei a colher no lado da tigela. Helen continuou comendo, sem querer conversar.

"Deixe-me lhe dizer uma coisa" sussurrei, "o seu silêncio me diz que algo terrível aconteceu com Katrina. Não tenho ideia do que foi, mas se você não me disser, vou descobrir por outra pessoa. Estamos matando nosso próprio pessoal. Isso tem que acabar."

Ficamos sentadas em silêncio por um tempo, ambas comendo nossas magras porções. Quando Helen terminou, disse:

"As oficiais estão ouvindo, assistindo, procurando por qualquer desculpa para se livrarem de nós. Você está aqui há pouco tempo. É perigoso falar."

"Estamos cercadas de perigo. Devemos viver com ele ou morrer. O que aconteceu com Katrina?"

Helen suspirou.

"Você é tola. Vou negar que eu lhe disse qualquer coisa." Empurrou a tigela para longe. "As oficiais fazem seleções. Gerda, Jenny... elas tomam as decisões sobre quem vai e quem fica. Katrina e outra mulher foram enviadas para Stutthof esta manhã. Elas não estavam em forma para trabalhar. Katrina reclamava das mãos; a outra mulher teve problemas com as pernas. Ela mal podia andar. Elas não voltarão."

"Como você sabe?"

Helen olhou para mim como se eu fosse uma idiota, com os olhos arregalados de admiração.

"Elas nunca voltam. Você já ouviu falar dos chuveiros em Stutthof?"

Fiz que não com a cabeça.

"Centenas, talvez milhares, são enviadas para tomar banho e nunca saem."

"Elas desaparecem?"

"Sim, como Katrina. E então o acampamento cheira a carne queimada."

Pensei na foto que o Capitão tinha me mostrado de um prisioneiro empurrando um cadáver para algo semelhante a um forno gigante. O prisioneiro na foto parecia tão morto quanto o cadáver. A única maneira que eu poderia evitar de ser dominada pelo pânico total daquela revelação era pensar em Karl. A esperança, a frágil oração que existia em minha mente de vê-lo vivo um dia era tudo o que me impedia de me dissolver em lágrimas. Eu esperava que Katrina sentisse o mesmo a caminho de Stutthof.

Estávamos participando de nossa própria destruição. Como todos na Alemanha podiam olhar para o outro lado? Me perguntei se aqueles que viviam nas cidades ou em fazendas nos arredores dos campos conseguiam sentir o cheiro de carne queimada. Será que olhavam para os céus quando os flocos de cinza caíam sobre eles? Como podiam não saber o que estava acontecendo e, se sabiam, por que não se importavam? Onde estavam as pessoas que precisavam se mobilizar com indignação e horror contra o que nosso governo estava fazendo?

Voltei para a cabana sozinha, longe de Helen. Eu não estava com vontade de conversar. Me demorei ao me preparar para a cama. Quando me deitei, não adormeci porque me sentia inquieta como se estivesse com coceira, como se formigas estivessem rastejando sobre minha pele. Fiquei acordada, imaginando os segundos correndo, enquanto esperava por Jenny.

Fiel à sua palavra, ela chegou no meio da noite. Quando me tocou, eu ainda não tinha ideia do que fazer. Pensei em Karl e me perguntei sobre a decisão que ele gostaria que eu tomasse. Me lembrei da nossa conversa quando ele disse que eu deveria fazer todo o possível para me manter viva. Meu pai teria dito o mesmo.

Não falei com ela até que estivéssemos do lado de fora, em pé na escuridão.

"Eu vou com você."

"Sensato da sua parte", disse Jenny.

Senti o cheiro não muito forte de álcool em sua respiração, mas era sutil como se tivesse tomado alguns goles de vodca. Ela acendeu um cigarro e me disse para segui-la. Atravessamos o acampamento até os chuveiros, onde me ordenou que me despisse e me banhasse. Tirei a jaqueta e a saia, coloquei-as em um gancho e entrei no chuveiro. Jenny me observou, sorrindo enquanto eu tirava a roupa.

"O coronel ficará satisfeito... exceto pelas picadas de insetos", disse ela, com um riso arqueado. "Disse a ele que eu tinha uma surpresa guardada."

Sobressaltei-me porque imediatamente pensei no Coronel, que havia me banido da Toca do Lobo. Então percebi que provavelmente não era o mesmo homem. Havia muitos coronéis no exército. Me encolhi pensando sobre o que Jenny tinha reservado para mim; no entanto, a água morna e o sabão que corriam sobre meu corpo fizeram com que eu me sentisse bem, porque fazia dias que não conseguia me lavar completamente.

"Você fará qualquer coisa que ele pedir", disse ela. "Qualquer prazer que ele quiser, você vai dar. Não fale, a menos que ele fale com você. Estarei do lado de fora da porta, com isto..."

Ela acariciou a pistola amarrada a um coldre debaixo do braço.

Passei alguns minutos a mais no chuveiro até Jenny começar a se irritar. Desliguei a água e ela me entregou uma toalha. Ela recuou rapidamente para evitar que a água caísse em seus sapatos de couro. Jenny estava vestida com uma saia preta, blusa branca e suéter. Ela usava um lenço vermelho em volta do pescoço; parecia que estava saindo para a noite. As outras oficiais nunca usavam nada tão provocativo quanto Jenny. Ela tinha uma aparência adorável, os cabelos longos caindo em ondas e o rosto embelezado com maquiagem.

Quando terminei de me secar, Jenny me entregou uma pomada e maquiagem em pó para passar no corpo e cobrir minhas picadas de insetos. Ela então me deu um roupão branco e me disse para vesti-lo.

"É uma curta caminhada. Carregue suas roupas nojentas até chegarmos lá." Ela apertou o nariz com dois dedos como se para bloquear o mau cheiro. Então passou os dedos pelos meus cabelos e acariciou meus ombros. "Você está quase apresentável agora. Por aqui."

Depois do meu banho, a noite parecia mais fria quando o ar tocava minha pele. Não tivemos que andar muito até chegarmos a uma cabana perto da entrada de Bromberg-Ost. O lado de fora parecia deserto, tão sem vida quanto um edifício vazio, mas por trás dos blecautes identifiquei o brilho amarelado da luz de velas. Jenny parou na frente da porta.

"Venha para cá quando terminar. Estarei aqui para levá-la de volta. O Coronel está lá atrás esperando."

Quando puxei o trinco, lembrei-me de que não tinha escolha se eu quisesse permanecer viva. Respirei e entrei. Meus olhos levaram um pouco de tempo para se ajustar à luz. Algumas velas lançavam sombras cintilantes no lugar. O ar não estava parado, e o quarto cheirava a amônia e sexo. Aquele era o bordel do campo. Havia sete camas no quarto, três de cada lado e uma na parede do fundo. Todas estavam vazias, menos a mais distante. Um homem nu estava sentado na cama, com uma toalha enrolada na cintura, cobrindo metade de seu corpo. Ele fez um gesto para que eu me aproximasse. Apertei o cinto do meu roupão.

Aquele não era o Coronel que me enviara para cá. O homem na minha frente tinha em torno de 40 anos, era bonito, com cabelos escuros, ficando grisalho nas têmporas. Seu corpo era maduro, seu peito e braços cobertos com pelos pretos. Enquanto caminhava em sua direção, ele afastou as pernas e a toalha se abriu no meio. Eu parei.

"Aproxime-se", disse ele. Pelo seu tom, percebi que ele frequentava o bordel. "Não vou machucar você." Ele deu um tapinha na cama. "Sente-se ao meu lado. Vamos nos conhecer."

Meus músculos tremiam sob minha pele. Eu estava nervosa, mas me sentei ao seu lado.

"Você é nova nisso. Nunca vi você." Ele se virou em minha direção. "Qual é o seu nome?"

"Magda", respondi. Não tinha certeza se devia ter dito a ele.

"Magda... Bonito. Como você." Ele colocou a mão na minha perna e depois esfregou a palma da mão para cima e para baixo sobre meu roupão. "Você precisa relaxar, se divertir. Eu posso fazer você feliz. Se me fizer feliz, a vida pode ser muito mais fácil." Ele esticou a mão esquerda na minha direção, pegou meu rosto gentilmente e me virou para ele. "Você está tremendo. Posso obrigá-la a fazer o que eu quiser, mas se você ceder será muito mais agradável." Ele abriu a toalha na frente com sua mão direita. "Olhe", ordenou, empurrando minha cabeça para baixo.

"Pare, por favor", eu disse. "Me dê alguns minutos."

Ele cedeu e deitou de costas na cama, seu corpo nu à mostra para mim.

"Seria mais fácil se eu pedisse a outras que se juntassem a nós? É disso o que você gostaria? Uma orgia? Jenny pode conseguir isso. Na verdade, ela ficaria feliz de se juntar a nós." Ele riu.

Eu me senti dilacerada.

"Não, não seria mais fácil. Seria mais fácil morrer."

Ele deu uma risadinha.

"Moral não tem lugar em um bordel. Pense na coisa toda como um momento de prazer. Depois que acaba, desaparece para sempre." Ele pegou minha mão e a colocou no seu abdômem. "Amanhã à noite você nem mesmo vai se lembrar do meu rosto. Você não vai se lembrar da sensação do meu..." Ele forçou minha mão mais para baixo, guiando-a para os seus pelos púbicos.

Arranquei minha mão da dele.

"Estou vendo que vai ser difícil. Talvez a força seja a única maneira." Ele pulou da cama e estava quase chamando por Jenny.

"Estou grávida", deixei escapar.

Ele me olhou fixamente, seus olhos arregalados de espanto. Colocou a toalha lentamente ao redor da cintura. Ficou sentado por algum tempo, me avaliando, tentando descobrir se eu estava mentindo.

"Vou conversar com Jenny sobre isso. Ela não pode fazer com que um homem fique excitado e depois jogar um balde de água fria sobre ele. Não está certo."

"Sou casada com um oficial da SS", eu disse.

Os olhos do coronel se arregalaram e uma onda de dúvida passou por eles.

"Se isso é verdade, o que você está fazendo aqui?"

Contar a verdade me pareceu melhor do que mentir, pelo menos uma meia-verdade.

"Eu não sei. Não me disseram qual foi meu crime. Fui retirada da Toca do Lobo, onde eu trabalhava para o Führer."

Ele se afastou de mim.

"Você trabalhou para o Führer? Qual é o seu nome?"

"Magda Weber. Eu me casei com o Capitão Karl Weber."

Ele afundou o rosto nas mãos.

"Meu Deus. Eu conheço o Capitão Weber. Eu o conheci antes de ele ser convocado para servir na Berghof."

O coronel gritou chamando Jenny. Ela abriu a porta com um empurrão e pulou para dentro, com sua pistola apontada para mim.

"O que ela fez? Devo matá-la?", gritou enquanto caminhava em nossa direção.

"Guarde isso antes que atire em alguém", disse o coronel. "Consiga algumas roupas para essa mulher e a leve para o dormitório das oficiais. Mantenha-a lá durante a noite e garanta que nada de mal aconteça a ela. Darei um telefonema pela manhã."

"Não entendi", disse Jenny, e olhou para mim como se eu a tivesse apunhalado pelas costas.

"Isso é tudo", disse o coronel. "Apenas faça o que eu disse. Eu lhe contarei amanhã." Ele se deitou na cama. "Mande outra mulher, alguém mais apropriada."

Jenny me puxou da cama e me empurrou em direção a porta.

"Lembre-se", o coronel ordenou, "seja boa com ela".

Quando estávamos do lado de fora, Jenny colocou sua pistola no meu rosto e disse:

"Eu não sei o que você fez, mas se houver qualquer trapaça envolvida, vou matar você pessoalmente. Não gosto de ser feita de tola."

Abaixei a cabeça e não disse nada.

"Vadia", disse Jenny, e cuspiu no meu pé. Ela não disse mais nada enquanto me levava para o dormitório das oficiais.

Gerda me acordou cedo na manhã seguinte. Ela me disse que eu poderia tomar um banho no dormitório e me preparar pois o coronel queria me ver. Me deu um vestido azul, roupa de baixo limpa, meias e sapatos. Ela tinha até mesmo recuperado minha mala. Umas poucas coisas sem muita importância tinham sido perdidas; ela havia sido revirada; as roupas deixadas lá dentro estavam amassadas e bagunçadas. Gerda me trouxe uma xícara de café. A bebida tinha um cheiro delicioso e saboreei cada gole. Pela primeira vez em dias, me senti como um ser humano.

Gerda me levou para um escritório vazio e me mandou esperar. As janelas davam para os jardins, que brilhavam como diamantes verdes no sol do amanhecer. Além dos espaços verdes, as cabanas de detenção se espalhavam como dominós até o distante cume das árvores.

Vi o coronel quando ele se aproximou. Andava rigidamente ereto como um bastão com pernas, com os olhos fixados na vista à sua frente. Tentei avaliar seu humor, que era muito diferente da noite anterior. Ele parecia sombrio e desanimado, como se o que quer que fosse que tinha para me dizer fossem más notícias.

Coloquei meu café sobre a mesa e fiquei em pé quando ele entrou na sala, passando direto por mim.

"Sente-se."

Eu me sentei e esperei sua decisão sobre o meu destino.

O coronel se sentou atrás da escrivaninha, tirou o quepe e o colocou em frente a si. A insígnia da caveira, o crânio e os ossos cruzados, capturaram meu olhar. Ele se inclinou para trás em sua cadeira e disse:

"Diga-me o que você sabe sobre o plano para matar o Führer."

Eu não vacilei diante do seu olhar atento.

"Nada. Eu estava na Toca do Lobo quando a bomba explodiu."

"O Capitão Weber está desaparecido. Você tem alguma ideia de onde ele está ou se ele está envolvido nesse plano hediondo?"

"Não."

Ele colocou um dedo nos lábios e suspirou.

"Ele será capturado e executado se meu palpite estiver correto. Outros, na Gestapo, acreditam que ele está envolvido. Muitos estão envolvidos."

Pela primeira vez desviei o olhar e olhei pela janela em direção aos espaços verdes, onde vi as prisioneiras começarem sua marcha solitária do dia.

"Se meu marido estava envolvido nisso, nunca compartilhou essa informação comigo. Mas é ridículo acreditar que ele teria algum papel no plano. Ele é leal ao Reich."

O coronel bateu com seus punhos sobre a escrivaninha com tanta força que a caneta e o lápis que estavam sobre ela voaram no ar.

"Não acredito em você! Está mentindo!"

Me virei para ele.

"Se estou mentindo, por que contaria a você a verdade sobre quem eu sou? Por acaso a SS e a Gestapo lhe contaram que salvei a vida do Führer? Ou que foi o Führer quem quis que eu e Karl nos casássemos?"

Seu rosto se contorceu em uma carranca, como se eu tivesse desmontado seu argumento.

"Não. Ouvi isso de outra fonte: sua chefe", ele afirmou calmamente. Pegou o quepe e olhou fixo para ele. "Quando você jura sua vida ao Führer você faz certos sacrifícios. Me disseram que você fez esses sacrifícios. Eu acredito em você."

A ansiedade que eu carregava foi drenada do meu corpo.

"Obrigada", eu disse.

"Não conversei apenas com a Gestapo. Também falei com a cozinheira da Toca do Lobo. Ela atestou sua inocência." Ele apontou para o quepe. "Vê a caveira? Todo homem da SS jurou obedecer o Führer e ao Reich. Dar sua vida se necessário. A cozinheira me disse que ninguém sabia onde você estava. O Coronel que mandou você embora não disse a ninguém que estava lhe transferindo para Bromberg-Ost. Sua chefe estava furiosa que uma funcionária leal e dedicada tivesse sido tirada dela sem uma palavra sequer. Ela foi até o Führer e solicitou que você fosse levada de volta para a Toca do Lobo. Ele se lembrava de que você salvou sua vida." Ele se inclinou para a frente e deu um tapinha no alto de seu quepe. "Para seu bem, espero que você seja leal ao Reich. Espero que seu marido que desapareceu seja tão dedicado ao Führer como você é."

Respondi com uma mentira repugnante, mas eu tinha que falar:

"Sou leal ao Führer. E meu marido também." Lembranças de Karl me vieram à mente e lágrimas brotaram nos meus olhos. Abaixei a cabeça e solucei.

"Nada de lágrimas", disse o coronel. Ele se ergueu da cadeira e levantou meus ombros. "A cozinheira está mandando um carro para você. Ele chegará hoje à tarde. Nesse meio-tempo, você fica aqui. Vou pedir a Gerda que procure a sua aliança de casamento. Espero que ela não tenha sido enviada para a fundição." Segurou o quepe nas mãos, desejou-me sorte e saiu da sala.

Fiquei sozinha por cerca de uma hora até Gerda voltar para o escritório.

"Você pode tomar café na cozinha", disse ela. "Não sabíamos que você trabalhava para o Führer." Ela me estudou como se eu fosse uma atriz, uma celebridade. Estava admirada por estar com alguém tão próxima de

Hitler. Eu sabia que ela também suspeitava de mim, uma mulher que trabalhara na Berghof e na Toca do Lobo e que acabou indo parar em Bromberg-Ost. Não fazia sentido para ela.

"Um coronel da SS queria me punir", eu disse para satisfazer sua curiosidade.

Ela me olhou com mais perguntas em seus olhos.

"Não tenho certeza de por que eu, mas o Führer compreende a situação. É por isso que ele está me chamando de volta para a Toca do Lobo."

"Entendo", disse ela, e os músculos do seu pescoço ficaram tensos. Abriu o seu punho cerrado e mostrou minha aliança de casamento.

Uma onda de sentimentos tomou conta de mim e a alegria me dominou porque minha conexão com o Karl havia sido restaurada. Coloquei o anel de volta na minha mão esquerda.

"Siga-me", disse Gerda. "O carro não estará aqui antes da tarde."

Passei as poucas horas seguintes na sala de refeições com a equipe da cozinha. Algumas eram oficiais e trabalhadoras do Partido; o restante eram prisioneiras do campo. Todas me encaravam fixamente, inclusive Jenny, que passava pelo refeitório por acaso. Ela não disse nada, apenas me lançou um olhar fulminante por trair seus planos de me transformar em uma mulher de bordel. Depois do almoço – um suntuoso banquete de porco, batatas, feijão-verde e bolo para oficiais, o oposto das refeições minguadas oferecidas para as presidiárias do campo –, caminhei de volta para o escritório onde o coronel me interrogara.

Por volta das duas da tarde, vi uma Mercedes preta parar do lado de fora do portão. Gerda se dirigiu ao oficial e me ordenou que a seguisse. Minha saída foi "efetivada", o portão foi aberto e saí para a liberdade. O motorista da SS abriu a porta do carro e nós partimos. Escapar de Bromberg-Ost foi simples assim. Me reclinei no assento, olhei para o meu anel enquanto ele brilhava como uma estrela de prata alternando com o sol e sombra que entravam pela janela. Pensava comigo mesma no que teria acontecido com Katrina em Stutthof. Estaria morta? Eu suspeitava que sim. Será que Helen, a judia comunista, teria o mesmo destino? Eu nunca saberia, e isso me assombrava. Gostaria de ter podido salvá-la, mas pedir tal favor ao Reich teria sido impossível.

O motorista manteve o carro em alta velocidade. Ele não falou quase nada e parecia estar com muita pressa para voltar à Toca do Lobo. Depois de três horas o carro chegou às planícies arborizadas da Polônia. Chegamos a Rastenburg perto das seis horas. Depois de passarmos pela segurança, o motorista me deixou perto da estação de trem particular de

Hitler. Eu não sabia se o quarto que compartilhava com Karl ainda estaria esperando por mim, então peguei minha mala e caminhei para o refeitório. Cook, pensei, estaria na cozinha, no meio dos preparativos para o jantar.

Quando entrei, um silêncio desceu sobre a equipe. Todo mundo me encarava – a mulher *marcada* retornara de sua prisão. Cook estava de pé perto de uma mesa no canto distante da cozinha. Quando me viu, correu para mim de braços abertos, me abraçou e me perguntou se eu estava bem. A equipe assistiu ao nosso reencontro com interesse e então, lentamente, retornou ao trabalho.

"Magda, preciso falar com você", disse Cook. Eu sabia pelo seu tom que alguma coisa séria tinha acontecido. Ela me levou para seu pequeno escritório perto da entrada. Sentamos uma em frente à outra nas duas cadeiras amontoadas lá dentro. Estranhamente, estar rodeada de livros de culinária, listas de inventário, requintadas especiarias, nossa intimidade, tudo aquilo me fez sentir confortável depois de meus longos dias e noites em Bromberg-Ost.

"O Coronel foi exonerado do serviço," disse Cook. "A Gestapo o levou embora."

Fiquei chocada, mas aliviada por me ver livre dele.

"Por quê?"

"Ninguém sabe", disse ela. "Tanta coisa aconteceu desde que Stauffenberg atacou o Führer. Tem sido uma loucura aqui." Ela bateu com os dedos sobre sua pequena mesa de carvalho. "Se eu fumasse, pegaria um cigarro. Um cálice de vinho me faria bem." Ela me olhou com as sobrancelhas franzidas. "Quero que você seja forte – a Gestapo quer falar com você. Só sei disso porque falei com o Führer pessoalmente para providenciar sua volta. Disse a ele que você nunca moveu um músculo contra o Reich." Ela fez uma pausa e a preocupação em seus olhos se aprofundou, transformando-se em tristeza. "Ele não está bem. Geralmente faz suas refeições sozinho, mas às vezes janta acompanhado por suas secretárias. Sua mão esquerda está trêmula e ele caminha curvado. Ele não é mais o homem que costumava ser antes da explosão. Fiquei sabendo que sua fúria está mais pronunciada do que nunca. Ninguém o contraria."

As palavras de Cook levaram meus nervos ao limite.

"Até Eva falou muito bem de você", ela continuou. "Normalmente a opinião dela sobre esses assuntos não importa. Mas o Führer conhece você e acredita que você não tem nada a ver com esse crime; caso contrário eu não teria sido capaz de te libertar. Muitos foram capturados e executados por causa da explosão – ouvi dizer que centenas já foram presos. Você é afortunada."

"Obrigada", eu disse, e fiz um gesto para tocar suas mãos. Ela segurou minhas mãos nas suas e ficamos sentadas por um momento enquanto a tensão do corpo dela fluía para o meu. "Bromberg-Ost foi horrível. As prisioneiras são tratadas pior do que animais de fazenda. Ouvi rumores de…"

Ela retirou suas mãos das minhas com um olhar de desgosto.

"Magda, por favor. Nunca fale dessas coisas. Não é permitido. O que quer que você tenha visto deve ser um erro. Se os guardas agem como criminosos eles serão punidos. O Reich não vai permitir que essas atrocidades aconteçam. Não diga a ninguém o que se passou com você."

Uma batida nos interrompeu. Um empregado jovem abriu a porta e se dirigiu a Cook.

"Espere aqui", ela me disse enquanto saía.

Esperei por trinta minutos antes de a porta se abrir novamente. Um homem de meia-idade com finos cabelos grisalhos entrou. Ele vestia um terno preto com um broche do Partido preso na lapela.

"Senhora Weber", disse ele, e se sentou na minha frente, segurando um dossiê preto, que colocou no colo. "Eu te diria meu nome, mas minha identidade não é importante." Ele sorriu mostrando dentes brancos perfeitos.

Alguma coisa em seu caráter me inquietou: formal e metódico, mas não era cruel e abertamente ameaçador como o Coronel. No entanto, imaginei que ele não teria dificuldade em cortar minha garganta e me assistir sangrar até morrer. Ele passaria a faca pelo meu pescoço com elegância, como se cometer o ato fosse uma arte. Me parecia ser um assassino frio e calculista.

Tirou uma caixa de óculos preta do bolso de sua jaqueta e colocou em cima do dossiê.

"Deixe-me dizer que você é uma mulher afortunada. Outros não tiveram tanta sorte." Ele abriu a caixa, tirou os óculos e os colocou. "O Führer, em sua sabedoria, julgou que você era inocente dos crimes apontados pelo Coronel." Ele abriu o dossiê, passando para a primeira página. "Você não terá mais nenhuma interação com o Coronel, isso está garantido. Ele foi mandado embora."

"Para onde?", perguntei. "Como posso ter certeza de que ele não vai voltar?"

"Você não precisa se preocupar. Isso é tudo o que posso informar. A questão não tem nenhuma consequência para você. Talvez no futuro..."

Ele olhou para baixo nas linhas datilografadas e leu:

"O Reich relata a morte do Capitão Karl Weber."

Ele continuou a ler, mas meus ouvidos se recusavam a ouvir sua voz que zumbia. Me senti escorregando da cadeira para o vazio. Um grito estrangulado saiu da minha boca, mas parecia vir de algum lugar fora de mim, de algum ponto distante do universo. Despenquei pela escuridão até que o homem me pegou e me ergueu de volta à minha cadeira. Eu me recusava a acreditar no que tinha ouvido.

"Senhora Weber!" Ele sacudiu meus ombros até que olhei para ele horrorizada.

"Ele está morto?", repeti a pergunta várias vezes até que se tornou um violento protesto.

"Sim! Preciso pedir que se recomponha."

Me recostei contra a cadeira e me segurei com força no assento de madeira. Ele se sacudiu debaixo de mim como um barco em uma tempestade.

O homem voltou ao dossiê.

"Com relação à morte de seu marido, posso dizer que seu corpo foi encontrado ontem no perímetro externo da Toca do Lobo. Um bilhete foi encontrado nas proximidades. O Capitão Weber se suicidou. Seu corpo foi levado para ser enterrado.

Um escuro véu de lágrimas se formou em meus olhos.

"Para onde o levaram? Como ele morreu?"

Ele tirou os óculos e os colocou na caixa.

"Infelizmente isso é tudo o que eu posso dizer a você. A assunto está encerrado. Você pode retornar para os seus deveres." Ele se levantou e com uma voz firme, disse: "Heil Hitler".

Ouvi a porta ser aberta e se fechar, e ele foi embora.

Mergulhei meu rosto nas mãos e chorei até sentir um toque gentil nos meus ombros. Cook se sentou na minha frente e se agarrou nos meus braços até que minhas lágrimas acabassem e meus olhos se secassem, restando os soluços ofegantes. Ela pegou minha mala e me guiou pelo campo até meu antigo dormitório. Ali, Dora e Else esperavam por mim. Desabei como um peso de ferro sobre a cama. Eu as ouvi falando, mas o que diziam não fazia sentido. Não liguei. Nada mais me importava. Meu marido estava morto.

Minha menstruação estava atrasada e eu suspeitava estar grávida. Mas numa manhã uma forte dor golpeou meu estômago e corri para o banheiro. Quando me levantei do assento, olhei para dentro da privada. A água estava turva de sangue e de um fluido esbranquiçado. A previsão de Karl estava certa: eu tinha carregado seu bebê; mas o perdera após a morte dele.

Capítulo 17

SE É POSSÍVEL VIVER COMO UM MORTO, foi o que fiz pelos quatro meses seguintes. O outono já avançava quando voltei a experimentar meus dias e noites como algo diferente de um atoleiro de sofrimento. A vida voltou devagar como uma pintura formada por peças de um quebra-cabeça, construído dia após dia, hora após hora, peça por peça. Em alguns dias eu conseguia ver além da névoa que enchia minha cabeça; em outros eu era sufocada pela depressão e pelas lágrimas.

Passei a odiar a rotina da Toca do Lobo e, francamente, não me importava que eu pudesse ser envenenada. Cook tentou me animar com suas brincadeiras e sua despreocupada alegria sobre a comida, mas permaneci uma alma melancólica. Na maioria das noites, enquanto eu provava o jantar do Führer, desejava a morte, um descanso abençoado da monotonia de minha inútil existência.

Sonhava com Karl e com o que havia acontecido com ele. Circulavam rumores por toda a Toca do Lobo sobre seu suicídio, mas a maioria das pessoas era gentil demais para falar sobre isso. Eu sabia quando alguma coisa estava sendo dita sobre mim – as vozes silenciadas, os olhares se afastando, aquilo indicava fofoca. Mesmo Dora, que eu suspeitava saber mais sobre a morte do meu marido, permanecia em silêncio.

Uma noite no final de setembro, do lado de fora do cinema, enquanto o vento soprava ferozmente através do quartel-general, dois guardas da SS estavam em pé fumando cigarros. Eles sorriram quando eu passei, o vento abanando a fumaça de suas narinas. Um deles mencionou meu nome, então me escondi perto da esquina do prédio esperando ouvir a conversa deles. As palavras foram levadas pelo turbilhão de ar e decifrei "campo minado", "pedaços de seu corpo", "covarde". Esperei nas sombras até que eles fossem embora; então voltei para o dormitório e confrontei Dora. Ela estava deitada na cama, lendo um livro, seu corpo longo mal cabendo no colchão.

Atirei meu casaco na cama.

"O que aconteceu com meu marido?" Ela olhou para mim como se não pudesse acreditar que eu tinha feito aquela pergunta. "Tenho certeza de que você sabe. Todos no quartel-general sabem, exceto eu."

Ela se apoiou nos ombros. O único barulho no quarto era o infernal zumbido do ar através do duto de ventilação. Ela balançou a cabeça.

"Você tem certeza de que quer ouvir a resposta? A maioria das viúvas de guerra não quer saber como seus maridos morreram."

Sentei na minha cama e olhei fixamente para ela. Dora não era uma amiga, nem seria uma aliada.

"Eu mereço saber." Como não éramos grandes amigas, imaginei que ela me diria a verdade.

Dora colocou seu livro de lado e se sentou.

"Muito bem, vou dizer o que quer saber, mas se você mencionar isso para alguém vou negar ter te contado."

Concordei com a cabeça.

"O Capitão Weber explodiu a si mesmo com uma mochila explosiva no perímetro exterior."

Eu me encolhi com a imagem em minha mente, mas mantive minha compostura. Eu também sabia que a terra naquela área era cheia de minas.

"Não consigo acreditar nisso", eu disse.

"É verdade. Recebi um relatório em primeira mão." Dora se inclinou para a frente. "Cook descobriu, mas não sei como. Ela estava com medo de contar a você. É claro que ninguém deveria falar sobre esses assuntos."

"Meu marido nunca faria uma coisa dessas. Conheço Karl. Ele não se mataria. É por isso que ouvi oficiais cochichando sobre ele ser um covarde?"

"Provavelmente. Ele escolheu o caminho mais fácil. Você tem certeza de que ele não cometeria suicídio? E se seu marido tivesse envolvido no plano de matar o Führer?"

"Impossível."

Dora passou sua voz para um sussurro.

"Eu só sei o que me foi dito. Parece que o Coronel estava chanta-geando oficiais, independentemente de eles estarem ou não envolvidos na explosão. Foi por isso que ele foi levado embora. Ele lançou suspeita sobre muitos homens e sobre algumas poucas mulheres. Imagino que ele tentou fazer com que você confessasse, mas falhou. A Gestapo, é claro, deve investigar cada possível pista."

Eu me abalei com as palavras dela.

"O oficial da Gestapo insinuou que havia um bilhete. Você sabe o que ele dizia?"

"Eu nunca o vi, mas seu marido proclamava a inocência dele. E a sua também. Aparentemente, ele sabia que estava em maus lençóis. Ser acusado é tão prejudicial quanto a própria ação."

Não precisei pensar muito para imaginar que atrocidades poderiam ocorrer nas mãos da polícia secreta.

Else chegou no quarto e abriu seu alegre sorriso. Ela nos cumprimentou, mas nem Dora nem eu respondemos. Quando Else percebeu nosso humor azedo, ela se despiu para dormir, deitou-se embaixo do cobertor e fechou os olhos. Dora retornou ao seu livro enquanto imagens de Karl corriam pela minha cabeça. Eu tinha guardado as esperanças dele para o nosso futuro no coração. Por isso era tão difícil acreditar que ele tinha se matado. Me perguntei como eu enfrentaria os dias que me restavam na Toca do Lobo.

A primeira neve caiu no final de outubro. O ar frio e úmido pesava o dia. Primeiro, veio a chuva, deixando as cascas das árvores escura de umidade. Pequenos pedaços de granizo seguiram-se a ela durante várias horas antes de a neve fina cair no crepúsculo cinzento.

Cook me procurou naquela manhã e pediu minha ajuda. De todas as pessoas na Toca do Lobo, eu a considerava a única em quem podia confiar – um tipo de amiga. Nós fomos ao seu escritório para revisar inventários de alimentos. Entramos e ela fechou a porta.

Olhei para os cadernos na mesa. A tinta corria em linhas sobre as páginas como ondas. Esfreguei os olhos e disse:

"Acho que estou ficando louca. Um tempo longe da Toca do Lobo me faria bem."

Cook suspirou e colocou a mão no meu ombro.

"Seria melhor para todos nós ficarmos longe daqui." Ela se sentou perto de mim e sorriu. "Você gostaria de um pouco de vodca? Mantenho uma garrafa escondida, e você nunca poderá contar sobre o meu pequeno esconderijo. O Führer não ficaria satisfeito se soubesse que sua cozinheira bebe de vez em quando."

Eu ri.

"Só bebi uma vez, em uma festa de aniversário. O anfitrião me deu um copo pequeno."

"Bem, você não vai conseguir mais do que isso aqui." Ela procurou em um armário que eu tinha aberto muitas vezes antes. Arrastou caixas e livros, depois ergueu um pedaço de madeira, como se fosse remover a tampa de um painel secreto. O vidro brilhava na luz fraca. Cook o alcançou e tirou uma garrafa de vodca russa. "Contrabando. Imagine ter isso na Toca do Lobo enquanto nossos inimigos mortais se aproximam. Você pode ser preso por ter uma garrafa, mas não me preocupo demais. Limpo minhas impressões digitais. Se alguém perguntar, responderei: Como eu saberia como isso chegou aqui?" Ela tirou dois copos pequenos do armário, serviu a vodca, fez um brinde batendo o copo contra o meu e derramou o álcool pela garganta de uma só vez. Eu tomei um gole. A bebida queimou na minha língua e minha primeira reação foi tossir para cuspi-la, mas forcei para ela descer e uma bola distorcida e quente se alojou no meu estômago. "Você aprende a gostar", disse Cook, "especialmente em uma noite fria".

Passei a língua pelos lábios.

"Não é ruim."

Cook tentou encher meu copo, mas eu a detive com a mão.

"Eu não deveria. Dora pode sentir o cheiro no meu hálito."

Ela concordou com a cabeça, mas seus olhos cintilaram de raiva.

"Para o inferno com Dora. Ela precisa de uma bebida para relaxar. A maioria das pessoas aqui precisa…" Sua voz desapareceu e ela se serviu de outra dose. Seu rosto estava ressentido. A alegria que a garrafa lhe dera se dissipou. "A situação está ruim, Magda. O Führer raramente vê alguém além de seu pessoal militar, que ele constantemente repreende pela incapacidade." Ela inclinou o copo e engoliu a bebida. "Ele fica em seu quarto. O médico me disse que ele se queixa do estômago e toma injeções constantemente para manter sua energia. Ele parece um homem velho."

"E a guerra?", perguntei.

"Estamos perdendo. O Exército Vermelho está à nossa porta. Tenho certeza de que não demorará muito para trocarmos a Toca do Lobo por lugares mais seguros."

"Se pudesse ir embora agora, eu o faria." Me inclinei para trás e esvaziei o copo.

Cook colocou o copo na mesa e suspirou.

"Você deve ir embora agora. A Frente Oriental está caindo rápido. Os Vermelhos podem estar aqui em alguns meses, talvez algumas semanas. É para o seu próprio bem. Mesmo os oficiais da SS estão secretamente dizendo aos outros para irem embora."

Sua sugestão me pegou desprevenida. Um buraco se abriu em meu coração enquanto eu ponderava sobre ser afastada da sede da guerra. De repente, percebi quão encantada minha vida tinha sido, apesar do encarceramento em Bromberg-Ost. Lembrei-me dos meus dias no acampamento e das mulheres como Katrina e Helen que ficaram para trás. Talvez a libertação delas viesse em breve. Não havia nada que eu pudesse fazer sobre a situação.

As notícias do avanço Vermelho me sacudiram. Karl tinha implorado para que eu continuasse viva, por minha causa e pelo bebê. Mas será que eu tinha sobrevivido – e também falhado em meu desejo de matar Hitler – por causa do meu desejo egoísta de segurança? Sem a proteção de Hitler, eu estava destinada a ser uma "alemã comum", apanhada no fogo cruzado dos exércitos que se aproximavam. Aqueles em torno de Hitler se sentiam protegidos, seguros, apesar da guerra. O ministro da comunicação continuava a alimentar os cidadãos do Reich com mentiras: o exército ganharia a guerra e Hitler protegeria seu povo. E as tropas americanas e britânicas? Quão longe elas estavam da Alemanha? Não tinha ideia de suas posições. Quão seguro estava meu pai em Berlim, uma cidade-alvo?

"Os outros foram para uma fazenda nos arredores de Rastenburg", disse Cook. "Fica perto daqui, porém é mais segura do que o quartel-general. Você ainda pode trabalhar. Um carro virá buscá-la."

Estendi meu copo; queria outra dose de vodca. Cook derramou uma porção generosa.

"E você? Você vem?"

Ela fez que não com a cabeça.

"Vou ficar na Toca do Lobo. Meu lugar é ao lado do Führer, não importa o que aconteça."

O olhar em seu rosto ecoava a decisão em sua voz. Eu não podia discutir com ela. Queria dizer que permanecer no quartel-general era suicídio. Queria contar sobre as tramas para matar Hitler, a forma como os prisioneiros eram tratados nos campos, desmascarar a verdade, mas eu sabia que ela não iria ouvir, porque essas coisas não deveriam ser faladas. Eu entendia, mas desprezava sua lealdade ao homem que ela admirava acima de todos os outros. Hitler inspirava aquele tipo de lealdade em sua equipe pessoal. Talvez fosse sua atitude paterna, sua bondade e atenção às suas necessidades que os mantinha na linha. Por que eles acreditariam no que Karl e eu sabíamos que era verdade? Eles não tinham ideia do que estava acontecendo no Oriente ou nos campos.

"O carro a levará até a casa depois de *provar* esta noite", disse Cook. "Pelo modo como ele come hoje em dia, o jantar não deve demorar muito. Não vejo como ele pode viver com leite e bolo de maçã, mas suponho que isso ajude seu estômago."

Voltei ao quarto e fiz as malas mais uma vez. Curiosamente, quando procurei sob a cama, encontrei meu macaco de pelúcia. Ele fora movido do quarto que Karl e eu compartilhávamos. Estava no chão desde a minha infeliz viagem a Bromberg-Ost. Eu o puxei para fora, bati a poeira do seu corpo peludo e o coloquei na mala. Prometi que ele nunca mais iria sair do meu lado. As lembranças de família, porém, haviam desaparecido.

Cook tinha razão sobre a *prova*. Tornara-se uma mera formalidade com pouca preocupação quanto ao envenenamento de Hitler. Por que envenenar o homem quando o fim estava próximo? Certamente outros membros da equipe da Toca do Lobo sabiam como a guerra estava indo mal. Claro que não podiam dizer nada.

Algumas horas depois, Else e eu partimos para a nossa nova casa.

A casa de madeira da fazenda situava-se a menos de dez quilômetros a nordeste da Toca do Lobo. O casal que possuía a propriedade era provinciano, mas mantinha uma feroz lealdade a Hitler. Insígnias nazistas decoravam a lareira. Suásticas cobriam os travesseiros e os tapetes. Peter e Victoria eram verdadeiros prussianos e intensamente orgulhosos de sua herança germânica: ele era alto e magro, enquanto sua esposa era mais baixa e forte. Ele me lembrava de fotos que eu tinha visto de um Otto von Bismarck de meia-idade. Peter usava o cabelo penteado para a esquerda sobre um longo rosto acentuado por uma barba ruiva e bigode. Victoria nos recebeu na porta e rapidamente me ofereceu uma tigela de ensopado de cabra. Aceitei e me deleitei com o gosto de sua comida. O cozido era abundante e cheio de batatas, repolho e cebolas. Eu suspeitava que um pouco de sua comida caseira acabava na Toca do Lobo. Talvez os nazistas oferecessem ao casal um salário como retribuição pelo seu "sacrifício".

A casa retangular estava cheia de móveis rústicos. Tudo o que Peter e Victoria possuíam viera da terra, até mesmo o relógio de cuco feito à mão sobre a lareira. Else e eu não éramos as únicas *provadoras* na casa. Quatro outras mulheres também residiam lá. Eu raramente falava com elas no quartel-general, exceto para trocar saudações e pequenas conversas. Nós seis compartilhamos uma cabana comprida anexada à casa principal, com beliches confortáveis e roupas de cama quentes. Vários gatos sentavam-se na janela e um golden retriever corria pela casa.

Nós apreciávamos nossas acomodações, além de nossas viagens à Toca do Lobo. Aquele descanso na fazenda era muito mais confortável do que os alojamentos apertados na Toca do Lobo. Uma leve sensação de lar e calor permeava a casa, mas o inverno estava se aproximando e as noites de meados de novembro ficavam cada vez mais frias.

Uma noite, um sussurro me despertou. Eu me levantei da cama, com a horrível impressão de que algo estava terrivelmente errado.

"Magda, você está ouvindo?", perguntou a voz.

Olhei para a escuridão e o rosto aflito de Else apareceu. Ela apertou a grade e olhou para mim. Eu estava no beliche em cima dela.

"Pelo amor de Deus, Else, o que há de errado?"

Ela apontou para a única janela perto do centro da cabana. Saí da cama tão silenciosamente quanto possível e fui até lá pé ante pé. O quarto estava gelado no meio da noite e as tábuas frias de madeira me picavam os pés descalços. Abri a cortina e espiei. A linha escura de árvores quase chegava à casa. Fora da janela gelada, uma neve escassa caía, mas não ouvi nada.

"Escute", sussurrou Else. Ela virou uma orelha na direção da janela. "Está acontecendo há mais ou menos meia hora." Eu estava começando a achar que Else tinha perdido a cabeça. Alguns segundos depois, uma luz brilhou através dos galhos escuros, sua brancura amarelada se partiu em cacos pelas árvores grossas. Então um suave estrondo rolou até meus ouvidos. Eu sabia que o que víamos e ouvíamos não eram relâmpagos nem trovões. Estava frio demais para uma tempestade. Esperamos mais alguns minutos, paralisadas pela neve caindo. Estremeci e voltei para minha cama para pegar um cobertor. Else continuou a assistir na janela. Ela parecia tão pequena e vulnerável quanto uma criança. Fiquei ao seu lado e compartilhei meu cobertor. Outra explosão dividiu o céu.

"Tiros de canhão", eu disse. "Os Vermelhos estão chegando perto." Os bombardeios continuaram por mais meia hora antes de cessar. Else e eu caímos de volta na cama, mas demorei algumas horas para adormecer, pensando o tempo todo no avanço do Exército Vermelho.

Na manhã seguinte, as outras *provadoras*, exceto Else e eu, já haviam partido quando o dia clareou. No café da manhã, Peter mencionou o bombardeio e sacudiu a cabeça com desgosto.

"A Wehrmacht vai repelir os invasores inimigos", disse ele. "Não há nada a temer."

Victoria parecia menos convencida enquanto caminhava na cozinha. Círculos escuros se formavam sob seus olhos por causa de uma noite de sono ruim. Ela me disse depois que Peter saiu da mesa:

"Tenho medo do que pode acontecer." Ela segurava uma toalha nas mãos e a torcia distraidamente. "O Führer diz que devemos nos proteger da horda asiática a qualquer custo. Eles vão queimar nossas casas, matar nossos homens e nos violar."

O rosto de Else ficou branco e ela começou a chorar. Eu não a via tão visivelmente chateada desde o dia em que chegamos à Toca do Lobo. Eu também estava abalada pelo avanço, mas queria ser forte para Else.

"Você não pode acreditar em tudo o que ouve", eu disse, tentando adotar uma postura otimista. "O Reich prevalecerá." Eu não acreditava naquelas palavras, mas elas pareceram animar Victoria, que voltou a seus afazeres na cozinha. Eu secava os pratos enquanto ela lavava. Else arrumou a mesa e nos trouxe pratos. Ela trabalhava com a testa franzida; a limpeza era uma distração não muito eficaz contra os pensamentos sombrios do dia.

A neve parou de cair no final da manhã. O sol espreitava pelas altas nuvens cinzentas e lançava longas sombras pelas árvores. Eu li na sala de estar e Else brincou com dois dos gatos até chegar a hora de me preparar para o trabalho. O carro da SS chegou por volta das três da tarde para nos pegar. As *provadoras* que voltavam desceram do carro com rostos tristes. O motorista da SS se inclinou contra o longo sedã preto e acendeu um cigarro. Quando Else e eu estávamos entrando no carro, ele disse:

"Este pode ser um dos seus últimos dias na sede. O Exército Vermelho está a vinte quilômetros. A situação não está boa."

Saí do carro.

"Else, junte suas coisas. Você pode precisar delas."

"Não dá tempo de vocês fazerem as malas", disse o motorista. "Tenho um cronograma a seguir."

"Só levará um minuto." A caminho da porta, eu disse a Else para esconder o máximo que pudesse em sua bolsa. "Se alguém perguntar, diremos que estamos cumprindo ordens e deixamos por isso mesmo."

Levamos cerca de cinco minutos para reunir tudo. Não precisei de muito tempo porque eu não tinha realmente desfeito as malas, sentindo que não ficaríamos muito tempo ali. Joguei meu macaco de pelúcia na minha bolsa e fechei-a. Else tinha algumas coisas a mais para arrumar do que eu, mas fez isso tão rápido que logo pudemos sair. Nós não nos despedimos das outras *provadoras* ou de Peter e Victoria. Fomos direto para o carro. Nosso motorista irritado pisou no acelerador, pulverizando lama e pedras enquanto corria para ir embora.

Quando chegamos ao refeitório, colocamos nossas malas no escritório de Cook. Ela também parecia consternada com a aproximação da Força Vermelha e lutava para manter sua mente distraída com a culinária.

"Fizeram bem em trazer suas malas", disse ela. "A ordem para evacuar pode vir a qualquer momento." Seus olhos ficaram sombrios. "Tudo o que nós construímos e pelo qual lutamos será destruído."

Queria contar a Cook sobre as fotos que eu tinha visto, as informações que Karl havia reunido sobre os campos e as atrocidades, mas eu sabia que o momento de contar a verdade tinha passado. Suas ilusões seriam estilhaçadas em breve.

Quando Else e eu estávamos prestes a *provar* a refeição noturna, o barulho e o choque do tiro de canhão vibraram através do prédio. As paredes de tijolos e de madeira tremeram com a explosão. O refeitório não era um *bunker*. Cook e eu olhamos uma para a outra e Else inspirou profundamente. Uma onda de medo nos atingiu quando outra explosão aconteceu a apenas poucos quilômetros de distância.

"Vão embora", Cook nos disse. "Vão para a fazenda. Vocês estarão mais seguras lá. Tenho muito o que fazer."

"Eu não quero ir", disse Else. "Não podemos ficar aqui?"

"Onde você acha que os bombardeios e as bombas irão cair?", Cook perguntou. Ela segurou as mãos de Else. "Vão agora. Que Deus permita que eu as veja no futuro."

Cook ordenou que um jovem oficial da SS nos levasse de volta para a fazenda. Reunimos nossas malas e o seguimos até o carro. Uma vez que passamos as guaritas de fiscalização, o homem acelerou o sedã na estrada. Ao percorrer a curta distância, vi rajadas de luz cor de laranja ao leste, seguidas de estrondos ensurdecedores. As ondas de choque atingiam o veículo com tanta força que o carro chacoalhava, como se uma gigantesca mão invisível o estivesse empurrando.

Else estremeceu no assento e tentei consolá-la, mas era difícil ser corajosa naquele momento.

"Rápido!", gritei para o motorista e olhei freneticamente para o leste. Minha garganta se ressecou de medo.

Quando nos aproximamos da casa, o motorista desacelerou o carro.

"O que há de errado?", perguntei.

Ele empurrou o quepe e apontou para frente. Chamas lambiam o céu e fumaça subia de um ponto no fundo da floresta.

"É a casa", eu disse. "Temos que ajudá-los."

"Não recebo ordens de você", disse ele. "Pode ser uma emboscada. Vou dar a volta."

Bati com minha mão na parte traseira do banco do motorista.

"Você realmente quer ser responsável pela morte de quatro membros da equipe do Führer? Você poderia justificar suas ações para o seu oficial superior?"

Ele virou a cabeça em minha direção. Mesmo no interior escuro eu conseguia distinguir a expressão em seu rosto. Parecia uma criança que tinha sido repreendida. Supus que ele não tinha muito mais de 18 anos. Ele franziu o cenho, depois voltou a encarar o para-brisa e disse:

"Vou dirigir mais meio quilômetro. Você pode ir a pé a partir de lá."

Else puxou meu casaco.

"Não seja idiota, Magda. Os Vermelhos podem estar aqui. Por favor, vamos voltar."

Else sempre havia sido protegida desde que a conheci, primeiro pela Minna, e depois por Cook e eu.

"Nós vamos ficar bem", eu disse a ela. "As outras *provadoras* podem precisar da nossa ajuda."

Pedi ao motorista que continuasse.

O jovem desligou os faróis do sedã e avançou devagar. O motor suave da Mercedes ronronou em um sussurro. Nos sacudimos sobre buracos, esmagando as rochas no caminho. O fogo de artilharia diminuiu, mas as chamas em frente subiam mais alto no ar.

"Aqui", disse o homem. "Isto é o suficiente. Se você quiser..."

Uma chuva de balas estilhaçou o para-brisas. Uma bala perfurou a cabeça do jovem soldado. Seu sangue se espalhou para trás em gotas quentes quando ele caiu sobre o volante. Gritei por Else e puxei seu bra-ço. Ela caiu lentamente contra o meu corpo, com os olhos pendendo nas órbitas. Sangue escorria de um buraco no seu casaco. Gritei novamente e me esforcei para abrir a porta. Eu estava sentada no lado direito do assento mais próximo da floresta. Abri a porta com um empurrão e caí na floresta, sobre um tronco. Felizmente, meu casaco pesado me protegeu. O frio e a neve que caíram sobre mim dos ramos acima se somaram ao choque que percorria meu corpo.

Vozes de homens, vindas da frente do carro, desciam pela estrada. Me embrenhei mais fundo na floresta, sem sentir nada exceto o pânico que me impulsionava adiante até eu chegar a um pequeno agrupamento de rochas. Escondi-me atrás delas e ouvi os homens que se aproximavam por cima das batidas selvagens do meu coração. Eles falavam russo e não entendi o que estavam dizendo. Ouvi as portas do sedã serem abertas e fechadas. Os homens riram e gritaram algo que soou como maldições. As vozes então desapareceram pela estrada que tínhamos tomado para chegar à fazenda.

Eu tremia na escuridão e me levantei do chão. O fogo, vomitando chamas alaranjadas no céu, ainda queimava a cerca de cem metros de distância. O calor aqueceu meu rosto quando olhei para ele. Tropecei pela floresta em direção à casa, longe dos homens na estrada. Quanto mais perto eu chegava do fogo, mais claro o bosque brilhava. Os ramos escuros reluziam. A neve que os cobria tinha começado a derreter, criando gotas geladas que caíam sobre meus ombros e cabeça.

Logo cheguei à beira da floresta. A luz era tão brilhante que eu precisava proteger meus olhos com as mãos para ver através dela. Suspirei. A fazenda fora consumida pelas chamas. Grandes colunas de fogo e fumaça rodaram no ar, deixando centelhas e cinzas no chão.

Em frente à casa, espalhados pela estreita faixa de terra entre a porta e os bosques, estavam seis corpos arrumados em uma fileira: as quatro *provadoras*, Peter e Victoria, os donos. Suas cabeças estavam viradas na minha direção, os rostos afundados na neve. Sangue se acumulava em poças ao redor de cada um deles, brilhando vermelho sobre o revestimento de gelo. Eu me arrastei para perto da linha das árvores para permanecer escondida. Os braços das mulheres estavam estendidos acima de suas cabeças enquanto Peter e Victoria repousavam nas extremidades opostas da fileira, com as mãos ao lado do corpo. Parecia que cada um tinha sido baleado na parte de trás da cabeça. O cão amarelo, farejando a neve sangrenta, circulava perto de seu dono. Coloquei minha mão sobre a boca para sufocar um grito. Peter, Victoria e as *provadoras* eram membros do Partido, mas não mereciam morrer daquela forma. Então me lembrei das fotos que Karl me mostrara da Frente Oriental que corroboravam os rumores de atrocidades contra os poloneses, russos e judeus. Meu coração afundou sob o peso da capacidade do exército que avançava de retribuir e de aplicar a máxima "olho por olho, dente por dente".

Caí de joelhos no chão molhado, puxei meu casaco até minha boca e solucei. Se ao menos eu tivesse ouvido os protestos deles, o jovem oficial e Else poderiam estar vivos. Tremi ao perceber que era responsável por suas mortes. Mas eu só queria salvar os outros! Agora eles estavam mortos na frente da fazenda queimada que antes me abrigara por vários dias. Eu não podia gritar, fosse por vergonha ou horror.

Lembranças de Karl inundaram minha mente. Eu precisava ter forças para avançar sem ele, mas me perguntei por quanto tempo poderia manter seu desejo de que eu vivesse. Seu bilhete final para mim, *eu te amo*, apareceu diante dos meus olhos. Ele *queria* que eu vivesse e eu queria honrar seu desejo.

Olhei para o fogo por vários minutos, observando as chamas iluminarem grotescamente os corpos. De repente, a mão direita de uma das mulheres foi empurrada contra o chão. Eu não sabia se ela estava viva ou se aquilo era uma contração involuntária, mas sabia que não poderia sair do meu esconderijo para salvá-la. Ela sangraria até a morte na terra fria, se já não estivesse morta.

Me esforcei para processar o que vi. A distância, como um som se deslocando pela névoa, vozes masculinas eram carregadas pelo ar. Tiros foram disparados rapidamente. Houve gritos, berros de dor e depois silêncio. Eu me ajoelhei na base de uma grande árvore e pensei sobre o que fazer. Não podia voltar para o carro; o sedã era inútil. Eu não poderia ficar na floresta durante a noite, pois congelaria até a morte. Minha única opção era encontrar abrigo e calor.

Um pensamento desagradável cruzou minha mente. Havia um anexo vários metros atrás da casa, à beira da floresta. Talvez fosse longe o suficiente para não ter sido destruído. Era minha única esperança de sobrevivência durante a noite.

Circulei pela floresta espessa, afastando ramos e espinheiros, contornando a casa até chegar na parte de trás. A latrina ainda estava de pé e o calor do incêndio se prolongava muito além dela até a floresta. Abri a porta e entrei. O mau cheiro era avassalador, mas era um preço pequeno para pagar pela sobrevivência. Uma lua crescente tinha sido esculpida na porta. Fiquei por várias horas observando o fogo e respirando o máximo de ar fresco possível. Finalmente, exausta, sentei-me entre a porta e a privada e baixei a cabeça para descansar.

Acordei com uma luz que atravessava as rachaduras da porta como raios de luz refletidos na água. Meu relógio dizia que eram quase oito horas. Me levantei e esfreguei o pescoço, que estava duro e dolorido pela longa noite. Espiei pela lua crescente vazada na porta. O fogo ardia, enviando fumaça e ondas de calor pelo ar. Eu não conseguia ver a pilha de cinzas e escombros, mas sabia o que estava além dela – os corpos.

Abri a porta e agucei os ouvidos. O bosque estava quieto; nem um pássaro de inverno chilreava na manhã gelada. Uma centelha de fogo ou outra sibilava e estourava intermitentemente, mas o mundo estava estranhamente calmo, como se a morte tivesse tomado conta da terra. Saí da latrina e percorri os escombros, sentindo-me mais sozinha do que jamais estivera. O céu estava sombrio e cinza; a Terra, uma bola erma girando pelo cosmos. Olhei para os meus sapatos enlameados e meias rasgadas. Minhas pernas tinham arranhões, alguns dos quais haviam sangrado e secado. Meu casaco estava salpicado de sujeira.

Quando dei a volta nos detritos queimados, os corpos entraram no meu campo de visão. Eles ainda estavam lá, os rostos, azuis-acinzentados e contorcidos, agora congelados no chão. O sangue havia se juntado e ensopado o gelo, criando manchas pardas e enferrujadas ao redor de suas cabeças. O cachorro desaparecera. O sedã não era visível de onde eu estava, mas sabia que estava a apenas algumas centenas de metros seguindo a estrada. Dei uma última olhada nos corpos e depois caminhei em direção ao carro. Não tinha andado muito quando ouvi as engrenagens de um caminhão. Mergulhei no bosque e me escondi atrás de um grande pinheiro. Quando o caminhão apareceu, suspirei de alívio. Os soldados da Wehrmacht o ocupavam, suas cabeças despontando acima das grades metálicas da caçamba. Corri para a estrada, acenando com as mãos. O caminhão parou. Alguns homens espiaram sobre topo da cabine e apontaram suas armas para mim.

"Pare", gritei. "Sou Magda Ritter, uma *provadora* do Führer."

Um oficial da Toca do Lobo me reconheceu. Ele ordenou que os homens mantivessem suas armas apontadas para mim.

"Estou sozinha. Os outros estão mortos."

O oficial olhou para o bosque e depois abriu a porta. Vários soldados saíram do caminhão. O oficial me questionou e contei o que acontecera a partir do momento em que o sedã havia sido atacado.

"Nós estávamos na patrulha", disse ele. "Sinto muito por termos chegado tarde demais." Ele olhou pela estrada. "Houve uma luta intensa durante a noite. Os Vermelhos recuaram temporariamente, mas nossos esforços não vão durar. O Führer ordenou a evacuação da Toca do Lobo. Você deve vir conosco ou perderá o trem para Berlim."

Apontei para a casa.

"E os corpos?"

"Os cães não terão muito trabalho com eles", disse o oficial.

Comecei a protestar, mas ele levantou a mão e disse:

"Não temos tempo para enterrá-los. Os Vermelhos terão que fazê-lo. Eles os mataram."

Um soldado estendeu o braço. Segurei-o e ele me puxou para dentro da caçamba. Demos meia-volta na estrada e nos dirigimos ao sedã. O para-brisa quebrado brilhava como um espelho fraturado. Gritei para o motorista parar porque queria recuperar minha bagagem.

"Rápido", o oficial ordenou a um de seus homens.

Um soldado pulou para baixo. Apontou para a bolsa, que estava no porta-malas aberto. Minha bagagem tinha sido revistada, mas eu podia ver que meus poucos pertences ainda estavam dentro dela.

Eu não queria olhar para dentro do carro, mas não pude deixar de ver a parte de trás do jovem soldado caído sobre o volante. O corpo de Else estava caído no banco traseiro. Eu não podia ver seu rosto, mas suas mãos estavam dobradas em seu peito como se estivesse tentando parar o sangramento de seu coração.

O soldado voltou com minha mala. O caminhão acelerou, atravessando a estrada. Os homens olhavam por sobre os trilhos, as armas em prontidão como se os Vermelhos pudessem atacar a qualquer momento. Sentei-me sobre o estrado e dobrei a gola do casaco em volta do pescoço. Um vento frio passou por mim. Derramei uma lágrima silenciosa por Else e pelos outros e me perguntei se eu conseguiria sair da Toca do Lobo.

Capítulo 18

EM MENOS DE VINTE E QUATRO HORAS a atmosfera nos quartéis-generais da Prússia Oriental havia mergulhado no caos. Percebi a energia desesperada no ar quando o caminhão arrancou para a garagem perto dos trilhos ferroviários. Fileiras de malas e arquivos estavam dispostas sobre o chão esperando para serem carregadas em um dos trens privados de Hitler. Oficiais da SS, rabiscando em cadernos, se curvavam sobre elas. Um soldado me ajudou a descer do caminhão. Eu estava aliviada por estar de volta.

Cook estava por perto. Ela olhou atentamente para o oficial que me interrogara mais cedo. Ele balançou a cabeça em negativa e o rosto de Cook ficou vermelho. Ela gritou e correu em minha direção com os braços estendidos.

"Malditos bárbaros", lamentou. "Espero que apodreçam no inferno!" Ela tirou o sangue seco do meu rosto e depois desabou contra meu ombro, vertendo o restante de suas lágrimas. Eu a consolei o melhor que pude e depois contei minha versão dos acontecimentos. Chorei ao descrever a morte de Else no carro.

"Não temos muito tempo", disse Cook depois que eu terminei. "O trem sai ao meio-dia e devemos estar nele. Encontre-me aqui quinze minutos antes." Ela se virou e caminhou em direção ao refeitório.

Peguei minha mala e fui até o dormitório. Ao longo do caminho, passei por muitos homens correndo como formigas cujo formigueiro havia sido pisoteado. Dora estava em nosso quarto arrumando suas coisas. Ela olhou para mim com um rosto azedo e disse:

"Você está com cheiro de merda."

Joguei a bolsa na minha cama com desgosto e disse:

"Passei a noite em um banheiro externo."

Ela olhou para mim sem entender.

"Todas as *provadoras* estão mortas", eu disse.

Dora voltou a embalar suas coisas.

"Melhor para elas do que passar pelo que estamos passando. Imagine o Reich caindo." Ela bateu a tampa da mala e se virou para mim, com o rosto fino tremendo. "Não posso acreditar." Repetiu essas palavras várias vezes antes de despencar em sua cama. A luz do teto lançou sombras sobre seu rosto. "Nós não podemos desistir. O Führer não permitirá que a Wehrmacht falhe."

"A guerra acabará logo", eu disse, "e a Alemanha será derrotada".

Ela olhou para mim.

"Como você ousa dizer uma coisa dessas? Você devia ser enforcada por traição. Pessoas como você e seu marido traidor são a razão pela qual estamos perdendo a guerra."

Enfurecida, queria dar uma bofetada nela, sacudi-la, até expulsar sua obediência cega ao Partido, mas já tinha dito o suficiente. Um confronto só alimentaria o incêndio.

Me afastei de Dora e abri o armário. Nada de importante estava lá dentro – alguns grampos de cabelo e um par de calças arruinadas. Eu só tinha alguns vestidos na mala. Aquele que estava vestindo teria que ser jogado fora. Tirei um vestido da bolsa, fui para os chuveiros e mergulhei em água quente com sabão até meu corpo ficar limpo. Quando voltei ao quarto, Dora tinha ido embora. Coloquei roupas limpas e deixei meu vestido manchado de sangue esticado na minha cama, uma lembrança para os russos ou a floresta, o que chegasse primeiro.

Cook estava esperando por mim na plataforma do trem.

"Tive que deixar muita coisa para trás", ela explicou, e torceu as mãos. "Será uma nova vida em Berlim, se não for a última para nós." Seus olhos ficaram nebulosos com esse pensamento. "Tenho medo do que os Aliados farão com a gente, Magda. Os Vermelhos, se eles chegarem a nós primeiro, nos matarão nas ruas como porcos."

"Você ficará a salvo com o Führer", eu disse. Mesmo agora, Cook não conseguia enxergar quem havia trazido aquela destruição sobre nossas cabeças. Ela nunca culparia seu Führer pela catástrofe que se desenrolava.

"Você está indo para a Chancelaria conosco, não é?"

Olhei ao longo dos trilhos para os homens e mulheres que evacuavam a Toca do Lobo. Poucas palavras eram ditas. A maioria estava com a cabeça baixa ou olhando para o trem com os olhos vazios. Dora, com a mala a seu lado, estava no final da plataforma.

"Não", eu disse. "Tenho que encontrar meu pai. Não ouço falar dele há meses. Nem sei se está vivo."

Cook voltou-se para mim e pôs as mãos nos meus ombros.

"Lembre-se disso: venha para o *bunker* se precisar e vou deixar você e seu pai entrarem."

Balancei minha cabeça em negativa.

"Não seja tola", disse Cook. "Você pode não ter escolha se quiser sobreviver."

Agradeci por sua bondade, mas no meu coração não queria mais nada com Hitler ou com sua equipe. Eu queria encontrar meu pai e começar uma nova vida com ele se isso fosse possível. Tanta coisa estava no ar. O inimigo podia matar todos nós. Pensei em Karl. Ele se inclinava sobre mim, com seu rosto cheio de alegria. Nós estávamos fazendo amor em nossa última noite juntos. Seu corpo se demorava sobre o meu e ele tocava meu rosto, como somente alguém que ama pode fazer. Meu coração ansiava pelo Capitão, mas ele estava morto. *Ele* queria que eu sobrevivesse, mas sem ele, a vida parecia impossível. No entanto, cada vez que me sentia sobrecarregada, me lembrava da promessa que tinha feito para ele.

Um funcionário da SS caminhou até estar à frente daqueles que esperavam na plataforma. Explicou que apenas um pequeno número de nós teria permissão para embarcar – haveria várias viagens entre a Toca do Lobo e a Estação Rastenburg utilizando todos os trens privados de Hitler. Ele escolheu Cook e a mim para partir no primeiro trem. Outros, incluindo Dora, teriam que esperar até mais tarde.

Cook e eu embarcamos e ocupamos assentos perto da janela. Olhando para fora do carro ornamentado, o mundo parecia bastante simples e incolor. Minha vida nunca mais seria a mesma. Eu seria uma alemã comum e meu serviço para Hitler seria uma lembrança. Uma melancolia outonal pendia sobre a Toca do Lobo enquanto as nuvens de novembro se espalhavam em lâminas cinzentas sobre nós. O tempo parou por um instante. As árvores nuas, os *bunkers* a distância, os trilhos da ferrovia permaneceriam na minha memória como estavam naquele momento. Nada poderia mudar isso. Enquanto eu observava, um velho encurvado se aproximou do trem. Ele estava cercado por oficiais da SS e generais militares que pareciam estar empurrando seu frágil corpo para a frente. O impetuoso e vibrante Adolf Hitler desmoronava diante de nossos olhos, uma sombra de seu antigo eu.

A tentativa de assassinato o havia ferido, física e psicologicamente. Talvez o autodesprezo o tivesse levado àquela condição enfraquecida, ou talvez ele tivesse sido consumido pelo ódio devido ao fracasso da Alemanha em conquistar a guerra. Eu não tinha certeza de qual era a verdade.

Depois de vários minutos, o trem se afastou da estação e nós nos lançamos pela floresta em direção a Rastenburg. Cook deu um tapinha em minhas mãos. Estávamos a caminho de Berlim.

Desci na estação na manhã seguinte. Vários carros da SS estavam esperando para levar Hitler e seus funcionários para a Chancelaria do Reich. Abracei Cook e beijei seu rosto.

"Lembre-se, você sempre pode vir para o *bunker*", ela me avisou.

Agradeci e assisti aos elegantes carros se afastarem. Hitler estava em um grande carro Mercedes longe de onde eu estava.

Olhei para a cidade. Berlim estava despedaçada. Tínhamos tido sorte só por completar a viagem até lá. Bairros inteiros estavam reduzidos a escombros. Cook e eu tínhamos observado a destruição da janela do trem. Um soldado que nos acompanhava disse que Berlim lembrava Hamburgo após o bombardeio em 1943 e as mortes horríveis ocorridas por lá. Meus olhos não estavam preparados para a destruição à minha frente.

As nuvens cinzentas haviam se dissipado, mas o sol intermitente fazia pouco para melhorar meu ânimo. Peguei minha bolsa e fiquei feliz por ter poucas posses, pois meu único meio de chegar ao meu antigo bairro, Horst-Wessel-Stadt, era andando.

Caminhei por quarteirões pulverizados até se tornarem apenas tijolos quebrados e cinzas. As fachadas carbonizadas revestiam as ruas como fósforos queimados. Os vendedores realizavam qualquer pequeno comércio que pudessem usando carroças puxadas por burros. Eu estava com fome, então comprei uma maçã meio apodrecida de um homem vestindo um casaco esfarrapado. Ele se desculpou pela aparência das frutas, mas disse que eu não encontraria uma refeição melhor em nenhum outro lugar. Suspeitei que ele estivesse certo.

A caminhada levou mais de duas horas, conduzindo-me sobre pedaços de alvenaria espalhados pela rua, veículos queimados e casas reduzidas a cinzas. Meu pai tinha me escrito uma carta dizendo que havia se mudado para a casa de um homem e sua família. Ambos eram trabalhadores na fábrica. Quando cheguei à rua do endereço, que não ficava longe de onde eu cresci, não restava nada. As casas tinham desaparecido, as árvores foram explodidas em estilhaços, as calçadas estavam repletas de tijolos e lixo. Sentei-me na minha mala ao sol do início da tarde, dominada pela destruição. Algumas pessoas passavam, mas ninguém falava nada. A vida tinha sido drenada delas; estavam mais desesperadas do que eu. Me perguntei se eu tinha sido muito precipitada em rejeitar a oferta de Cook. Pelo menos eu teria comida e abrigo no *bunker*.

Depois de meia hora de descanso, levantei-me e continuei a andar até meu antigo bairro. Recordei a noite em que as bombas caíram, o calor ardente, a tentativa de resgate da senhora Horst, e finalmente de encontrar o sapato da minha mãe na rua. Eu não teria reconhecido o nosso quarteirão se não fosse por um marcador de madeira pregado no tronco de uma árvore bombardeada.

Andei pelo quarteirão lentamente, atordoada por uma sensação avassaladora de perda. Era como se o meu passado tivesse sido destruído pelas bombas. Mesmo que os Aliados tivessem feito aquilo, eu sabia quem era o verdadeiro perpetrador da destruição. Ele agora estava seguro e aquecido na Chancelaria enquanto o resto da Alemanha sofria.

Encontrei o que pensei serem as ruínas dos degraus da minha antiga casa e ouvi uma voz tímida chamar meu nome. Me virei e dei de cara com uma mulher com um casaco cinza e sapatos pretos. Seu cabelo era pegajoso e longo e caía sob um lenço branco enrolado no alto da parte superior de sua cabeça. Parecia uma velha camponesa.

"Magda?", perguntou com cautela.

Não a reconheci no início. Então ela sorriu, correu para mim e me abraçou.

"Oh, Magda, você parece bem", disse ela. "Muito melhor do que o resto de nós."

Perguntei seu nome com tanta cautela como ela fizera com o meu.

"Irmigard?"

"Sim, você não me reconhece?" Seu sorriso se tornou uma careta e ela olhou para o casaco e meias esfarrapadas. "Não, é claro que não me reconheceria. Você se lembra de mim de quando estávamos na escola."

"Não seja boba", eu disse, tentando tranquilizá-la. "É só que não vejo você há tanto tempo." Coloquei minha mala no chão e olhei para seu rosto enrugado e cinza. Eu queria perguntar como ela estava, queria ter uma conversa educada, mas senti que nenhuma de nós estava com humor para cordialidades.

"Estou juntando tijolos", disse Irmigard sem que eu perguntasse e depois riu. "Você tem que rir às vezes do quão difícil a vida se tornou. Quem teria imaginado que a filha de um joalheiro respeitado estaria coletando tijolos para vender? Eles estão tão escassos que são diamantes, mais preciosos do que joias de verdade. As pessoas precisam deles para reconstruir suas casas." Ela apontou para um carrinho de quintal obsoleto que estava do outro lado da rua, guardando seus bens preciosos.

"Onde você está morando?", perguntei.

Irmigard estendeu seu braço fino na direção de uma fileira de edifícios a poucas quadras de distância.

"Eles estão danificados, mas ficou o suficiente dos pisos e tetos para que várias famílias vivam lá. Nossa casa ficou em pedaços por causa das bombas. Temos sorte de ter um lugar para ficar. Meu pai paga um pouco de dinheiro ao dono, que vive no primeiro andar com a esposa. Às vezes, eles permanecem acordados a noite toda vigiando o prédio. Meu pai tem uma arma." Ela colocou um dedo sobre os lábios. "Por favor, não diga nada. Você sabe que é ilegal, mas não temos outra maneira de nos proteger. Mas se formos bombardeados de novo, não temos muito a perder."

Um vento frio passou por nós e Irmigard enxugou o nariz na manga do casaco.

"Onde você mora?" Ela olhou para as ruínas da minha casa na nossa frente. "Lamentei saber sobre sua mãe."

A dor da lembrança da morte de minha mãe me paralisou.

"Eu nunca encontrei seu corpo. Meu pai estava doente no hospital e não havia tempo para procurar. Eu estava trabalhando para o Führer."

Irmigard apertou os olhos quando o sol explodiu das nuvens e brilhou no seu rosto.

"Ouvi dizer que você estava trabalhando para ele", ela falou sem emoção na voz, como se não quisesse mais falar sobre Hitler. Me olhou inquisitivamente porque não respondi sua pergunta.

Balancei minha cabeça em negativa.

"Não tenho onde ficar. Pensei em encontrar meu pai. Queria me afastar do meu trabalho e de tudo o que está associado a..."

"Venha para casa comigo." Irmigard juntou as mãos. "Será como nos velhos tempos quando costumávamos conversar depois da escola."

"Eu não deveria. Preciso procurar meu pai."

"Você pode procurá-lo, mas deve ficar conosco se não tem onde morar." Seu olhar me dizia que ela ficaria muito feliz por ter minha companhia. "Não tem por que não vir. A casa não é bonita, mas nós tornamos o lado de dentro confortável e conseguimos alguns vegetais de vez em quando. Se estivermos com sorte, conseguimos até uma sopa com um pouco de carne."

Olhei para seu rosto descuidado e vi algo que não tinha visto em muito tempo. Orgulho. Aquela colega da escola que tinha feito parte da minha vida tanto tempo atrás estava cheia de orgulho e determinação. Ela me fez sentir orgulhosa por ser alemã, algo que eu não tinha experimentado desde que o Capitão me mostrara aquelas atrocidades. Meu sentimento era muito diferente da resplandecente bajulação de Eva e seus amigos e das obstinadas concessões dos militares que cercavam Hitler.

"Tudo bem", eu disse, "mas vou pagar pelo meu quarto e hospedagem e ajudá-la a reunir tijolos se você me ajudar a procurar meu pai. Eu guardei alguns marcos".

Irmigard agarrou minhas mãos.

"Nós seremos melhores amigas. Venha, deixe-me levá-la até minha família. Tenho certeza de que eles ficarão felizes em vê-la."

Cruzamos a rua para pegar o carrinho de mão e nós duas, conversando e rindo, empurráramos os tijolos pesados pelas ruas cheias de crateras até a sua casa.

A família de Irmigard me recebeu como se fossem meus pais. Sua mãe, Inga, nos encontrou nos degraus do prédio abandonado. Irmigard me levou até o terceiro andar, onde morava com a mãe, seu pai Frederick e sua irmã mais nova, Helga. Seu pai, um homem com mais de 50 anos e cabelos grisalhos, estava consertando um relógio, sentado ao sol em frente a uma janela quebrada. Ele cortara as pontas de um par de luvas de pano para que pudesse manter não só o calor das mãos, como também a agilidade dos dedos. Helga, com 14 anos, era bonita, com cabelos longos e loiros. Estava lendo um livro numa cadeira que não tinha pernas. Eu a havia encontrado algumas vezes antes quando ela era muito mais nova.

Todas as janelas na frente do prédio estavam quebradas; um forte vento noroeste entrava na sala. Irmigard me mostrou as portas francesas que trancavam à noite para fechar o espaço. A sala, com cerca de sete metros de largura, servia como sala de jantar e quarto. Pedaços de madeira e pequenos ramos cobriam o chão em torno de um fogão preso à parede. Uma porta na parte de trás levava a um pequeno banheiro, que não estava funcionando porque não havia água corrente. Ainda assim, o apartamento era melhor do que viver na rua ou em uma cabana, como era a condição de tantos berlinenses.

Naquela noite, quando a família se reuniu em torno de uma pequena mesa de carvalho, o pai de Irmigard fez uma oração, não pela Alemanha ou por Hitler, mas pela paz. Nos sentamos sob a luz fraca das velas porque a eletricidade estava desligada. Inga cozinhava sobre o fogão usando os escassos gravetos como lenha. Jantamos em tigelas lascadas e placas rachadas que haviam sido lavadas com água da chuva. A refeição consistiu em duas cenouras escaldadas, divididas entre as cinco pessoas, e uma sopa rala feita com um osso. Me senti culpada por tirar essa pequena quantidade de comida de seus estômagos e prometi que não ficaria muito tempo na casa deles. Por mais escassa que fosse a refeição, sentia-me feliz por não ter de me preocupar com envenenamento.

"Os nazistas virão me procurar em breve", disse Frederick durante o jantar. "Eles vão colocar um rifle na minha mão e esperar que eu atire no inimigo. Logo não haverá nada além de velhos como eu e a Juventude Hitlerista para defender as ruas. O Führer só está prolongando nossa agonia."

Inga colocou as mãos no rosto e balançou a cabeça.

"Meu Deus, com certeza eles não pediriam que você lute. Você... que mal pode subir um lance de escadas! Eles vão te matar."

"Mamãe, não diga essas coisas", disse Irmigard.

Seu pai ergueu a colher e a bateu contra a têmpora.

"Estive pensando. Duvido que a guerra continue por muito mais tempo. Mas se isso acontecer, não vou matar outro homem. Vou me render e só."

"Como tudo terminou assim?", perguntou a mãe. "O Führer nos trouxe prosperidade, ordem e respeito, e agora o mundo está caindo aos pedaços. Não podemos continuar dessa forma por muito mais tempo ou…" Sua voz minguou e ela olhou para a sopa rala na frente. Suas palavras foram estranguladas por soluços.

O resto de nós estava calmamente refletindo sobre nosso destino quando Frederick falou sobre o fim da guerra e sobre os "bons dias" que viriam. Inga queria ser estimulada pelas palavras de seu marido, mas se derretia em melancolia quando olhava para suas filhas tristes.

Não ficamos acordados muito tempo depois do jantar, porque não havia nada a fazer e mal havia luz para enxergar um palmo à frente do rosto. Dois colchões estavam empilhados contra a parede. Depois que os pratos foram molhados no balde com água de chuva e secos, a mãe de Irmigard tirou a cama da parede e a colocou na frente do fogão. Não tinha sobrado madeira para aquecer o apartamento, mas as portas francesas estavam fechadas e a temperatura era tolerável. Nós nos reunimos como uma família nos colchões esfarrapados. Felizmente, tínhamos muitos cobertores. Mãe, pai e filha compartilhavam um colchão, enquanto Irmigard e eu ficamos no mais distante do fogão. Frederick nos deu um cobertor extra e nos desejou boa-noite. Logo, todos ficamos amontoados para nos aquecer enquanto o frio de novembro envolvia a sala. Irmigard e eu falamos em sussurros até não aguentarmos mais e pegarmos no sono.

Várias horas depois, fui acordada com um salto por bombas atacando outro bairro em Berlim. Olhei em volta, mas eu era a única consciente das explosões. Agucei os ouvidos esperando escutar uma sirene de ataque aéreo, mas não ouvi nada. O prédio tremia ligeiramente e, através das fissuras das portas francesas, eu via clarões de luz. Acordei Irmigard sacudindo-a. Ela se encolheu e esfregou os olhos.

"O que foi?"

"É uma invasão aérea", eu disse. "Precisamos sair do prédio."

Ela suspirou e baixou a cabeça para trás no colchão sombrio. Meus olhos se ajustaram o suficiente para que eu pudesse ver o contorno de seu rosto.

"Isso acontece na maioria das noites e quase todos os dias. Não temos nada com que nos preocuparmos."

"Como você pode ter certeza?" Meu estômago revirou quando outra bomba chegou perto.

"Não há nenhuma defesa da cidade agora. Se a invasão estivesse mirando em nós, teríamos ouvido a pequena sirene em nosso quarteirão. É tudo o que temos. O senhor Schiff, na rua, soa o alarme. Volte a dormir." Ela se virou e puxou os cobertores sobre sua cabeça.

A indiferença de Irmigard me chocou. Eu não podia acreditar que ela estava tão acostumada com os bombardeios que conseguia dormir no meio deles. Tentei adormecer, mas os ruídos me lembraram a morte da minha mãe e os bombardeios na fazenda, e não pude pensar em nada além dos corpos alinhados na neve. Quando eu começava a pegar no sono, meus olhos se abriam de repente com a imagem de sangue congelado no chão frio.

Pensei na pergunta que a mãe de Irmigard havia feito no jantar: "Como isso aconteceu?". Eu sabia a resposta, mas não tinha coragem de dizer à família. Ainda não. Com o mundo explodindo ao nosso redor, senti que todos os alemães saberiam a resposta em breve, se já não soubessem.

Fiquei com Irmigard e sua família por mais tempo do que pretendia. Celebramos o Natal e o Ano-Novo juntos, embora não tivéssemos muita alegria no início de 1945. Éramos gratos por estarmos vivos. Quando a neve chegou, Irmigard interrompeu sua caça aos tijolos. Qualquer renda escassa para a família vinha de seu pai.

Para o Natal, cortamos um pequeno ramo de uma árvore de folhas perenes e decoramos com pedaços de vidro e papel – os únicos ornamentos que possuíamos. Frederick tinha terminado um trabalho com relógios e ganhou comida e velas extras como pagamento. Nós as acendemos e ficamos ao redor da nossa pequena árvore cantando canções de natal. Me peguei olhando para o meu anel de casamento, brilhando à luz das velas. Um nó se formou em minha garganta. Eu estava começando a aceitar a morte do Capitão. Esse pensamento me chocava, mas era reconfortante ao mesmo tempo. Queria desistir do meu sonho de vê-lo vivo.

O Ano-Novo prometia ser triste e aborrecido, com todos nós presos na sala tentando nos aquecer com o fogão morno. No entanto, Frederick reviveu nossos espíritos quando tirou uma garrafa de champanhe de detrás da cadeira sem pé na sala da frente. A garrafa já estava gelada pelo ar. Todos perguntamos como ele havia conseguido champanhe, mas ele não nos contou. Disse que era um presente de Deus. Celebramos nossa boa sorte com um brinde em nossos copos de porcelana descascados. Mesmo Helga bebeu conosco.

Em meados de janeiro, Helga pegou um resfriado forte, que inicialmente pensamos ser gripe. Encontramos pedaços de madeira e um pequeno colchão e os arrastamos escada acima porque seu pai acreditava que seria melhor para ela dormir separada da família. Colocamos o colchão na frente do fogão. Uma amável vizinha da rua nos deu um pouco de aspirina, que nós administramos a ela. Felizmente, a febre de Helga passou após alguns dias e ela se recuperou, apesar do clima gelado.

Eu, que tinha sido alimentada tão bem durante meus dias com Hitler, encontrei-me com um frio crescente e cansada de fome. Em três meses, perdi cerca de cinco quilos, talvez mais, e meu rosto desenvolveu um aspecto esquelético, o mesmo exibido por toda a família de Irmigard.

Irmigard e eu perguntamos a todos na rua se tinham visto meu pai, Hermann Ritter. Alguns conheciam seu nome e apontaram para a direção da nossa antiga casa, mas a maioria negava com a cabeça e seguia seu caminho em estado de choque. Arrisquei ir para o bairro onde ele havia morado pela última vez. Mesmo lá, minhas perguntas eram respondidas com olhares vazios. Encontrar um telefone que estivesse funcionando era quase impossível, mas um amigo de Irmigard sabia onde havia um. Ela me levou a uma empresa de impressão que, de alguma forma, escapara de grandes danos dos bombardeios. Dei ao proprietário alguns marcos para uma ligação, com a esperança otimista de encontrar meu pai. Liguei para tia Reina e tio Willy em Berchtesgaden, mas a linha estava desconectada. Após a chamada, percebi o quão difícil devia ser manter o serviço telefônico entre o norte e o sul da Alemanha à medida que a infraestrutura desmoronava sob o peso esmagador do conflito.

Os dias monótonos, longas noites e o tedioso fardo de lidar com a guerra se arrastaram durante o inverno. Ninguém parecia saber o que estava acontecendo, embora houvesse rumores de que os Vermelhos haviam aberto caminho pela Frente Oriental em meados de janeiro e avançavam pela Polônia em direção a Berlim. Tudo o que ouvíamos era a transmissão ocasional de rádio sobre como o povo alemão devia resistir à "Horda Vermelha" e lutar nas ruas até a morte, *que seria preferível*, dizia o ministro da propaganda, ao estupro e tortura assassina perpetrada pelo inimigo. Me perguntei se a Toca do Lobo ainda estaria em pé ou em ruínas, fosse pelo avanço do Exército Vermelho ou pelas ordens de Hitler. Suspeitava de que a segunda opção estivesse correta.

Em meados de março, estávamos todos no apartamento em um final de tarde. Os dias estavam ficando mais longos, e o ar dava leves sinais de que a primavera se aproximava, o suficiente para que pudéssemos abrir as portas francesas nos poucos dias quentes. Ouvimos passos subindo as escadas e depois uma batida firme na porta. Frederick respondeu, mas antes disso escondeu a arma atrás de um painel solto na parede.

Ele abriu a porta e se deparou com vários soldados da Wehrmacht no corredor. Um deles enfiou um rifle no rosto dele e disse:

"O Exército Vermelho está a caminho. Esteja preparado. Se você for chamado, treinará conosco nas ruas. Você e sua família ajudarão a criar barricadas e a cavar trincheiras se forem necessárias." O soldado fez uma saudação e o grupo correu pelo corredor, presumivelmente para a próxima família que encontrassem.

Frederick se virou para nós.

"Eu disse que isso aconteceria." Ele sorriu e depois suspirou. "Não há nada a fazer senão ceder. Não temos escolha. Se resistirmos, seremos fuzilados como traidores."

Todos nos olhamos tristemente e percebemos quão terríveis haviam se tornado as circunstâncias na cidade. Três dias depois, outro grupo de soldados bateu na porta. Assistimos por uma das janelas quebradas quando o pai de Irmigard saiu na chuva com um rifle enquanto os soldados gritavam ordens para ele e uma equipe de homens e meninos desgrenhados. Ele olhou para nós uma vez e acenou. O oficial da Wehrmacht golpeou seu braço com a coronha de seu rifle. Ele não nos olhou mais.

As mulheres foram solicitadas para transportar água e rações para os homens que cavavam as trincheiras. Fizemos isso e até levantamos pás cheias de terra. Todas voltamos para o apartamento exaustas. Helga, porque era jovem e bonita, conseguiu receber algumas rações extras dos soldados. Ficamos gratos pela comida adicional.

Uma noite, enquanto estávamos dormindo, um som diferente ecoou nos nossos ouvidos. Não era o zumbir dos bombardeiros Aliados muito acima de nós. Dessa vez, diferentemente das noites anteriores, os sons eram totalmente desconhecidos. Eram jatos mais rápidos e menores que rugiam sobre a cidade. A distância, para o leste, o bombardeio explodiu. Reconheci o mesmo som da fazenda. O Exército Vermelho estava quase em Berlim.

A Wehrmacht não conseguira detê-los. Logo estariam à nossa porta.

Capítulo 19

O BOMBARDEIO CONTINUOU NOITE E DIA. Muitas vezes pensamos que teríamos que evacuar o humilde lar que a família de Irmigard havia construído. Éramos acordados aos solavancos na cama ou forçados a buscar abrigo durante o dia. Nos protegermos não era uma tarefa fácil, porque a maioria dos edifícios que nos cercavam já havia sido destruída. À noite, fugíamos pelas escadas até uma clareira dizimada por bombas e esperávamos que a área devastada não estivesse na linha de fogo.

De acordo com relatórios de rádio do Reich, os ataques vinham de todas as forças Aliadas, incluindo o Exército Vermelho. Rumores se espalharam de que os Aliados estavam correndo em direção a Berlim com pressa para capturar a cidade. Frederick participou de exercícios simulados na rua quando os Vermelhos se aproximaram. Esses exercícios, conduzidos pelos oficiais da Wehrmacht e da SS, tornaram-se cada vez mais frequentes e militaristas à medida que as condições em torno da cidade se agravavam.

"Tanta bobagem", ele nos contou uma noite na ceia. "Como se um bando de lutadores de rua amadores pudesse impedir um exército bem treinado."

Nós, mulheres, fomos forçadas a construir barricadas com nossas próprias mãos. O material era fácil de encontrar: madeiras queimadas, tijolos quebrados e pedras, carrinhos e abundantes peças de carros destruídos. No entanto, o trabalho era fisicamente árduo e durou até nossos dedos sangrarem e nossos braços tremerem de cansaço. O exército construiu uma barricada na rua do nosso prédio. A pilha de escombros e sucata se elevava sobre nós. Irmigard até contribuiu com o último de seus tijolos porque não podia mais vendê-los. Qualquer esperança de que a cidade poderia ser reconstruída pelo Reich desbotava sob a realidade de nossa dura existência.

No aniversário de Hitler, em abril, os bombardeios cessaram, criando uma calma estranha no céu. No entanto, nosso descanso durou pouco, porque o firmamento se abriu em uma chuva de foguetes lançados nos arredores de Berlim. Aquelas armas eram mais aterrorizantes do que as bombas, porque havia pouca chance de aviso prévio quando o míssil acelerava em sua direção com um zumbido. O Exército Vermelho foi implacável em seu bombardeio. O pouco que restava foi despedaçado por explosões enquanto rezávamos por nossa segurança e cobríamos nossos ouvidos contra o barulho estrondoso.

Na noite do vigésimo terceiro dia, Inga nos chamou para as janelas da frente. Ela usava um casaco e seus cabelos estavam amarrados em um rabo de cavalo. Embora fossem quase sete horas e estivesse escurecendo, eu a alertei a não ficar parada ao ar livre. O céu estava azul-escuro no leste, enquanto as raias de rosa pintavam as nuvens a oeste. Frederick estava na barricada abaixo com vários soldados e um oficial da SS. O oficial deu ordens e os soldados dispararam contra um agressor oculto a nordeste. Senti que algo estava prestes a sair terrivelmente errado.

De repente, várias granadas pousaram na frente da barricada. Elas explodiram em estampidos poderosos, lançando pedras quebradas, metal e poeira no ar. Nós assistimos enquanto os estilhaços caíam, a fumaça clareava e nossos soldados olhavam cautelosamente por cima da barricada.

"Olhem", disse Inga. Ela apontou para fora da janela em direção à próxima rua. Cinco soldados da Wehrmacht estavam correndo para a barricada. Quando se aproximaram da esquina, foram cortados por tiros de metralhadora. Eles caíram na rua como bonecas mancas, as armas voando no ar. Vários soldados em uniformes que eu não reconheci surgiram da esquina correndo em direção à barricada. Os homens estavam esfarrapados e vestidos de cinza, com rifles pendurados na frente deles. Presumi que eram Vermelhos.

"Meu Deus, ele será morto!", gritou Inga. "Freddy, Freddy, cuidado!"

Balas se espalharam sobre nossas cabeças, enchendo o ar de poeira. Nós caímos no chão.

"Você está bem?", perguntei a Inga. Ela assentiu e sacudiu a poeira de sua cabeça.

"O que está acontecendo? Você consegue ver alguma coisa?"

Eu disse para permanecerem no chão enquanto olhava pela janela. Outra rodada de tiros estourou. Os Vermelhos haviam chegado à frente da barricada e estavam subindo, rastejando. Um estava prestes a lançar uma granada quando um soldado da Wehrmacht correu pela pilha de escombros e começou a disparar. Ele foi eliminado, mas não antes de ter matado seu oponente. O alemão caiu no topo da barricada enquanto o inimigo fugia do camarada morto. Me abaixei, fechei os olhos e ouvi a explosão. Ela sacudiu nosso prédio e Irmigard e sua irmã começaram a chorar.

"Fiquem quietas", eu disse. "Não queremos que os Vermelhos saibam que estamos aqui."

Mais uma vez, espiei pela janela. Os soldados invasores tinham recuado por um momento. Apenas a metade inferior do corpo do russo morto permanecia na rua. O oficial da SS gritou ordens ao pai de Irmigard. Queria que ele subisse a barricada como o soldado tinha feito. Frederick balançou a cabeça, jogou o rifle no chão e correu em direção ao prédio.

O oficial da SS ordenou que ele parasse, mas Frederick continuou correndo. O oficial apontou sua pistola e disparou duas vezes.

As balas atingiram Frederick nas costas. Ele tropeçou na rua e depois caiu na calçada. Sua cabeça se estatelou contra o meio-fio. Eu sabia que estava morto.

"O que está acontecendo?", perguntou Inga. Ela se levantou e fez menção de olhar pela janela para o conflito abaixo. Eu a puxei para trás.

"É muito perigoso aqui", eu disse. "Nós temos que sair do prédio."

"Por quê?", Irmigard perguntou.

"Os Vermelhos estão à nossa porta. Nós só temos alguns minutos." Rastejei em direção ao outro quarto, encorajando as outras a me seguirem

Outra explosão sacudiu o prédio. Então os disparos ressoaram, seguidos por gemidos de dor.

Irmigard, sua mãe e sua irmã desabaram no chão. Inga chorou, pois sabia que seu marido estava morto. Os soldados abaixo aplaudiram e gritaram em russo. Seus gritos ecoaram pelas janelas quebradas.

Quando chegamos ao quarto, fechei as portas francesas e segurei Inga em meus braços. Ela me afastou.

"Quero que eles morram", ela disse com um sussurro irritado. "Quero *todos* eles mortos. Os alemães, os Vermelhos, os americanos…" Ela afundou contra meu ombro e gritou: "Meu marido se foi".

Não tive tempo para consolá-la.

"Não olhe para a rua", eu disse. "Peguem seus casacos e vão para a escada."

Por um momento, todos perceberam a seriedade da nossa situação e que o luto teria que esperar. Pegamos nossos casacos e estávamos prestes a descer o corredor escuro quando ouvimos vozes abaixo. Os Vermelhos estavam subindo as escadas.

Empurrei-as de volta para o quarto e fechei a porta silenciosamente. "Fiquem sob os cobertores e não façam nenhum som", ordenei. Elas correram até a cama enquanto eu estava perto da porta.

Os soldados sequer tentaram bater à porta. Um deles chutou a porta e iluminou o quarto com sua tocha. Eu o encarei através do brilho cegante. A aparência desgrenhada das camas não era suficiente para enganar os soldados. Cinco deles entraram na sala. Eles eram homens endurecidos, dois de ascendência mista com olhos asiáticos. As tochas lhes davam um ar fantasmagórico, aumentando o horror que eu já sentia. Um deles cutucou a cama com o rifle e Helga gritou. Ele arrancou os cobertores, expondo as mulheres.

Não consegui entender o que estavam dizendo, mas deixaram claro o que queriam por seus gestos. Quatro deles se espalharam pelo apartamento enquanto um estava de guarda conosco, o rifle apontado e a postos. Não havia muito para ver ou encontrar nos três quartos, e logo eles voltaram.

O soldado que segurava o rifle sobre nós acendeu um cigarro e apontou para a sala da frente além das portas francesas. Ele parecia estar no comando dos outros. Falou com os homens e eles riram. Um deles tomou um gole de uma garrafa que carregava no bolso. Os outros quatro homens caminharam até a frente do apartamento e apagaram as tochas. Eles se tornaram silhuetas contra as janelas que permitiam que uma luz fraca entrasse no cômodo. Foguetes às vezes caíam a muitos quarteirões de distância e seus clarões explodiam pela sala como um raio. Lentamente, os soldados tiraram as calças, deixando apenas suas camisas. Suas mãos se moviam abaixo da cintura, massageando-se, enquanto esperavam por nós.

Os homens queriam Helga primeiro. Eles deixaram isso claro com seus gritos. Inga agarrou a filha e não a soltou. Ela gritou por misericórdia quando o homem com o rifle a atacou. O comandante golpeou as costas de Inga com o rifle e a atirou na cama. Irmigard e eu tentamos detê-lo, mas não adiantou nada. Ele balançou o rifle em um arco mortal que teria nos matado se não tivéssemos saltado do caminho. Um dos homens seminus veio da sala dos fundos e agarrou Helga, chamando-a de "puta nazista", em alemão. Essas foram as únicas palavras que reconheci.

Helga, com os olhos arregalados de terror, lutou contra eles tanto quanto podia, mas não serviu de nada. Os outros soldados a arrastaram, gritando e soluçando. Os homens fecharam as portas francesas e, por um tempo, ficaram calados. O comandante estava perto das portas com o rifle apontado para nós. Inga soluçou na cama.

Então Helga gritou e nós ouvimos seus gritos de dor por dez longos minutos antes de se transformarem em gemidos abafados. Irmigard e eu olhamos para a porta, incapazes de fazer qualquer coisa, exceto soluçar. Tentei pensar em uma saída, um plano para nos afastar daqueles animais, mas minha cabeça estava cheia demais de horror e dor para pensar.

Então, depois de outra longa espera, a porta se abriu e Helga foi empurrada para fora. Sua blusa estava rasgada e o sangue escorria pelas pernas. Inga agarrou a filha mais nova em seus braços. Elas se amontoaram na cama.

Irmigard foi levada em seguida.

Depois os soldados vieram na minha direção.

As portas francesas se fecharam e tudo ficou escuro. Mãos ásperas me cobriram. Dentes morderam o meu pescoço. Hálitos que cheiravam a cigarro e bebida encheram minhas narinas. Rasgaram a parte de cima do meu vestido para abri-la, e a parte inferior foi empurrada sobre minha cintura. Então a noite se tornou uma névoa vermelha de dor cegante. Quatro deles se revezaram enquanto os outros observavam. Não demorou muito, embora parecesse que haviam se passado horas.

Quando eles acabaram, me empurraram para fora da sala, e eu caí na cama com as outras. Todo o tempo, o comandante manteve sua arma apontada para nós.

Pouco tempo depois, os quatro homens saíram, puxando as calças, rindo e zombando. "Heil Hitler", eles cantavam para nós e levantavam os braços na saudação nazista. Quando terminaram de zombar de nós, os cinco soldados colocaram os rifles sobre os ombros e fugiram pelas escadas.

"Vou matá-los", disse Inga. Ela correu para o painel onde a arma de Frederick estava escondida.

Eu tinha me esquecido da arma e gritei para que ela parasse:

"O que você pode fazer? Mate um deles e os outros nos matarão. Deixe eles irem embora."

Ela parou, inclinou-se contra a porta meio aberta e chorou.

Me arrastei para cima da cama e gemi de dor. Acendi uma vela e a escassa luz amarela se espalhou pela sala.

"Precisamos de cuidados médicos."

Irmigard olhou para mim e disse:

"Não há médicos neste bairro."

Ela balançou a irmã nos braços. Os olhos de Helga estavam vazios e negros. Ela olhava para o teto e não disse nada.

Eu só poderia ir a um lugar para pedir ajuda: a Chancelaria.

Irmigard e eu cuidamos de Helga o melhor que pudemos. Mergulhamos trapos em água fria do balde de lavagem para estancar seu sangramento. Os panos sangrentos tornaram a água rosa. Descansei com minhas amigas durante meia hora antes de sair da cama. No início, pensei que seria melhor caminhar até a Chancelaria pela manhã porque eu poderia ver o inimigo, mas depois de pensar sobre o assunto, decidi aproveitar a vantagem da escuridão.

Disse a Inga para pegar a arma de Frederick, mas usá-la apenas como último recurso. Eu duvidava que os mesmos soldados voltassem, mas as condições pareciam piorar a cada minuto. Havia pouco que ela pudesse fazer contra homens armados. Usar a arma provavelmente faria com que ela e suas filhas fossem mortas. Olhei pelas janelas da frente para ver se conseguia detectar soldados inimigos. Vi apenas um homem e uma mulher jovens, figuras com capuzes escuros, correndo pela rua rumo ao leste, uma direção perigosa. Eles pareciam ser alemães correndo para o inimigo. Eu iria para oeste.

A vista da janela era como um pesadelo. Os foguetes de artilharia sacudiam o chão quando explodiam perto de nós. Muitos deles zumbiam no alto, perigosamente perto do apartamento. Edifícios queimavam no horizonte; vários quarteirões de distância engolidos pelo fogo. Para o leste, um lança-chamas dividia o ar com um fogo cor de laranja. Seu fluxo poderoso estilhaçava qualquer janela deixada intacta. O fogo líquido caía em cascata através das estruturas como uma cachoeira infernal. Ao longe, gritos ecoavam durante a noite.

Precisei de toda minha coragem para deixar o apartamento, mesmo que ele não oferecesse nenhuma segurança. Me lavei o melhor que pude e troquei de vestido. Joguei minhas coisas, incluindo meu macaco de pelúcia, na minha mala. Eu teria que deixar minha bagagem para trás porque não estava em condições de carregá-la.

"Esperem aqui", eu disse na porta. "Vou mandar um médico. Se vocês tiverem que ir embora, não vão longe. Pelo menos avisem a um vizinho, qualquer um, para eu saber onde vocês estão."

Helga olhou para o teto, sem responder às minhas palavras. Irmigard me agradeceu e me deu um beijo. Inga assentiu e disse:

"Reze por nós."

Fechei a porta e olhei para a escadaria escura. Deixei meus olhos se ajustarem à luz e caminhei lentamente. Com cada passo, minhas pernas e abdômen latejavam. A porta do prédio fora quebrada e estava aberta. Qualquer um poderia entrar, mas não havia uma alma à vista. O cadáver sangrento de Frederick estava na rua, o braço esquerdo esticado no ar como se tentasse alcançar o paraíso. Não havia tempo para lágrimas. Eu esperava que Inga e suas filhas não vissem seu corpo pela manhã. Talvez algum estranho ou soldado alemão o levasse antes que o sol se levantasse.

Corri pela rua. Cada passo doía como se uma faca estivesse presa na minha virilha. Não tive escolha senão andar, correr só se fosse necessário. A Chancelaria do Reich estava a vários quilômetros de distância; mas eu não tinha certeza de quantos. No entanto, sabia que a viagem me tomaria várias horas e, a meu ritmo lento, eu teria sorte de chegar até a meia-noite. Claro, também havia soldados para me preocupar. Os russos poderiam me capturar e me violar de novo. A Wehrmacht poderia disparar contra mim, uma figura sombria na noite, confundindo-me com o inimigo.

Passei por pilhas montanhosas de escombros e estruturas de edifícios destruídos que se erguiam do chão como esqueletos escamosos e carbonizados. Alguns estavam esbranquiçados pelas cinzas. Eu só tinha andado alguns quarteirões de distância quando me deparei com uma barricada de vagões de bonde destruídos. Levantei o pé para passar por um deles e agarrei firmemente o corrimão. Conseguia ver, através das ruínas, ruas vazias cheias de detritos situavam-se do outro lado.

Dei um passo para a frente, mas minha perna direita foi rasgada por um pedaço de metal irregular. Uma dor cortante atravessou minha carne. Instintivamente, abaixei e procurei pela ferida. O sangue quente e liso escorria pelos meus dedos.

Uma mão me pegou pela parte de trás do meu casaco e me puxou para baixo do degrau.

"Onde você está indo?", disse um soldado russo em alemão perfeito. Ele usava um longo casaco que ia até o chão. Empurrou o boné para trás com o cano de sua pistola e então apontou a arma para mim. Uma ardente luz laranja iluminou nossos rostos.

"Você precisa de um médico", ele disse, olhando para minha perna ensanguentada.

"Estou procurando um", eu disse. "Seus homens me estupraram e a duas outras mulheres. Uma delas é muito jovem."

Seus olhos passaram da hostilidade para preocupação. Ele pediu que eu abrisse meu casaco. Fiz o que mandou e ele me revistou. Satisfeito por eu não carregar uma arma, disse:

"Os homens se deixam levar. Eles percebem que qualquer hora pode ser a última nesta terra e se aproveitam das mulheres."

"Se aproveitam?", perguntei com incredulidade. "Eles quase nos mataram. A jovem era virgem."

Ele se inclinou contra o lado deteriorado do vagão.

"A guerra liberta criaturas infernais. Vá em frente, encontre o seu médico. Boa sorte. Há tropas alemãs do outro lado desses carros. Se eu fosse você, caminharia com as mãos para cima."

"Você está deixando que eu vá embora?"

Ele concordou com a cabeça.

"Claro. Não somos todos animais no cio. Estamos à procura de um monstro em particular e quando o encontrarmos..." Ele tirou um lenço branco do casaco e o enrolou no corte em minha perna. Começou a falar, mas suas palavras morreram como se tivesse visto uma ameaça no outro lado da rua. Ele deslizou pelo canto do bonde, esquivou-se de uma porta quebrada e desapareceu.

De alguma forma, acreditei nele. Levantei-me no vagão, com as pernas reclamando de dor, atravessei o carro quebrado e desci do outro lado. Levantei as mãos acima da cabeça e caminhei pela rua salpicada. Em alguns segundos, eu estava cercada por alguns velhos, alguns meninos da Juventude Hitlerista e um oficial da SS. O oficial me olhou sem emoção e depois me revistou. Perguntou meu nome e queria saber de onde eu vinha.

Disse a ele meu nome e completei:

"Cerca de um quilômetro para o leste." Apontei a direção. "Fui estuprada pelos russos."

"Porcos! Atacando nossas mulheres." Ele me escoltou da rua até a relativa segurança de um edifício em ruínas. Os outros homens e meninos se espalharam para seus esconderijos e barricadas.

"Preciso chegar à Chancelaria. Trabalho para o Führer."

O oficial riu.

"Você?"

"Você tem uma tocha?", perguntei.

Ele fez que não com a cabeça.

"Tenho um isqueiro."

"Acenda-o", eu disse.

Ele fez como pedi. Tirei a aliança e mostrei-lhe a inscrição.

"Meu Deus", disse ele. "Levarei você assim que puder." Ele gritou ordens para os homens e depois caminhou comigo. Nos abaixamos em uma esquina quando uma granada russa voou sobre nossas cabeças e explodiu várias quadras adiante. Ele apontou para um nódulo marrom a cerca de cem metros a leste. Quando chegamos, o oficial tirou uma rede do que parecia uma pilha de sujeira e revelou um pequeno veículo, um cruzamento entre uma motocicleta e um pequeno tanque. Ele me instruiu a subir no banco traseiro enquanto ele dirigia. Meu estômago se revirou muitas vezes na viagem acidentada, mas em vinte minutos estávamos nos *bunkers* da garagem da Chancelaria.

Os dois oficiais de serviço no *bunker* não acreditaram na minha história até eu pedir que chamassem Cook. Eles souberam imediatamente quem ela era. O soldado que me trouxera me deixou ali. Um deles foi gentil o suficiente para me oferecer um assento no corredor frio enquanto o outro foi entregar a mensagem. O *bunker* da garagem era um vasto complexo no lado oeste da Nova Chancelaria na rua Hermann Göring.

Me contorci de dor em um determinado momento e um agente correu para o meu lado, me perguntando se havia alguma coisa que pudesse fazer.

"Me leve a um médico", eu disse. Pontos de luz nadavam diante dos meus olhos e, apesar do ar frio e úmido, um calor subiu pela minha pele. O sangue do meu corte deixou manchas marrom-avermelhadas no pano do soldado russo. Eu tremia na cadeira de madeira.

Horas pareciam ter se passado antes que eu ouvisse a voz familiar de Cook. Ela correu para mim, gritando meu nome.

"Por que vocês não cuidaram dessa mulher?", gritou ela para os oficiais. "Ela trabalha para o Führer."

Os homens se encolheram e pediram desculpas. Cook os afugentou com as mãos e disse:

"Vou levá-la para o Führer, não graças a vocês."

Ela me levantou da cadeira e me inclinei contra ela.

"É uma longa caminhada, Magda, mas você consegue. Pense em coisas agradáveis. Melhor ainda, você pode me dizer o que aconteceu desde a última vez em que nos vimos. Falar vai manter sua mente longe da sua dor."

Cook não sabia que eu tinha sido estuprada. Enquanto caminhávamos pelo longo corredor de *bunkers*, falei sobre minha estadia com Irmigard e sua família e meus esforços para encontrar meu pai. Muitos soldados se aproximaram, e parecia que um número igual estava deitado em macas aguardando cirurgias. Gemidos enchiam o ar junto com o cheiro de antisséptico.

"Nós não podemos parar aqui", disse Cook, e balançou a cabeça. "Estes *bunkers* só vão ficar mais lotados quando os feridos vierem. Estou levando você ao médico pessoal do Führer. Você se lembra dele."

Eu me lembrava de um médico rechonchudo. Ele era responsável por dar a Hitler suas doses diárias de injeções de vitaminas e morfina. Nunca gostei da atitude obsequiosa do médico ou de sua condescendência para com seu chefe. No entanto, dadas as circunstâncias, ficaria feliz em vê-lo. A dor piorou quando nos aproximamos do quartel-general subterrâneo de Hitler.

Continuamos pelos túneis aparentemente intermináveis dos *bunkers* até chegarmos a um corredor de conexão. Arfei e me segurei com força em Cook enquanto dobramos para a esquerda pela passagem estreita. Um oficial da SS saiu de trás de sua mesa enquanto nos aproximamos do *Vorbunker*, o primeiro abrigo antibombas criado por Hitler sob a Velha Chancelaria. Cook fez um gesto e o homem nos deixou passar daquele ponto de controle de segurança.

"Guardei uma cama para você nos dormitórios", disse Cook. "Você se sentirá em casa. Está perto da cozinha." Ela conseguiu dar um sorriso. Nós nos voltamos para uma passagem mais ampla até passarmos por uma área de jantar. Meu quarto estava logo depois. Desabei na cama, aliviada por descansar novamente. Nada seria melhor do que dormir, mas Cook não queria saber. Finalmente, contei a história dos soldados russos e do meu estupro. Ela ouviu com lágrimas nos olhos.

Quando terminei, ela disse:

"Fique aqui. Vou buscar o Dr. Haase."

Eu não conhecia o Dr. Haase. Hitler tinha demitido o Dr. Morell, o médico gordo que estivera com ele por anos. Fiquei deitada na cama em um sono intermitente até que o médico com rosto de rato estalou os dedos na frente dos meus olhos. Acordei com um sobressalto.

"Por favor, deixe-nos", disse ele a Cook.

Cook acariciou minha mão.

"Fique bem, minha Magda. Estarei do lado de fora da porta." Ela saiu da sala.

O médico empurrou meu vestido e puxou minha calcinha ensanguentada. Ele balançou a cabeça.

"O corte na sua perna é o menor dos seus problemas. Você está sangrando internamente. Vou chamar uma enfermeira." Ele gritou para

Cook, que enfiou a cabeça para dentro do quarto e depois correu para seguir suas instruções.

Concentrei-me ao redor. Eu não queria olhar o médico ou sentir seus dedos em mim. O quarto era pequeno, cheio de beliches de ferro e desprovido de cor. Algumas lâmpadas nuas o iluminavam. Um zumbido constante ressoava em meus ouvidos, como o baixo ruído de máquinas. Os *bunkers* na Toca do Lobo pareciam um palácio em comparação com aqueles no *Vorbunker*.

Em alguns minutos, uma enfermeira apareceu com uma seringa na mão. Meu braço pendeu brevemente e depois perdi a consciência. Despertei várias horas depois usando uma roupa de hospital. Cook estava sentado ao meu lado, mas eu não queria nada além de dormir. Outras mulheres dormiam em camas próximas. Levantei a cabeça para dizer algumas palavras, mas o efeito do anestésico era muito forte. Minha cabeça caiu sobre o travesseiro e adormeci.

Quando acordei, não fazia ideia se era dia ou noite. A sala estava vazia. Tentei mexer as pernas, mas elas não responderam. Meu coração acelerou em pânico. Perdi e recobrei a consciência algumas vezes até Cook aparecer ao meu lado.

"Você não deve se mexer", ela disse, e apontou para minhas pernas. "Elas estão amarradas à cama. O médico não quer que você caminhe por alguns dias para que o processo de cicatrização possa começar. Então você deve ficar bem. Vou pegar um pouco de comida depois." Ela sorriu e estendeu a mão para segurar a minha. Apesar de sua fidelidade a Hitler, Cook novamente mostrara seu valor como amiga. Ela se sentou e olhou para mim com tristeza nos olhos castanhos.

Um pensamento horrível me atingiu e me apoiei sobre os cotovelos.

"As mulheres que deixei para trás", eu disse. "Elas precisam de um médico. Alguém deve ir até elas. Eu direi onde estão."

Cook balançou a cabeça.

"É impossível, Magda. Todos os médicos disponíveis estão aqui no *bunker*, ajudando os soldados feridos e as pessoas que estão defendendo a cidade. Além disso, nenhum médico poderia abrir caminho para os bairros agora. Seria suicídio. Eles seriam cortados pelo Exército Vermelho."

"Mas eu consegui."

"Você teve sorte. Você tinha uma chance muito melhor de chegar ao oeste em direção à Chancelaria do que aqueles que tentam viajar para o leste. O inimigo se aproxima a cada hora. Nossas baixas aumentam a cada minuto." Ela fez uma pausa e depois deixou a voz cair para um sussurro. "Há algo mais..."

Olhei para ela.

"Dr. Haase diz que você nunca poderá ter filhos. O estupro causou muitos danos."

Deitei-me na cama quando as lágrimas se juntaram nos meus olhos. Mas havia mais coisas em meu corpo maltratado do que tristeza. Uma fúria tomou conta ."

"Onde ele está?", perguntei.

Ela olhou para mim como se eu tivesse perdido a cabeça. Talvez eu tivesse.

"Quem?", perguntou ela.

"Hitler", cuspi seu nome e não me importava se alguém tivesse ouvido minha blasfêmia.

Cook olhou para mim, horrorizada.

"Magda, você está doente. Vou buscar o médico."

"Não estou doente! *Ele* é a causa de tudo isso! *Ele* é quem deve ser punido!"

Cook se inclinou e colocou a mão na minha testa.

"Você está fora de si. Acalme-se."

Bati na cama com meus punhos e puxei as tiras da perna achando que meus pés iriam se soltar. Senti pontadas de dor no abdômen. Segurei minha barriga e caí derrotada na cama até não conseguir me mover. Esgotada, me desmanchei em lágrimas.

O médico não veio, mas uma enfermeira chegou com um sedativo. Ela administrou a dose e a luz acima de mim ficou nebulosa e fraca até desaparecer na escuridão. Um pensamento me encheu quando deslizei para a inconsciência: *Não importa como, vou matar Adolf Hitler.*

Capítulo 20

OS DIAS SEGUINTES ESCAPARAM À MINHA MEMÓRIA. Eu não tinha certeza de quantas horas haviam passado. Lembrava-me de médicos e enfermeiras me observando, trocando a roupa de cama, minhas roupas e meus curativos enquanto estava deitada. Cook me alimentou, embora eu não estivesse com fome.

Então, como um paciente emergindo de uma febre prolongada, senti-me melhor, bem o bastante para me levantar. Dei pequenos passos ao redor do meu quarto e coloquei minha cabeça para fora, no corredor. Algumas pessoas falaram comigo. Outras me deram uma olhada e depois desviaram o olhar. Cook e eu conversávamos quando ela trazia minhas refeições; no entanto, ela nunca mencionou meus delírios sobre Hitler ou vacilou em sua leal amizade. Ela me disse que Berlim estava prestes a cair – todos sabiam disso e estavam fazendo planos para fugir da cidade. Hitler, disse ela, não estava convencido e planejava ficar até o fim. Ela e vários membros da equipe, incluindo o criado de Hitler, queriam permanecer também.

Perguntei-lhe se um médico havia sido enviado para Irmigard. Cook negou com a cabeça. Dava para perceber em sua expressão que por mais que eu quisesse que elas fossem salvas, não havia nada que pudéssemos fazer.

As horas ressoavam em sincronia com o zumbido dos geradores. Se havia bombas caindo ou foguetes esmagando a Chancelaria, não os ouvíamos. Uma luta corpo a corpo poderia estar acontecendo no jardim acima de nós. Não teríamos ouvido. Era como se vivêssemos em um túmulo isolado do mundo sem esperança de encontrar a saída.

Uma noite, me senti forte o suficiente para fazer uma refeição na cantina. O quarto ficava ao lado da cozinha no *Vorbunker* e, enquanto eu comia, vi uma mulher que reconheci da Berghof. No início, pensei que meus olhos talvez estivessem me pregando peças, como se os efeitos persistentes de meus medicamentos tivessem afetado minha visão, evocando um fantasma diante de mim. Ela usava um vestido azul-claro com mangas compridas e deslizava em torno da cozinha de maneira usual e alegre, sorrindo e conversando com a equipe. Reconheci sua voz imediatamente. A mulher era Eva Braun.

Eu estava vestida com uma roupa cirúrgica. Cook estava tentando encontrar roupas para mim, mas os vestidos eram escassos.

Eva me viu e caminhou em minha direção com um olhar amigável. Ela puxou uma cadeira do outro lado da mesa e se sentou, segurando minhas mãos.

"É tão bom ver você, Magda. Ouvi sobre o seu infortúnio. Fico feliz que esteja se sentindo melhor."

Eu não sabia o que dizer. Como ela poderia se dedicar a conversa fiada quando seu mundo, na verdade *nosso* mundo, estava desmoronando ao redor? Mas Eva sempre ignorara alegremente a realidade em prol de roupas e festas. Ela era a violinista enquanto Berlim queimava. Fiquei surpresa ao vê-la no *bunker*, porque ela costumava passar seu tempo longe de Hitler em sua casa em Munique. Seu rosto estava mais preocupado do que a última vez em que a vira. As opulentas joias e roupas do passado haviam desaparecido, cedendo lugar a uma aparência mais modesta.

"Há quanto tempo você está aqui?", perguntei.

"Há algumas semanas", disse ela, olhando para mim com um sorriso lastimável. "Por que você não vem ao meu quarto? Tenho alguns vestidos que posso lhe dar. Essa bata não lhe convém."

Continuei minha refeição enquanto Eva falava sobre seus pais e sua irmã. Quando acabei, ela me levou para fora da cantina por uma porta que levava a uma escada de madeira retangular. Os degraus desciam ainda mais até chegarmos a um posto de controle da SS. Estávamos no *bunker* do Führer. A atmosfera era semelhante ao *Vorbunker*, apenas mais claustrofóbica. Ouvia-se o constante zumbido dos geradores, os corredores eram iluminados precariamente, os tetos baixos, e uma série de pequenas salas se ramificavam do corredor. Um cachorro latiu de um ponto que parecia uma distância enorme. Ouvi o gemido abafado de filhotes.

"Blondi", disse Eva. "Mantenho meus cachorros afastados dela. Nunca permitiria que eles se misturassem."

"Blondi tem filhotes?", perguntei.

"Oh, sim, ele fez com que ela cruzasse. Acho que são cinco. Não presto muita atenção a eles."

Paramos no estreito corredor entre duas portas. O cheiro de óleo diesel e desinfetante pairava no ar.

"Tudo fica próximo aqui", disse Eva, e tentou sorrir. "O closet fica ao lado do meu quarto. Infelizmente, o banheiro também." Ela abriu a porta do closet e espiou para dentro. A luz estava acesa. Havia espaço para uma pequena cômoda e uma prateleira para vestidos e peles. Eva puxou a prateleira e disse: "Escolha alguns. Tenho certeza de que não vou precisar de todos eles."

"É sério, eu não deveria."

Ela tocou meu ombro.

"Magda, todos sabemos o que está acontecendo. Vamos aproveitar o máximo que pudermos. Aceite como um presente. Se eles não lhe caírem bem, eu ajusto. Acredite ou não, posso até trabalhar com uma agulha se precisar."

Agradeci a ela, mas me senti culpada olhando suas roupas. Entrei e olhei para a estante. Dez lindos vestidos, a maioria em azul-marinho e preto, estavam reunidos em cabides. Todos tinham um monograma com um EB no colarinho. Inspecionei um a um até chegar a um belo vestido branco, o que ela me mostrara na Berghof.

"Esse não", disse ela. "Vou vesti-lo em breve no dia do meu casamento."

Pulei para trás como se tivesse encostado no fogo.

"Você vai se casar?"

Eva riu e sua voz soou como a espuma de um champanhe.

"Ele adiou o máximo que conseguiu, coitadinho. Agora ele não tem mais escolha senão casar comigo." Ela riu como uma aluna de escola. "Você precisa vir, será uma testemunha. Talvez minha dama de honra."

Neguei com a cabeça, espantada com a ideia.

"Não, falo sério, você precisa vir. A quem eu poderia pedir aqui? Uma das mulheres na guarda da SS? Todas têm rostos esculpidos em concreto. Uma enfermeira? Uma das secretárias particulares dele? Elas são tão más quanto uma SS." Colocando a mão sobre a boca, ela reprimiu uma risada. "Eu não deveria caçoar delas." Ela agarrou minhas mãos, apertando-as. "Por favor, me diga que você vai pensar sobre isso. Meu casamento seria incompleto sem uma dama de honra."

"Você é muito convincente", eu disse. "Obrigada por pedir. Claro que vou."

Na realidade, eu só estava pensando em como matar Hitler. Quão irônico seria matá-lo no dia do casamento, o "grande dia" de sua vida. Mas como eu faria aquilo? Seria necessário muito mais planejamento do que apenas pensar sobre o assunto. E o que fazer com Eva? Matá-la também? Não haveria necessidade. Uma vez que Hitler estivesse morto, os membros restantes do Reich iriam entrar em ação. Os SS viriam até mim e eu estaria morta logo depois. De certa forma, senti pena de Eva por ser tão tola. Pude ver como ela atraía as pessoas com sua gentil atenção, seus convites para celebrar a vida em meio à guerra. Homens e mulheres ficavam lisonjeados por fazer parte de seu círculo social, talvez para se aproximarem de Hitler; no entanto, sua experiência deve ter sido tão superficial e vazia quanto tomar chá ao sol no terraço da Berghof. Eu tinha certeza de que não sabia nada dos massacres, dos campos de concentração, das atrocidades cometidas pelo Reich. Ela não era estúpida. Seu maior defeito era que ela era cega para tudo, exceto para sua própria percepção da vida.

Peguei três dos vestidos – dois pretos e um azul-escuro – e lhe dei boa-noite. Eva me acompanhou até a escada e o ponto de verificação da SS que levava de volta ao *Vorbunker*. Antes de chegarmos lá, ela olhou para trás na direção de seu quarto.

"Pobre, pobre Adolf", disse ela. "Todos o abandonaram. Ele está sozinho agora. Ele só tem Blondi e a mim."

Agradeci pelos vestidos e a deixei no corredor. No caminho para o meu quarto, uma mulher usando um vestido de seda caro apareceu no corredor. Três jovens vestidas de forma semelhante a acompanhavam. Elas me encararam como se eu fosse um fantasma. Eu devia estar parecendo uma aparição com minha roupa cirúrgica, cabelo despenteado e rosto inexpressivo. Mais tarde, perguntei a Cook quem eram.

"Você não sabe?", ela perguntou com espanto. "É Magda Goebbels e suas filhas. Elas estão aqui para se proteger do pior." Seu marido, o ministro da comunicação, também estava no *bunker*, mas eu não o tinha visto. Cook me contou que poucos dias antes ele havia lido uma proclamação de fidelidade aos moradores de Berlim. Uma cópia impressa dela estava em uma mesa de cozinha. Eu peguei para ler:

Convoco você para lutar pela sua cidade. Lute com todas as suas forças, pelo bem de suas esposas e seus filhos, suas mães e seus pais. Seus braços estão defendendo tudo o que já realizamos, e todas as gerações que virão depois de nós. Seja bravo e corajoso! Seja inventivo

*e astuto! Seu líder está entre vocês. Ele e seus colegas permanecerão
com vocês. A esposa dele e seus filhos também estão aqui. Ele, que
uma vez capturou a cidade com duzentos homens, agora usará todos
os meios para galvanizar a defesa da capital. A batalha de Berlim
será o sinal para que toda a nação se levante e lute.*

A loucura estava mais arraigada do que nunca.

Uma noite perguntei a Cook que dia era. Ela disse 28 de abril. Eu
não fazia ideia de como contar o tempo além de perguntar às pessoas. Não
havia relógios ou calendários nas paredes. As horas no *bunker* desapareciam
em uma ladainha monótona. Eu deixara meu relógio de pulso e a mala
no apartamento de Irmigard após o ataque. Pensei em sua família e me
perguntei se elas estariam vivas. Rezei para que estivessem.

Os seis filhos de Goebbels, cinco meninas e um menino, estavam no *bunker*.
Toda a família havia sido pessoalmente convidada por Hitler. Desde que os vira
pela primeira vez, comecei a reparar neles. Eles se pareciam muito entre si, e se
destacavam da multidão de oficiais e dos funcionários habituais. A filha mais
velha parecia mais reservada e mal-humorada do que o resto. Supus que sentia
falta de sua liberdade e de seus amigos porque era mais velha. A vida dentro
do *bunker* era menos divertida para ela do que para as crianças mais jovens.

Naquela noite, o pequeno Goebbels passou por mim no corredor. Por
sua aparência, julguei que ele tinha cerca de 8 ou 9 anos de idade. Seu
cabelo era mais escuro do que o de suas irmãs e percebi a semelhança
com seu pai, particularmente pelos seus finos lábios. Ele estava se tornando
um jovem, embora ainda carregasse alguma gordura infantil na barriga.
Apontou um revólver de madeira para mim e me perguntou para onde
eu estava indo. Ele fingia ser um soldado, mas seu tom severo deixava a
brincadeira menos divertida.

"Quem é você?", perguntei, já sabendo a resposta.

"Eu perguntei primeiro", disse ele. "Você tem documentos de identificação?"

"Você só precisa perguntar ao Führer. Ele lhe dirá quem sou."

Seus olhos se arregalaram e ele guardou a arma.

"Você é amiga do tio Adolf?"

Eu nunca afirmaria ser amiga de Hitler, então respondi:

"Eu trabalho para ele."

Seus ombros caíram.

"Todos trabalham para tio Adolf. Não tenho chance de pegar espiões ou traidores. Você viu o homem que eles trouxeram hoje?"

Eu me agachei contra a parede para estar mais perto do rosto dele.

"Não, quem era ele?"

"O cunhado de Eva Braun", disse com orgulho. "Ele também trabalhou para o tio Adolf, mas eles o rebaixaram. Estava bêbado. Talvez eles atirem nele." Ele sorriu.

Eu tinha ouvido que Eva tinha uma irmã e que ela era casada, mas não sabia mais nada sobre o homem. Apontei para sua arma de brinquedo.

"Onde você conseguiu sua arma?"

Ele pegou a réplica pintada do coldre e me entregou.

"Sou Helmut Goebbels e meu pai me deu. Ele mandou proteger minha mãe e minhas irmãs enquanto ele trabalha com tio Adolf. Meu pai é muito importante."

Olhei as saliências realistas no cabo, a mira, a réplica do gatilho. Entreguei de volta para ele e disse:

"Você está fazendo um bom trabalho para seu pai." Então me dei conta de que eu poderia perguntar *inocentemente* uma questão importante: "Existem outras armas como a sua no *bunker*?"

Seus olhos se estreitaram e me perguntei se eu havia me entregado.

"Bem... Como você trabalha para tio Adolf, acho que posso lhe dizer."

As paredes balançaram com uma explosão abafada. Elas tinham se tornado mais frequentes nos últimos dias. Quando cheguei no *bunker*, não ouvia nada. Os russos estavam a poucos quarteirões de distância da Chancelaria agora, e os bombardeios eram constantes. Helmut olhou para o teto com a lâmpada balançando sobre a cabeça.

"Minha mãe diz que o Exército Vermelho está chegando. Isso a deixa enjoada. Ela diz às minhas irmãs que talvez tenhamos que deixar o *bunker* em breve. Isso as deixa felizes, especialmente minha irmã mais velha. Ela quer ir para casa, mas sei que minha mãe nunca vai deixar o tio Adolf." Ele acariciou a arma ao lado do corpo. "Isso não dispara balas, mas meu pai disse que me daria uma arma real se eu precisasse de uma."

Outra bomba sacudiu as paredes. Estavam caindo na Velha Chancelaria sobre nossas cabeças.

Helmut continuou, sem prestar atenção à artilharia.

"Eu vou ter uma arma. Desde que os traidores tentaram matar tio Adolf, ele não permite armas ao redor dele. Apenas alguns homens da SS têm. Ele sabe que são leais."

Eu poderia ter questionado sua afirmação ingênua de que a equipe de Hitler era inabalável em sua lealdade, mas deixei isso de lado.

No corredor, perto das escadas que levaram para baixo até o *bunker* de Hitler, uma figura curvada como um corcunda se inclinou. Helmut o viu também, gritou seu nome e se dirigiu a ele sem mais uma palavra para mim.

A figura parou e se virou. Suspirei, olhando para o rosto do mal. Ele envelhecera uma vida inteira desde que eu o vira pela última vez. Sua camisa estava saindo de dentro das calças. Seu cabelo brilhava cinzento com a luz fraca, o rosto vincado com sulcos escuros. Parou, virou a cabeça em minha direção e me olhou. A luz em seus olhos desaparecera. Seu braço esquerdo tremia. Ele não levantou uma mão ou sorriu em reconhecimento. Tive dúvidas de que ele conseguia me ver.

Sua face grotesca me aterrorizou. Perguntei a mim mesma se eu realmente precisava matá-lo, porque, na verdade, ele já estava quase morto, um cadáver ambulante dando ordens do túmulo. Se apoiou nos ombros de Helmut e se afastou, usando o menino como uma bengala.

Naquela noite, deitada na minha cama, me perguntei se deveria investir mais em matar Hitler. Depois de ver sua figura fantasmagórica no corredor, eu sabia que seu tempo era curto. No entanto, não havia nada na minha educação religiosa que me faria perder o sono por assassinar um tirano. Eu tinha crescido luterana, mas minha devoção era negligente. Meu pai raramente ia à igreja; minha mãe participava esporadicamente aos domingos e em feriados religiosos. Às vezes eu ia à igreja com minha mãe, mas só porque ela queria que eu fosse. Tinha pouco desejo de ser instruída nos caminhos da religião. Teria alguma satisfação, postumamente, é claro, de ter meu nome em livros de história como "a mulher que matou Hitler".

Naquela noite, Eva deu tapinhas no meu ombro. Eu tinha caído em um sono profundo, apesar das explosões repentinas, e seu toque me assustou. Ela carregava uma tocha. Me apoiei nos cotovelos e perguntei com uma voz grogue:

"Qual é o problema? Alguma coisa está errada?"

Ela concordou com a cabeça. Então vi as lágrimas nos olhos dela.

"Meu cunhado está morto. As forças de segurança o levaram até o jardim e atiraram nele. Implorei por sua vida, mas Adolf não ouviu. Ele o chamava de 'tolo bêbado e mulherengo'. Minha irmã está prestes a dar à luz, mas isso não fez diferença. Eu disse: 'Você é o Führer'". Ela se sentou na beira da minha cama e baixou a cabeça. "Pobre, pobre Adolf. Todos o abandonaram; todos o traíram. Mas é melhor que outros dez mil morram do que *ele* ser perdido para a Alemanha. Minha irmã terá que viver sem o marido."

Uma centelha de vida voltou aos olhos dela.

"Adolf e eu vamos nos casar em cerca de uma hora. Você deve se vestir. Quero que você esteja lá, Magda."

"Que horas são?"

"Alguns minutos depois da meia-noite. Venha assim que puder. Devemos nos casar na pequena sala de conferências. Informarei o guarda que você está convidada." Ela se levantou da minha cama e saiu do quarto.

Saí da cama e peguei a caixa com minhas coisas, guardada sob a cama. Eu não tomava um banho de verdade havia dias, só jogava sobre mim salpicos rápidos de água da torneira da cozinha. A única banheira estava no apartamento de Hitler e só ele, Eva e a família Goebbels podiam usá-la.

Peguei o vestido azul de Eva e o vesti. Ele caía bem o suficiente para que eu pudesse usá-lo. Me lavei na pia da cozinha, ficando tão apresentável quanto possível para o casamento. Uma faca de açougueiro brilhou no balcão e pensei em levá-la, mas depois descartei a ideia. Eu não tinha como escondê-la. Além disso, não sabia quantas pessoas estariam no casamento de Eva ou quão perto eu conseguiria chegar de Hitler.

Saí da cozinha e passei pela cantina escura até o corredor que conduzia ao *bunker* inferior de Hitler. No fundo da escada, o guarda da SS me deixou passar depois que eu disse a ele meu nome. Notei que ele usava uma pistola no coldre. Passei pela sala de conferências onde Hitler realizava suas reuniões diárias e me vi na porta da sala menor. Nenhuma das duas era grande; a maior delas continha uma mesa no centro. Imaginei que os generais e os oficiais se aglomeravam ao redor dela, enquanto Hitler emitia ordens para seus exércitos exauridos. Todos sabiam que Berlim estava caindo. O Führer era um "imperador sem roupa", mas ninguém ria dele. O pouco poder que ele tinha estava perto do fim.

A porta estava aberta. Eva me viu e acenou para que eu entrasse. Ela estava usando o vestido branco que me mostrara alguns dias antes. Seu rosto estava avermelhado de maquiagem e, de certa forma, estava bonita, embora nada parecida com a mulher de seus dias despreocupados na Berghof. Hitler, vestido com um terno escuro e gravata combinando, estava sentado em uma cadeira parecendo abatido e preocupado. Ele usava o broche do Partido na lapela. Goebbels, com o rosto magro que lembrava um camundongo, estava perto, com as mãos cruzadas na frente do corpo.

Sua expressão era tão severa e intransigente como eu tinha visto em todas as fotos do ministro da comunicação. A pele debaixo de seus olhos era marcada por olheiras escuras por falta de sono. Martin Bormann, que parecia um buldogue, ocupava-se de um papel na mesa. Era a certidão de casamento de Adolf e Eva.

Hitler acenou com a cabeça para mim, mas não falou. Fiquei ao lado de Eva. Ela agarrou minha mão esquerda com a direita em um aperto forte, mas frio. Olhei para meus dedos e notei a aliança de casamento prateada dada a Karl e a mim pelo Führer no dia do nosso casamento. Eva não usava um anel como aquele.

Logo um homem da SS apareceu na porta acompanhado de um outro desmazelado vestido com roupas civis. Sua jaqueta, camisa e rosto estavam cobertos de sujeira. Goebbels apresentou-o como o senhor Wagner, um conselheiro de Berlim e um membro de uma unidade de combate próxima ao *bunker*. Goebbels tirara Wagner das ruas para realizar o casamento.

A cerimônia civil não demorou muito. Hitler e Eva juraram que eram de ascendência ariana e não tinham doenças hereditárias que os tornariam impróprios para casar. Hitler assinou o certificado e então entregou a caneta para Eva. Assisti quando ela começou a assinar seu nome como Eva Braun. Ela riu, deu uma bofetada na mão e depois escreveu: *Eva Hitler, nascida Braun*. O casal se beijou rapidamente e depois se revezou apertando as mãos de todos na sala. Hitler não disse nada para mim quando segurou minha mão. Nenhuma palavra era necessária. Seu olhar vazio e seu fraco aperto de mão me contaram tudo o que eu precisava saber sobre sua condição.

"Estou tão feliz, Magda", Eva me disse enquanto me conduzia para o apartamento privativo do marido. Esta sala continha um sofá e uma pequena mesa. Um bonito quadro holandês de natureza-morta pendia na parede. A mesa de Hitler também estava no quarto e acima dela havia um retrato em uma moldura oval.

Eva apontou para a imagem de um homem mais velho de aparência severa em uma peruca branca e com uma medalha de prata estrelada presa a seu colete escuro.

"Você sabe quem é?"

Neguei com a cabeça.

"Frederick, o Grande", disse ela. "Adolf olha para ele por horas, como se o velho guerreiro estivesse conversando com ele." Ela suspirou. "Inútil. Tudo isso é inútil. Um rei morto da Prússia não pode salvar o Reich. Como eu gostaria que pudesse." Seus olhos se encheram de lágrimas.

Hitler entrou na sala seguido por sua pequena comitiva. Eva enxugou as lágrimas e ficou ao lado dele. Eu queria expressar meu ódio, meu desejo primordial de vê-lo morto. Apesar da minha aversão, fiquei impressionada com o seu rápido declínio físico. Talvez fosse o horário avançado, mas ele sempre tinha trabalhado até tarde da noite; talvez todas as suas ilustres ilusões finalmente estivessem destruídas. Ele era uma sombra nociva de seu antigo eu. O rosto cor de giz estava flácido em decorrência dos meses de vida subterrânea. Seu traje enrugado e sua marcha inclinada refletiam o colapso que se desenrolava sobre nós. À medida que o líder do Reich desmoronava no subterrâneo, a Alemanha fazia o mesmo acima dele.

Outros apareceram na porta, incluindo Cook, a senhora Goebbels e os secretários, todos convidados pelo noivo. Os corpos amontoados na sala esquentaram o ambiente e eu me afastei de Eva e Hitler para ficar mais perto da passagem, onde conseguia respirar.

O criado de Hitler trouxe champanhe e os convidados fizeram um brinde para a noiva e o noivo. Uma pequena tempestade de gargalhadas e tilintar de copos morreu, e todos olharam para o Führer. Ele se sentou no sofá comendo um pedaço de bolo gelado. As migalhas caíam de sua boca nas lapelas de seu terno. Eva franziu o cenho, mas não disse nada para castigá-lo, como teria feito em seus dias na Berghof.

Quando ele terminou de comer, disse:

"Agora é a hora de lembrar dias melhores." Limpou os dedos com um guardanapo e se recostou contra o sofá. "Minha vida sempre foi dedicada à Alemanha e ao Partido. Quão maravilhoso foi nos primeiros dias, quando todo homem, mulher e criança se levantou com orgulho para responder ao chamado do Nacional-Socialismo."

Os olhos de todos, exceto os de Bormann, saíram de foco. Estávamos prestes a ouvir uma longa arenga sobre os "bons e velhos tempos" do Partido e reminiscências da ascensão do Führer ao poder. Ele falou por quase uma hora. Ninguém podia fazer nada além de segurar seus copos de champanhe e ouvi-lo discursar sobre sua juventude, a glória dos primeiros anos e o destino terrível que caía sobre os nazistas. Finalmente, baixou a cabeça e olhou para as mãos. Seus convidados permaneceram em silêncio, esperando serem dispensados.

Ele pegou outro pedaço de bolo e colocou em um guardanapo em seu colo.

"Há mais uma coisa a dizer na minha noite de núpcias." Ele fez uma pausa. Seus olhos úmidos olharam para todos na sala. Ele sacudiu a cabeça como se não pudesse acreditar que o declínio de seu poder, as bombas que explodiam sobre sua cabeça, a destruição de seu exército de "guerra-relâmpago" estavam acontecendo com ele. "Terminou", ele disse finalmente. "O Nacional-Socialismo está morto, para nunca ser revivido. Quem teria a coragem de liderar esse movimento, exceto eu?" Seus lábios se separaram em um sorriso sarcástico e ele olhou para Goebbels e Bormann, alternadamente. Eles ficaram firmes sob seu olhar.

"Qualquer um que queira sair do *bunker* deve fazê-lo", disse ele.

"Nunca, meu Führer", disse Goebbels, e o saudou. Aqueles reunidos ecoaram esse sentimento e o saudaram também. Fiquei em pé na passagem com meus braços ao lado do corpo.

Hitler estendeu as mãos, como se fizesse um pedido .

"Vocês estão liberados. Não sofram comigo. Todos, exceto vocês, meus amigos leais, me traíram. Mesmo o povo alemão me abandonou." Ele apertou os punhos e bateu contra o peito. "Eles não têm a vontade de sobreviver, eles não têm a espinha dorsal para enfrentar nossos inimigos. Eu tenho superestimado o seu valor desde o início. Eles merecem ser esmagados." Ele se recostou no sofá como um balão murcho.

Bormann gritou:

"Sim, meu Führer."

A raiva ferveu dentro de mim. Eu queria estrangular Hitler. Ele *responsabilizava* o povo alemão por suas falhas tirânicas. De um só golpe, descartara meu pai, minha mãe, minha tia e meu tio que o apoiaram lealmente, até as crianças inocentes que morreram nas ruas em seu nome. Nenhum remorso fluía do Führer. Nenhum pedido de desculpas surgiu de seus lábios. Somente acusações. A decadência devastadora era o resultado da Wehrmacht. Os soldados eram covardes que valorizavam suas vidas mais do que seu país; seus generais e oficiais militares eram idiotas que não sabiam nada de estratégia e tática. Quem poderia culpar o pobre Führer quando toda a Alemanha tinha a culpa?

"Morrer será uma libertação para mim", disse ele. "E então eu devo fazer isso – aqui, com minha esposa ao meu lado. Ela escolheu o mesmo destino."

Magda Goebbels explodiu em lágrimas. Seu marido correu para o seu lado enquanto ela chorava. Vários secretários de Hitler também enxugaram os olhos.

À medida que a escuridão e a tristeza da confissão suicida se espalhavam pela sala, vários convidados saíam discretamente da atmosfera opressiva. A festa de casamento tinha acabado. Hitler se levantou do sofá, tomando o cuidado de embrulhar seu bolo em um guardanapo. Colocou o bolo no bolso direito e passou por mim, olhando para a frente, como em transe, enquanto eu permanecia na passagem.

Eva me deu um tapinha no ombro.

"Obrigada por vir, Magda. Suponho que, de agora em diante, não vou vê-la muito." Ela observou enquanto os outros hóspedes desapareciam no corredor. "Saia assim que puder. Saia de Berlim e vá para o sul em direção a Munique. Os americanos estarão lá. Eles serão mais tolerantes do que o Exército Vermelho."

Uma secretária, a senhora Junge, passou e entrou na sala adjacente com Hitler.

"Ela é leal", disse Eva. "Junge estará aqui até o fim." Ela tentou sorrir, mas sua boca se franziu. "Adolf está ditando seu último testamento. Não vai demorar muito mais."

Eva me beijou na face.

"Adeus, querida Magda."

Ela caminhou até seu quarto e me deixou com o criado, o casal Goebbels, que se sentou no sofá com descrença, atordoados com a decisão do Führer de morrer em Berlim.

Eu, no entanto, me alegrava silenciosamente.

Na manhã seguinte, sentei-me na cama e chorei. Ninguém veio em meu auxílio. Eu duvidava que alguém se importasse, ou se as pessoas se importavam, elas estavam cansadas e deprimidas para se dar ao trabalho. Senti os efeitos da existência no *bunker* – a falta de ar fresco, as paredes que se fechavam ao meu redor, as mesmas caras todos os dias, uma rotina que nunca variava à medida que as horas passavam por mim como as de um relógio perdendo a corda. Um dos homens da SS me disse que não deveria me preocupar em estar do lado de fora; de qualquer maneira não se podia ver o sol por causa da fumaça. Os russos estavam atirando à queima-roupa com canhões de artilharia enquanto avançavam. Berlim estava queimando. Agora as bombas vinham sobre nós implacavelmente e o chão estremecia. O ataque vinha mais rápido e com mais ferocidade à medida que as horas se arrastavam.

Eu me recompus e pensei em como poderia rumar para o sul em direção a Munique e Berchtesgaden. A jornada parecia impossível; no entanto, eu me preocuparia com ela quando chegasse o momento de me retirar – se eu saísse do *bunker* com vida.

Pouco depois das onze horas daquela mesma manhã, Cook correu para o meu quarto, com o rosto selvagem e corado.

"Mussolini está morto", disse ela. "O Führer está perturbado. Seu melhor amigo se foi." Ela se sentou em minha cama por um tempo com os braços se mexendo violentamente para os lados, como se não soubesse o que fazer. "Não vou deixá-lo, Magda. A senhora Junge também não. Nós permaneceremos com ele até o fim."

Agarrei suas mãos.

"Você precisa ir embora comigo. Podemos viajar para Berchtesgaden. Será mais seguro ir para lá. Podemos ficar com meus tios, se não conseguirmos chegar à Berghof."

Ela olhou para mim com espanto.

"E quanto ao seu pai e seus amigos em Berlim?

Estremeci.

"Não tenho ideia de onde meu pai está ou se meus amigos ainda estão vivos. Não posso enfrentar os russos – de novo." A certeza de ter perdido meu pai me esmagou. Eu, como todos os outros na Alemanha, havia perdido demais. Cook se inclinou para mim e nós nos abraçamos. Foi um gesto simples nascido da perda. Depois de um tempo, Cook disse:

"Preciso ir. Ele não está comendo, mas ainda faço suas refeições." Ela me abraçou. "Por favor, venha se despedir antes de partir."

Concordei com a cabeça, deitei na minha cama e fiquei lá por cerca de vinte minutos até não conseguir mais descansar. Me levantei e andei pela sala. Eu precisava ver o sol, respirar ar fresco novamente, antes de ser capturada ou morta. Minhas chances de escapar do *bunker* pareciam muito pequenas.

Cook tinha me contado sobre uma saída de emergência na extremidade oeste que levava ao jardim bombardeado atrás da Nova Chancelaria que Speer havia construído. Várias pessoas, incluindo Eva, tinham ido até lá para respirar ar puro. Saí do meu quarto e cruzei a cantina até a passagem que conduzia ao *bunker* mais baixo. Desci as escadas. O guarda me deu um rápido olhar e me deixou passar como se minha presença não importasse. Ele também sabia que o fim estava próximo. O corredor central era longo e passava pela sala de conferências e aposentos de Hitler. Mais além, vi uma figura encurvada na sombra perto de uma porta.

"Mate-a", eu o ouvi dizer. "Não quero que ela seja capturada pelos russos bem como Eva e eu não queremos ser capturados. Os italianos transformaram meu amigo em uma piada, amarrando-o como um porco em um gancho. Não permitirei que isso aconteça com ela..." Bateu o punho contra a parede.

Ele parou, repentinamente consciente da minha presença, e olhou para mim com os olhos afundados. O Hitler inconfundível e astuto de antes tinha se transformado em uma criatura das cavernas, um grotesco monstro do submundo. Ele levantou a mão para me fazer parar, inclinou-se em direção à porta e puxou-a até que ficasse parcialmente fechada.

"O que você está fazendo aqui?", perguntou.

"Eu queria tomar um pouco de ar", disse.

"Somente aqueles que têm permissão podem deixar o *bunker* por este caminho." Ele se afastou da porta. "Você pode ser morta."

Um homem colocou a cabeça para fora da sala e disse:

"Está feito. O veneno foi rápido como um raio."

"Deixe-me e pegue os filhotes", ordenou Hitler. O homem voltou para dentro e alguns minutos depois saiu com uma caixa. Quando ele passou, ouvi arranhões abafados e lamentos dos cachorros. Ele prosseguiu pelo corredor em direção à escada que conduzia à saída. Hitler se arrastou para dentro. Em seguida, soluços abafados ressoaram pelo corredor.

Segui adiante na esperança de ver de quem era a morte que provocara tal resposta de Hitler. A porta estava levemente aberta. A luz dentro da sala era forte. Hitler estava ajoelhado no chão, com o peito tremendo, sobre a criatura de pelo marrom e preto deitada silenciosamente no chão. Blondi tinha sido envenenada.

Ouvi a porta de saída se abrir. Então, cinco tiros altos ecoaram através da passagem. Logo o homem voltou. Recuei para as sombras, afastando-me deles.

"Os filhotes estão mortos", disse o homem a Hitler. "O senhor já não precisa se preocupar com eles."

Caminhei rapidamente, esperando me afastar do que eu tinha testemunhado. O toque frio da morte estava em todo o *bunker*, mesmo para o cachorro que significava tanto para Hitler.

Meu confinamento era um desconforto físico, como garras me arranhando. Voltei para o *Vorbunker* e segui pelo longo corredor de conexão que levava à série de túneis que corriam no sentido leste-oeste sob a Nova Chancelaria. O guarda da SS me perguntou o que eu estava fazendo. Eu não estava com vontade de mentir. Disse-lhe que estava ficando louca no *bunker* e precisava dar um passeio. Ele assentiu, sorriu tristemente como se soubesse o que eu estava passando e acenou para que fosse em frente.

Eu me lembrava vagamente da noite do ataque no apartamento de Irmigard. Quando cheguei, Cook me levara ao *Vorbunker*. Agora eu via o horror que tinha sido lançado sobre o povo alemão. Instalações médicas haviam sido construídas em vários quartos. O cheiro de sangue e carne enchia o corredor. Vários médicos mudavam de mesa em mesa como se fossem movidos por cordas de fantoches fantasmagóricas. Seus aventais estavam vermelhos de sangue e salpicados de pele humana.

Um dos médicos gritou ordens para uma enfermeira que parecia perdida em meio à tarefa assustadora que enfrentava. Uma centena de pacientes, muitos com membros cortados, queimaduras ou feridas abertas, esperavam por eles. Talvez houvesse mais de cem. Os feridos estavam deitados como manequins nas mesas, cobertos por lençóis ensanguentados ou nus em sua dor. Um médico cortou o braço direito de um soldado logo abaixo do ombro. Ele segurou o membro e depois jogou-o em uma bacia de metal transbordando de pernas, braços, mãos e pés. Meu estômago se agitou com a visão sangrenta e o cheiro de morte encheu minhas narinas. O médico que havia executado a amputação gritou para mim:

"Você pode nos ajudar?"

Eu não soube o que dizer. Olhei para ele.

"Precisamos da sua ajuda", ele pediu. "As pessoas estão morrendo."

Olhei pelo corredor. Filas de refugiados silenciosos, alguns dos quais eram membros do Partido que aparentemente pensavam que tinham o direito de escapar do que os outros estavam sofrendo, estavam sentados no chão, parecendo derrotados e mal-humorados. Eles não tinham se oferecido para ajudar os médicos. Eu me perguntava por quê. Talvez tivessem visto sangue o suficiente ou não tinham gosto pela tragédia que se desenrolava ao redor deles. Comecei a me afastar do hospital improvisado e depois parei. Uma pergunta estranha encheu minha cabeça:

E se eu conseguir descobrir alguma coisa sobre Irmigard e sua família? Dei meia-volta e atravessei o labirinto de mesas até o médico que pedira minha ajuda.

Capítulo 21

UMA ESPERANÇA DOLOROSA TAMBÉM SE INSTALOU EM MIM enquanto eu me encaminhava para o médico. E se Karl não estivesse morto e estivesse naquele *bunker*? Por mais que a possibilidade fosse remota, me agarrei a ela por um instante.

Mas qualquer esperança que eu tivesse de encontrar Karl entre as centenas de feridos logo chegou ao fim. Olhei para cada um dos rostos dominados pela dor. Ele não estava ali. O médico deu de ombros quando perguntei por Irmigard e meu antigo bairro.

"Eu diria que as chances de sobrevivência são escassas", disse ele. "Nós não conseguimos chegar ao leste há semanas."

Tive pouco tempo para me repreender por fazer aquelas perguntas. Sacudi a tristeza e perguntei ao médico como poderia ajudar.

Troquei ataduras, esfreguei roupas de cama em uma banheira de lavagem, segurei as mãos de homens e mulheres quando os médicos abriam cortes em seus corpos. Muitas vezes tive que desviar o olhar porque meu estômago e meu coração não conseguiam suportar os gritos. A anestesia era escassa e apenas os mais gravemente feridos recebiam uma dose. Um homem administrou uísque, com as bênçãos dos médicos, para aqueles que estavam a meio caminho de enlouquecer de dor.

"Eu quero morrer", um soldado que perdera as duas pernas por causa de uma bomba russa me disse. Um outro menos gravemente ferido mostrou um desejo semelhante de acabar com a vida. Fiz o que pude para animá-los, não mencionando o Reich. Em vez disso, eu lhes dizia quão importantes eles eram, como eram necessários nesta Terra. Enquanto eu visitava outros, Hitler e seu pacto de suicídio vieram à mente e fiquei impressionada em ver como o ânimo dos soldados e dos cidadãos tinha caído no mais absoluto desespero, refletindo a psique do líder do Reich.

À medida que as horas passaram, o trabalho de lidar com os feridos e de levantar os corpos me esgotou. Encontrei uma cadeira vazia e desabei sobre ela por alguns minutos. Um dos médicos me viu e disse:

"Obrigado pela sua ajuda. Pegue algo para comer."

"Que horas são?", perguntei.

"Passa das nove da noite", respondeu ele.

Voltei para o *Vorbunker* e limpei o sangue de minhas mãos. Vísceras manchavam meu vestido. Esbarrei em Cook na passagem. Ela me pegou pelo braço e me arrastou com ela.

"Devemos encontrar o Führer", disse ela.

Cook nos apressou até chegarmos à grande sala de conferências no *bunker* inferior. Hitler estava lá dentro curvado sobre um grande mapa da Alemanha espalhado pela mesa. Seus dois secretários, que também haviam sido convocados, ficaram ao lado dele. Quando entramos, ele tirou os óculos com a mão esquerda que tremia e colocou-os sobre a mesa. Ele usava a jaqueta de uniforme castanho-claro. Eu não o via vestido com ela desde que deixáramos a Berghof.

Todos ficamos em pé em uma fila e esperamos que ele falasse. Um sorriso triste atravessou seu rosto e ele disse:

"Quero agradecer-lhes por seu serviço leal ao seu Führer." Colocou a mão direita no bolso da jaqueta e caminhou em nossa direção com uma marcha instável. Manteve a mão esquerda na mesa para dar equilíbrio. "Os outros vão saber em breve, mas estou liberando vocês do juramento..."

Ele continuou a falar, mas mal conseguíamos ouvir sua voz balbuciante. No entanto, todos nós sabíamos o que estava por vir. Ainda assim, pensei em matá-lo.

Os dedos dele se sacudiam no bolso, empurrando o tecido para dentro e para fora em socos frenéticos. Finalmente, ele retirou a mão e a abriu. Quatro ampolas de cianeto, com suas capas de cobre cintilando na luz, descansavam na palma da sua mão. Ele deu uma ampola a cada um de nós.

"Eu queria poder lhes dar um presente de despedida melhor", disse ele. "Se os russos entrarem, vocês podem preferir isso a um cativeiro forçado e seus modos animalescos."

Seus olhos se afastaram de nós e se concentraram além das paredes, como se não estivéssemos na sala. Ficamos em pé com o veneno em nossas mãos enquanto ele se arrastava para seus aposentos.

A senhora Junge caiu em lágrimas e nós nos dispersamos.

"Não tenho intenção de usar isso", disse Cook enquanto íamos embora. Eu mantive a minha ampola na mão, sem saber se deveria usá-la em mim mesma ou em Hitler. Na minha cama, coloquei a cápsula debaixo do travesseiro e me deitei. Minha lembrança seguinte foi de ser despertada com gritos e risadas. Me levantei e, com os olhos enevoados, cambaleei em direção à cantina. Pelo menos vinte funcionários de Hitler, incluindo oficiais, estavam fazendo uma festa. Uma pilha de discos estava ao lado de um fonógrafo. A música se espalhava pela sala e se misturava com o tilintar ruidoso de copos. Várias garrafas verdes de champanhe flutuavam pela multidão, passando pelas mãos ansiosas.

Um oficial da SS bêbado se aproximou de mim, imperturbável por minha aparência desleixada e meu vestido manchado de sangue, com o qual eu havia dormido. Suas calças estavam molhadas com champanhe e seu peito exposto aparecia através da camisa aberta e do casaco do uniforme. Ele cambaleou contra a porta e colocou a mão no meu ombro.

"Quer dançar?" Ele balançou erraticamente com a música.

Eu tinha medo de que ele caísse sobre mim.

"Viva um pouco. Temos apenas algumas horas restantes." Ele apontou para o teto. "Aqueles malditos estão a poucos quarteirões de distância. Talvez estejam sobre nós agora. Eles que se danem." Ele piscou e aproximou o rosto de mim. Seu hálito cheirava a uma mistura horrível de cigarro e champanhe. "Que tal isso, que tal uma transa? O que você tem a perder?"

Afastei sua mão.

"Obrigada pela oferta, mas a resposta é não." Tentei passar, mas ele agarrou meu braço. Eu o chutei na canela e ele estremeceu de dor.

"Sua putinha!", ele gritou. "Você vai ter o que merece." Ele se afastou de mim aos tropeços.

Respirei fundo e andei pela cantina, procurando algum rosto familiar. Vi Cook e a senhora Junge sentadas em uma mesa do outro lado da sala. Empurrei os farristas, muitos dos quais mal conseguiam ficar de pé depois de beberem numerosas doses de álcool. Muitos chocolates e bolos caros também estavam sobre as mesas. Alguém havia invadido o que restava das luxúrias culinárias de Hitler. Eu me juntei às duas mulheres na mesa. Cook me ofereceu uma taça de champanhe. Neguei com a cabeça.

"Quem sabe quando você poderá ter essa oportunidade novamente?" ela disse. "Eu não recusaria."

"Não", eu disse. "Quero ficar com a mente clara."

"Por quê?", perguntou a senhora Junge. "O fim chegou. É apenas uma questão de tempo antes de sermos retirados daqui – vivos ou mortos."

"Tenho negócios inacabados."

Ambas me olharam como se eu tivesse dito algo profano. Cook suspirou e disse:

"Todos nós temos."

Uma enfermeira e um soldado passaram dançando perto de nós, esbarrando em nossa mesa. Nós a seguramos pelo tampo para impedir que fosse derrubada.

"Tontos bêbados", disse a senhora Junge. "Eles não têm respeito pelo Führer." Ela tomou um gole de champanhe. "Quem ia querer deixar essa vida em tal estado?"

Magda Goebbels apareceu na extremidade da cantina, vestida com um roupão branco. Ela olhou para a multidão e gritou:

"Vergonha. Vocês todos são uma vergonha. O Führer não consegue dormir. Nem meus filhos. Tenham alguma decência."

Os farristas riram e continuaram a festa. Ela virou as costas, enojada com a exibição. Logo apareceu o criado de Hitler e repetiu o que a senhora Goebbels havia dito. Ele pediu à multidão que ficasse quieta para que o Führer pudesse dormir. Seus pedidos também foram ignorados.

Cook se inclinou para a senhora Junge e disse:

"Nós temos sido leais e verdadeiras com o Führer. Vamos beber à sua saúde." Elas bateram seus copos um no outro e depois olharam para mim porque eu me recusara a participar.

Me levantei da mesa.

"Já vi o bastante desse espetáculo." Deixei as duas e caminhei de volta para o meu quarto. Não consegui dormir porque a festa continuou até as cinco da manhã. Foi interrompida quando o bombardeio se tornou tão intenso que ninguém conseguia mais ouvir a música. A terra gemia e sacudia ao nosso redor como um vulcão em erupção.

Cerca de duas horas depois, Eva veio ao meu quarto. Ela usava um belo vestido azul, combinando com o seu desânimo.

"Venha, vamos andar comigo", ela disse.

Ninguém podia descansar por causa das explosões, então decidi me juntar a ela. Àquela altura meu rosto havia se tornado familiar para os SS, e como eu estava caminhando com Eva nenhum guarda nos questionou.

Caminhamos através do *bunker* do Führer até a saída onde Blondi e seus filhotes haviam sido mortos.

"Quero ver a luz do sol", disse ela. "Esses dias têm sido um inferno, mas logo terminarão." Ela virou na passagem que levava à escada da saída, balançou a cabeça e riu como a "velha" Eva, aquela da Berghof, com sua voz borbulhando feito um riacho. "Realmente, é um grande alívio saber que isso logo terminará." Eva subiu as escadas vagarosamente, saboreando cada degrau. Eu a segui.

Ela empurrou a porta, que só podia ser aberta pelo lado de dentro. O bombardeio tinha parado por um momento. Uma visão aterradora de terra queimada estava à nossa frente. Árvores partidas cobriam o chão. Mesmo que fosse o dia 30 de abril, não havia nenhuma folha no jardim da Chancelaria. Em vez disso, um cenário esburacado de crateras de bombas e destruição estava à nossa frente. A Nova Chancelaria estava em ruínas, sua grande estrutura aniquilada por bombas e mísseis. Grandes blocos de pedra repousavam em pilhas caídas em sua base. Uma espessa cortina de fumaça pairava no ar, dando ao céu da manhã uma infernal tonalidade laranja-avermelhada. Chamas ardiam tão perto de nós que mal podíamos distinguir o disco do sol através das nuvens tóxicas.

Eva saiu do *bunker*. Eu não a detive.

"Veja, Magda!", exclamou orgulhosamente. "Estou do lado de fora e os russos não sabem disso." Naquele momento, uma bomba atravessou o *bunker* voando e pousou a poucos metros de distância. O impacto da explosão derrubou Eva. Gritei para que ela viesse para dentro.

Ela fez uma pirueta ao redor da cratera.

"A morte pode esperar alguns minutos." E apontou para a terra torturada. "Aquele buraco pode ser onde seremos enterrados. Está um pouco aberto. Espero que façam um bom trabalho escondendo nossos corpos."

Olhei para ela com incredulidade e sabia que ela estava fora de si, falando coisas sem pé nem cabeça. Permaneci perto da porta que dava ao jardim desolado.

"Venha para dentro, Eva. É muito perigoso." Outra bomba de artilharia passou por cima das nossas cabeças, mas caiu mais longe dessa vez.

Ela concordou com a cabeça e caminhou vagarosamente de volta para onde eu estava.

"Acho que precisamos entrar, mas deixe-me ficar um pouco na porta." Fiquei atrás dela enquanto Eva esticava o pescoço e olhava a destruição.

"Tenho um favor a lhe pedir", disse ela, virando o rosto para o outro lado. Eu me aproximei, ficando tão perto que podia ver o brilho dos seus olhos enquanto ela falava.

"Adolf e eu devemos morrer ao mesmo tempo quando chegar a hora", disse ela. "Nossos corpos devem ser queimados. Os homens cuidarão disso." Ela olhou para mim e sorriu. "Você tem sido tão leal a nós e ao Führer. Quero que você tenha certeza de que morremos. Quero que seja rápido. Adolf concorda que deve haver alguém na sala conosco para ter certeza de que nossas ordens serão cumpridas. Então, querida Magda, você deve acabar com o reinado do Terceiro Reich. Você deve ter certeza de que estamos mortos."

Segurei no corrimão para me equilibrar, porque estava muito chocada com aquelas palavras. Seu pedido me causava repugnância, embora me desse arrepios de satisfação. Hitler escolheria a saída mais fácil e não responderia por seus crimes. Cometendo o suicídio, poderia deixar a culpa pela *sua* derrota recair sobre seus generais, soldados e sobre o povo alemão. Ele teria a morte de um mártir, pelo menos aos seus olhos. E Eva, que não se preocupava com nada além de sua devoção cega ao Führer, se juntaria a ele em seu pacto de morte.

Uma fumaça rodopiava em direção à porta e o bombardeio de repente começou outra vez. Eva bateu a porta, mergulhando nós duas no mundo subterrâneo do *bunker*. As explosões abalaram os jardins da Chancelaria novamente. Uma delas nos sacudiu violentamente sobre os degraus.

Eu me virei, pronta para descer de novo para dentro do *bunker*. Hitler estava ao pé da escada vestindo uma camisola vermelha e chinelos. Ele olhou para cima em nossa direção sem um sorriso, com seu rosto extravagante e flácido sob o brilho de uma lâmpada. Talvez ele mesmo quisesse dar uma olhada no sol. Sem tomar conhecimento de nós duas, deu as costas e desapareceu pelo corredor.

Enquanto eu o contemplava, sabia que o destino havia decidido o curso de minha vida.

Eu mataria Adolf Hitler.

Capítulo 22

EVA ME PROCUROU mais ou menos às duas horas da tarde seguinte. Seu marido, as secretárias e Cook estavam fazendo uma refeição. Ela não tinha nenhum apetite, confessou. Seus cachorros haviam sido mortos.

Não muito tempo depois, nos juntamos aos membros da equipe na grande sala de conferência. Eva me apresentou ao piloto de Hitler, Hans Baur, a vários generais e a Otto Günsche, membro do Leibstandarte e ajudante pessoal que estava ao lado do Führer quando a bomba explodira na Toca do Lobo. Ninguém me reconheceu como a esposa do Capitão Weber, ou, se o fizeram, não se importaram. Goebbels e sua mulher estavam na sala, bem como Bormann. Era mais ou menos como no dia anterior, embora Hitler não tenha distribuído cianeto.

Enquanto as despedidas prosseguiam, Eva me puxou de lado e me levou à sala de estar entre o estúdio de Hitler e seu quarto. Ali, Eva disse, eles terminariam seu breve casamento. Sobre uma mesa havia duas cápsulas de cianeto e duas pistolas, bem como uma garrafa aberta de champanhe e dois copos.

"Fique aqui", disse ela. "Voltarei logo."

Sentei-me no sofá, passando meus dedos sobre seu desenho florido. À medida que os minutos passavam, levantei-me e olhei para as pinturas no estúdio e na sala de estar. Eva havia deixado a porta aberta. O quarto havia sido revirado e a maioria dos papéis e livros de Hitler havia sumido. Presumi que eles tivessem sido destruídos por algum membro da equipe. Voltei para a sala de estar e me sentei novamente no sofá. Peguei uma das pistolas e a estudei. Li a gravação que estava na arma, uma Walther 7.65mm. Presumi que estava carregada. O cianeto em cápsulas de cobre estava nas proximidades.

A porta do estúdio se abriu e Eva entrou na sala. Ela estava com o vestido azul que usava pela manhã. Se jogou no sofá e secou as lágrimas do rosto. Olhou para mim com um sorriso desconfortável e serviu uma taça de champagne. Deu um gole e disse:

"É muito difícil dizer adeus, Magda." Ela deixou o copo ao seu lado no sofá. "Interrupções, sempre interrupções. Agora não podemos nem morrer sem sermos interrompidos. Minha vida com Adolf tem sido um constante atraso. 'O dever me chama, minha querida Eva. Talvez no próximo mês, talvez no próximo ano.' Esperando e esperando pelo quê? Uma consumação que nunca aconteceu. Por anos ele não podia fazer amor com uma mulher porque *o Führer* era muito importante. A Alemanha era sua amante. Agora que estamos casados, é tarde demais. Ele não é fisicamente capaz." Ela riu e bebeu outro gole. "Eu não deveria lhe dizer essas coisas, mas acho que não tem importância. Se você gravar minhas palavras para a história, as pessoas perguntarão: 'Quem foi Eva Braun?'. Ninguém acreditará numa só palavra que eu disser."

Comecei a falar, mas ouvimos alguém entrar no estúdio. Eva levou um dedo aos lábios. Reconheci as vozes como as de Magda Goebbels e Hitler.

"Você precisa sair de Berlim!", Magda pedia histericamente. "Se você morrer, nós também morreremos, e as crianças também. Não haverá mais vida na Alemanha sem você."

"Nada do que você diga irá me dissuadir," disse Hitler. Seu tom era inflexível, complacente. "Você pode escolher entre sair ou de ficar. Por que mataria seus filhos? Pense no que você está fazendo. Devo acabar com minha vida aqui, pelo bem da Alemanha."

Magda Goebbels começou a soluçar.

"Então será o fim para todos nós."

"Não há mais nada a dizer", disse Hitler. "Por favor, nos deixe e procure seu marido e filhos." A porta do estúdio foi aberta e então fechada.

Meu estômago deu um nó quando pensei no assassinato de seis crianças inocentes, especialmente em Helmut, que eu tinha encontrado no corredor. Hitler seria responsável pela morte deles como tinha sido pela de qualquer soldado ou prisioneiro dos campos de concentração. Tentei pensar numa maneira de manter as crianças vivas, de suspender a tragédia, mas minha mente se debatia com pensamentos demais.

Hitler caminhou vacilante para dentro da sala de estar e fechou a porta. Ele vestia sua jaqueta de uniforme escura com a Cruz de Ferro presa no peito. Olhou para o chão com olhos pesados e depois para mim.

Se aproximou e o cheiro de morte encheu minhas narinas, como se sua carne já estivesse apodrecendo pela decadência. Seu braço esquerdo tremia quando ele se sentou no sofá.

"Senhora Weber", disse ele. Sua voz era fraca, moderada, um fragmento de seu antigo poder. "Eva disse a você por que está aqui?"

Balancei a cabeça afirmativamente.

"Então vamos em frente. Os bárbaros estão à nossa porta."

"Eu vou morrer primeiro, Adolf", disse Eva, "mas por intervalo curto. Vamos brindar a uma vida por toda a eternidade".

"Milhões vão me amaldiçoar amanhã, mas a divina providência não deixaria que fosse de nenhuma outra maneira," disse Hitler. "Por muitos anos as Moiras do destino estiveram do meu lado. Agora preciso encarar a realidade. Não há nenhuma saída exceto uma morte honrada."

Eva serviu champanhe para ambos e eles beberam. Ela o beijou na face e disse:

"Adeus, meu amor."

Antes que eu pudesse reagir, ela tinha uma cápsula em sua boca. O vidro se quebrou entre seus dentes e um suspiro metálico, como o som de uma grade se fechando, escapou de seus lábios. Seu rosto se contorceu e ela ergueu as pernas contra o peito involuntariamente por causa da dor. O odor de amêndoas amargas encheu a sala. Ela morreu congelada sobre o sofá, como se de repente tivesse sido mortalmente atingida por algum poder divino.

Caminhei para a mesa e peguei ambas as pistolas. Apontei uma para a cabeça de Hitler e disse:

"Estou aqui para dar a você uma morte honrada. Você está certo. Não há saída."

Hitler fez um movimento para a frente e depois deixou o corpo cair novamente contra o sofá.

Meu corpo tremia tão violentamente que deixei cair a outra arma perto do sofá. Segurei a pistola restante com ambas as mãos e fiz pontaria.

"Você acha que é poderoso, mas é um covarde."

"Estou longe disso." Ele me olhou de soslaio. "Agora me mate."

"A morte pode esperar. Ela não virá antes de eu dizer o que milhões sabiam, mas tinham medo de admitir. Muitos, muitos soldados, inclusive os membros mais próximos de sua equipe, quiseram sua morte por anos. Sinto muito que tenham fracassado. Talvez a guerra tivesse terminado mais cedo, mas sempre havia a questão de quem tomaria o seu lugar. A morte de um demônio poderia trazer um demônio maior. Mas a Alemanha não tem mais que se preocupar com isso."

Ele colocou seus punhos sobre o rosto e gritou:

"Traidores, todos traidores."

"Não! *Você* é o traidor. Meu marido, minha mãe e talvez até mesmo meu pai morreram por causa de seu falso orgulho, de suas palavras vazias. Eu vi o horror em primeira mão nos nossos campos. Que bem fez o Reich? Não foi nada exceto uma ilusão perpetrada por sua ganância."

Seu rosto se avermelhou e ele atirou sua taça de champanhe contra mim. O cristal se esmigalhou contra a porta.

"O que fiz foi pelo bem da Alemanha. Você é uma traidora de mente fechada como o resto. Se o povo não tivesse falhado comigo, a Alemanha teria se tornado o país mais poderoso do mundo. Eu deveria prender e executar você."

"Vá em frente", eu disse. "Grite pela SS. Ela pode ouvir você. Atirarei no meio dos seus olhos antes que você chegue até a porta." Ri e cheguei mais perto dele, com a pistola ainda apontada para sua cabeça. "Você pensa que a Alemanha ama você. Uns poucos talvez, os valentões de quem você se cercou: Goebbels, Bormann. Mas as pessoas comuns a quem menosprezou por sua falta de coragem, as pessoas a quem você supostamente amou, elas te desprezam. Se você andasse na rua agora, eles o enforcariam como fizeram com Mussolini. Eles lhe atirariam pedras e cuspiriam sobre seu corpo."

Ele procurou a cápsula de cianeto.

"Não vou mais ouvir isso."

Levantei a arma para ele e empurrei a ampola para longe de seu alcance.

"Não toque nisso! Não vai demorar muito mais."

Ele recolheu a mão.

"Meu marido queria você morto. Ele sabia, e outros também, o sofrimento que você causava para todos que considerava seus inimigos. Aqueles que você matou eram pessoas honestas, pessoas que se importavam com suas famílias e que não fizeram nada de errado além de serem chamadas de inimigas do Reich. *Seu* Reich. Elas eram menos do que sua visão da perfeição alemã e por isso morreram. Porque, acima de tudo, elas eram a causa do problema da Alemanha. Pecadoras, decadentes, geradoras de lucro fácil que nos arruinaram durante vários anos. Pelo menos morreram com honra. Eram muito mais fortes do que você jamais poderia ser. Espero que aqueles que você matou, aqueles que você executou, aqueles inocentes que morreram por causa de seus sonhos maníacos, cuspam em você no além. Eles merecem certa dose de vingança. No começo, acreditaram nas suas palavras vazias. Isso foi antes de você trair a confiança deles, enquanto os esmagou para preencher sua busca pelo poder absoluto."

Eu me aproximei dele porque queria que ouvisse minhas palavras.

"Você será desprezado como o maior demônio da história. A menção a Adolf Hitler trará vergonha sobre essa nação, não glória. Seu nome será insultado enquanto a espécie humana habitar a Terra."

Ele curvou a cabeça.

"Sua laia levou a Alemanha para a derrota. Veja a destruição que nos rodeia. As mortes em cada esquina. Se as pessoas tivessem permanecido comigo, a Alemanha teria sido invencível. Pense nisso quando voltar às cinzas." Ele estendeu a mão para a cápsula e dessa vez eu não o interrompi. Lentamente ele a colocou entre os dentes.

"Por garantia", eu disse, me ajoelhando ao lado dele. Coloquei a pistola em sua têmpora direita. "Não há saída."

Ele mordeu a cápsula e eu puxei o gatilho. O rebote atirou minha mão para trás. Um buraco se abriu em sua cabeça e o sangue vazou de seu ferimento. Hitler mergulhou no sofá, seus olhos ainda abertos na morte. Então ele caiu, sua cabeça batendo contra a mesa. Minhas mãos, o sofá, o carpete e a parede atrás dele estavam salpicados de sangue. Até mesmo o corpo de Eva tinha uma mancha de sua morte. Olhei para o fluxo vermelho e fiquei maravilhada de que ele fosse parte de Hitler. Estava orgulhosa por tê-lo matado. Por alguns momentos desfrutei do cenário sangrento ao meu redor, como se tivesse enlouquecido. O sangue não me incomodava; ele iria desaparecer na pia. Mas por enquanto, queria sentir seu calor enquanto ele escorria por minhas mãos. No entanto, o tempo estava contra mim.

Joguei a pistola no chão em frente a ele, limpei minhas mãos no meu vestido e coloquei a outra pistola sobre a mesa. Corri para a porta do quarto vizinho ao de Eva porque sabia que não demoraria até que os outros viessem investigar o tiro de revólver. Sentei-me na sua cama até que o sangue começou a secar no meu vestido. Ouvi ruídos na sala de estar, mas ninguém entrou no quarto dela. Depois de uma hora, mais ou menos, espiei pela porta. Os corpos haviam desaparecido. Alguém tinha obedecido às ordens de Hitler para dispor dos restos dele e de Eva.

Enquanto caminhava de volta para meu quarto, passei pelas crianças dos Goebbels sentadas nas escadas entre os *bunkers* inferior e superior. Helmut, que me reconheceu, perguntou:

"Você ouviu o tiro?"

Afirmei com a cabeça.

"Foi um tiro certeiro." Ele bateu as mãos uma na outra.

Desabei contra a parede, tremendo incontrolavelmente pela enormidade do que tinha feito. Meus joelhos falharam e escorreguei para o chão como um monte de sucata.

Uma das filhas mais velhas correu para o meu lado.

"Não", disse ela, e agarrou minhas mãos. "Estaremos fora daqui logo mais. Minha mãe e meu pai disseram isso."

Fiquei sentada tremendo por vários minutos antes de conseguir dizer adeus às crianças. Perguntei a mim mesma se havia algo que pudesse fazer, porque temia o que os aguardava.

Mais tarde Cook me contou o que aconteceu com Hitler e Eva.

Os corpos foram carregados para fora, como ele havia ordenado, colocados dentro de uma vala não muito profunda, cobertos de gasolina e depois incendiados. Os homens tiveram pouco tempo para garantir que o Führer e sua esposa nunca fossem descobertos. O bombardeio continuou mesmo enquanto os carregadores de caixão tentavam acender a sepultura improvisada. Durante todo o dia e noite adentro, uns poucos membros leais ao Partido renovaram seu compromisso de garantir que os corpos fossem queimados até não sobrarem rastros. Depois, os cadáveres se desfazendo foram cobertos com a terra do jardim, seus túmulos circundados por escombros, lixos e detritos da guerra.

Rumores circularam amplamente sobre o que aconteceria a seguir. As comunicações tinham sido cortadas dias antes, mas sabíamos por notícias de primeira mão que os russos estavam a apenas algumas centenas de metros de distância, envolvidos em um feroz combate corpo a corpo com os últimos defensores da cidade. Agora que Hitler estava morto, muitos dos que juraram permanecer com ele até o fim estavam planejando maneiras de escapar. Ninguém queria ser capturado pelos russos. Baur, o piloto de Hitler, me disse que eu devia viajar para o norte ou oeste para as áreas mantidas pelos britânicos e americanos. Eu não sabia se isso seria mais fácil do que a sugestão de Eva de viajar para Munique. No entanto, Bormann e a família Goebbels ainda estavam no *bunker*. Nenhum de nós queria agir enquanto eles controlassem os últimos vestígios do poder do Reich.

Naquela noite dormi profundamente. Eu tinha acabado com a vida de Hitler, algo com que sonhara, mas que nunca tinha acreditado que realmente pudesse se tornar verdade. Bem no fundo, eu lamentava a perda da minha alma. Sentia que minha humanidade havia sido sugada para longe, e que estava condenada a ir para o inferno por ser uma assassina. O rosto de minha vítima surgia na minha cabeça. Eu havia puxado o gatilho, a bala havia feito um buraco em sua têmpora, seu sangue havia jorrado de seu ferimento. Todas as vezes que fechava meus olhos o rosto dele aparecia.

Eu também pensava nas crianças Goebbels e em seu destino no *bunker*.

Na manhã seguinte, bati na porta do apartamento de Magda Goebbels. Ela e as crianças dormiam perto de mim. Ela abriu a porta um pouco e espiou para fora. Seu rosto estava branco e rachado como uma folha fina de pergaminho. Ela me cumprimentou, mas seus olhos pareciam sem vida e sem brilho, como um mar cinzento e gelado. Comecei a falar, mas ela fechou a porta. Não consegui ver, mas ouvi o som de uma cadeira sendo empurrada com pressa contra a maçaneta. Fui embora, certa de que não podia impedir qualquer decisão que ela e seu marido tivessem tomado.

Todos nós esperamos pacientemente na tarde do primeiro dia de maio por qualquer palavra de Goebbels ou Bormann. Nada foi dito. Esperávamos no *bunker* como um peixe encalhado em um lago que se evaporava.

Naquela noite Cook me perguntou se eu a ajudaria a levar comida para as crianças Goebbels. Cada uma de nós pegou duas bandejas, quatro no total, e as carregou para o apartamento de Magda. Eu não tinha contado a ninguém sobre seu plano mortal, nem mesmo a Cook. Novamente, Magda apareceu na porta e, quando viu quem estava do lado de fora, abriu o suficiente apenas para deixar Cook lhe entregar as bandejas.

Falei apressadamente quando a última bandeja foi entregue:

"Sei o que vocês vão fazer."

Os olhos de Magda flamejaram por um momento e depois se acalmaram.

"Minha família não é da sua conta."

Ela tentou fechar a porta, mas eu a segurei.

"Sei disso, mas por favor reconsidere."

Ela colocou a bandeja no chão e saiu do quarto.

"Fale baixo", disse ela, e lágrimas caíram de seus olhos. "Agora que o Führer está morto, a vida não merece ser vivida." Ela se engasgou com a tristeza e o pesar. "Tudo pelo que lutamos está em ruínas; tudo que era belo, nobre e bom foi destruído. Nossos filhos merecem mais do que viver sob um governo bárbaro." Ela apontou para a porta. "Eu não podia escolher um fim melhor do que seguir os passos do Führer. Nem eles."

Cook entendeu o que estava acontecendo e implorou pela vida das crianças.

"Nada pode me fazer mudar de ideia", disse a senhora Goebbels, "e se for preciso, usarei da força bruta para executar meu plano. Meu marido e eu selamos nossos destinos". Ela deu um passo para trás e fechou a porta. Essa foi a última vez em que vi Magda Goebbels. Cerca de três horas depois, Cook e eu estávamos andando no *bunker* inferior quando ouvimos tiros. Logo uns poucos homens e auxiliares da SS correram pelo corredor vindos da saída de emergência para o jardim da Chancelaria. Perguntei o que tinha acontecido e um dos homens me disse que Goebbels e sua mulher tinham cometido suicídio. Seus corpos também foram queimados no jardim.

Cook e eu fomos para o apartamento dos Goebbels. A porta estava fechada, mas eu a abri e espiei lá dentro. As crianças, as seis, dormiam como anjos em suas camas. As meninas, vestidas de branco, tinham fitas nos cabelos. Peguei numa delas e seu braço estava frio e rígido. Chamei por Helmut e ele não respondeu. Fui até a filha mais velha, Helga. Seu rosto estava machucado e cacos de vidro se encontravam ao redor de seus lábios como se ela tivesse sido forçada a comer uma cápsula de cianeto. As outras crianças pareciam ter ingerido veneno de alguma maneira. O cheiro mortal de amêndoas estava no ar.

Cook engasgou ao ver as crianças e saiu correndo do quarto. Balancei a cabeça e lamentei não ter conseguido salvá-las. Outro pilar do Reich havia caído e, como era comum em todo o reinado nazista, inocentes também pagavam o preço.

Com a morte de Goebbels, fomos instruídos a nos reunir em grupos e deixar o *bunker*. Fui colocada com Cook, as secretárias e outros no primeiro grupo a sair. Wilhelm Mohnke, um major-general da SS, devia nos liderar. Não tínhamos nada além das roupas que estávamos vestindo. Vesti meu casaco porque era noite e o ar estava frio. Pus a cápsula de cianeto no meu bolso.

Mohnke deu as ordens. Os quatro grupos deveriam seguir para o norte para se juntarem a um grupo de soldados alemães. Segundo os planos, todos nós devíamos nos reunir na estação subterrânea de Kaiserhof, seguir para Friedrichstrasse e depois viajar para outra estação mais ao norte.

Saímos do *bunker* por volta das onze horas. Passando através dos túneis e depois para o porão da Chancelaria do Reich, finalmente chegamos ao lado de fora rastejando através de janelas despedaçadas.

Cook e eu nos apoiamos uma na outra quando corremos pelos escombros da Wilhelmplatz. Os bombardeios e as lutas de rua ainda continuavam e as chamas eclodiam em direção ao céu. Quase torci meu tornozelo nos grandes pedaços de destroços que estavam em nosso caminho. Mergulhamos na escuridão mais uma vez quando alcançamos a estação de trem.

"Fique perto de mim", disse Cook.

Eu tremia no túnel, imaginando todos os tipos de horrores, desde ratos até tropas Vermelhas armadas. Me agarrei ao casaco de Cook enquanto nos arrastávamos vagarosamente ao longo do centro dos trilhos. Aqueles que carregavam tochas lançavam uma luz instável à frente. Membros do nosso grupo entravam e saiam das sombras. Uns poucos ficavam para trás. Os raios de luz de suas tochas se refletiam em nós e depois desapareciam na distância. No alto, bombas explodiam, espalhando sujeira e pedras dos arcos do túnel sobre nossas cabeças.

"Magda", Cook disse meu nome de maneira esbaforida como se fosse a última vez que nos falávamos. "Se nós nos separarmos, dê um jeito de ir para o oeste. Baur me disse que ele sobrevoou os americanos perto de Magdeburg. Você deve cruzar o rio Havel em Spandau." Suas palavras corroboravam o que o piloto tinha dito mais cedo.

Já fazia anos desde que visitara Spandau. Eu sabia a direção a tomar, mas duvidava que conseguisse fazer aquilo sozinha.

Mohnke e os outros gritaram que tinham encontrado uma saída. Um dos soldados tentou chegar à rua, mas foi mandado de volta pelo bombardeio. Nós avançamos. Cook e eu corríamos lado a lado, de mãos dadas. Seguimos pelo túnel aos tropeços, evitando os escombros que apareciam do nada na nossa frente. Já estávamos ofegantes quando senti a mão de Cook escapar da minha. Ela gritou de dor e desapareceu na escuridão.

Chamei seu nome.

"O que aconteceu?"

"Tropecei numa madeira", disse Cook. "É o meu fim." Um soldado veio até nós e apontou sua tocha para baixo. A perna de Cook estava sangrando e inchada. "Acho que está quebrada", disse ela. "Você deve seguir com os outros."

"Vou ficar até a ajuda chegar."

Ela me empurrou.

"Não seja tola. Ninguém virá. Você tem uma chance de escapar. O inimigo irá me prender e será só isso."

"Precisamos seguir em frente", disse o soldado e balançou a tocha na direção dos outros lá na frente. O grupo estava se dividindo.

"Vá sem mim", eu disse.

O soldado acenou e correu atrás dos outros, nos deixando no escuro. Uns poucos retardatários, ou talvez outros grupos que deixavam o *bunker*, passaram por nós. Seus passos ecoavam no caminho de madeira; senti o vento frio que seus corpos causavam ao passar correndo por mim. Então tudo ficou escuro e silencioso. Bem à frente nos trilhos, onde o soldado tentara sair da passagem subterrânea, a troca de tiros brilhava como um relâmpago. O rosto de Cook, contorcido de dor, apareceu por um rápido segundo.

"Deixe-me, Magda." Ela batia com seus punhos contra o meu casaco. "Vá, ou eu vou fazer com que um soldado me arraste para a rua e atire em mim como um cavalo ferido."

"Você não está falando sério."

"Estou. Vá! Você não pode me salvar, mas pode salvar a si mesma. Quero que você vá. Nunca vou me perdoar se você não for." Ela fez uma pausa, segurou minha lapela e então disse numa voz mesclada pela agonia: "Nunca vou me perdoar se algo acontecer a você."

Eu estava a ponto de tomar a decisão de ficar ao seu lado quando as palavras de Karl me vieram à mente. A força com que elas ressoaram me surpreendeu.

"*Você deve cuidar de si mesma, Magda. Você deve se salvar.*" Karl dissera aquilo para mim na Toca do Lobo, isolada daquela Berlim devastada pela guerra. Meu corpo tremeu e lutei para conter as lágrimas.

"Não quero ir", disse a ela.

Cook ficou em silêncio por um minuto, então suas mãos frias seguraram as minhas.

"Você deve. Você tem a vida pela frente. A minha já está pela metade, e o resto não importa."

Eu a abracei, beijei-a na face e lutei para ficar de pé. Virei-me e as lágrimas que eu estava segurando inundaram meus olhos. Atrás de mim, bombas explodindo acenderam a saída novamente. Corri para longe de Cook na direção da luz, deixando-a sozinha nos trilhos. Decidi ir para fora do túnel em vez de viajar com os outros.

Uma grande pilha de escombros na saída tornou a minha passagem quase impossível. Levei vários minutos rastejando sobre o concreto e o metal retorcido. Agucei meus ouvidos tentando ouvir qualquer som de bombas que se aproximavam. Finalmente, cheguei à rua e me deparei com outra visão infernal de fogo, edifícios em ruínas e veículos destruídos. O tiroteio ecoava nas ruas, mas o *pop-pop-pop* soava distante. Aproveitei e virei à esquerda, o que achava que seria em direção ao oeste. Atravessei a rua, me esquivando de escombros e entulho, e acabei me deparando com uma entrada abandonada de um edifício. Meu coração bateu forte na garganta. Dei um passo para trás para descansar e colidi com algo.

Gritei, mas também poderia estar gritando para o vazio.

"Onde você está indo?", perguntou um homem. Sua voz estava cheia de preocupação e compaixão. Não havia nenhuma sugestão de fraqueza por trás dela.

Eu me virei.

"Meu Deus, você quase me matou de susto." Eu podia ver seu rosto forte na luz ardente da batalha. Ele estava vestido de preto e uma barba preta crescia desordenada em seu rosto.

"Não precisa ter medo. Estou fugindo, como você." Ele sorriu.

"Me desculpe, mas você me assustou." Me inclinei contra a parede, tentando recuperar o fôlego.

"Uma bomba está vindo", disse ele. Me empurrou para o canto da estrutura e pressionou seu corpo contra o meu. A bomba explodiu no meio do quarteirão. Pedras e detritos passaram por nós.

Eu não tinha ouvido nada.

"Como você sabia?"

"Consigo sentir essas coisas", disse ele. Afastou-se de mim, espanando a sujeira de seus ombros. "Dá para sentir a vibração no ar. Você está procurando os Aliados?"

Concordei com a cabeça.

"Todo mundo está. Vou fazer a mesma coisa."

"Não sei quem é você", eu disse. "Por que deveria confiar em você?"

"Meu nome é Karl. Podemos fazer isso juntos. Quem é você?"

Olhei para ele enquanto a luz tremia no seu rosto. Uma sensação de calma me dominou.

"Magda Ritter."

"Magda. Um nome bonito." Ele apontou para a rua. "Se quisermos escapar, devemos ir antes que fique claro. Teremos uma chance melhor."

"Você é um soldado?"

Ele negou com a cabeça.

"Não, sou um alemão que nunca acreditou no Führer ou na guerra. Estive longe por um tempo. Não sou adivinho, mas sempre soube que isso iria acabar assim."

Eu queria acreditar. Havia algo em seus olhos que passava segurança e calor. Claro, seu nome trouxe lembranças do meu marido, mas Karl era um nome comum para homens alemães. Minha intuição me dizia que eu não precisava ter medo de nada.

"Vamos então. Me disseram que preciso atravessar o Havel. Qual é a distância até Spandau?"

"Cerca de dezoito quilômetros. Podemos atravessar a ponte antes do amanhecer."

Eu me perguntei como ele sabia sobre a ponte da qual Cook me contara. Talvez fosse de conhecimento geral obtido de uma rede de comunicações clandestinas.

Ele me agarrou pela mão e me puxou para a rua.

As horas seguintes passaram rápidas enquanto caminhávamos pelas árvores desmatadas do Tiergarten, atravessamos ruas destruídas cortadas por pátios, até mesmo voltando aos túneis do trem brevemente para chegar ao nosso objetivo, Spandau. Os cenários de desolação continuaram nas horas seguintes: edifícios queimados, quarteirões inteiros bombardeados. De vez em quando, víamos pessoas se esconderem para se protegerem quando mais bombas caíam. A miséria e a destruição nos acompanharam em toda a nossa jornada. Karl disse que considerava que os mortos é que tinham sorte.

Por volta das cinco horas, chegamos à ponte Charlotten sobre o rio Havel com alguns outros refugiados que surgiram do nada. Me perguntei se não poderíamos ser baleados ao atravessar. Parei, incerta sobre o que fazer.

"Vá em frente", disse ele. "Vou esperar aqui."

"Você não vem?"

Ele tocou meu rosto com a mão e disse:

"Seria um prazer, mas tenho trabalho a fazer. Há outros que precisam da minha ajuda, assim como aconteceu com você. Mais pessoas estão chegando."

Uma estranha tristeza encheu meu coração e eu esperava que ele mudasse de ideia.

"Não posso", disse ele, como se lesse meus pensamentos. "Vá agora, enquanto ainda é seguro."

"Não consigo te convencer?"

Ele fez que não com a cabeça e me mandou seguir em frente.

Caminhei pela ponte, virando-me para olhar de vez em quando. Ele permaneceu no lado leste olhando para mim. Quando atravessei, me virei e acenei. Ele acenou de volta, uma figura escura a uma centena de metros de distância.

Spandau surgia abandonada na minha frente, suas ruas sem vida, drenadas pela guerra. De algum lugar distante, palavras soltas encheram meus ouvidos. Imediatamente reconheci como russo. O terror se instalou em mim e por um instante pensei em correr de volta pela ponte na direção de Karl, mas quando me virei ele tinha desaparecido.

O dia ficava mais claro a cada minuto, embora a cidade ainda estivesse nas sombras. Corri pelas fachadas das lojas, disparando através das ruas vazias, na direção oeste. As vozes russas ficavam mais distantes à medida que eu fugia de Spandau. Logo cheguei a uma estreita rua ladeada por casas de fazendas. A paisagem me lembrava as fotografias que eu tinha visto da Primeira Guerra Mundial na França – casas arruinadas com janelas escurecidas olhando para mim como almas perdidas. O fedor de gado e cavalos em decomposição subia pelo ar da vila. Depois de uma hora na estrada, ouvi o engasgar de um veículo que se aproximava. Escondi-me em um amontoado de árvores e me deitei no chão. Não queria olhar para cima por medo de ser capturada. Quando finalmente tive coragem de levantar a cabeça, o veículo tinha passado e o mundo estava mortalmente silencioso. Andei por mais uma hora, ficando perto da rua. Passei por uma placa apoiada contra uma árvore que dizia: *Staaken*. Nenhum ser vivo tinha cruzado o meu caminho até que notei um corvo sobre um estábulo. O pássaro preto me olhou com suspeita. Quando me aproximei, ele voou em um amplo círculo em direção ao oeste.

Saí da rua, entrei no celeiro e abri a porta com um empurrão. Não havia nada lá dentro exceto um trator enferrujado e rédeas de couro. O estábulo estava vazio, mas marcas de patas de cavalo ainda estavam impressas na terra escura. Minhas pernas doíam, meu estômago roncava e minha garganta estava ressecada pela sede. Me forcei a ficar de pé. A única comida que encontrei foi uma xícara de ração de frango apoiada no peitoril da janela. Eu não podia comer aquilo; estava tão seco que iria partir meus dentes.

Deitei no feno, adormeci e acordei no final da tarde. Os raios oblíquos do sol entravam pelas rachaduras na parede lateral. Dormir não tinha me ajudado a descansar; na verdade, eu me sentia ainda pior. A falta de comida me deixava fraca e trêmula. Tentei me levantar, mas minhas pernas não me aguentaram. Meus lábios rachados gritavam por água. Levantei minha cabeça e meu corpo nadou em escuridão. O fôlego me abandonou e minha cabeça caiu sobre o meu travesseiro de palha.

Acordei em uma cama frágil em uma sala subterrânea iluminada por velas. O ar estava abafado e úmido e trazia lembranças desagradáveis dos *bunkers*.

Um menino com cerca de 8 anos olhou para mim e então chamou alguém no andar de cima.

"Ela está acordada, mamãe."

Uma mulher de pernas grossas com meias rasgadas e sapatos pretos desceu as escadas. Ela franziu a testa para o menino e o repreendeu com os olhos.

"Eu lhe disse para não acordá-la", disse a mulher.

"Mas eu não acordei!", protestou o menino. "Ela acordou sozinha. Eu só estava observando para ter certeza de que ela estava bem."

"Obrigada", eu disse, forçando as palavras. "Onde estou?"

"Staaken", disse a mulher. "Meu filho encontrou você em um celeiro a cerca de meio quilômetro daqui quando estava procurando o gato dele. Meu marido trouxe você para casa."

Eu me apoiei nos cotovelos. Aparentemente, estava em uma sala sob uma fazenda. Prateleiras repletas de recipientes de vidro de alimentos estavam dispostas em uma parede. Apontei para elas.

"Nós temos te alimentado", disse o menino. "Você não se lembra?"

Neguei com a cabeça.

"Não é somente você que alimentamos", disse a mulher. "Damos comida aos Vermelhos também. Eles nos deixam em paz, mas sempre voltam para conseguir mais."

Devo ter estremecido ou retorcido o rosto de pavor, porque a mulher respondeu:

"Eles nunca olham aqui embaixo. Pelo que sabem, é uma adega. Eles comem na cozinha e depois vão embora. A maioria deles está indo para o leste de Berlim." Ela balançou a cabeça. "Nós não podemos impedir que os soldados venham, se você estiver fugindo deles."

"Que dia é hoje?", perguntei.

A mulher enxugou as mãos no avental.

"Quatro de maio."

"A última coisa de que me lembro é a manhã de dois de maio."

"Vai ser hora de jantar em breve, se você se sentir bem o suficiente para comer no andar de cima."

"Não quero colocar vocês em perigo. Irei embora assim que puder."

O menino avançou em minha direção.

"Não vá. Tem sido emocionante ter você aqui."

Acima de nós, o som de um motor se aproximou. Me encolhi ao lado da parede úmida.

A mulher se inclinou sobre mim e tocou meu ombro.

"Não tenha medo. Reconheço o som. São os americanos."

"Americanos?"

"Sim. Eles passam por aqui em seus veículos militares pelo menos uma vez por dia. Acho que vão se encontrar com os russos perto de Spandau."

Sentei-me e coloquei os pés no chão.

"Quando eles voltarem, devo ir embora."

A mulher concordou com a cabeça.

"Como quiser. Não precisamos de mais uma boca para alimentar."

Me lavei na cisterna e depois jantei com a família enquanto o sol se punha. O marido tinha trabalhado nos campos o dia todo, agora que a luta havia cessado nos arredores de Staaken. Era tarde para plantar, mas ele esperava que algumas plantas crescessem.

O fazendeiro e sua família eram pessoas de poucas palavras, o que eu preferia. Percebi que o menino era o mais curioso dos três, mas ele não tinha permissão para falar no jantar. Eu não queria contar minha história àquela família por medo de colocá-los em perigo com os russos. Disse apenas que estava procurando meu marido, um capitão da SS, que poderia ter sido capturado pelos americanos.

Ajudei a mulher com os pratos depois que o marido e o menino foram para a cama. Às dez e meia ouvimos o som do motor novamente. Ela olhou para a estrada e assentiu. Segurei suas mãos e agradeci por salvar minha vida. O veículo estava se aproximando rápido e eu não queria perdê-lo, então abri a porta e corri para a estrada. Os faróis me atingiram. Plantei meus pés firmemente no chão e acenei com os braços. Um carro verde de aparência robusta freou até parar na minha frente.

Um homem com um uniforme que eu nunca tinha visto antes enfiou a cabeça pela janela do passageiro.

Caminhei em direção a eles. O motorista abriu a porta e apontou uma pistola para mim. Mantive os braços erguidos. Os dois homens olharam ao redor com desconfiança, como se temessem uma emboscada.

"Merda. O que diabos você está fazendo?", disse o motorista em alemão.

"Estou me entregando", respondi.

Ele franziu o cenho.

"Você e o resto da Alemanha."

"Trabalhei para o Führer", eu disse em alemão e repeti minhas palavras com o pouco inglês que sabia.

Além do brilho dos faróis, vi suas expressões atordoadas. O soldado saiu e caminhou na minha direção. O motorista manteve a arma mirada em mim.

"Prove", disse o soldado em alemão.

Tirei minha aliança de casamento e mostrei a ele.

"Puta merda…" Ele falou com o motorista em inglês e depois continuou em alemão. Me disse para manter minhas mãos erguidas enquanto ele me revistava.

O motorista gritou instruções em inglês.

"Ele quer que entremos no jipe", disse o soldado. "Há alemães por aí que ainda pensam que a guerra está acontecendo."

"Não está?", perguntei.

Ele apontou para o jipe.

"Suba, irmã. Se não terminou ainda, vai terminar em breve."

Às 22h44 do dia 4 de maio de 1945, fui levada sob custódia pelos oficiais da 9ª divisão do Exército Americano. Depois da meia-noite, sentei-me, tremendo e desorientada, num campo do exército perto de Magdeburg, no rio Elba.

Estava feliz por estar viva, mas profundamente triste pelo meu país.

BERCHTESGADEN

VERÃO DE 1945

Capítulo 23

A LIBERDADE VEIO PELO PREÇO DO SANGUE. Os Aliados tinham arrasado o Reich. A Alemanha estava humilde e dividida porque o mundo queria que nossa nação fosse escravizada. Nenhuma pessoa na Terra queria ver a Alemanha ou a menor sombra do fascismo se erguer novamente. Enquanto isso, os alemães escavavam os escombros tentando reconstruir suas vidas. Ao longo do caminho, muitos foram abatidos pela doença e pela fome. A retaliação também desempenhou seu papel na continuação das mortes. Muitas mulheres se mataram depois de serem estupradas por soldados inimigos. Famílias morreram de fome nas ruas. Hitler, de muitas maneiras, estava certo quando previu que a Alemanha sofreria terríveis consequências ao perder a guerra. Ele tinha escolhido a saída fácil enquanto aqueles deixados para trás sofriam.

No começo, eu estava entorpecida e incerta sobre o que fazer. O quanto eu poderia dizer aos americanos que me mantinham sob custódia? Quem acreditaria em mim se eu lhes dissesse que matei Hitler?

Meu anel de casamento era o assunto do acampamento.

O major que o tirou do meu dedo assobiou quando viu a inscrição. Logo fiquei de frente com um general amargo, com pouca paciência para a "escória nazista", como ele mesmo disse. Tudo isso eu soube pelo intérprete alemão. Acabei cedendo e lhe contei tudo – como me tornara uma *provadora* por meio da minha estadia com tia Reina e tio Willy, como Karl Weber compartilhara informações sobre o Partido que mudaram minha vida. Contei a ele sobre o plano da bomba, como Karl havia se sacrificado para acabar com o horror que ludibriava nosso país. Eu até lhe dei detalhes sobre meu estupro pelos soldados russos e meus últimos dias em Berlim. Deixei de lado um detalhe sobre a minha estadia no *bunker* – o assassinato. A História ficaria melhor sem saber.

Outros americanos queriam me questionar também e usaram como forte argumento minha familiaridade com a Berghof. Algumas semanas depois da minha "prisão" em Magdeburg, fui levada por um tenente-coronel do Exército dos Estados Unidos e transportada para um campo perto de Munique chamado Dachau. Passei vários dias respondendo as perguntas das autoridades americanas. As árvores estavam completamente floridas àquela altura da primavera e os dias eram agradáveis, mas sentíamos a presença da morte sobre o acampamento como uma mortalha. Havia rumores entre aqueles que eram mantidos ali de um "massacre" de guardas alemães pelos americanos. Todos temiam que fossem enfileirados contra uma parede e recebessem um destino semelhante. O odor de podridão estava impregnado no campo. Não fazia muito tempo que os prisioneiros que morreram ali tinham sido enterrados.

Sentei-me em uma sala com um policial militar, um oficial de interrogatório e um jovem soldado datilógrafo. O oficial, que falava alemão e inglês perfeitos, acendia um cigarro após o outro enquanto o datilógrafo ofegava durante os intervalos do meu testemunho. A fumaça percorria a sala em uma névoa esburacada. Eles queriam saber sobre a disposição dos cômodos da Berghof, quem estava lá, quanta informação eu tinha e o que Hitler fazia no dia a dia. Respondi suas perguntas do melhor jeito que consegui.

Aparentemente, minha "proximidade" com Hitler me tornou quase uma celebridade. O oficial de interrogatório interpretou meu desejo declarado de acabar com a vida de Hitler e a colaboração de Karl com os conspiradores de bombas como divertidas narrativas paralelas em uma história mundial cheia de tragédia. Aquelas confissões não eram "boas o bastante". Havia muitas mentiras sendo contadas, ele disse, mentiras demais para separar da verdade.

Fiquei alojada em um grande quartel com outras mulheres prisioneiras de guerra. De certa forma, o campo me lembrou Bromberg-Ost, apenas com comida melhor, uma bela vista da paisagem ao redor e, exceto pelos rumores, nenhuma ameaça clara de morte ou de maus tratos. Eu era uma prisioneira-modelo e logo os soldados e guardas americanos começaram a gostar de mim. Eles sorriam e riam quando conversávamos, embora houvesse uma ordem rigorosa de não fraternidade entre os soldados e os nascidos alemães. Os Aliados queriam descobrir todos os criminosos nazistas da população. Era proibido ser amigo de uma mulher alemã.

Em meados de junho, o agente que fazia os interrogatórios me procurou numa manhã.

"Vamos fazer uma viagem", disse ele. "Acho que você vai gostar de sair."

Fiquei desconfiada, mas qualquer chance de sair do campo era um alívio, mesmo que as condições ali fossem melhores do que na maioria das cidades alemãs.

"Para onde vamos?", perguntei quando peguei minha jaqueta.

"Berchtesgaden", ele respondeu.

Meu coração pulou e depois afundou no meu peito. Para onde ele estava me levando? Pensei em meus tios e me perguntei se eles tinham sobrevivido à guerra. Eu não falava com eles havia anos, mas não ousei pedir ao oficial que me levasse até a casa deles.

O oficial me escoltou para um jipe conduzido por um policial militar. Me sentei no assento ao lado do policial militar enquanto o oficial relaxava e fumava na parte de trás. O dia estava luminoso e as nuvens da primavera passavam por cima de nós. O sol me esquentou e, pela primeira vez em meses, me senti como um ser humano, apesar do encarceramento.

O motorista virou o jipe para o sul e aceleramos na estrada. Às vezes, éramos bloqueados por comboios de tropas ou tínhamos que atravessar campos por causa de estradas danificadas. Em um ponto em que o percurso estava particularmente lento, o oficial se inclinou para a frente e disse:

"A inteligência do Exército Britânico corroborou seu testemunho para nós. Sabemos muito sobre você." Ele sorriu e se recostou em seu assento. Me perguntei por que ele me contara aquilo.

Entramos na borda norte dos Alpes e depois nos dirigimos para Berchtesgaden. Lembranças da minha estadia ali inundavam minha mente. Viajamos em estradas marcadas pela guerra, e instintivamente eu sabia para onde estávamos indo. Logo a Berghof apareceu acima de nós. Percebi que estava diferente; não era mais a estrutura branca e imaculada de que eu me lembrava. Passamos pela guarda, agora ocupada por soldados americanos. O motorista estacionou o jipe e caminhamos pela entrada. A fachada arruinada do retiro da montanha de Hitler entrou em nosso campo de visão. As crateras de bombas marcavam o chão; as árvores tinham sido despojadas de suas folhas pelas explosões. Fizemos a curva perto da árvore de tília nua dada a Hitler por Bormann.

A gigantesca janela, parte do Grande Salão onde meu casamento fora realizado, olhava para a paisagem como um grande olho oco. A silhueta de um GI* se destacava de pé sobre a moldura da janela, uma sentinela

---

* GI é uma abreviação usada para descrever os soldados e aviadores americanos, bem como alguns artigos de seus equipamentos militares usados na Segunda Guerra Mundial. (N.T.)

solitária admirando a vista para o norte. O telhado tinha explodido; a madeira, queimada em um incêndio maciço; a alvenaria, escurecida pelo incêndio. A ala leste, que continha meu quarto e a cozinha, tinha sido transformada em ruínas desordenadas por um golpe certeiro.

Atordoada pela destruição, fiquei perto da escada de pedra que levava à Berghof. Não senti nenhuma tristeza, só remorso pelo desperdício que Hitler havia causado à terra. Ele caminhara por aquelas escadas tantas vezes: entrando em seu carro, dando boas-vindas a dignitários estrangeiros, fazendo sua caminhada diária até a Casa de Chá. Agora, as passagens rachadas e as pedras escurecidas eram emblemas do Reich derrotado.

O oficial bateu no meu ombro.

"Diga-me, Magda: como era aqui?" Sua pergunta abriu uma torrente de emoções, como o sangue que flui de um corte profundo. Dei um suspiro e comecei a contar. Atravessamos os quartos ainda cheirando a cinzas e destruição, e eu lhes contei tudo de que me lembrava sobre a Berghof. Parte da nossa turnê incluiu os túneis onde a coleção de discos de Hitler permanecia intocada. Grande parte da Berghof já havia sido despojada pelas forças conquistadoras. Grafites cobriam as paredes, um lembrete do desejo humano inato de apregoar suas vitórias.

Passamos várias horas na Berghof antes de retornarmos ao jipe. O policial militar nos levou a Berchtesgaden para o almoço, onde comemos rações americanas porque os restaurantes estavam escuros e desertos. Nos sentamos em cadeiras em frente ao lugar onde eu almoçara antes de ir ao Reichsbund. Ali, minha vida havia mudado. Olhei pela rua e vi a fachada da casa dos meus tios. Não queria mencionar os nomes deles novamente.

"O que você está olhando?", perguntou o oficial.

Dei de ombros.

"Nada."

"A casa dos seus tios não está longe daqui. Eu também gostaria de falar com eles." Ele acendeu um cigarro e jogou a fumaça para a rua. "Sinto muito surpreender você assim, mas temos nossos motivos."

O vento, de repente frio, soprou pela mesa e abotoei minha jaqueta.

"O que você quer com eles?", perguntei. "Eles faziam parte do Partido, mas meu tio é um policial e um simples burocrata. Ele não teve contato direto com Hitler."

O oficial olhou para a mesa e depois para mim, seus olhos azuis frios e curiosos.

"Sua tia é fervorosa defensora dos governos fascistas. Nós sabemos disso. Gostaríamos que você pedisse a ela para nos contar mais sobre o que aconteceu aqui, em relação ao Partido."

Desviei meu olhar dele.

"Duvido que ela fale."

"Talvez você possa persuadi-la."

Ficamos sentados por mais alguns minutos e terminamos o nosso almoço enlatado. O oficial se levantou da cadeira e disse:

"Vamos lá."

Não tive escolha.

Quando chegamos, tive medo de bater na porta. Eu não tinha certeza, mas uma sensação de medo me dominava. O oficial me ordenou que seguisse em frente. Bati e alguns minutos depois, minha tia respondeu. Ela usava uma vestimenta simples de ficar em casa. As joias nazistas haviam desaparecido de suas roupas. Ela ofegou de surpresa e cobriu a boca com a mão, mas quando viu o oficial americano e o policial militar, seus olhos ficaram frios.

"Por que você está aqui?", ela me perguntou.

"Eles querem conversar com você", eu disse.

Tia Reina hesitou por um momento e depois abriu a porta. Ela se aproximou de mim e sussurrou no meu ouvido:

"Eles devem ficar na sala de estar."

O oficial observou nossos sussurros.

"Sem segredos."

Minha tia se virou e nos levou para a sala. Nos sentamos ao redor da lareira. As almofadas e os tapetes que haviam sido bordados com suásticas tinham desaparecido. A sala era clara e tediosa à luz da tarde. O grande retrato de Hitler que ficava pendurado na sala de jantar também havia desaparecido.

Minha tia se sentou de frente para nós no sofá. Sem mostrar emoção, ela me disse:

"Seu tio está morto."

Fiz menção de me mover em direção a ela, mas o oficial me deteve. O choque da morte do meu tio me surpreendeu. Apesar da opinião política da minha tia, senti pena dela. Ela perdera o homem que amava.

"Ele se enforcou quando soube da morte do Führer", disse ela. "Falou sobre isso por dias, uma ocupação americana, a queda do Reich. Eu implorei. 'Os governos vêm e vão', eu disse." Seus olhos se umedeceram e ela tirou um lenço do bolso.

Ao matar Hitler, eu era parcialmente responsável pelo suicídio do meu tio, uma ironia que me abalou muito. Mas não podia me perder em pensamentos sobre isso. De um jeito ou de outro, Hitler teria acabado morto.

O oficial assentiu educadamente para minha tia e disse:

"Preciso lhe fazer algumas perguntas sobre a estrutura do Partido em Berchtesgaden."

Reina riu.

"Continue. Você não conseguirá quase nada porque não sei muito."

Ouvi passos. O oficial e o policial saltaram e puxaram suas pistolas. Virei a cabeça e vi as pernas de um homem na escada. Ele usava um par de calças pretas e sapatos gastos.

"Volte! Eu disse para você correr, para fugir quando pudesse!", disse minha tia, levantando-se da cadeira.

"Desça lentamente", disse o oficial americano, mantendo a pistola no alvo.

O homem desceu com as mãos erguidas.

"Estou cansado de correr", ele disse.

Caí de joelhos e chorei. O homem da escada correu em minha direção.

"Pare", gritou o oficial.

Meu marido estava diante de mim. Meus joelhos cederam e Karl correu para mim. Ele me levantou e, chorando, caí em seus braços. O tempo parou quando desmoronei no seu abraço.

"Eu falei a você", ele disse enquanto cobria meu rosto de beijos. "Nunca desista."

Descansei minha cabeça em seu peito, pensando que estava abraçando um fantasma. Senti a carne e o sangue dos ombros e do peito dele, mas era difícil para mim acreditar que estava vivo.

"Fiz isso por você", sussurrei. "Sobrevivi porque você me disse para sobreviver."

"Nunca duvidei de você." Ele tomou meu rosto nas mãos por um tempo e depois disse: "Afaste-se por um momento, meu amor. Tenho negócios inacabados". Ele abriu o casaco lentamente para mostrar aos americanos que estava desarmado. Então ele estendeu as mãos. "Sou o Capitão Karl Weber da SS. Estou me rendendo."

"Precisamos amarrá-lo, Capitão Weber?", perguntou o oficial enquanto eu acariciava meu marido.

Karl negou com a cabeça.

"Vou aceitar sua palavra", disse o oficial. "Por favor, não tente fugir, ou talvez tenhamos que atirar."

Karl saudou os homens.

"Não, senhor, não vou fugir. Quero estar com minha esposa."

Deixamos minha tia cerca de meia hora depois, após o oficial fazer contato de rádio com o acampamento. Viajamos de volta a Munique. Karl foi imediatamente levado pelos americanos e se passaram duas semanas antes de nos vermos novamente. Nos sentamos um ao lado do outro em uma longa mesa de madeira. Karl estava vestido com roupas do acampamento e parecia cansado, mas exceto por isso aparentava boa saúde. Ficamos de mãos dadas enquanto conversávamos.

"Ainda não posso acreditar que você está vivo", eu disse. "Me belisco todos os dias e dou graças a Deus por esse milagre."

"Eu acreditei", disse ele. "Tive que acreditar; caso contrário, não conseguiria continuar."

Olhei para ele, cheia de perguntas que precisava fazer no pouco tempo que tínhamos juntos. Uma, em particular, me incomodava.

"Quem morreu naquela explosão e naquele incêndio terríveis? Meu coração sempre sentiu que você não se suicidaria."

"Franz. Ele nunca se recuperou da morte de Ursula." Karl suspirou, com o rosto cheio de melancolia. "Ele foi ferido na Frente Oriental, nada muito grave, mas o suficiente para deixá-lo fora de serviço por algumas semanas. Então, quando o fracasso da bomba aconteceu, ele sabia que ambos seríamos implicados. Na manhã em que te deixei, eu o encontrei perto do campo escuro onde Von Stauffenberg te deteve. Franz me pediu para trocar de documentos, o que eu fiz. Ele disse que tinha um plano para salvar nossas vidas. Não tinha ideia do que pretendia fazer. Franz me beijou na face e eu devia ter entendido o que aconteceria.

"Eu tinha elaborado um plano para chegar despercebido à ferrovia e seguir os trilhos. Os guardas me conheciam e me deixariam passar pelos postos de controle. Todo mundo estava agitado. Disse a eles que o Führer me dera ordens para procurar os traidores. O último obstáculo que enfrentei foi a cerca elétrica. Encontrei uma árvore com galhos que se estendiam sobre ela, uma que ainda não tinha sido podada. Subi nela e depois pulei para o chão. A floresta, esconderijo de Hitler, trabalhou em meu favor. Se eu não estivesse no caminho, teria voltado e tentado parar Franz, mas eu já estava fora de Rastenburg quando encontrei seu bilhete."

"Bilhete?"

"Sim, estava preso em seus documentos. Ele explicava em detalhes como iria se matar, se explodindo. Era melhor que ele morresse do que eu, ele disse, porque sabia que você e eu podíamos continuar juntos. Não havia esperança para ele. O corpo não devia ser identificado, disse; caso contrário, a Gestapo estaria no meu encalço. É por isso que sua morte foi tão horrível. Ele se encharcou com gasolina e se incendiou. O fogo queimou seu corpo até acender a bomba que ele carregava. Ele teve êxito; caso contrário, eles teriam questionado você."

A mandíbula de Karl estremeceu e ele secou uma lágrima dos olhos.

"Tentei todos os truques que pude para me disfarçar. Tive que destruir os documentos dele e o bilhete. Nunca poderiam ser encontrados comigo, ou eu seria um homem morto. Me desfiz de meu uniforme assim que pude."

Eu me levantei e olhei para além dos guardas americanos, para a luz que entrava por uma janela no final dos barracões. Lá longe um trovão retumbou sobre as montanhas.

"Noite e dia eu me perguntava se você estava vivo. Toda vez que pensava em desistir, você me vinha à mente. Um homem me levou de Berlim para Spandau. Seu nome era Karl. Quando chegamos lá, ele desapareceu, assim como você. Pensei que era um anjo enviado para me guiar, talvez fosse seu espírito no corpo de outro homem."

Karl apertou as mãos.

"Não... Estive no sul por muito tempo. Lembrei-me dos nomes de seus tios por causa de nossos primeiros dias juntos. Foi uma luta chegar a Berchtesgaden. Algumas noites, dormi em celeiros e campos. Fazendeiros amigáveis me acolhiam de vez em quando. Eu até trabalhei durante uns dias para alguns deles. Quando cheguei, contei aos seus tios que estava casado com você. Mostrei-lhes nosso anel de casamento e eles me acolheram. Menti sobre o meu envolvimento na trama para matar Hitler. Fingi ser um espião para o Reich e um bom nazista. Implorei que não contassem a ninguém que eu estava ali. Disse que fomos separados quando a Toca do Lobo caiu, e que você ainda estava a serviço do Führer. Eles ficaram felizes em saber disso."

"O que aconteceu com meu tio?"

"Sua tia e eu tentamos convencê-lo de que a Alemanha continuaria sem Hitler, mas ele não acreditou. Eu conseguia ver o que estava acontecendo, mas não pude detê-lo. Ele se enforcou em uma ponte. A bandeira nazista estava enrolada em seu corpo."

Abaixei a cabeça enquanto me acalmava, envergonhada pelos atos do meu tio.

"Ele estaria vivo hoje se não fosse por aquele homem cruel." Eu não tinha contado ainda sobre os meus dias no *bunker* e me perguntava como Karl reagiria. Não consegui abordar o assunto.

"Onde você ficou antes de viajar para o sul?"

"Fui até Berlim e fiquei lá, antes das condições se tornarem intoleráveis. Peguei roupas que encontrei em construções abandonadas e fiquei nas filas de pão. Em muitos dias passei fome porque era muito perigoso ser visto. Eu tinha que ter cuidado porque as pessoas estavam sendo enforcadas por roubar. Uma vez, tirei o casaco de um homem morto. Ele não precisava mais dele. A parte mais difícil foi evitar os soldados. Eu me escondia a maior parte do tempo, até que soubesse que era hora de ir embora."

Sentei-me novamente no banco e estudei o rosto dele. Estava mais magro; rugas de preocupação se espalhavam a partir de sua boca e seus olhos, sulcando profundamente a pele. Ambos vivêramos uma vida inteira durante o ano em que estivéramos separados. Queria lhe fazer outra pergunta, mas estava com medo de ouvir a resposta. Ele olhou para mim como se soubesse o que eu ia perguntar.

"Eu procurei o seu pai", disse ele. "Nunca o encontrei."

O guarda se aproximou e nos falou em um alemão ruim que nosso tempo tinha acabado. Tivemos que retornar às nossas respectivas "casas". Levantei a mão, um sinal pedindo por mais um momento.

"Tenho algo para lhe dizer", disse a Karl. "O quanto você me ama?"

"Você sabe a resposta. O bastante para aguardar toda a vida."

Tremi e agarrei suas mãos.

"Fui estuprada pelos soldados russos. Não posso mais ter filhos. Se é isso o que você quer, talvez..."

Ele me olhou com tristeza, mas interrompeu minhas palavras colocando um dedo nos meus lábios. Depois de alguns momentos, disse:

"Eu me casei com você. Escolhi você para a vida toda. Nada do que você disser poderá mudar isso."

O guarda indicou que havia esperado o suficiente por nosso atraso e nos fez sair da mesa. Nós nos olhamos enquanto éramos conduzidos para longe.

Dois anos depois, Karl e eu fomos liberados pelos americanos. Naquele dia, começamos nossa segunda vida. Na nossa primeira noite juntos fizemos amor e conversamos até o amanhecer. Eu contei tudo a ele.

EPÍLOGO

Berlim, 2013

Eu matei Hitler? Agora você sabe a resposta. Eu só gostaria que isso tivesse acontecido mais cedo.

Antes que os soviéticos começassem o bloqueio em 1948, viajei para Berlim e atravessei o setor em direção à minha antiga vizinhança. O quarteirão onde minha família havia vivido ainda estava em escombros. Perguntei a algumas pessoas se tinham ouvido falar do meu pai, mas elas negavam com a cabeça e me olhavam sem entender.

Atravessei as ruas até o antigo apartamento de Irmigard. Três famílias moravam lá porque o prédio ainda tinha paredes e pisos, embora houvesse apenas lenha e nenhuma água corrente, como quando eu estivera lá. Perguntei se poderia ver a sala onde a família de Irmigard tinha vivido. Uma boa mulher e seu filho mais novo me acolheram. O apartamento parecia o mesmo, exceto pelos poucos pertences dos residentes atuais.

"Vivi aqui no início de 1945", eu disse.

"Qual o seu nome?", perguntou a mulher.

"Magda Weber. Ritter era meu nome de solteira. Você é deste bairro?"

"Não. Nós viemos à procura do meu marido, um soldado, e acabamos aqui. Tivemos sorte de encontrar este abrigo." Ela franziu a testa e então se sentou numa cadeira bamba. "Não é muito, mas é tudo o que temos." Ela fez uma pausa e me estudou. "Se você morou aqui, deve saber algo sobre este lugar. O que aconteceu? Todo dia me pergunto porque sinto a presença das pessoas."

Eu a olhei alarmada.

"Quem?"

"Espíritos dos mortos. A guerra fez com que muitos andassem pela Terra, tantas histórias horríveis permanecem não contadas."

"Eu lhe diria, mas..." Apontei para o filho dela.

"Rolf, vá para a frente da casa e fique lá até você ser chamado."

O rapaz nos deixou relutantemente e fechou as portas francesas que haviam abafado nossos gritos naquela terrível noite. Contei a história e ela chorou.

"A casa está cheia de tragédia", disse ela. "Rolf", ela chamou e disse "traga a mala que foi deixada aqui."

As portas logo se abriram e o menino arrastou uma mala surrada pelo chão. A mulher levantou a mesa para que eu pudesse inspecioná-la. Os olhos dela brilhavam com lágrimas.

"Ficou jogada em um canto, coberta por um colchão sangrento. Seu nome está escrito a caneta dentro dela. Eu a guardei, pensando que um dia a proprietária poderia retornar."

"Obrigada", eu disse, e apertei suas mãos. "O que aconteceu aqui não foi mais trágico do que o que aconteceu com as outras pessoas."

"Ela foi vasculhada", disse a mulher, desculpando-se. "Espero que você me perdoe. Empurrei tudo de volta para dentro e a fechei."

Abracei a mulher e então abri a mala. Tinha esquecido que anos antes escrevera meu nome, Magda Ritter, em caneta azul, por dentro da mala. Meu relógio tinha desaparecido, mas alguns vestidos e algumas roupas de baixo ainda estavam lá. E, abaixo deles, encontrei meu macaco de pelúcia. Ele permanecera em Berlim esperando pelo meu retorno. Eu o apertei contra o peito e chorei.

"Mãe", disse Rolf, "a moça está chorando por causa de um brinquedo".

A mulher concordou com a cabeça e disse:

"É muito mais do que um brinquedo. Algum dia você também vai chorar por uma lembrança."

Chorei muitos dias pelas minhas lembranças. Nunca encontrei minha família. Ouvi dizer que Cook foi capturada pelos russos. Ela desapareceu da minha vida depois de eu deixá-la nos trilhos abaixo de Berlim. Karl morreu em 1995, de um aneurisma. Nós, é claro, não tivemos filhos, mas passamos muitos anos felizes juntos. Continuei com a minha vida e nunca me casei novamente. Nenhum homem poderia substituir Karl.

Enquanto pondero sobre o que aconteceu comigo quando me aproximo do final de minha vida, agradeço pelo que aprendi. Quero compartilhar meu conhecimento com os outros. O que aconteceu na Alemanha naqueles anos terríveis nunca deve acontecer novamente. Por mais que a humanidade se esforce para fazer o bem, a crueldade permanece.

Eu, Magda Ritter, era uma das quinze mulheres que *provavam* a comida para Hitler para que ele não fosse envenenado pelos Aliados ou por traidores da causa. Até onde eu sei, apenas duas tentativas de envená-lo foram feitas – uma por Ursula Thalberg, a outra no Grande Salão. Ele viveu muito mais do que deveria ter vivido.

O mesmo que eu disse no início digo novamente no fim: os segredos que guardei por tanto tempo precisavam ser libertados da sua prisão. Fui punida o suficiente pelo passado. Agora que você leu minha história, talvez não me julgue tão duramente quanto eu mesma me julguei.

Nota de V.S. Alexander

A IDEIA PARA ESTE LIVRO veio de uma história da Associated Press, datada de 26 de abril de 2013. O relatório, de Kirsten Grieshaber, narrava a vida de Margot Woelk, uma *provadora* de Adolf Hitler. A senhora Woelk manteve sua profissão em segredo até completar 95 anos. Ela disse ao repórter que, por décadas, tentou esquecer as lembranças de seus dias com Hitler, mas que "elas sempre voltavam a me perseguir de noite". *Um banquete para Hitler* não conta a vida da senhora Woelk, embora eu tenha baseado várias cenas do romance em suas experiências. O romance também não se destina a ser uma biografia velada de sua vida.

Em várias ocasiões me interessei em ler sobre o Partido Nazista, Adolf Hitler e a Segunda Guerra Mundial. Quando contei a uma colega sobre a minha intenção de escrever *Um banquete para Hitler*, ela me disse que esperava que eu não o transformasse em uma celebração do fascismo e da vida do ditador alemão. Assegurei a ela que não tinha essa intenção. Conheci tantas pessoas fascinadas por Hitler, não porque admiravam o homem responsável pela morte de milhões de pessoas, mas porque elas, assim como eu, se perguntavam como essa terrível tragédia pode ter acontecido. E, mais importante, como podemos evitar que algo similar aconteça no futuro. Infelizmente, como sabemos, a história se repete. Quais fatores levaram ao surgimento do fascismo e fizeram com que ele fosse abraçado pela maioria dos alemães? Como Hitler enganou o mundo? Essas são questões complexas que os historiadores, sociólogos e psicólogos lutaram para responder. Não tenho a pretensão de fornecer respostas. Se eu, como autor, tiver feito com que o leitor se lembre, e nunca se esqueça, então tive êxito em minha tarefa.

A maioria das pessoas lerá este livro como um romance, uma narrativa ficcional de uma vida em um significativo período histórico. Outros podem lê-lo como história. E é para esses últimos leitores que faço uma advertência: *Um banquete para Hitler* não se destina a ser uma narrativa estritamente histórica do Terceiro Reich. Por exemplo, Joachim Fest em seu livro *No bunker de Hitler: os últimos dias do Terceiro Reich* (2005) faz uma declaração surpreendente de que as circunstâncias do suicídio de Hitler no *bunker* de Berlim "a esta altura já se tornaram impossíveis de serem reconstituídas." Haveria uma terceira pessoa envolvida em sua morte? Os historiadores especularam sobre tal possibilidade. Essa pergunta abriu meu romance para mim. Permitiu-me colocar Magda dentro do *bunker* com Hitler.

Fiz a melhor pesquisa que pude para *Um banquete para Hitler*; contudo, relatos históricos e linhas do tempo variam entre si. O leitor deve saber que fiz todo o possível para unir a história com a ficção. Ao reconstituir a vida cotidiana na Berghof, baseei-me em muitas fontes, algumas das quais diferiam entre si. Inseri pessoas reais, que agora estão mortas, entre os meus personagens. Hitler tinha um talento especial para se cercar daqueles que o serviam pessoalmente. Uma importante personagem no livro, Cook, é uma composição de várias pessoas contratadas pelo líder do Reich. Hitler tinha muitos cozinheiros que lhe serviam com diferentes graus de sucesso. Minha principal referência foi Constanze Manziarly, mas ela não estava servindo na Berghof quando minha heroína, Magda Ritter, chegou lá no final da primavera de 1943. Usei-me de certa licença poética.

A cronologia das estadias de Hitler em seus vários quartéis-generais e as viagens estão bem documentadas. Os nazistas eram, no mínimo, meticulosos com seus detalhes. Novamente, tentei honrar a história, embora possa haver, pelo bem da ficção, ocorrências em que a ação e a linha do tempo não necessariamente coincidem. Por exemplo, coloquei Hitler na Berghof durante o Natal de 1943. Outras fontes dizem que ele passou férias discretamente na Toca do Lobo durante esse período. Alguns detalhes históricos foram difíceis de rastrear. Acelerei um pouco a linha do tempo de Bromberg-Ost, um campo de concentração para mulheres. Fiz o que pude, mas não encontrei fotos e consegui pouca informação sobre esse campo, exceto pelos detalhes sobre as oficiais femininas que mais tarde foram enforcadas por seus crimes.

Muitos leitores podem se perguntar: será que os partidários da SS, das Wehrmacht e os cidadãos alemães tinham conhecimento desses esquadrões da morte, dos campos e das atrocidades cometidas? A pergunta está aberta para ser debatida. Vários livros questionaram se todos os alemães foram cúmplices das ações nazistas. Ou eles estavam apenas despreocupadamente ignorantes? Com certeza os funcionários do alto escalão e alguns oficiais dentro do Partido sabiam o que tinha sido ordenado, mas acusar *todos* os oficiais, membros do Partido e cidadãos é ilusório, penso eu.

A partir desse ponto de vista, eu também gostaria de retratar o dilema do povo alemão durante esse período. Nem todos eram nazistas fervorosos. Os "conspiradores" da SS e outros oficiais que encabeçaram o bombardeio de julho de 1944 na Toca do Lobo sabiam detalhes sobre as atividades do Reich que não estavam disponíveis para o povo alemão. Se o público soubesse o que estava acontecendo, a máquina de propaganda perpetrada por Joseph Goebbels poderia ter tomado um rumo muito diferente. Mas, mesmo hoje, os historiadores discordam sobre por que foi feita uma tentativa contra a vida de Hitler. Ela aconteceu por que a guerra estava indo mal e os oficiais queriam salvar seus pescoços, ou por que eles conheciam e abominavam as atrocidades de Hitler? A história favorece a suposição anterior.

Muitas tentativas de assassinato na vida do Führer falharam ou nunca foram levadas adiante. Alguns eram planos de "lobos solitários"; outras foram planejadas por grupos. Minha pesquisa indicou que um grande fator nessas tentativas era a intenção de matar não somente Hitler, mas também outros grandes alvos. Muitos conspiradores ficaram preocupados com quem assumiria o governo e, portanto, jamais chegaram a agir. Alguns planos foram abortados por estas considerações importantes. Usei essa ideia como um elemento fictício em *Um banquete para Hitler*. Esse fator havia diminuído consideravelmente na época em que Von Stauffenberg entrou na trama.

Na criação deste romance, gostaria de agradecer a meu editor na Kensington Books, John Scognamiglio, por acreditar neste livro; Evan Marshall, meu agente, por apontar o caminho; e os editores Traci E. Hall e Christopher Hawke, ambos com a brilhante caneta vermelha, por suas inestimáveis sugestões na trama, emoção e nuances. Como sempre, confio nos meus leitores beta para suas observações astutas: neste caso, Robert Pinsky e Mike Deaton.

Li livros demais sobre o Terceiro Reich ao longo dos anos para citar todos, mas é preciso incluir a listagem de algumas obras importantes na minha biblioteca. Há também muitos websites inestimáveis, numerosos demais para serem mencionados, que me ajudaram na redação de *Um banquete para Hitler*.

- *Ascensão e queda do Terceiro Reich.* William L. Shirer.
- *No bunker de Hitler: os últimos dias do Terceiro Reich.* Joachim Fest.
- *Por dentro do III Reich.* Albert Speer.
- *Até o fim - Um relato verídico da secretária de Hitler.* Traudl Junge, editado por Melissa Müller.
- *Doze anos com Hitler: testemunho inédito da secretária do Führer.* Christa Schroeder.
- *The Hitler I Knew: Memoirs of the Third Reich's Press Chief.* Otto Dietrich, com introdução de Robert Moorhouse.
- *Noite,* Elie Wiesel.
- *The Holocaust Chronicle.* Marilyn J. Harran, John Roth.
- De ajuda significativa com fotos úteis para reconstrução histórica foi *Third Reich in Ruins,* em www.thirdreichruins.com.

Para que não nos esqueçamos, este livro deve servir como um lembrete sobre todos os que perderam a vida na Segunda Guerra Mundial. Tendemos a esquecer que os eventos retratados neste romance ocorreram há apenas 75 anos, um piscar de olhos no tempo. Só podemos esperar e rezar para que a graça de Deus e nossa diligência nos protejam de eventos semelhantes no futuro. Outra guerra global certamente levaria à aniquilação; portanto, devemos manter uma vigília constante contra aqueles que usariam seu poder de destruição.

Este livro foi composto com tipografia Electra e impresso
em papel Off-White 70 g/m² na Formato Artes Gráficas.